新概念

文秘与办公自动化教程

成 昊 魏彦华 编著

科学出版社

内 容 简 介

本书是以“掌握常见办公软件的应用、适应网络办公潮流、能初步解决办公系统维护问题”为目标而编写的,全书采用项目化教学模式，精选实用、够用的案例与实训，强调了理论与实践相结合，突出对学生文秘与办公自动化的应用技能、实际操作能力以及职业能力的培养。

全书共有9个项目，主要包含Windows XP与办公自动化、文字处理与办公应用、电子表格与数据处理、演示文稿制作、文秘办公常用文档、互联网应用基础、电子商务、常用办公设备的使用与维护、常用办公工具的应用等内容。每章除了详细讲解知识点外，还包含了导读、任务实现、案例实训和课后习题等内容。本书内容丰富、语言简明扼要、通俗易懂。只要精通本书，相信不管是制作公文、报告、表格、演示文稿等各式各样的文件，还是使用常用办公设备，都可以轻轻松松的。

为方便教学，本书为用书教师提供超值的立体化教学资源包，主要包括书中素材与源文件、与书中内容同步的多媒体教学视频（61小节，130分钟）、电子课件、超值Word、PowerPoint、Excel实用模板（共233个文件）、常用实用办公文书范本（涉及电子政务、公文、企业专用文书3个方向，共321个文件）、课程设计及相关操作文件，为教师的教学和学生的学习提供了便利。

本书不仅适合作为各类职业院校、中专技校相关专业的计算机操作基础教材，也适合作为培训班的培训教材。对于各类办公人员和电脑爱好者，本书也是一本很有实用价值的参考书。

图书在版编目（CIP）数据

新概念文秘与办公自动化教程/成昊，魏彦华编著.
—北京：科学出版社，2011.6
ISBN 978-7-03-031494-9

Ⅰ. ①新… Ⅱ. ①成… ②魏… Ⅲ. ①办公自动化－应用软件－技术培训－教材 Ⅳ. ①TP317.1

中国版本图书馆CIP数据核字（2011）第110897号

责任编辑：桂君莉　丁小静 / 责任校对：杨慧芳
责任印刷：新世纪书局　　/ 封面设计：彭　彭

科学出版社 出版
北京东黄城根北街16号
邮政编码：100717
http://www.sciencep.com

中国科学出版集团新世纪书局策划
北京市鑫山源印刷有限公司
中国科学出版集团新世纪书局发行　各地新华书店经销
*
2011年8月 第 一 版　　开本：16开
2011年8月第一次印刷　　印张：15
印数：1—4 000　　字数：365 000

定价：29.90元
（如有印装质量问题，我社负责调换）

第6版新概念 丛书使用指南

一、编写目的

“新概念”系列教程于2000年初上市，当时是图书市场中唯一的IT多媒体教学培训图书，以其易学易用、高性价比等特点倍受读者欢迎。在历时11年的销售过程中，我们按照同时期最新、最实用的多媒体教学理念，根据用书教师和读者需求对图书的内容、体例、写法进行过4次改进，丛书发行量早已超过300万册，是深受计算机培训学校、职业教育院校师生喜爱的首选教学用书。

随着《国家中长期教育改革和发展规划纲要（2010～2020年）》的制定和落实，我国职业教育改革已进入一个活跃期，地方的教育改革和制度创新的案例日渐增多。为了顺应教改的大潮流，我们迎来了本系列教程第6版的深度改版升级。

为此，我们组织国内26名职业教育专家、43所著名职业院校和职业培训机构的一线优秀教师联合策划与编写了“第6版新概念”系列丛书——“十二五”职业教育计算机应用型规划教材。

二、丛书的特色

本丛书作为“十二五”职业教育计算机应用型规划教材，根据《国家中长期教育改革和发展规划纲要（2010～2020年）》职业教育的重要发展战略，按照现代化教育的新观念开发而来，为您的学习、教学、工作和生活带来便利，主要有如下特色。

- **强大的编写团队**。由26名职业教育专家、43所著名职业院校和职业培训机构的一线优秀教师联合组成。
- **满足教学改革的新需求**。在《国家中长期教育改革和发展规划纲要（2010～2020年）》职业教育重要发展战略的指导下，针对当前的教学特点，以职业教育院校为对象，以“实用、够用、好用、好教”为核心，通过课堂实训、案例实训强化应用技能，最后以来自行业应用的综合案例，强化学生的岗位技能。
- **秉承“以例激趣、以例说理、以例导行”的教学宗旨**。通过对案例的实训，激发读者兴趣，鼓励读者积极参与讨论和学习活动；让读者可以在实际操作中掌握知识和方法，提高实际动手能力、强化与拓展综合应用技能。
- **好教、好用**。每章均按内容讲解、课堂实训、案例实训、课后习题和上机操作的结构组织内容，在领悟知识的同时，通过实训强化应用技能。在开始讲解之前，归纳出所讲内容的知识要点，便于读者自学，方便学生预习、教师讲课。

三、立体化教学资源包

为了迎合现代化教育的教学需求，我们为丛书中的每一本书都开发了一套立体化多媒体教学资源包，为教师的教学和学生的学习提供了极大的便利，主要包含以下元素。

- **素材与效果文件**。为书中的实训提供必要的操作文件和最终效果参考文件。
- **与书中内容同步的教学视频**。在授课中配合此教学视频演示，可代替教师在课堂上的演示操作，这样教师就可以将授课的重心放在讲授知识和方法上，从而大大增强课堂授课效果，同时学生课后还可以参考教学视频，进行课后演练和复习。
- **电子课件**。完整的PowerPoint演示文档，协助用书教师优化课堂教学，提高课堂质量。

- **附赠的教学案例及其使用说明**。为教师课堂上的举例和教学拓展提供多个实用案例，丰富课堂内容。
- **习题的参考答案**。为教师评分提供参考。
- **课程设计**。提供多个综合案例的实训要求，为教师布置期末大作业提供参考。

用书教师请致电(010)64865699转8067/8082/8081/8033或发送E-mail至bookservice@126.com免费索取此教学资源包。

四、丛书的组成

新概念 Office 2003 三合一教程
新概念 Office 2003 六合一教程
新概念 Photoshop CS5 平面设计教程
新概念 Flash CS5 动画设计与制作教程
新概念 3ds Max 2011 中文版教程
新概念网页设计三合一教程——Dreamweaver CS5、Flash CS5、Photoshop CS5
新概念 Dreamweaver CS5 网页设计教程
新概念 CorelDRAW X5 图形创意与绘制教程
新概念 Premiere Pro CS5 多媒体制作教程
新概念 After Effects CS5 影视后期制作教程
新概念 Office 2010 三合一教程
新概念 Excel 2010 教程
新概念计算机组装与维护教程
新概念计算机应用基础教程
新概念文秘与办公自动化教程
新概念 AutoCAD 2011 教程
新概念 AutoCAD 2011 建筑制图教程
……

五、丛书的读者对象

“第6版新概念”系列教材及其配套的立体化教学资源包面向初、中级读者，尤其适合用作职业教育院校、大中专院校、成人教育院校和各类计算机培训学校相关课程的教材。即使没有任何基础的自学读者，也可以借助本套丛书轻松入门，顺利完成各种日常工作，尽情享受IT的美好生活。对于稍有基础的读者，可以借助本套丛书快速提升综合应用技能。

六、编者寄语

“第6版新概念”系列教材提供满足现代化教育新需求的立体化多媒体教学环境，配合一看就懂、一学就会的图书，绝对是计算机职业教育院校、大中专院校、成人教育院校和各类计算机培训学校以及计算机初学者、爱好者的理想教程。

由于编者水平有限，书中疏漏之处在所难免。我们在感谢您选择本套丛书的同时，也希望您能够把对本套丛书的意见和建议告诉我们。联系邮箱：l-v2008@163.com。

丛书编者
2011年6月

Contents 目 录

项目 1

Windows XP 与办公自动化

项目导读

本章介绍 Windows XP 操作系统的基本操作和高级应用，并详细阐述了办公自动化技术的发展及应用，使读者了解 Windows XP 系统，走进办公自动化的世界。

知识要点

- ✪ 启动和退出 Windows XP
- ✪ 初识 Windows XP 桌面
- ✪ “开始”按钮操作
- ✪ 鼠标和键盘操作；程序的操作
- ✪ 使用“我的电脑”
- ✪ 使用“资源管理器”输入法操作
- ✪ 办公自动化发展
- ✪ 电子政务

任务 1 文秘与办公自动化概述

随着现代科学技术的发展，人们的办公环境越来越趋向于自动化，办公自动化作为一种新兴技术也越来越被各大中小企业所看好，并收入囊中，为己所用。

实训 1 办公自动化的基本概念

办公自动化技术是现代信息化社会最重要的标志之一，它将人、计算机和信息三者结合为一个办公的体系，构成一个服务于办公业务的人机处理系统。通过使用先进的机器设备和技术，办公人员可以充分利用各种办公信息资源，并使这些资源达到有效共享，从而提高办公效率，使办公业务从事务层进入管理层，甚至辅助决策层，将办公和管理都提高到一个崭新的水平。

训练 1 认识办公自动化

在早些年的办公活动中，人们习惯使用笔、墨、纸和砚作为办公工具来人工手抄笔录，办公公文和信函的传递则主要以马作为交通工具。到了近代，虽然有一些先进的办公设备像机械打字机、电话、电报等得到应用，但是仍不能适应社会发展的需要。如今现代通信技术和手段的广泛应用，使得计算机、打印机、复印机、扫描仪、传真机等先进的设备成为日常办公活动的重要工具，从而加快了办公自动化的进程。

早在 20 世纪 40 年代，美国的部分企业就开始使用机器来处理办公业务，当时将这种手段称为办公室自动化。随着经济、技术，特别是信息技术的飞速发展，办公自动化早就超出了狭窄的办公室范围，迅速渗透到管理的范畴。人们将其统称为办公自动化（Office Automation，OA）。

办公自动化就是利用先进的科学技术，不断使人们的一部分或全部办公活动物化到人以外的各种现代化的办公设备中，并由这些设备与办公人员一起构成服务于某种目的的人机信息处理系统。

训练 2　办公自动化的功能

（1）收发文管理

收发文管理主要负责公文的拟定、收发、审批、归档、查询检索和打印等工作流程的全面处理。具体过程是：先由起草人起草公文，之后通过网络发送给审批人，审批合格后签发。当收到一份公文时，先进行收文登记，然后发送给公文拟办人，由拟办人指定批办、承办人后，公文将自动发送到批办、承办人处，最后由专人将公文归档。各类公文拥有相应的安全机制，具备相应的保密级别，通过指定不同级别人员具有不同权限，还可以实现网上公文查询。收发文管理用来实现内部文档从拟稿、批阅、签发到最后的整理、归档的收发文流程的计算机自动化控制，达到文档收发文自动化。

（2）外出人员管理

外出人员管理主要是通过电子公告板实现对外出人员进行登记，以方便管理。外出人员利用此公告板公告自己的外出事由、外出时联系方法、外出时间及外出期间指定的工作代办人和代办事项，还可以将自己外出的消息通知有关人员。外出归来后，再通过网络撤销外出通告。

（3）会议管理

在传统方式下，召开会议时需要的大量文件让人头痛不已。而在 OA 方式下则要轻松得多，可以通过网络远程实时会议控制，使图文、影音在线传输，并可通过浏览器安排、管理会议。

（4）论坛管理

所谓论坛，类似现实生活中的公告牌，系统内部人员用于在上面发布相关公开信息。论坛管理主要就是对员工发布的一些信息的管理，比如信息分类、更新等。公告牌可以用来发布各种通知或其他公用信息，可在内部开通电子邮件，并具备和系统外部乃至国际互联网的信息交流能力。各级领导和业务人员可以在统一的图形化环境里，方便地得到几乎所有与其工作相关的资料、信息和其他数据，即使在家中或出差在外，也可不间断工作。

（5）个人用户管理

个人用户工作台用于对个人各项工作进行统一管理，例如，安排日程、活动，查看当日工作，存放个人的各项相关资料、记录等。此外，个人用户还可以通过电子邮件与其他单位或个人交流意见、讨论问题及传送材料等。

（6）电子邮件

电子邮件系统可完成信息共享、工作批阅流程、文档传递及内部员工网上交流等功能。

（7）远程办公

简单地说，远程办公就是为了单位的需要，可以在离本单位较远的地方设立几个办公点，以便于拓展业务。这样，当在分办公点处理业务又需要总办公区的数据信息时，可通过计算机网络连接远程计算机，完成所有的有关办公的功能。

训练 3　办公自动化的发展

伴随着企业信息化发展的汹涌浪潮、组织流程的固化与改进、知识的积累与应用、技术的创新与提升，OA 也在不断地求新求变，最终 OA 系统将会脱胎换骨，全新的智能型自动化的 OA 将成为未来的发展方向，它将更关注组织的决策效率，提供决策支持、知识挖掘、商业智能等全面系统服务。届时，OA 可能换为更能体现其价值的名称，如“企业知识门户”、“管理支撑平台”等，当然这已经远远超出了传统 OA 的范畴，演变为企业的综合性强大管理支撑平台。

作为我国机关企事业单位信息化的应用基础，办公自动化如何发展演变，将对我国信息产业格局、机关企事业信息化的应用普及产生重要影响。

OA 的发展趋势包括以下 7 个方面。

（1）人性化

传统的 OA 功能比较单一，员工容易使用。随着技术的进步，OA 的功能不断扩展，员工对功能的需求也不尽相同，这就要求系统必须具有人性化设计，能够根据不同员工的需要进行功能组合，将合适的功能放在合适的位置，在合适的时间让合适的员工访问，实现真正的人本管理。未来 OA 的门户更加强调人性化，强调易用性、稳定性、开放性，强调员工之间沟通、协作的便捷性，强调对于众多信息来源的整合，强调构建可以拓展的管理支撑平台框架，改变目前“人去找系统”的现状，实现“系统找人”的全新理念，让合适的角色在合适的场景、合适的时间里获取合适的知识，充分发掘和释放人的潜能，并真正让企业的数据、信息转变为一种能够指导人行为的意念和能力。其实“人性化”即是一种“自动化”。

（2）无线化

利用新技术，移动 OA 协同应用将成为未来经济的增长点。信息终端应用正在全面推进融合，3G 无线移动技术融合了计算机技术、通信技术、互联网技术的移动设备，将成为个人办公必备的信息终端，在此载体上的移动 OA 协同应用将是管理的巨大亮点，实现无处不在、无时不在的实时动态管理，将给传统 OA 带来重大的飞跃。目前国内一些主流 OA 软件企业正积极利用现代手机移动技术，使 OA 移动办公、无线掌控可信手拈来，随时随处可行。

（3）智能化

随着网络和信息时代的发展，企业在进行业务数据处理时，面对的信息越来越多，如果办公软件能帮助企业做一些基本的商业智能（BI）分析工作，帮助企业快速地从这些数据中发现一些潜在的商业规律与机会，提高企业的工作绩效，将对企业产生巨大的吸引力。相信未来会有更多的具有这方面功能的办公软件出现。另外，办公软件还有一些其他的发展趋势，今后 OA 软件本身将更加智能化，如可自定义邮件、短信规则、强大自我修复功能、人机对话、影视播放、界面更加绚丽多彩等。

（4）协同化

近年来不少企业都建立了自己的办公系统，并使用了财务管理软件，还陆续引入了进销存、ERP（企业资源计划）、SCM（供应链管理）、HR（人力资源管理）、CRM（客户关系管理）等系统。这些系统在提升企业效率和管理的同时，也形成了各自为政的“信息孤岛”，无法形成整合效应来帮助企业更高效地管理和决策。因此，能整合各个系统、协同这些系统共同运作的集成软件成了大势所趋，将越来越受企业的欢迎。

（5）通用化

20 世纪 90 年代初出现了“项目式开发 OA”及之后的“完全产品化 OA”，尽管功能各异，但其在满足用户个性需求和适应性需求、低成本普及方面则实在让人难以乐观。而“通用 OA”是 OA 技术不断进步的结果，正如 Windows 操作系统最终替代了 DOS 操作系统，其更强通用性、适应性及适中的价格，更符合用户的广泛需求，创造了大规模普及的充分条件，“通用 OA”显然是符合未来软件技术发展的潮流。但为解除部分用户对“通用等于无用”的疑虑，通用化应具有行业化的某些特性，能结合行业的应用特点、功能对口需求，而不是空泛粗浅的通用化，未来 OA 的应用推广将更为迅捷有效。

（6）门户化

OA 是一种企业级跨部门运作的基础信息系统，可以联结企业各个岗位上的各个工作人员，可以整合企业各类信息系统和信息资源。在基于企业战略和工作流程的大前提下，通过类似“门户”的技术对业务系统进行整合，使得 HR、ERP、CRM、SCM 等系统中的结构化数据通过门户能够在管理支撑系统中展现出来，提供决策支持、知识挖掘、商业智能等一体化服务，实现企业信息化、数字化、知识化、虚拟化，即一种门户化。

（7）网络化

网络和信息时代的日新月异，将现有的OA系统与互联网轻松地衔接是OA未来趋势。如Google推出了在线文档处理软件和电子表格软件，实现了网上办公的无缝衔接；微软 Office 用户可直接在 Office 软件中搜索到与其工作相关的网络资源，用户可在 Office 软件中直接撰写自己的 Blog（博客），并将其发送到网上的 Blog 空间，实现网上移动办公。这给 OA 软件商指明了前进的方向，如何将现有的 OA 系统与互联网有效地衔接互动，而不是“另起一页”，将决定自己的竞争力和市场地位。未来的 OA 将融合协同、智能、门户、蓝牙等精髓，OA 这棵“老树”必定绽放“新花”，脱胎换骨，重新焕发出迷人的光彩。

实训 2　电子政务

训练 1　认识电子政务

电子政务（E-Government）又称为电子政府、网络政府，是指政府机构利用信息化手段和技术，通过网络技术将管理和服务进行集成，实现政府组织机构和工作流程的重组优化，使之超越时空和部门分隔的制约，向社会提供优质、全方位、规范、透明、符合国际标准的管理和服务。其核心是利用信息技术提高政府事务处理的信息流效率，改善政府组织和公共管理，建立一个精简、高效、廉洁、公开的政府工作模式。电子政务主要包括以下 3 大方面。

（1）政府信息查询

面向企业组织和社会公众，为之提供政策、法规、政府机构部门设置、工作流程等的查询服务。

（2）公共事务办公

借助 Internet 实现政府机构的对外办公，如网上办理申请等，目的是提高政府运作效率，增加透明度，加强公众监督，促进政务公开。

（3）政府办公自动化

向政府内部提供业务流程优化组合、决策支持，如公文报送、部门机构间的信息传递与查询，满足政府对内的办公需求等。

训练 2　电子政务的信息资源分类

与电子政务密不可分的电子政务信息资源，是指政府在电子政务的过程中以数字代码方式存储在计算机可以阅读的介质上，并在网上传递和交流的各种形式的政务信息资源，它是一种基于网络的电子信息资源。

电子政务信息资源的内容非常丰富，根据不同标准可划分出不同的类型。

（1）从政府办公的角度划分

从政府办公的角度，可分为决策分析信息、日常办公信息、电子文件和档案信息、会议信息、监督和业绩信息、机关事务管理信息、培训信息等。

（2）从社会管理的角度划分

从社会管理的角度，可分为政策法规信息、金融管理信息、财政管理信息、税收管理信息、海关管理信息、社会保障信息、公检法管理信息、居民电子身份证信息、企业注册信息、国家地理信息等。

（3）从社会服务的角度划分

从社会服务的角度，可分为社会保险信息、医疗服务信息、就业信息、教育培训信息、电子采购招标信息等。

（4）按信息的存在形式划分

按信息的存在形式，可分为光盘数据库信息、电子文档信息和政府网站信息。

（5）按信息的表现形式划分

按信息的表现形式，可分为语音信息、文字信息、数据信息、图形或图像信息。

（6）按信息的保密范围划分

按信息的保密范围，可分为公开信息、半公开信息、保密信息和绝密信息。

（7）按电子政务的组成结构和信息的传递范围划分

按电子政务的组成结构和信息的传递范围，可分为政府部门内部办公自动化的电子政务信息、政府部门间的传递交流和共享的电子政务信息、政府与公众之间进行的双向交流产生的电子政务信息等。

可见，对政府机关来说，OA 建设就是电子政务工作开展的前提，电子政务是对 OA 建设的发展。

训练 3　国外的电子政务

随着信息技术的不断进步和信息技术在政府部门应用的不断深入，“以电子政务求发展”成为了一个全球性趋势。在全球倡导的“五大信息高速公路”建设中，电子政务位居首位。从 1993 年时任美国副总统的戈尔在“国家竞争力评论”中，首次提出要“实现政府信息化，重组美国政府”以来，电子政务在各国相继展开，许多国家都实施了一系列基础工程，普遍都接受了以“客户为中心”的政府理念，大力发展电子政务，成效十分显著。

据 2006 年 1 月联合国经济和社会事务部公布的《2005 年全球电子政务准备报告》统计，中国电子政务全球排名第 57 位。全球排名前三位的分别是美国、丹麦和瑞典，亚洲排名前三位的分别是韩国、新加坡和日本。由此可见，美国、新加坡等国家的电子政务代表了全球电子政务的最高水平，进入了电子政务发展的高级阶段。但由于各国国情不同，电子政务所采取的措施和发展的侧重点也不一样。下面以美国和新加坡为例来说明电子政务在国外的发展情况。

1. 美国

美国是电子政务的先驱，也是公认的政府网站建得最成熟、电子政务开展得最彻底的国家。早在 1994 年，美国政府信息技术服务小组提出《政府信息技术服务的远景》报告，强调美国应建立注重公民服务导向的服务型政府。2002 年底，布什总统签署了《电子政务法》，建立了电子政府专项基金，并建立了专门的协调机构——总统管理委员会，经过多年实践，美国政府在法律、组织机构、资金渠道及思想意识上形成了电子政府全面的信息资源体系和较为完整的电子政府管理体系，使美国的电子政务真正走上了正轨。目前，美国联邦政府一级和州一级政府机构已经全部上网，几乎所有县市都已建立了自己的站点。美国的政府网站内容非常丰富。以人口调查站点为例，用户可以通过直观地图的形式，查看到州一级，甚至县一级的极其详尽的统计数据，包括当地从事某种职业的人口组成。目前美国政府正在将一个个独立的网站连起来，做到网网相连，以便进行更加有效的管理和利用。

2. 新加坡

新加坡从 1981 年起就开始发展电子政务。在亚洲，新加坡的电子政务建设独树一帜，现在已成为世界上电子政务最发达的国家之一，是其他国家电子政务建设借鉴的典范。新加坡电子政府建设最引人注目之处在于，在建设过程中注重部门差异性以调动积极性，同时也十分注重整体规划。

任务 2 Windows XP 的基础知识

Windows 是微软公司（Microsoft）开发的一个具有图形用户界面（Graphical User Interface，GUI）的多任务操作系统。所谓多任务是指在操作系统环境下可以同时运行多个应用程序，如可以一边在画图软件中作图，一边让计算机播放音乐，这时两个程序都已被调入内存储器中处于工作状态。Windows 系统有多个版本，早期有 Windows 3.0/3.1/3.2，后来发展成 Windows 95/98、Windows NT、Windows 2000/Windows 2003、Windows XP 以及 Windows 7。

Windows XP 是微软公司在 2001 年推出的操作系统软件，分为 Windows XP Home Edition（家庭版）和 Windows XP Professional（专业版）两个产品，差别不大。Windows XP 是以 NT 技术为核心的一个纯 32 位的操作系统，主要用于 PIII、P4 级别的个人微机系统或商业微机系统。Windows XP 标准安装所需空间为 1GB 左右。

实训 1 启动和退出 Windows XP

训练 1 启动 Windows XP

启动 Windows XP 的一般步骤如下。

Step 01 依次打开计算机外部设备的电源开关和主机电源开关。

Step 02 计算机执行硬件测试，测试无误后即开始系统引导。

Step 03 若安装 Windows XP 的过程中设置有多个用户账户，在启动过程中将需要选择用户，输入用户密码，然后继续完成启动，出现 Windows XP 桌面。

训练 2 退出 Windows XP

作为一个多线程、多任务的操作系统，Windows XP 为了有效地保护系统和用户的数据，避免程序和处理数据丢失及系统损坏，提供了一种安全的关机退出模式。另外，由于 Windows XP 的多任务特性，运行时需要占用大量的磁盘空间来保存临时信息，这些保存在特定文件夹中的临时文件在正常退出 Windows 时会被清除，以免浪费资源；而非正常退出 Windows 时，系统将来不及处理这些临时信息。因此，当用户完成工作后，应该按照以下步骤退出 Windows 并关机。

Step 01 保存所有应用程序的处理结果，关闭所有运行的应用程序。

Step 02 单击屏幕左下角的“开始”按钮。

Step 03 选择“关闭计算机”选项，出现如图 1.1 所示的对话框。

关闭计算机
待机(S) 关闭(U) 重新启动(R)
取消

图 1.1 “关闭计算机”对话框

Step 04 在对话框中单击“关闭”按钮，表示要退出 Windows XP，关闭计算机；单击“取消”按钮表示暂不退出 Windows XP；单击“重新启动”按钮，将重新启动计算机；单击“待机”按钮，将使计算机进入休眠状态，此时计算机将关机以节省电能，但会将内存中所有内容全部存储在硬盘上，当重新启动计算机时，桌面将完全恢复到“待机”前的状态。

实训 2 Windows XP 桌面初识

Windows XP 启动完成后，呈现在用户面前的整个屏幕称为桌面。桌面上放置有图标、窗口、对话框、“开始”按钮和任务栏等。根据计算机的不同设置，桌面上会出现不同的图标，如图 1.2 所示。

图 1.2 桌面的组成

训练 1 图标

图标是代表 Windows XP 各种组成对象的小图形，通常位于桌面的左侧。桌面上常见的图标有“我的电脑”、“网上邻居”、“回收站”等。用户也可以根据需要在桌面上创建一些快捷方式图标。

单击某个图标，该图标及其下方文字说明的颜色就会改变，表示该图标被选定。

双击某个图标，即可启动（或打开）该图标代表的程序（或窗口）。

训练 2 “开始”按钮

“开始”按钮一般位于桌面的左下方。单击该按钮，系统将打开“开始”菜单。使用“开始”菜单，可以快速启动程序、查找文件及获得帮助等。

训练 3 任务栏

任务栏位于桌面的最下面，如图 1.3 所示。通常任务栏的最左侧是“开始”按钮，右侧是语言栏（“语言指示器”）和系统区（“音量”、“系统时钟”等），中间是活动任务区，用户还可以在任务栏中打开“快速启动”工具栏。

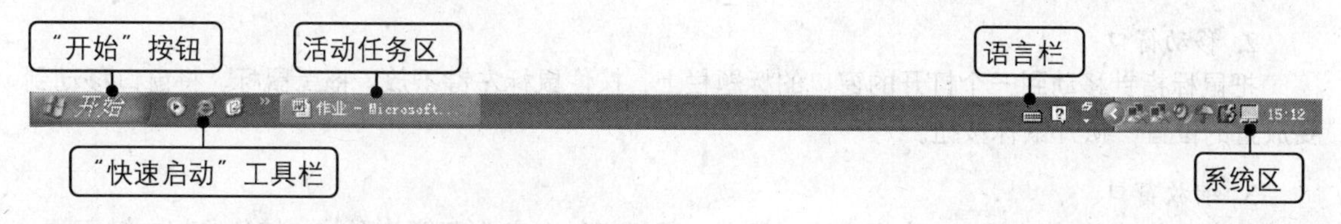

图 1.3 任务栏

实训 3 Windows XP 基本操作

训练 1 “开始”按钮的操作

将鼠标指针指向屏幕左下角的“开始”按钮，然后单击鼠标左键，出现“开始”菜单。“开始”菜单上主要有如图 1.4 所示的一些菜单选项。

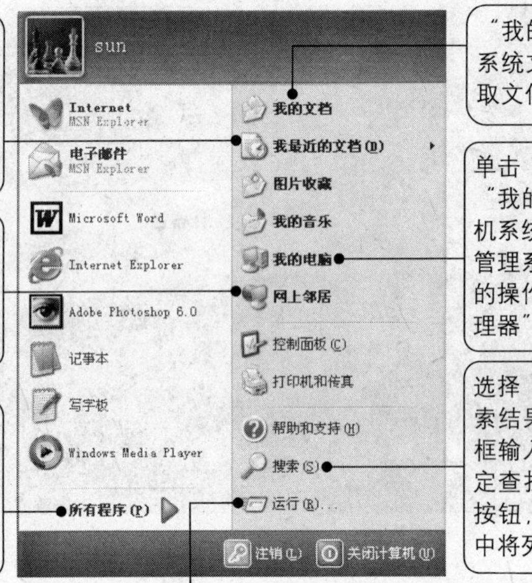

图 1.4 “开始”菜单选项

训练 2 窗口的操作

窗口是屏幕上的一块矩形工作区，每个应用程序或文档都有自己的窗口。在 Windows XP 中能够同时打开多个不同的窗口，并且可以根据需要调整这些窗口的大小和位置等。

窗口的操作主要有打开窗口、移动窗口、缩放窗口、关闭窗口、窗口的最大化及最小化。窗口的大部分操作可以通过窗口控制菜单来完成。用鼠标单击标题栏左上角的控制菜单按钮就可打开如图 1.5 所示的菜单，选择要执行的菜单命令。此外，也可以采用下面的方法用鼠标来完成对窗口的操作。

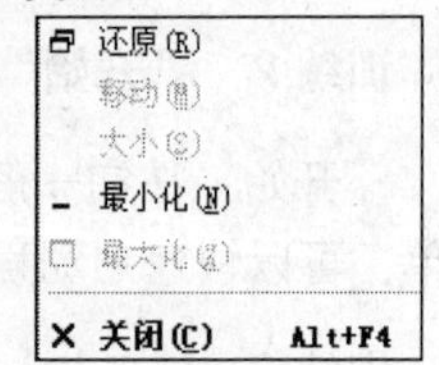

图 1.5 控制按钮下拉菜单

1. 打开窗口

双击文件夹图标或应用程序图标，即可打开它们的窗口。打开应用程序的窗口，就是启动了一个应用程序。

2. 移动窗口

把鼠标指针移动到一个打开的窗口的标题栏上，按住鼠标左键不放，拖曳鼠标，将窗口移动到要放置的位置，松开鼠标按钮。

3. 缩放窗口

把鼠标指针移动到窗口的边框或窗口角上，鼠标指针会变为双箭头形状。按住鼠标左键不放，拖曳鼠标，使该边框移动到新位置，当窗口大小满足要求时，释放鼠标左键。

4. 窗口的关闭、最大化、最小化和恢复

单击标题栏上相应的按钮即可。对窗口执行最大化操作后，最大化按钮将被还原按钮代替，可以用来把窗口恢复为最大化之前的大小。

关闭当前窗口可使用 Alt+F4 组合键。

训练 3 菜单的操作

菜单的操作主要包括打开和关闭菜单以及执行菜单中的命令。

1. 打开和关闭菜单

（1）打开

打开菜单的方法有如下 3 种。

- 将鼠标指针移到菜单栏上的某个菜单项，单击即可打开菜单。
- 按 Alt 键后再按菜单项右侧圆括号中的字母，也可以打开对应的菜单。
- 按 Alt 键和菜单项右侧括号中的字母激活菜单栏后，移动方向键到要打开的菜单项，按 Enter 键确定。

打开的菜单如图 1.6 所示。

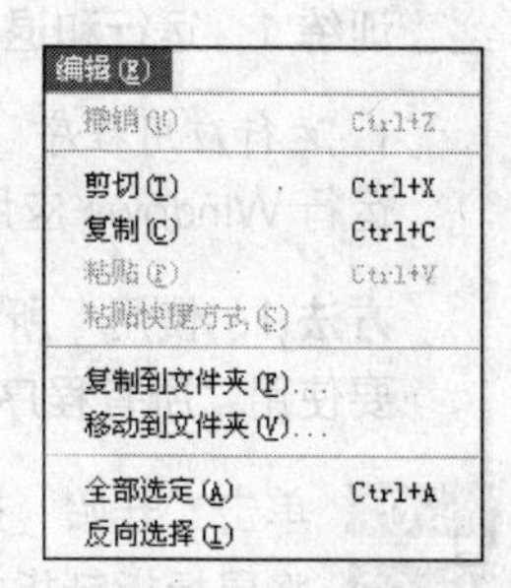

图 1.6 菜单实例

（2）关闭

关闭菜单的方法有如下两种。

- 在菜单外面的任何地方单击鼠标，可以关闭菜单。
- 按 Alt 键或 Esc 键。

2. 执行菜单中的命令

在打开的菜单中选择并执行其中某一命令的方法有如下两种。

- 直接用鼠标指向并单击该命令。
- 打开菜单后，按该命令名右侧圆括号中带有下划线的字母。

提 示

本书描述从菜单中选择一个命令并执行时，采用的表达方法为：选择“某菜单项名”|“某命令名”命令。例如，选择“编辑”|“粘贴”命令表示从“编辑”菜单中选择“粘贴”命令。

训练 4 对话框的操作

1. 移动和关闭对话框

可以采用前文介绍的窗口操作的方法来移动和关闭对话框。此外，如果要确认在对话框中的输入或修改有效，可以单击“确定”按钮来关闭对话框；如果要取消所做的设置，可单击“取消”按钮或按 Esc 键来关闭对话框。

2. 在对话框的各选项之间移动

要在对话框的各个选项之间移动，即选定不同部分，可用鼠标直接单击相应部分，或者按 Tab 键移动到前一项内容，按 Shift+Tab 组合键移动到后一项内容。

实训 4 鼠标和键盘的使用

Windows XP 环境下的操作主要依靠鼠标和键盘来执行。因此，熟练掌握鼠标和键盘的操作，能够提高工作效率。

Windows XP 支持两个按键模式的鼠标。安装鼠标后，屏幕上会出现鼠标指针。当用户手握鼠标移动时，屏幕上的鼠标指针就会跟着移动，最基本的鼠标操作方式有以下几种。

- **指向：**移动鼠标指针到某一对象上。
- **单击：**迅速按下鼠标左键并立即松开，常用于选中某个对象、选项或按钮等。

- **右击**：迅速按下鼠标右键并立即松开，会弹出对象快捷菜单或帮助提示等。
- **双击**：连续两次快速按下并松开鼠标左键，常用于启动程序或打开窗口。
- **拖动**：用鼠标左键单击某个对象并按住不放，移动鼠标到另一个地方后松开鼠标左键，常用于将对象移到新的位置。

提 示

在Windows XP中，键盘不仅可以输入文字，还可以使用组合键替代鼠标操作。例如，按Alt+Tab组合键可以完成任务之间的切换，相当于用鼠标单击任务按钮；按Alt+Esc组合键可以最小化当前窗口等。

实训5 程序的操作

训练1 运行和退出应用程序

1. 运行应用程序

运行Windows应用程序的方法很多，这里仅介绍3种常用的方法。

方法1：使用“所有程序”菜单

要使用“所有程序”菜单来运行某个应用程序，其具体操作步骤如下。

Step 01 单击“开始”按钮，弹出“开始”菜单。

Step 02 将鼠标指针指向“所有程序”命令，出现“所有程序”级联菜单。

Step 03 在“所有程序”级联菜单中，指向相应的文件夹（例如指向“附件”），出现下一层级联菜单，如图1.7所示。

Step 04 选择（即单击）要运行的应用程序名（例如“写字板”），屏幕上出现对应的应用程序窗口，并且代表该程序的任务按钮出现在任务栏上。

图1.7 “附件”级联菜单

方法2：通过“我最近的文档”运行应用程序

通过“我最近的文档”运行应用程序的具体操作步骤如下：

Step 01 单击“开始”按钮，出现“开始”菜单。

Step 02 选择“开始”菜单中的“我最近的文档”命令，出现级联菜单，显示最近使用过的文档名。

Step 03 选择想要的文档，即可打开创建该文档的应用程序，同时打开文档。

方法3：使用“我的电脑”或“资源管理器”

在“我的电脑”或资源管理器窗口中双击某个文档名，即可打开创建该文档的应用程序，同时打开该文档。

2. 退出应用程序

要退出某个应用程序，可以选择下列操作之一。

- 单击应用程序窗口右上角的“关闭”按钮。
- 双击应用程序窗口的控制菜单按钮。
- 选择“文件”|“退出”命令。
- 按Alt+F4组合键。

提 示

同时运行了多个应用程序，若其中一个应用程序出现了故障而使其他应用程序也无法运行，这时可以按 Ctrl+Alt+Del 组合键，从“任务”列表中选择要退出的程序名，然后单击“结束任务”按钮。

训练 2　安装应用程序

安装应用程序通常有 3 种方法：自动安装、运行安装文件或在控制面板中利用“添加或删除程序”安装。

1. 自动安装应用程序

目前不少软件的安装光盘中附有自动运行功能，将安装光盘放入光驱中，就会自动启动安装程序，用户只需在安装向导的引导下输入序列号及选择一些选项，就可以完成应用程序的安装。

2. 运行安装文件

对于不能进行自动安装的软件，可以直接运行其安装程序来进行安装，通常安装程序名为 Setup. exe 或 Install. exe，运行的方法可参照前面介绍的启动应用程序的方法进行。

3. 利用“控制面板”安装

利用“控制面板”安装应用程序的步骤如下。

Step 01 在“控制面板”窗口中，双击“添加或删除程序”图标，就会弹出如图 1.8 所示的“添加或删除程序”对话框。

Step 02 在对话框中单击“添加新程序”按钮，出现如图 1.9 所示的对话框。

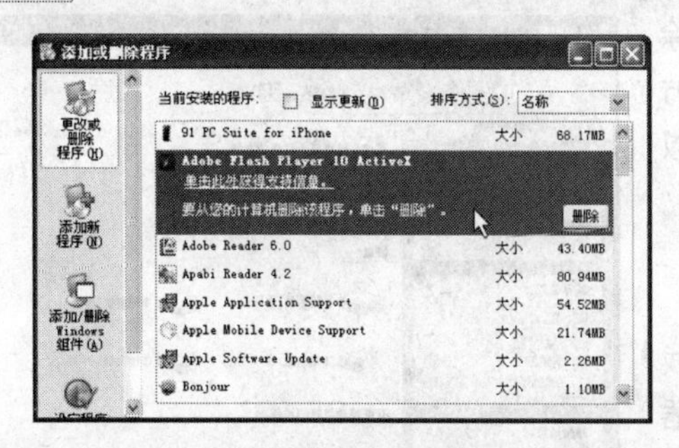

图 1.8　“添加或删除程序”对话框

图 1.9　添加新程序

Step 03 将含有安装程序的软盘或光盘放入相应的驱动器中，单击“CD 或软盘”按钮，安装程序将自动检测各个驱动器，对安装盘进行定位。

Step 04 如果自动定位不成功，就将弹出“运行安装程序”对话框。此时，既可以在“打开”文本框中输入安装程序的路径和名称，也可以单击“浏览”按钮定位安装程序。选定安装程序后，单击“完成”按钮，就完成了该应用程序的安装。

训练 3　卸载应用程序

如果在图 1.8 所示的“添加或删除程序”对话框中列出了要更改或删除的应用程序，表示该应用程序已经注册了。更改或删除应用程序时，只要在程序列表框中选择该应用程序，然后单击“更改/删除”按钮，Windows 即进入更改应用程序的向导或自动删除该应用程序。

如果在“添加或删除程序”对话框中没有列出要删除的应用程序，就应该检查该程序所在的文件夹，查看是否有名称为 Remove. exe 或 Uninstall. exe 的卸载程序，如果有，直接运行就可以删除该应用程序。若不能确定如何删除程序，则应查看有关的文档或询问该程序的技术支持。

任务 3 Windows XP 的高级使用

实训 1 使用“我的电脑”

计算机系统提供的所有软件、硬件资源都可以通过 Windows XP 的“我的电脑”和“资源管理器”来浏览。本节主要介绍如何使用“我的电脑”浏览资源。

训练 1 基本概念

驱动器是读取、写入信息的硬件，硬盘及其驱动器被做成一个不可随意拆卸的整体。软盘可以从软盘驱动器中取出，并可插入另一张软盘。

驱动器有一个字母标识名。对于大多数计算机，驱动器 A 和 B 是软盘驱动器，驱动器 C 通常指计算机内的硬盘。如果计算机有多个硬盘，或者将一个大硬盘分成多个分区，那么其他驱动器通常被标记为 D、E 等。要访问 CD-ROM 驱动器时，可指定一个标准的驱动器字母标识名（如 F 或 G 等）。

文件是指存储在磁盘上的信息的集合，每个文件都有一个文件名，操作系统通过文件名实施对文件的存取。文件分为程序和文档。程序中含有计算机需要执行的指令，文档是使用程序创建的任何内容，如信函、数据或报表等。

Windows XP 的文件名长度可达 255 个字符，并允许使用空格等，但其中不能包含\、?、:、"、<、>等字符。

文件夹是用来组织磁盘文件的一个数据结构。除了可以包含程序、文档、打印机等设备文件和快捷方式外，文件夹中还可以包含下一级文件夹。用户可以通过文件夹把不同的文件进行分组和归类管理。

训练 2 使用“我的电脑”查看磁盘内容

双击桌面上的“我的电脑”图标，屏幕上出现“我的电脑”窗口，如图 1.10 所示，双击要查看的驱动器或文件夹的图标，打开一个新的窗口来显示该驱动器或文件夹中的内容。

用户可以继续双击文件夹图标，直至显示所要使用的文件。当双击一个应用程序的图标时，可以运行该应用程序。

图 1.10 “我的电脑”窗口

实训 2 使用“资源管理器”管理文件和文件夹

在 Windows XP 中，除了可以通过“我的电脑”窗口浏览文件、文件夹及其他一些系统资源外，还可以通过资源管理器窗口来浏览这些系统资源。许多用户更愿意使用“资源管理器”来组织和管理文件、文件夹等资源。

训练 1 “资源管理器”的启动和退出

1. 启动“资源管理器”

要启动 Windows XP 的“资源管理器”，其具体操作步骤如下。

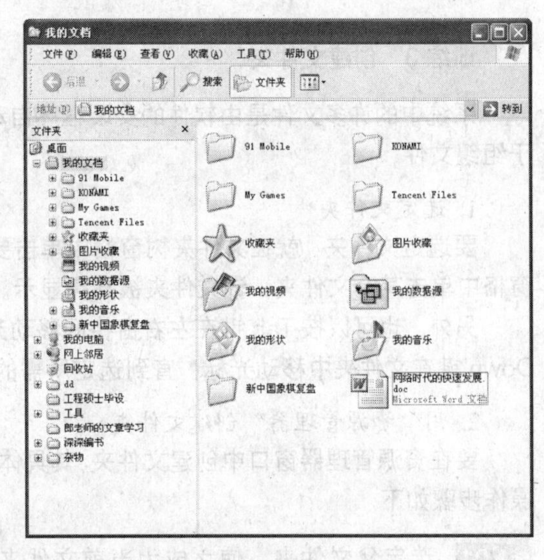

图 1.11 资源管理器窗口

Step 01 单击“开始”按钮，弹出“开始”菜单。

Step 02 将鼠标指针指向“所有程序”，出现“所有程序”级联菜单。

Step 03 选择“附件”|“Windows 资源管理器”命令，启动“资源管理器”，其窗口如图 1.11 所示。

2. 退出“资源管理器”

要退出资源管理器窗口，可以选择下列操作。

- 选择“文件”|“关闭”命令。
- 单击“资源管理器”窗口右上角的“关闭”按钮。
- 双击“资源管理器”窗口标题栏左侧的控制菜单按钮。
- 按 Alt+F4 组合键。

训练 2 资源管理器窗口

资源管理器窗口（见图 1.11）中包含两个窗格，左侧是文件夹树窗格，右侧是文件夹内容窗格。

- 文件夹树窗格显示计算机的资源对象。“桌面”为文件夹树的根，其下包含“我的电脑”、“网上邻居”、“我的文档”和“回收站”等。“我的电脑”下包含了计算机中的驱动器，各驱动器中又包含文件夹和文件。单击某个驱动器图标，可以在文件夹内容窗格中显示该驱动器中的文件夹和文件。
- 文件夹内容窗格用来显示当前文件夹中的文件和子文件夹。

在资源管理器窗口中，拖动分隔条可以改变文件夹树窗格和文件夹内容窗格的大小。

1. 改变对象的显示方式

在资源管理器窗口中，单击“查看”菜单，其中提供了 5 种改变对象显示方式的命令：“缩略图”、“平铺”、“图标”、“列表”和“详细信息”。

2. 图标的排列

选择“查看”|“排列图标”命令，会出现一个级联菜单，其中包含“名称”、“类型”、“大小”、“修改时间”、“按组排列”、“自动排列”和“对齐到网格”7 个命令。如图 1.12 所示是以“详细信息”方式显示对象的。

如果希望在改变窗口的大小后，系统能够自动重新排列图标，就从“排列图标”级联菜单中选择“自动排列”命令。

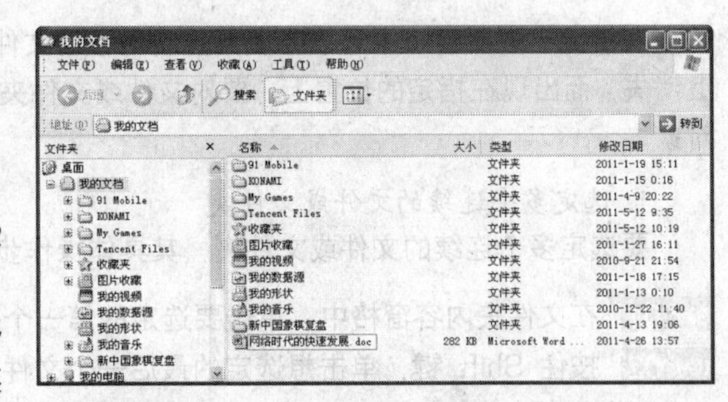

图 1.12 以“详细信息”方式显示对象

3. 文件夹的展开和折叠

在文件夹树窗格中，有的文件夹图标左边有一个小方框，其中标有加号（+）或减号（−），有的文件夹则没有。有方框标记的图标表示此文件夹下包含子文件夹，没有方框标记的图标表示此文件夹不包含子文件夹。“+”表示此文件夹处于折叠状态，这时看不到其下的子文件夹；“−”表示此文件夹处于展开状态，这时可以看到其下的子文件夹。

单击“+”方框，可以展开此文件夹。单击“−”方框，可以折叠此文件夹。

训练 3 创建文件夹

系统中的许多文件是由软件的安装程序自动创建的。用户可以根据需要创建自己的文件夹，用于组织文件。

1. 选定文件夹

要选定文件夹，就在文件夹树窗格中单击要选定的文件夹图标或文件夹名，或者在文件夹内容窗格中单击某个文件夹，该文件夹被高亮显示。

另外，也可以按 Tab 键在左右窗格间移动光标，然后按↑、↓、Home、End、Page Up、Page Down 键在文件夹中移动光标，直到选定所需的文件夹。

2. 用“资源管理器”创建文件夹

要在资源管理器窗口中创建文件夹，其具体操作步骤如下。

Step 01 选定父文件夹，使之成为当前文件夹（可以是驱动器，也可以是其下的各级文件夹）。

Step 02 选择“文件”｜“新建”命令，出现如图 1.13 所示的级联菜单。

Step 03 从“新建”级联菜单中选择“文件夹”命令，在文件夹内容窗格中出现一个默认名为“新建文件夹”的文件夹图标。

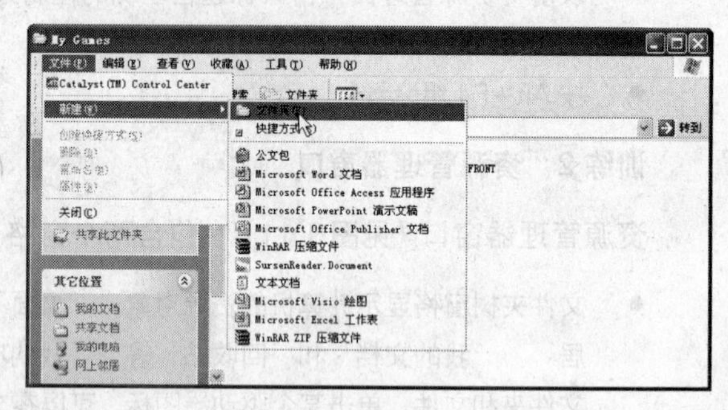

图 1.13 “新建”级联菜单

Step 04 在新建文件夹图标下方出现的文本框中输入新的文件夹名字，输入的文字取代了“新建文件夹”。

Step 05 按 Enter 键确认。

训练 4 移动文件或文件夹

在资源管理器窗口中可以方便而直观地移动文件或文件夹。移动是指文件或文件夹从原来位置上消失，而出现在指定的位置上。要对文件或文件夹进行移动操作，首先应选定这些文件或文件夹对象。

1. 选定多个连续的文件或文件夹

要选定多个连续的文件或文件夹，其具体操作步骤如下。

Step 01 在文件夹内容窗格中，单击要选定的第一个文件或文件夹。单击文件时，它被高亮显示。

Step 02 按住 Shift 键，单击想选定的最后一个文件或文件夹，第一个选定与最后一个选定之间的所有对象都被高亮显示。

2. 选定多个不连续的文件或文件夹

要选定多个不连续的文件或文件夹，在文件夹内容窗格中，按住 Ctrl 键不放，再单击所要选定的每一个对象，最后松开 Ctrl 键。

3. 选定全部对象

选择“编辑”｜“全部选定”命令或者按 Ctrl+A 组合键，可以选定当前文件夹中的全部文件和文件夹。

4. 使用菜单命令移动文件或文件夹

使用菜单命令移动文件或文件夹，其具体操作步骤如下。

Step 01 打开源文件所在的文件夹，选定要移动的文件或文件夹。

Step 02 选择“编辑”|“剪切”命令或者按 Ctrl+X 组合键。

Step 03 打开目标驱动器或文件夹。

Step 04 选择“编辑”|“粘贴”命令或者按 Ctrl+V 组合键。

训练 5　复制文件或文件夹

复制文件或文件夹时，原来位置上的源文件或源文件夹保留不动，而在指定的位置上建立源文件或源文件夹的副本。其具体操作步骤如下：

Step 01 打开源文件所在的文件夹，选定要复制的文件或文件夹。

Step 02 选择“编辑”|“复制”命令或者按 Ctrl+C 组合键。

Step 03 打开目标驱动器或文件夹。

Step 04 选择“编辑”|“粘贴”命令或者按 Ctrl+V 组合键。

训练 6　删除文件或文件夹

Windows XP 允许用户删除磁盘上不再使用的文件或文件夹，其具体操作步骤如下。

Step 01 选定要删除的一个或多个对象。

Step 02 选择下列操作之一。

- 按 Delete 键。
- 选择“文件”|“删除”命令。
- 单击工具栏中的“删除”按钮。

Step 03 当出现如图 1.14 所示的“确认文件夹删除”对话框时，单击“是”按钮。

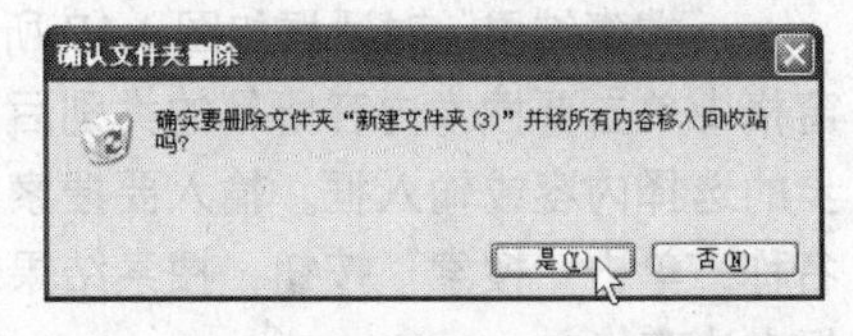

图 1.14　“确认文件夹删除”对话框

训练 7　恢复被删除的文件或文件夹

当用户从硬盘上删除一个文件或文件夹时，它只是暂时被移到“回收站”中保存，并没有真正从磁盘中删除。如果发现误删了某个文件，那么可以从“回收站”中恢复被删除的文件。要恢复被删除的文件，其具体操作步骤如下。

Step 01 双击桌面上的“回收站”图标，或者在资源管理器窗口中右击“回收站”图标，从快捷菜单中选择“打开”命令，出现如图 1.15 所示的“回收站”窗口。

Step 02 在“回收站”窗口中选定要恢复的文件或文件夹。

Step 03 选择“文件”|“还原”命令，文件就能够恢复到原来的位置。

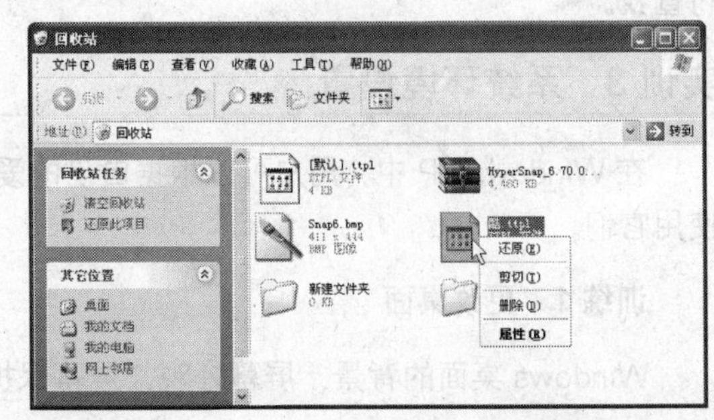

图 1.15　“回收站”窗口

要清除“回收站”中的所有内容，选择“文件”|“清空回收站”命令。

训练 8　重命名文件或文件夹

要重命名文件或文件夹，其具体操作步骤如下。

Step 01　选中要重命名的文件或文件夹。

Step 02　选择“文件”|“重命名”命令，此时在选定对象名字周围出现虚框且进入编辑状态，如图 1.16 所示。

图 1.16　重命名文件或文件夹

Step 03　直接输入新的名字，或者按←、→键将插入点定位到需要修改的位置，按 Backspace 键删除插入点左边的字符，然后输入新的字符。

Step 04　按 Enter 键确认。

训练 9　搜索文件或文件夹

计算机上的文件或文件夹分散在磁盘的各处，要查找一个特定的文件或文件夹，利用工具来进行搜索是十分必要的。Windows XP 内置有功能强大的搜索工具，可以帮助用户查找图片、音乐、视频、文档等各种文件，也可以查找文件夹、计算机、用户和 Web 站点。

在 Windows XP 中，可以按以下几种方法来打开“搜索结果”对话框，在其中通过设置搜索条件来查找所需要的对象。

- 选择“开始”|“搜索”命令。
- 在文件夹或资源管理器窗口中单击“搜索”按钮。
- 在任一文件夹图标上右击，从快捷菜单中选择“搜索”命令。

“搜索结果”对话框如图 1.17 所示。在左边的窗格中单击要搜索内容所属的类别后，会出现进一步的选择内容或输入框。输入要搜索的部分或全部名称，单击“搜索”按钮，搜索结果就会列在对话框右边窗格中。

选择搜索文档、文件或文件夹时，可以按照“部分或全部文件名”或“文件中的一个字或词组”进行搜索；可以在“在这里寻找”下拉列表中选择文件的搜索位置；也可以按文件的大小或修改时间进行查找。

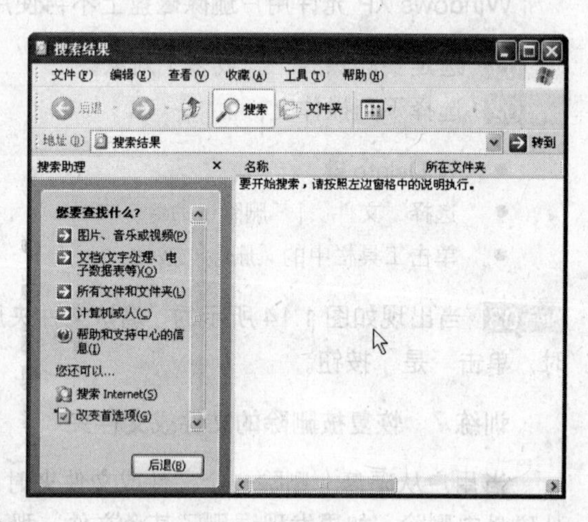

图 1.17　“搜索结果”对话框

实训 3　系统环境设置

在 Windows XP 中，用户可以根据自己的爱好更改桌面、日期和时间等设置，以便能更有效地使用它们。

训练 1　更改桌面

Windows 桌面的背景、屏幕外观、屏幕保护等，都可以通过“显示属性”进行设置。

1. 更改桌面背景

更改桌面背景，其具体操作步骤如下。

Step 01　在如图 1.18 所示的“控制面板”窗口中选择“显示”选项。

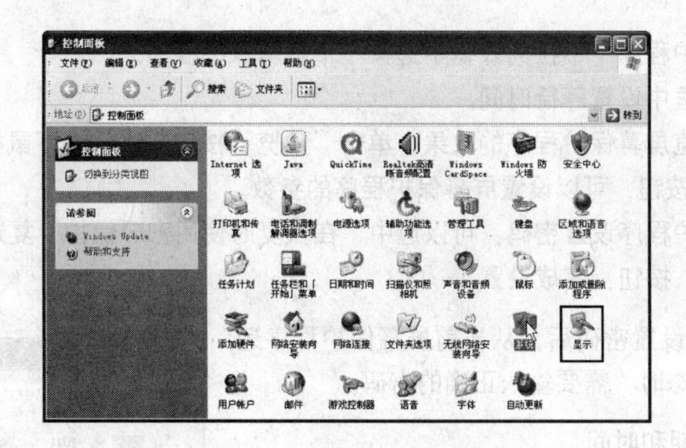

图 1.18 “控制面板”窗口

提 示

打开控制面板的方法有两种：一是选择“开始”|“控制面板”命令；二是在“我的电脑”或资源管理器窗口中单击“控制面板”图标。

Step 02 在“显示 属性”对话框中选择“桌面”选项卡，可以进行桌面背景的设置，如图 1.19 所示。

Step 03 从“背景”列表框中选择一种墙纸，单击“确定”或“应用”按钮，就可以把选定的墙纸设置为桌面背景。

提 示

利用“浏览”按钮，可以从计算机中查找图像文件或 HTML 文件作为背景墙纸。在“位置”下拉列表中还可以设定墙纸的显示方式：“平铺”选项将图像重复排列；“居中”选项将图像放在桌面的中央；“拉伸”选项将图片放大到与屏幕同样的大小。

2. 设置屏幕保护程序

屏幕保护程序是当用户在一段指定的时间内对计算机未进行任何操作时，将在屏幕上出现的移动的位图或图片。

设置屏幕保护程序的具体操作步骤如下。

Step 01 在“显示 属性”对话框中，选择“屏幕保护程序”选项卡，如图 1.20 所示。

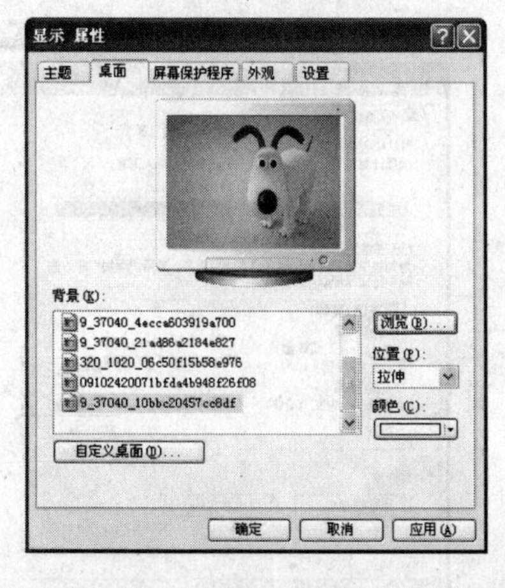

图 1.19 “显示 属性”对话框的“桌面”选项卡

图 1.20 “显示 属性”对话框的“屏幕保护程序”选项卡

Step 02 在“屏幕保护程序”下拉列表框中选择一个屏幕保护程序。

Step 03 在“等待”框中设置等待时间。

Step 04 要全屏幕预览屏幕保护程序的效果，单击“预览”按钮，移动一下鼠标或按任意键可结束预览；单击“设置”按钮，可以设置屏幕保护程序的参数。

Step 05 要为屏幕保护程序设置密码，可以选中“在恢复时使用密码保护”复选框。

Step 06 单击“确定”按钮，完成设置。

为屏幕保护程序设置密码后，从当前屏幕保护程序运行状态切换到工作状态时，需要输入正确的密码。

训练 2　设置日期和时间

有时，用户为了修正计算机系统的时间误差，或者为了避开某种计算机病毒发作的时间，需要设置系统的日期和时间。设置的方法是：在“控制面板”窗口中选择“日期、时间、语言和区域设置”选项，再单击“更改日期和时间”选项，打开“日期和时间 属性”对话框，选择其中的“时间和日期”选项卡，如图 1.21 所示，设置正确的年、月、日和时间后，单击“确定”或“应用”按钮。

图 1.21　“日期和时间 属性”对话框

任务 4　输入法的操作

实训 1　安装和删除输入法

在中文 Windows XP 系统安装时已经预装了智能 ABC、全拼、双拼、郑码、区位和表形码等多种输入法。用户还可以根据需要，任意安装或删除某种输入法，具体操作步骤如下。

Step 01 单击“开始”按钮，选择“设置”|“控制面板”命令，打开“控制面板”窗口。双击“日期、时间、语言和区域设置”图标，出现如图 1.22 所示的“日期、时间、语言和区域设置”窗口。

Step 02 单击“添加其他语言”按钮，选择“语言”选项，单击“详细信息”命令，出现如图 1.23 所示的“文字服务和输入语言”对话框。

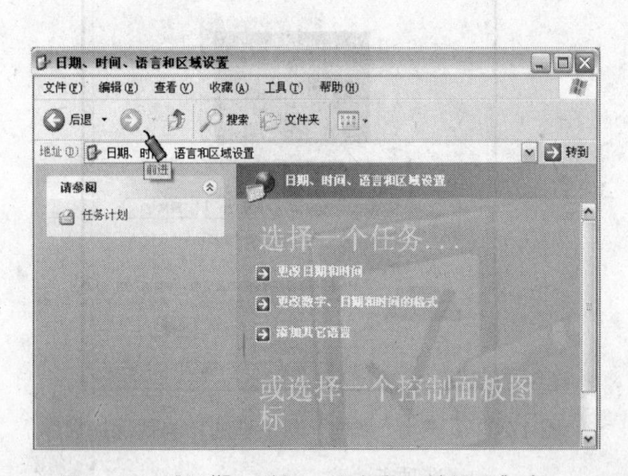

图 1.22　“日期、时间、语言和区域设置”窗口

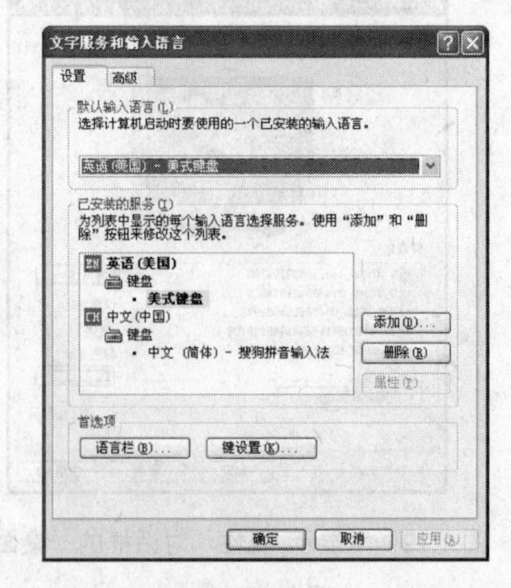

图 1.23　“文字服务和输入语言”对话框

Step 03 在列表框中选择要添加的中文输入法，然后单击“确定”按钮。

Step 04 单击“文字服务和输入语言”对话框中的“应用”按钮，系统就开始从 CD-ROM 或软盘中复制文件。

Step 05 要删除某一种输入法，可以在“输入法”列表框中选中要删除的输入法，然后单击“删除”按钮。

Step 06 单击“确定”按钮。

实训 2 选用输入法

在中文 Windows XP 下，用户可以自由选用系统已安装的各种中文输入法，具体操作步骤如下。

Step 01 单击任务栏中的输入法指示器，显示一个输入法列表，如图 1.24 所示。

Step 02 在输入法列表中单击自己喜欢的输入法。

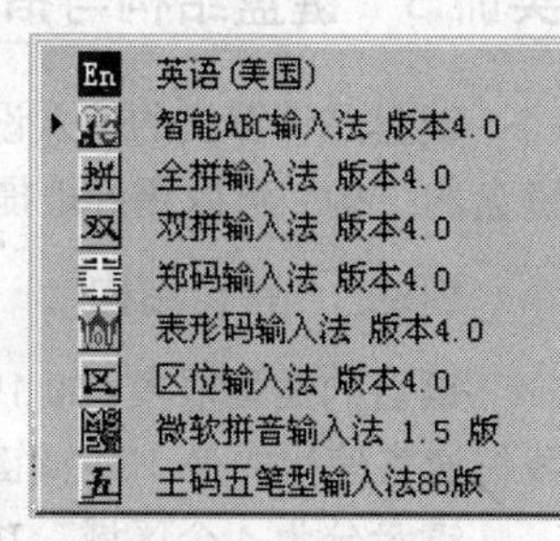

图 1.24 输入法列表

另外，可以按 Ctrl+Shift 组合键在已经安装的输入法之间按顺序循环切换；按 Ctrl+“空格键”在中文和英文输入法之间切换。

1. 中文输入法工具栏

当选用中文输入法时，会显示一个输入法工具栏，如图 1.25 所示。如果要移动输入法工具栏，只需将鼠标指针指向工具栏的边缘位置，当鼠标指针变成十字箭头时，按住鼠标左键拖曳。

- **中/英文输入法切换按钮：**单击该按钮，可在中文和英文输入法之间切换。切换到英文输入状态时，该按钮显示字母 A。
- **输入方式切换按钮：**在 Windows XP 内置的某些输入法中，还含有自身携带的其他输入方式。例如，智能 ABC 输入法就包括“标准”和“双打”两种输入方式。单击该按钮可在两种输入方式之间进行切换。

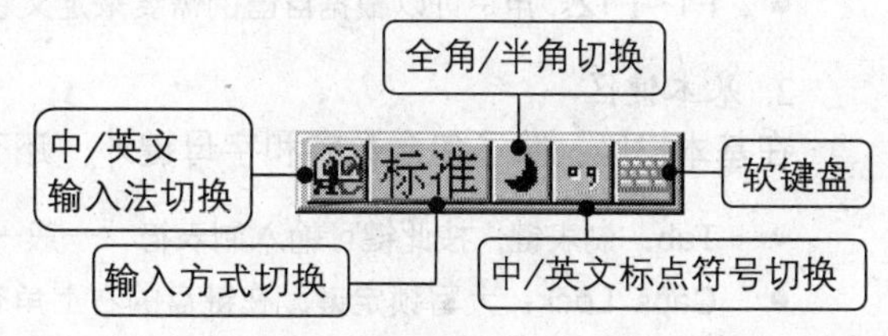

图 1.25 中文输入法工具栏

- **全角/半角切换按钮：**单击该按钮或者按 Shift+“空格”键，可以在全角和半角之间切换。当按钮上显示一个黑圆点时，表示为全角方式；当按钮上显示一个半月牙时，表示为半角方式。在全角方式下，输入的英文字母、数字与在半角方式下输入的不同，它们需占一个汉字的宽度（两个字节）；在半角方式下输入的英文字母、数字占一个字节。
- **中/英文标点符号切换按钮：**单击该按钮或者按 Ctrl+“.”键，可以在中、英文标点符号之间切换。当按钮上显示出一个中文句号和逗号时，表示可以输入中文标点符号；当按钮上显示一个英文句号和逗号时，表示可以输入英文标点符号。
- **软键盘按钮：**单击该按钮，出现如图 1.26 所示的软键盘。再次单击该按钮，会隐藏软键盘。用鼠标单击软键盘上的键，同样可以输入内容。

2. 翻页

在进行中文输入时，输入法窗口的候选框将显示所有的候选字词，从候选框中可选择需要的汉字（输入前面的数字）。如果需要的汉字不在其中，可以通过单击翻页按钮或者使用键盘中的“=”和“-”键进行前后翻页。

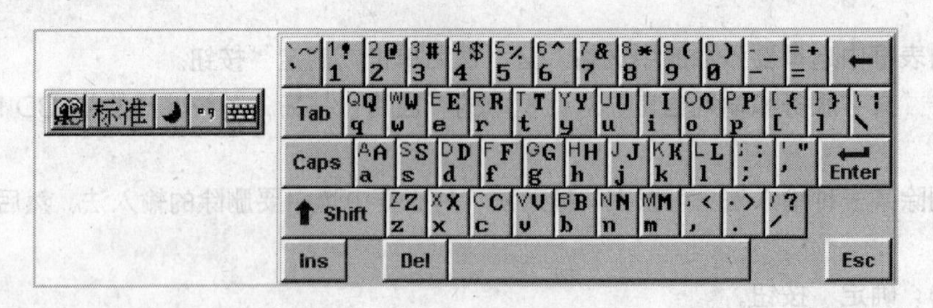

图 1.26 软键盘

实训 3 键盘结构与指法训练

键盘是计算机的输入设备，是用户向计算机内部输入数据和控制计算机的重要工具。熟练掌握键盘的结构，可以更好地提高工作效率，而正确的指法，可以保证用户输入的准确性与有效性。

训练 1 键盘结构

键盘的类型很多，如 104 键键盘、多媒体键盘、手写键盘、人体工程学键盘和红外线遥感键盘。我们通常使用的是 104 键键盘。

键盘分为 4 个区域：功能键区、基本键区、编辑控制键区和数字键区。

1. 功能键区

最上排的 Esc 和 F1～F12 键被称为功能键。

- Esc：强行退格键，用来撤销某项操作。
- F1～F12：用户可以根据自己的需要来定义它的功能。F1 通常用作帮助键。

2. 基本键区

在基本键区，除了包含数字和字母键外，还有下列辅助键。

- Tab：制表键。按此键可输入制表符，一般一个制表符相当于 8 个空格。
- Caps Lock：大写锁定键。在键盘的右上角有一个对应的指示灯。这个键为反复键，击一下此键，指示灯亮，此时输入的字母为大写。再击一下此键，指示灯灭，输入状态变为小写。
- Shift：上档键。在基本键区的下方左右各有一个 Shift 键。输入方法是按住 Shift 键，再按有双字符的键（或字母键），即可输入该键上方的字符（或大小写输入转换）。例如，我们要输入一个“*”符号，按住 Shift 键不放，击一下 [*/8] 键，即可输入一个“*”。
- Ctrl：控制键。与其他键同时使用，用来实现应用程序中定义的功能。
- Alt：辅助键。与其他键组合成复合控制键。
- Enter：回车键。通常被定义为命令的输入、文字编辑中的回车换行等。
- 空格键：用来输入一个空格，并使光标向右移动一个字符的位置。
- Windows 徽标键：显示或隐藏“开始”菜单。

3. 编辑控制键区

编辑控制键区包含了 4 个方向键和几个控制键。

- Page Up：按此键光标移到上一页。
- Page Down：按此键光标移到下一页。
- Home：用来将光标移到当前行的行首。
- End：用来将光标移到当前行最后一个字符的右边。
- Delete：删除键，用来删除当前光标右边的字符。

- Insert：用来切换插入与改写状态。

4. 数字键区

数字键区上有一个 Num Lock 键，按此键时，键盘上的 Num Lock 指示灯亮，表示此时为输入汉字和运算符号的状态。当再次按 Num Lock 键时，指示灯灭，此时数字键区的功能和编辑控制键区的功能相同。

训练 2　指法训练

正确的键盘指法是提高计算机信息输入速度的关键，因此，初学计算机的用户必须从一开始就严格按照正确的键盘指法进行学习。

1. 指法分布

键盘上的字符分布是根据字符的使用频率确定的。因为人的十个手指的灵活程度不一样，所以用灵活一点的手指分管使用频率较高的键位，用不太灵活的手指分管使用频率较低的键位。将键盘一分为二，左右手分管两边。

除大拇指外，每个手指都负责一小部分键位。击键时，手指上下移动，这样的分工，手指移动的距离最短，错位的可能性最小，且平均速度最快。

大拇指因其特殊性，最适合敲击空格键。

"ASDF……JKL;"所在行位于键盘基本区域的中间位置，此行离其他行的平均距离最短，我们把这一行定为基准行，这一行上"ASDF"和"JKL;"8 个键定为基准键。基准键位是手指的常驻键位，即手指一直落在基准键上，当击其他键时，手指移动击键后，立即返回到基准键位上，再准备去击其他键。

基本键区周围的一些键，按照就近击键的原则，属于小指击键的范围。

操作数字键区时，右手中指落在"5"（基准键位）上，中指分管 2、5、8，食指分管 1、4、7，无名指分管 3、6、9，小指专管 Enter 键，0 键由大拇指负责。操作方向键的方法是，右手中指分管↑和↓键，食指和无名指分别管←和→键。

2. 击键要求

只有通过大量的指法练习，才能熟记键盘上各个键的位置，从而实现盲打，即不看键盘输入。用户可以先从基准键位开始练习，再慢慢向外扩展直至整个键盘。在打字前，最好记住整个键盘的结构，这样就不会因忙于找字符而耽误时间了。要想高效准确地输入字符，还要掌握击键的正确姿势和击键方法。

正确的姿势能准确快速地输入而又不容易疲劳。

正确的击键姿势：

- 稿子放在左侧，键盘稍向左放置。
- 身体坐正，腰背挺直。
- 座位的高度适中，便于手指操作。
- 两肘轻贴身体两侧，手指轻放在基准键位上，手腕悬空平直。
- 眼睛看稿子，不要盯着键盘。
- 身体其他部位不要接触工作台和键盘。

正确的击键方法：

- 按照手指划分的工作范围击键，是"击"键，而不是"按"键。
- 手的全部动作只限于手指部分，手腕要平直，手臂不动。

- 手腕至手指呈弧状，手指的第一关节与键面垂直。
- 击键时以指尖垂直向键位瞬间爆发冲击力，并立即由反弹力返回。
- 击键力量不可太重或太轻。
- 指关节用力击键，胳膊不要用力，但可结合使用腕力。
- 击键声音清脆，有节奏感。

3. 指法训练

打字是一种技术，只有通过大量的打字训练才能熟记各键的位置，从而实现盲打。为了提高打字速度，更快地实现盲打，按照以下方法进行练习，可以收到事半功倍的效果。

- 首先从基准键开始练习，先练习"ASDF"及"JKL;"。加上"EI"键进行练习，然后加上"GH"进行练习，接着依次加上"RTYU"、"WQMN"、"CXZ"键……进行练习。最后练习所使用的所有键位。
- 重复式练习。练习中可选择一些英文词句或短文，反复练习多次，并记录自己完成的时间。
- 强化式练习。对一些弱指所负责的键要进行有针对性的练习，如小指、无名指等。
- 坚持盲打训练。在训练打字过程中，应先讲求准确地击键，不要贪图速度。一开始，键位记不准，可稍看键盘，但不可总是偷看键盘。经过一定时间的训练，能达到不看键盘也能准确击键。

要领：将双手食指定位到 J 和 F 两键，其他手指依次搭在相应的键上，大拇指搭在空格键上，用最近最方便的手指敲击各键，注意击后回位。不要用力过猛，更不要按住一键不放，眼睛尽量不看键盘，经常练习即可实现盲打。

案例实训 1 在桌面上创建应用程序的快捷方式

如果用户要经常运行某个应用程序，可以在桌面上为该应用程序创建一个快捷方式图标。以后，只要双击该快捷方式图标，即可运行应用程序。

要在桌面上创建快捷方式，其具体操作步骤如下。

Step 01 在"我的电脑"或资源管理器窗口中，打开所需的文件夹窗口。

Step 02 用鼠标右键拖动要创建快捷方式的文件夹或文件图标到桌面，松开鼠标右键，出现如图 1.27 所示的快捷菜单。

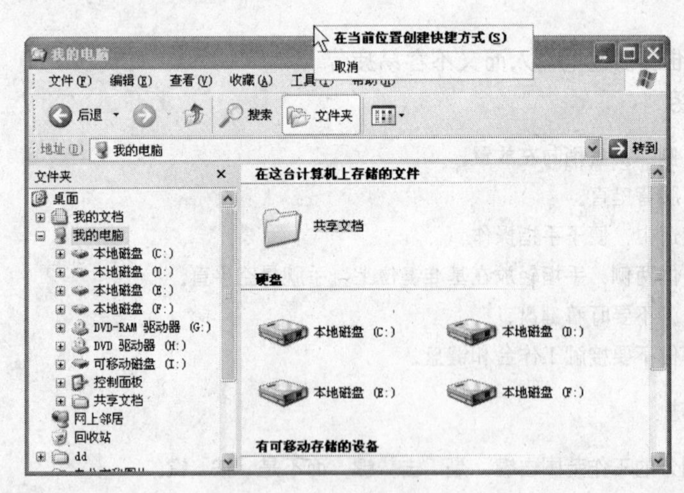

图 1.27 在桌面上创建快捷方式

Step 03 选择菜单中的“在当前位置创建快捷方式”命令。

案例实训 2　设置“开始”菜单

用户可以把工作中经常要运行的应用程序添加到“开始”菜单中，也可以从“开始”菜单中删除那些不常用的程序以简化菜单。这里将练习如何设置“开始”菜单。

1. 在“开始”菜单中添加快捷方式

如果要在“开始”菜单中添加快捷方式，其具体操作步骤如下。

Step 01 单击“开始”按钮，选择“设置”|“任务栏和「开始」菜单”命令，出现“任务栏属性”对话框。

Step 02 单击“「开始」菜单程序”标签。单击“自定义”命令，屏幕画面如图 1.28 所示。

Step 03 单击“添加”按钮，出现如图 1.29 所示的“创建快捷方式”对话框。

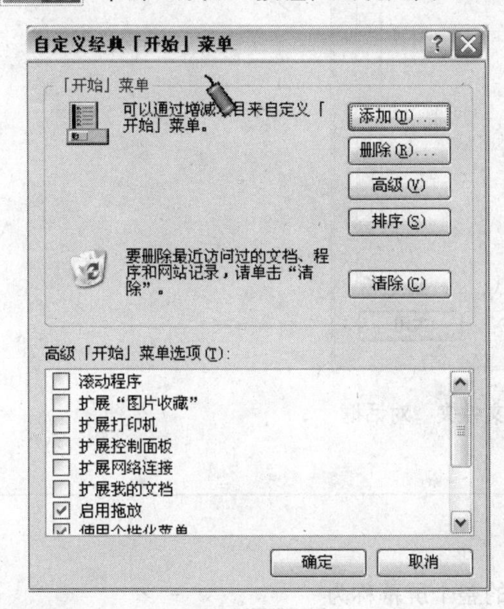

图 1.28　“自定义经典「开始」菜单”选项卡

图 1.29　“创建快捷方式”对话框

Step 04 在“请键入项目的位置”文本框中输入程序名，或者单击“浏览”按钮，在出现的“浏览”对话框中选择要创建快捷方式的程序名。

Step 05 单击“下一步”按钮，出现“选择程序文件夹”对话框，用户可以为快捷方式指定一个文件夹。例如，选择 Start Menu（开始菜单）；如果选择 Programs（程序），可以将快捷方式放在“程序”菜单中。

Step 06 单击“下一步”按钮，出现“选择程序的标题”对话框，可以输入程序的名称。

Step 07 单击“完成”按钮。此时，再单击“开始”按钮，就可以看到新添加的程序项出现在“开始”菜单的顶部。

提 示

为了在启动 Windows 时同时启动程序，只需将该应用程序的快捷方式添加到“程序”菜单的“启动”文件夹中。

2. 删除“开始”菜单或“程序”菜单中的快捷方式

如果要删除“开始”菜单或“程序”菜单中的快捷方式，其具体操作步骤如下。

Step 01 单击“开始”按钮，选择“设置”|“任务栏和「开始」菜单”命令，出现“任务栏和「开始」菜单属性”对话框。单击该对话框中的“「开始」菜单”标签。

Step 02 单击“自定义”按钮，出现“自定义经典「开始」菜单”对话框。

Step 03 单击“删除”按钮，出现如图 1.30 所示的“删除快捷方式/文件夹”对话框，找到要删除的文件夹或快捷方式，并单击“删除”按钮。在弹出的“确认快捷方式删除”对话框中，单击“删除快捷方式”按钮。

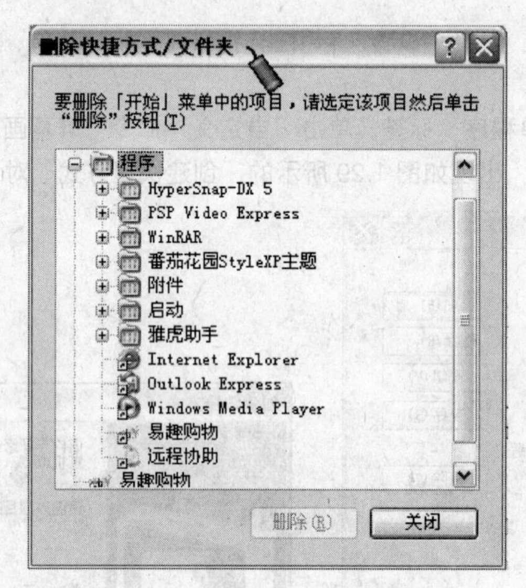

图 1.30 “删除快捷方式/文件夹”对话框

课后习题

1. 填空题

（1）Windows XP 启动完成后，呈现在用户面前的整个屏幕称为______。

（2）按______组合键可以在不同任务之间进行切换。

（3）组成对话框的元素一般有标题栏、______、______、______、______、______和______等。

（4）要删除 Windows XP 的应用程序，可以在“______”对话框中进行。

（5）在 Windows XP 中，对计算机的资源可以通过______或______来访问、存取和管理。

（6）用户可以在窗口中采用 4 种方式显示对象，它们是______、______、______和______。

（7）按______组合键相当于完成粘贴操作。

（8）Windows XP 允许设置一些其他的桌面外观和效果，包括______、______、______和______等。

2. 选择题

（1）用鼠标左键（ ）某个图标，即可启动（或打开）该图标代表的程序（或窗口）。

A. 单击　　B. 双击　　C. 三击　　D. 右击

（2）任务栏从左至右分为（　　）个部分。

A. 2　　B. 3　　C. 4　　D. 5

（3）为了放弃在对话框中所进行的设置，可以单击“取消”按钮或按（　　）键。

A. Esc　　B. Alt　　C. Ctrl　　D. Shift

（4）通过（　　），用户可以访问到本地计算机上的所有软件和硬件设备资源，还有用户自己的文件。

A. 我的文档　　B. 我的电脑
C. 网上邻居　　D. 回收站

（5）选择一组连续对象需按住（　　）键，选择一组不连续对象需按住（　　）键。

A. Ctrl　　B. Shift　　C. Alt　　D. Tab

（6）按（　　）组合键可完成复制操作。

A. Ctrl+V　　B. Shift+V　　C. Ctrl+C　　D. Ctrl+P

（7）在 Windows XP 的“显示 属性”对话框中，设置 800×600 指的是（　　）。

A. 颜色种类　　B. 分辨率　　C. 显示器尺寸　　D. 桌面尺寸

（8）按（　　）组合键可以在全角和半角之间切换。

A. Ctrl+空格键　　B. Ctrl+Shift
C. Shift+空格键　　D. Ctrl+Shift+空格键

3. 上机练习题

（1）启动 Windows XP，认识其桌面组成。
（2）打开“我的电脑”，认识其窗口元素。
（3）把不需要的应用程序卸载。
（4）在 D 盘中新建一个文件夹，并命名为“资料大全”。
（5）将 C 盘中 Windows 目录下的所有文件复制到 D 盘的“资料大全”文件夹中。
（6）将 D 盘“资料大全”文件夹中的所有文件删除到“回收站”中，然后把其中的.bat（即扩展名为.bat）文件恢复到“资料大全”文件夹中，最后清空“回收站”。
（7）查找硬盘中所有的 TXT 文件（即扩展名为.txt）。
（8）将屏幕分辨率分别设为 640×480、800×600、1024×768，并观察结果。
（9）练习在“开始”菜单中添加菜单项，并删除不需要的菜单项。
（10）试着在各种输入法之间进行切换。
（11）用“全拼输入法”输入下段文字：

在减肥过程中往往再三强调要吃主食，像米饭、淀粉之类的食物，但常常会看到减肥者脸上一致的反应：“吃饭不是会胖吗？我可不可以不吃？”此时得提醒减肥者，合适的主食搭配，减肥更轻松、健康。

项目2

文字处理与办公应用

项目导读

本章介绍文字处理与办公应用的相关知识，使读者了解 Word 文字处理软件的使用方法，可以更好地完成文档的处理与美化工作。

知识要点

- ✪ 启动和退出 Word 软件
- ✪ 新建、保存和打开文档
- ✪ 文本的操作和文档的排版
- ✪ 对象操作
- ✪ 页面设置与打印
- ✪ 高级表单操作
- ✪ 共享 Office 应用程序

任务 1 Word 的基本操作

要操作好 Word 这样一个文档工作的好助手，最好的开始无疑是对其基本的文档操作有一个简要而全面的了解。一个最简单的文档工作流程就是：创建文档 → 编辑文档 → 保存文档 → 关闭文档 → 再打开文档。本节将介绍这些基本的文档操作。

实训 1 认识 Word 的工作界面

在计算机中正确地安装了 Word 之后，启动它是一件非常简单的事。用户只需选择“开始”|“程序”| Microsoft Word 命令，即可启动 Word。

技 巧

利用文档也可启动 Word。在“我的电脑”或“资源管理器”中找到一个 Word 文档，双击即可。或双击桌面上的 Word 的快捷方式图标，也可启动 Word。

启动 Word 后，可以看到如图 2.1 所示的 Word 工作窗口。下面介绍其组成部分。

1. 标题栏

Word 界面最上方的蓝条就是标题栏。在标题栏的左边显示了文档的名称，标题栏右边 3 个按钮▁、▣、✕的功能分别是最小化、还原和关闭窗口。

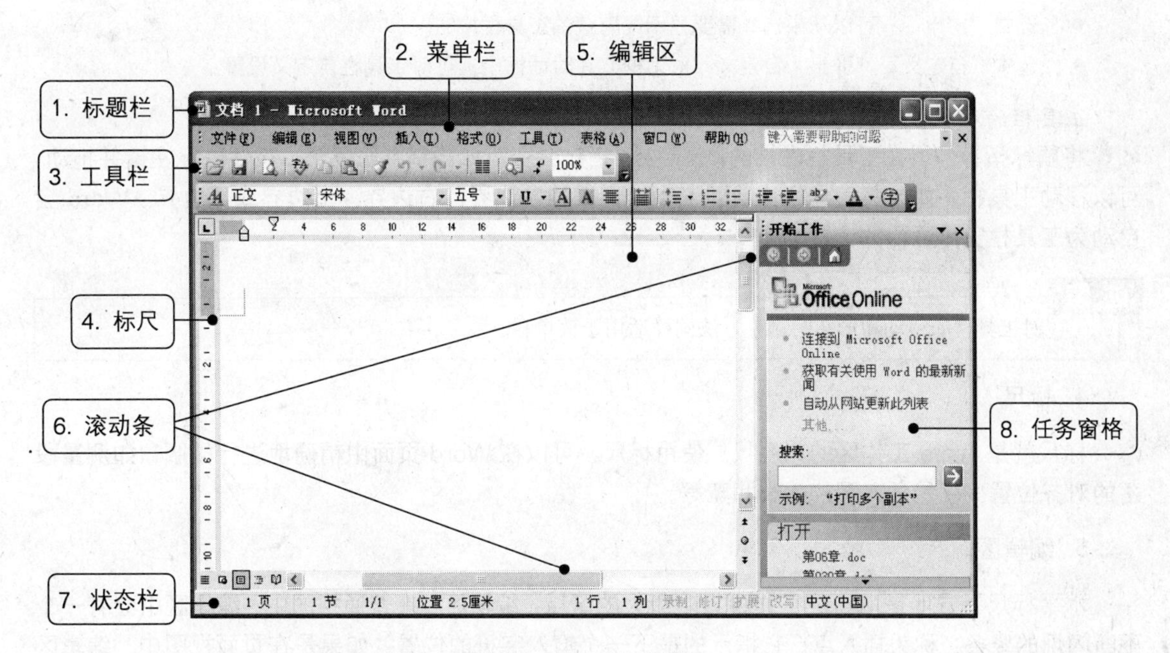

图 2.1 Word 工作窗口

2. 菜单栏

标题栏的下方就是菜单栏。通过对菜单栏命令的选择可执行 Word 的各种功能。但用户在使用 Word 时，并不是每个命令都经常用到。所以，Word 通过记录用户的使用习惯，在菜单栏中显示最近常用的命令，而那些一段时间没有被使用的命令就会自动隐藏。这时，在每个菜单的底端提供了一个双箭头的按钮，单击这个按钮可显示出全部命令。

3. 工具栏

Word 的工具栏是一个命令按钮的集合，通过单击命令按钮，可快速、便捷地执行命令。

显示或隐藏工具栏

选择“视图”|“工具栏”命令，弹出“工具栏”级联菜单，在其中列出了所有的 Word 工具栏。要显示或隐藏工具栏，只需单击代表该工具栏的菜单项即可，工具栏左边的✓标志表示该工具栏被激活。Word 也会根据编辑内容自动显示工具栏。例如，在选中图片的同时，“图片”工具栏将会被自动激活。

调整工具栏

通过工具栏选项，可以对工具栏进行设置，例如，对按钮使用大图标、添加或删除按钮等。在“常用”工具栏的右端，有一个向下的箭头图标，这就是“工具栏选项”按钮。单击该按钮，会弹出如图 2.2 所示的下拉列表。在该下拉列表中：

- 选中“在一行内显示按钮”，可将“常用”工具栏和“格式”工具栏合并到一行中。
- 选中“添加或删除按钮”，将弹出如图 2.3 所示的级联菜单。

图 2.2 “工具栏选项”下拉列表　　　　图 2.3 “添加或删除按钮”级联菜单

- 选中“常用”，可以从中选择需要显示或隐藏的工具栏按钮。
- 选中“自定义”，弹出“自定义”对话框。在对话框中，可对工具栏自定义设置。

工具栏的移动和形状的调整

将鼠标指针停留在工具栏左端的标志上，指针会变为四向箭头形状，按住鼠标左键并拖动，可以移动工具栏。如果将工具栏拖动到 Word 窗口的左边界、右边界、上边界或下边界，Word 会自动为工具栏安排适合的位置。

注 意

对工具栏的移动和形状的调整方法同样适用于菜单栏。

4. 标尺

标尺就是 Word 工作区的刻度尺。使用标尺，可以在 Word 页面中精确地进行排版，如测量段落的对齐位置、度量插入图片的长和宽等。

5. 编辑区

水平标尺下方就是 Word 工作窗口中最大的区域：编辑区。在普通视图中，编辑区中会有一个不断闪烁的竖条，称为插入点。它指示的是下一个输入字符的位置。如果是在页面视图中，编辑区可能会出现灰色的网格线。这是帮助编辑的，不会被打印出来。如果不想在视图中出现网格线，可以选择“视图”|“网格线”命令，取消左侧的勾选。

6. 滚动条

滚动条包括垂直滚动条（右侧）和水平滚动条（下方）两个，用户可以通过拖动滚动条来移动文档视图。如果一开始没有滚动条的话，可以选择“工具”|“选项”命令，单击“视图”标签打开“视图”选项卡，选中“水平滚动条”和“垂直滚动条”复选框即可。

在水平滚动条左侧有 5 个视图切换按钮：“普通视图”按钮、“Web 版式视图”按钮、“页面视图”按钮、“大纲视图”按钮和“阅读版式视图”按钮。单击相应的按钮，可切换到不同的视图模式。在垂直滚动条下方有一个“选择浏览对象”按钮，单击该按钮会出现“选择浏览对象”面板，选择所要浏览的项目，即可快速浏览文档。

7. 状态栏

状态栏位于水平滚动条下方，包括页数、节数、目前页数/总页数、插入点所在位置（行和列）等信息。其右侧有 4 个按钮：“录制”、“修订”、“扩展”和“改写”，它们本身都呈灰色。每一个按钮代表一种 Word 的工作方式，双击可进入或退出某一方式。当其呈黑色时，表示处于该工作方式。这 4 个按钮右边是“语言”框，提示当前正在使用的语言。

8. 任务窗格

所谓任务窗格是指提供常用命令的独立窗口，一般会出现在文档窗口的右侧，如图 2.1 所示的就是“开始工作”任务窗格。Word 中提供了 14 种任务窗格，每一种都有很强的针对性。在任务窗格中包含了很多命令的链接，单击这些链接就可执行相应的命令。如果不希望任务窗格出现在屏幕右边而占据过多的编辑区域，可以拖动任务窗格标题栏的左侧，任务窗格会从屏幕右边的固定位置跳出来，可以将其拖到任何希望的位置。

实训 2　新建和保存文档

训练 1　创建新文档

方法 1：使用“新建空白文档”按钮创建新文档

在启动 Word 时，会自动新建一个空白文档。如要另新建一个文档，则直接单击工具栏中的“新建空白文档”按钮；或在“新建文档”任务窗格中单击“空白文档”，也可建立一个基于标准文档的新空白文档。

方法 2：使用“新建文档”任务窗格创建新文档

选择“文件”|“新建”命令，出现“新建文档”任务窗格（见图 2.4）。单击“模板”选项组中“本机上的模板”按钮，将出现如图 2.5 所示的“模板”对话框。单击“常用”标签，在“常用”选项卡中选择“空白文档”图标，并单击“确定”按钮。当用户选择 Word 提供的模板来创建文档时，如上所述打开“模板”对话框，然后选择所需选项卡。在提供的模板中，用户可以方便地完成文档编辑。如图 2.6 所示，这里提供的是一个“典雅型传真”模板。

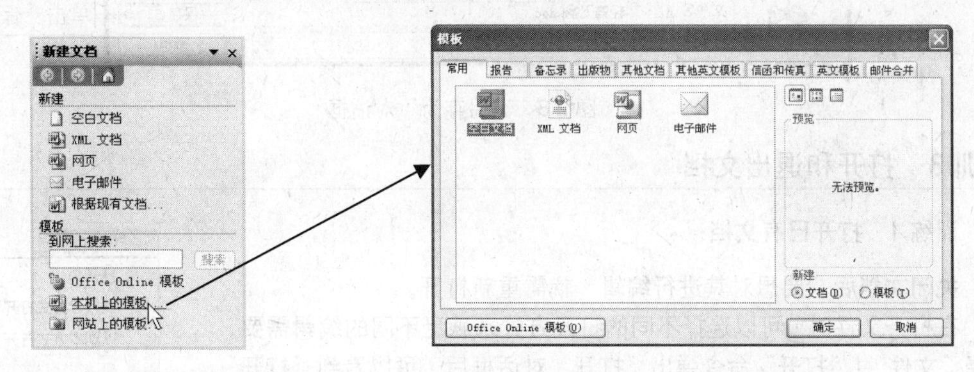

图 2.4　“新建文档”任务窗格　　　　图 2.5　“模板”对话框

方法 3：选择向导建立新文档

Step 01　在“模板”对话框中选择一个标签，此处以“信函和传真”为例。

Step 02　在“信函和传真”选项卡中选择“传真向导”，单击“确定”按钮，出现如图 2.7 所示对话框。在向导的提示下，逐步设置各个选项，然后单击“完成”按钮，完成文档的创建。所有的文档工作都是从创建新的 Word 文档开始的，了解并掌握多种创建新文档的方法可以熟练 Word 操作，提高工作效率。

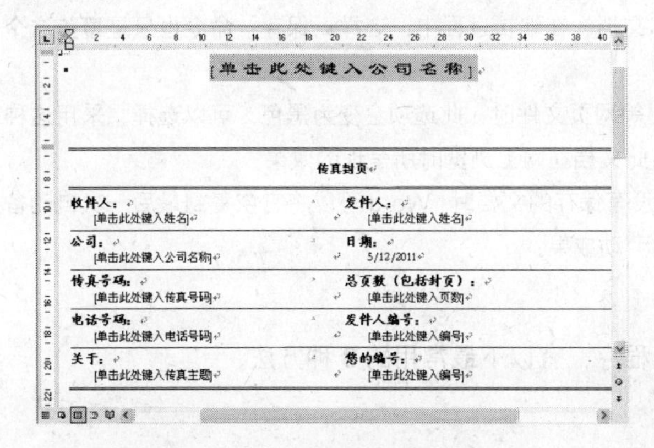

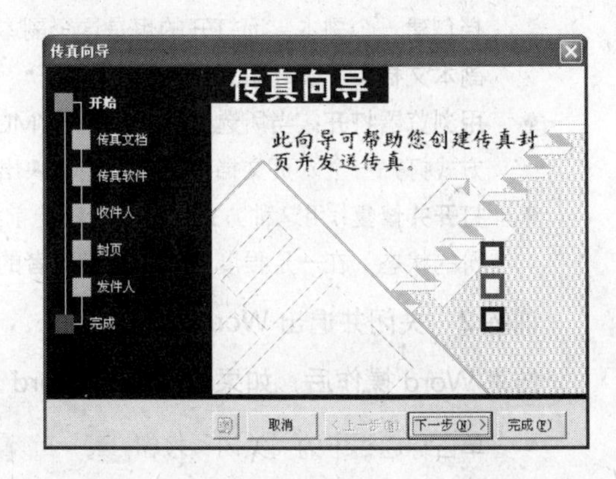

图 2.6　“典雅型传真”模板　　　　图 2.7　“传真向导”对话框

训练 2　文档的保存及关闭

要保存新建的文档，选择“文件”|“保存”命令，或者单击“常用”工具栏中的“保存”按钮，出现如图 2.8 所示的“另存为”对话框。

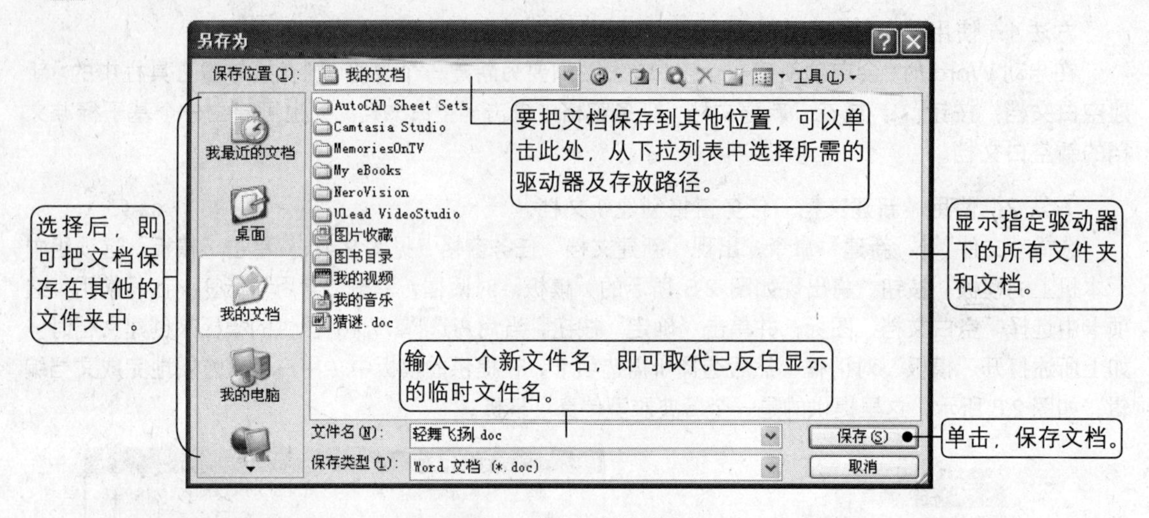

图 2.8　“另存为”对话框

实训 3　打开和退出文档

训练 1　打开已有文档

关闭文档后，要想对其进行编辑，就需重新打开。

在打开文件时，可以选择不同的打开方式来满足不同的编辑需要。选择“文件”|“打开”命令弹出“打开”对话框后，可以看到“打开”按钮的右边有一个下三角按钮。单击此按钮，将出现如图 2.9 所示的“打开”下拉列表。

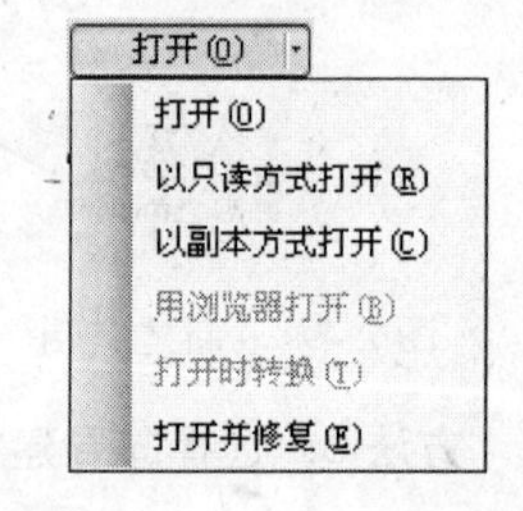

图 2.9　“打开”下拉列表

这些打开方式的具体含义如下。

- **打开：**Word 默认的打开方式，适用于所有文档。
- **以只读方式打开：**以这种方式打开一个文档后，此文档暂时变为只读属性，保存时不能覆盖源文件，只能选择“另存为”方式，以另一个文件名保存。这种方式可以有效地防止因误操作而破坏重要文档。
- **以副本方式打开：**选择这种打开方式打开一个文档，Word 将自动在所选文档所在的文件夹中为此文档创建一个副本，而打开的也是这个副本文档。在编辑过程中，选择“保存”命令也只是覆盖这个副本文档，不破坏源文档。
- **用浏览器打开：**当所选择的文件是 HTML 等网页文件时，此选项会变为黑色，可以选择。采用这种方式打开一个网页文档，能真实地反映出此文档在网上浏览时所呈现的效果。
- **打开并修复：**用这种方式打开一个断电前没有保存的文档时，Word 可以将它恢复到最后一次自动备份的状态，在一定程度上保护了使用者的劳动成果。

训练 2　关闭并退出 Word

结束 Word 操作后，如果想要退出 Word 程序，有以下最常用的 3 种方法。

- 单击标题栏中的“关闭”按钮。

- 选择“文件”|“退出”命令。
- 使用 Alt+F4 组合键。

任务 2　文本的操作及排版

实训 1　文本的基本操作

训练 1　文本的输入和选定

在新建一个 Word 文档后，首先需要输入文本，然后对选中的文本进行相关编辑。

1. 文本的输入

定位了光标后，就可以输入文本了。默认情况下，在一行中间的新文本会插入到原有的文本中。如果输入时原有的文本消失了，可能是“改写”模式被打开，此时状态栏中的“改写”二字呈黑色显示。用户只需双击“改写”，让它重新变为灰色，即可取消“改写”模式。

2. 插入符号和特殊字符

输入文本时，用户常会需要使用无法用键盘表达的符号，这时就需要利用 Word 提供的插入符号功能。其具体操作步骤如下：

Step 01　打开文件“素材\练习\04cr.doc”。

Step 02　在需要插入符号处单击，选择插入点，然后选择“插入”|“符号”命令，会出现如图 2.10 所示的对话框。用户可以在“字体”和“子集”两个下拉列表框中选择符合要求的选项。

Step 03　用鼠标选中的符号便会放大显示。选定后，单击“插入”按钮。

Step 04　此时“取消”按钮变成“关闭”按钮，单击即可关闭对话框。

图 2.10　“符号”对话框

提 示

文本的输入过程中，用户既可以直接输入日期和时间，也可以用 Word 提供的插入日期和时间的命令，方法是选择“插入”|“日期和时间”命令，此处不再赘述。

3. 划分段落

在输入文本时，通常一行文本到了文档页面的边界时就会自动换行，这种通过文本遇到边界自动换行所形成的多行文本可视为一个段落。如果希望在输入一段文本后另起一段，则可以在该段文本结尾处按 Enter 键，此时光标将直接移动到下一行的行首，再输入的文本就是一个新的段落了。如果单击“常用”工具栏中的“显示/隐藏编辑标记”按钮显示编辑标记，则在按 Enter 键划分段落的地方将显示段落标记“↵”，该标记提示在此处划分了段落，且不会在打印文档中显示出来。

技 巧

划分段落后，可对每段分别设置段落格式，如行间距、段前间距和段后间距等。这些格式信息都包含在段落标记中。当在某段落后按 Enter 键形成新段落时，段落标记将自动把段落的各种设置传递到新的段落中。

4. 文本的选定

最常用的选定文本的方法就是按住鼠标左键并拖到要选定的文本，使其在屏幕上反白显示。对于图形，可以单击该图形进行选定。

- **任何数量的文本**：在想要选择的段落或文本前按住鼠标左键不放，拖动鼠标一直到选择目标的末尾，就完成了对目标段落或文本的选择。
- **一个单词**：双击该单词。
- **一行文本**：将鼠标指针移动到该行左侧，直到指针变为右向箭头，然后单击鼠标。
- **一个句子**：按住 Ctrl 键，然后单击该句子中的任何位置。
- **一个段落**：将鼠标指针移动到该段落的左侧，直到指针变为右向箭头，然后双击，或者在该段落中的任意位置连击 3 次。
- **多个段落**：将鼠标指针移动到该段落的左侧，直到指针变为右向箭头，然后双击，第 2 次单击后不放开鼠标左键，向上或向下拖动鼠标。
- **一大块文本**：先单击要选定内容的起始处，然后滚动屏幕到要选定内容的结尾处，在按住 Shift 键的同时单击选定目标的末尾。
- **整篇文档**：将鼠标指针移动到文档中任意正文的左侧，直到指针变为右向箭头，然后连击 3 次鼠标。
- **一个图形**：单击该图形。
- **一个文本框或框架**：单击图文框内部，然后移动鼠标到框架或文本框的边框之上，直到其指针变成四向箭头时，单击鼠标左键，即可选定该文本框。

训练 2　文本的一般编辑

输入文本后，可能经常需要对其进行修改、移动操作；当重复用到某些文本时，可通过复制、粘贴操作来减少重复输入的工作；如无意中进行了误操作，还可通过撤销操作来纠正。另外，查找、替换、拼写和语法检查也是文字处理中常用到的操作。

1. 文本的修改

最常用的删除字符的方法就是把插入点置于该字符右边，按 Backspace 键，此时该字符后面的文本会自动左移一格来填补被删除字符的位置。也可以按 Delete 键来删除插入点后面的字符。要删除一大块文本，可以先选定该文本块，然后单击“常用”工具栏中的“剪切”按钮（把剪切下的内容存放在剪贴板上，以后可粘贴到其他位置），或者按 Delete 键将所选定的文本块删除。

2. 文本的移动

在 Word 中有多种移动文本的方法，下面介绍两种常用的、快速的方法。

如果文本的源位置和目标位置比较近，可以在同一屏幕中显示，那么使用拖放法来移动文本。其具体操作步骤如下。

Step 01 选定要移动的文本。例如，选定“北京旅游”。

Step 02 将鼠标指针指向选定的文本，鼠标指针变成箭头形状。

Step 03 按住鼠标左键，鼠标指针变成形状，并且会出现一条虚线插入点，屏幕画面如图 2.11 所示。

Step 04 拖动鼠标时，虚线插入点表明将要移到的目标位置。

Step 05 释放鼠标左键后，选定的文本便从原来的位置移至新的位置，屏幕画面如图 2.12 所示。

3. 文本的复制和粘贴

当需要将某段文本重复运用到别的地方时，可以对该段文本进行复制再粘贴的操作。和文本的移动一样，可以通过鼠标或工具栏中的按钮来实现。

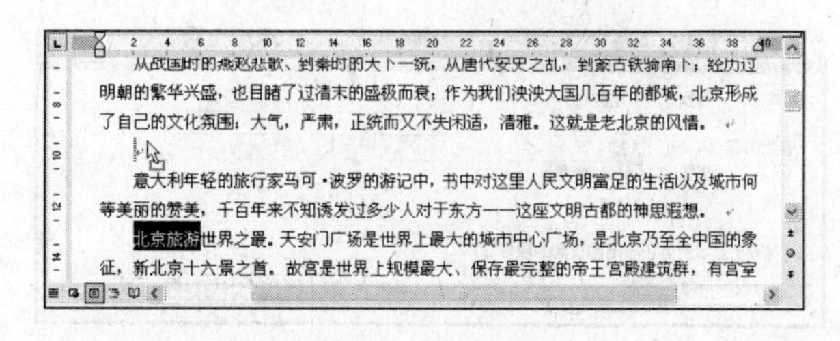

图 2.11　拖放操作

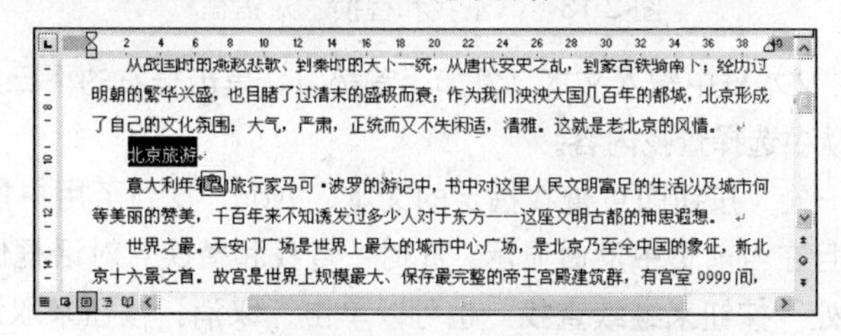

图 2.12　将选定的文本移至新的位置

使用拖放法复制文本，其具体操作步骤如下。

Step 01　打开文件“素材\练习\04cr.doc”。

Step 02　选定要复制的文本，将鼠标指针指向选定的文本，鼠标指针变成箭头形状。

Step 03　按住 Ctrl 键，再按住鼠标左键，鼠标指针将变成形状，并会出现一条虚线插入点。

Step 04　拖动鼠标时，虚线插入点表明将要复制的目标位置。

Step 05　释放鼠标左键后，选定的文本便从原来的位置复制到新的位置。

使用工具栏中的按钮进行复制，其具体操作步骤如下。

Step 01　选中要复制的文本，单击“常用”工具栏上的“复制”按钮或按 Ctrl+C 组合键，则所选文本被复制。

Step 02　将光标定位于目标位置，单击“常用”工具栏上的“粘贴”按钮或按 Ctrl+V 组合键，所选文本就被粘贴到了指定位置。

4. 撤销和恢复操作

如果不小心删除了一段不该删除的文本，Word 允许单击“常用”工具栏中的“撤销”按钮或者选择“编辑”|“撤销”命令，把刚刚删除的内容恢复过来；如果又想删除该段文本，则可以单击“常用”工具栏中的“恢复”按钮或者执行“编辑”|“恢复”命令。

“编辑”|“撤销”命令与用户最近完成的操作有关。如果刚刚删除了文本，则“编辑”菜单上会出现“撤销清除”命令，选择该命令可以恢复刚被删除的文本。

在 Word 中，不但可以撤销和恢复上一次的操作，还可以撤销和恢复最近进行的多次操作。方法是单击“常用”工具栏中“撤销”按钮（或“恢复”按钮）旁边的下三角按钮，将弹出最近执行的可撤销操作列表，单击要撤销的操作即可。

5. 查找和替换

使用查找和替换功能可查找和替换文本、格式。下面详细介绍 Word 的查找和替换功能。

（1）查找文本

Step 01　选择“编辑”|“查找”命令，或者按 Ctrl+F 组合键，会出现如图 2.13 所示的“查找和替换”对话框，并打开“查找”选项卡。

图 2.13 “查找和替换”对话框

Step 02 在“查找内容”文本框中输入文本（例如“首都”）。单击框右的下三角按钮，显示以前查找过的文本列表，也可以从中选择查找内容。

Step 03 单击“查找下一处”按钮即可查找指定的文本。Word 找到了用户指定查找的文本时会把所在页设为当前页，并且在当前页中反白显示。此时“查找和替换”对话框仍然显示在窗口中，可以再次单击“查找下一处”按钮来继续查找，也可以单击“取消”按钮来取消本次查找。

（2）替换文本

在编辑文档时，要将文档中的“首都”替换为“北京”，选择“编辑”|“替换”命令，出现如图 2.14 所示的“查找和替换”对话框，并打开“替换”选项卡。

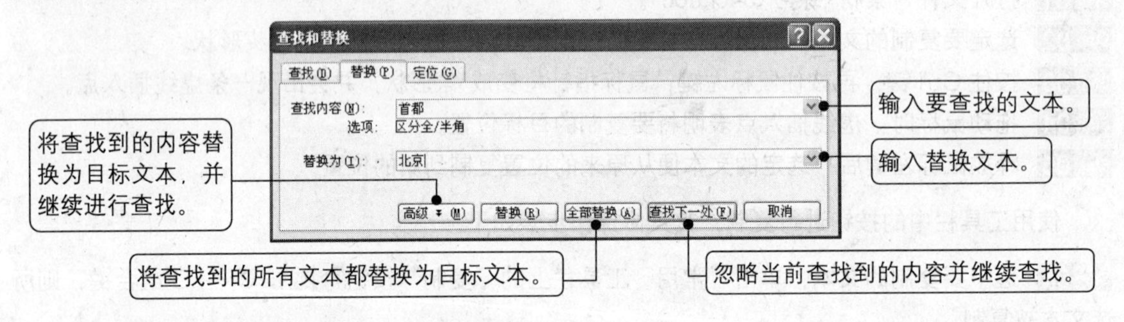

图 2.14 “替换”选项卡

替换完毕后，Word 会显示一个对话框，表明完成文档搜索，单击“确定”按钮关闭对话框。

6. 拼写和语法检查功能

在文档编辑中，对拼写和语法的检查是非常必要的（对含有英文的文档尤其如此）。应用 Word 的拼写和语法检查功能，可大大地提高行文的精确性。

在默认情况下，Word 在输入文本的同时会自动进行拼写和语法检查。红色波形下划线表示文本可能存在拼写问题，绿色波形下划线表示文本可能存在语法问题。

实训 2 文档的基本排版

在文档中输入必要的文本后，要使整个文档整齐统一、层次分明、重点突出，需要学会对文本进行基本格式编排。例如，提示读者特别注意可以用加粗的字体、更大的字号。运用项目符号和编号，适当地设置段落缩进，可使文档具有恰当的层次外观。运用边框、底纹等可突出文档内容。

在操作之前，可以先选择“视图”|“工具栏”|“格式”命令来显示如图 2.15 所示的“格式”工具栏，介绍以下的一些格式操作。

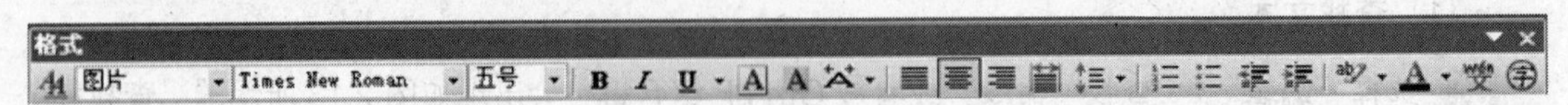

图 2.15 “格式”工具栏

训练 1 设置字符格式

在文档中输入字符后，可以通过改变其字体、字号、字形、颜色等字体格式设置特殊文字效果和字符间距，对其进行格式编排，以满足特定的外观需要。

1. 设置字体格式

用户可以分别通过工具栏中的按钮和菜单命令来设置字体格式。

方法 1：在字体下拉列表框中设置字体

用户可以利用字体下拉列表框来改变文本的字体。例如，要把如图 2.16 所示的示例文档中的“北京简介”改为楷体字，其具体操作步骤如下。

Step 01 选定“北京简介”。

Step 02 单击“格式”工具栏中“字体”下拉列表框右边的下三角按钮，会出现如图 2.16 所示的“字体”下拉列表。

Step 03 在字体下拉列表中选择“楷体_GB2312”选项，则“北京简介”就变成楷体字，结果如图 2.17 所示。

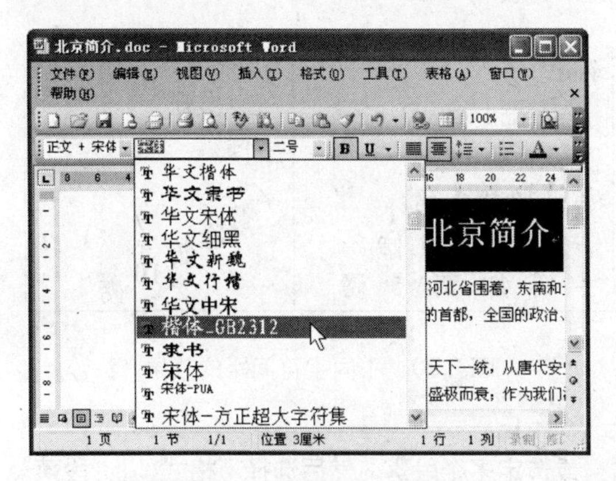

图 2.16 “字体”下拉列表

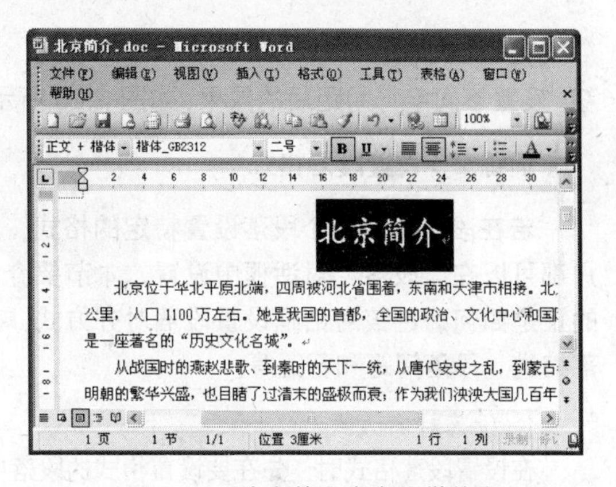

图 2.17 选定的文本变为楷体字

方法 2：通过菜单命令设置字体

通过菜单命令设置字体，具体操作步骤如下。

Step 01 选定要改变字体的文本。

Step 02 选择“格式”|“字体”命令，出现如图 2.18 所示的“字体”对话框。

Step 03 在“中文字体”下拉列表框中选择要设置的中文字体。

Step 04 在“西文字体”下拉列表框中选择要设置的西文字体。

Step 05 单击“确定”按钮。

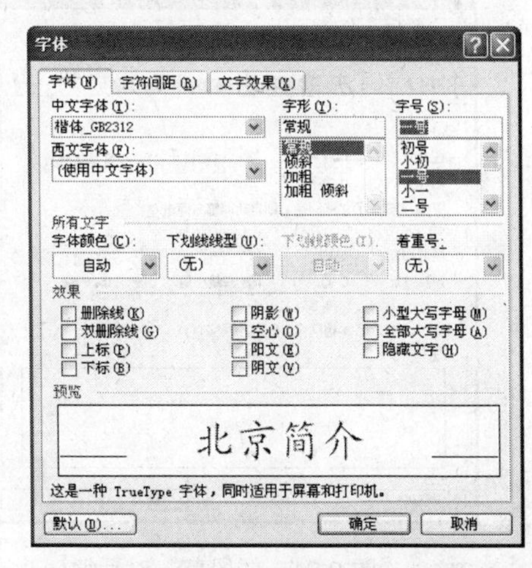

图 2.18 “字体”对话框

2. 字符间距、位置和宽度的调整

Step 01 选定要设置字符间距的文本。

Step 02 选择“格式”|“字体”命令，打开“字体”对话框。

Step 03 选择“字符间距”选项卡，如图 2.19 所示。

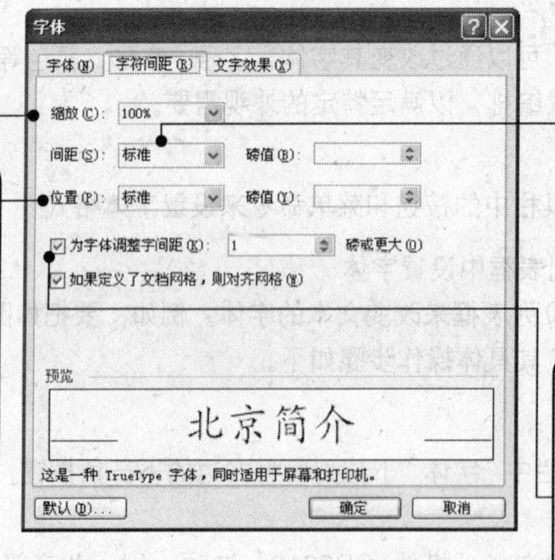

图 2.19 “字符间距”选项卡

Step 04 做完一些必要设置后，单击“确定”按钮。设置不同字符间距后的效果，如图 2.20 所示。

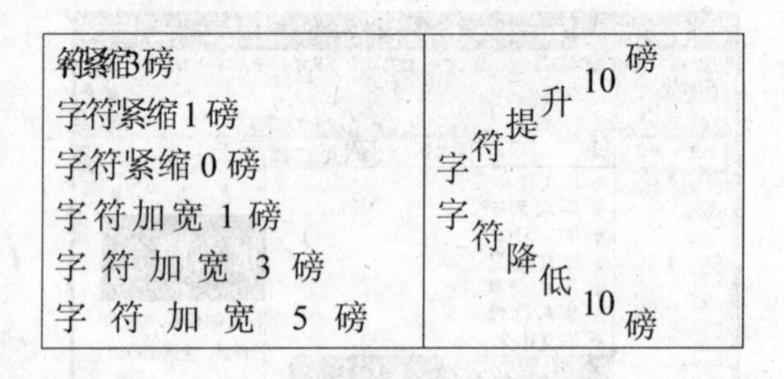

图 2.20 不同字符间距的效果

训练 2 设置段落格式

若在段落中为整个段落设置特定的格式，用户都可以在“段落”对话框中设置。本节要介绍的正是如何通过该对话框设置段落对齐方式、段落缩进、段落间距和行距等。

1. 段落对齐方式

在设置段落格式时，先在要设置格式的段落中单击，或选定多个段落，然后选择“格式”|“段落”命令，打开如图 2.21 所示的“段落”对话框，单击“缩进和间距”标签，打开“缩进和间距”选项卡。

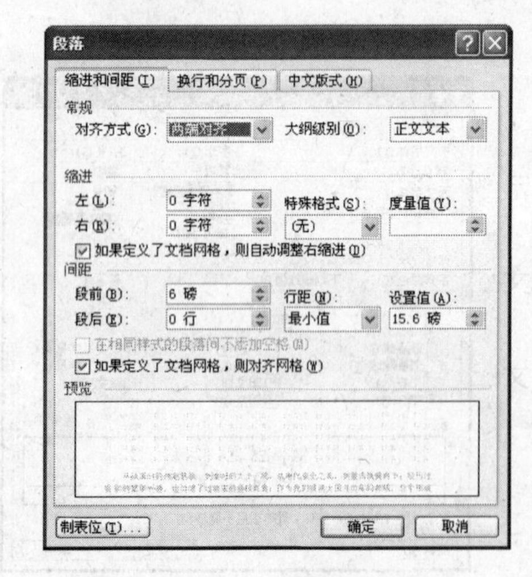

图 2.21 “段落”对话框

在该选项卡“常规”选项组“对齐方式”下拉列表框中可以选择段落的水平对齐方式，即左对齐、右对齐、居中、两端对齐和分散对齐。段落的对齐方式确定了段落如何适应页边距。所谓页边距是指页面上打印区域之外的空白空间，如图 2.22 所示。另外还可以设置段落在页面中的垂直对齐方式，此时页面中段落的上下边缘是自动适应上下页边距的。

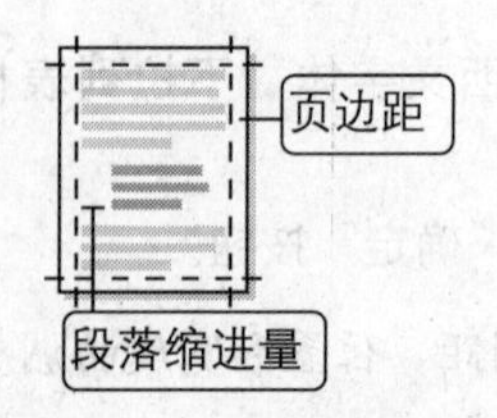

图 2.22 页边距示意图

事实上，在“格式”工具栏中单击“两端对齐”按钮、“居中”按钮、“右对齐”按钮和“分散对齐”按钮，也可以对光标所在段落或选定的多个段落进行对齐方式的设置。当这些按钮全都没有被选中时，Word 默认的段落对齐方式为左对齐。

2. 段落缩进

实际操作中，经常需要让段落相对于别的段落缩进一些，以显示不同的层次，而在中文文章中，通常习惯在每一段的首行缩进两个字符，这些设置都需要用到段落缩进设置。

方法 1：利用“段落”对话框设置段落缩进

利用“段落”对话框可以设置整段缩进、首行缩进和悬挂缩进，结果如图 2.23 所示。

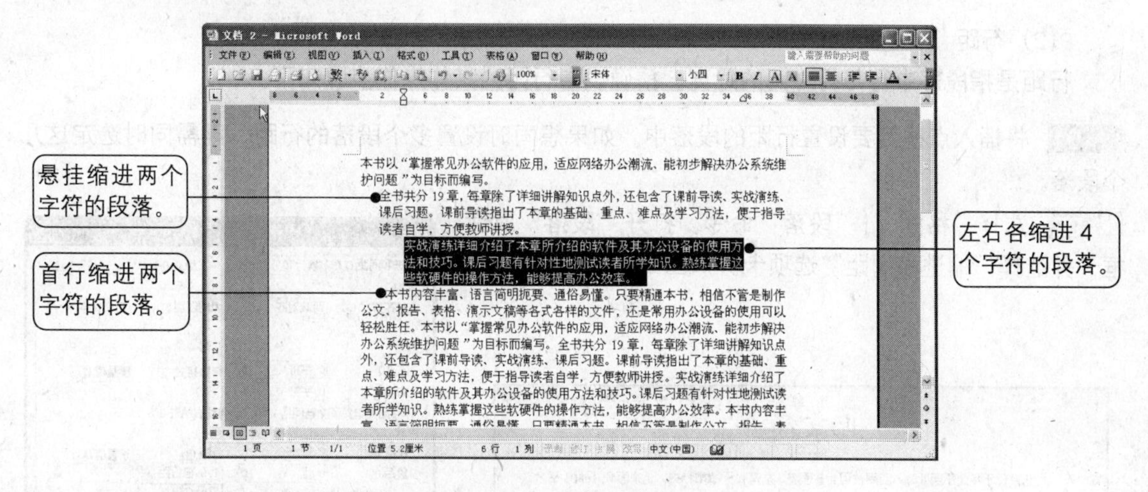

图 2.23　段落缩进

- **整段缩进（左缩进或右缩进）**：在“段落”对话框的“缩进和间距”选项卡（见图 2.21）的“缩进”选项组中，在“左”、“右”数值框中直接输入数值，可以调整段落相对于左、右页边距的缩进值。
- **首行缩进**：按照中文的行文习惯，每段第 1 行会缩进两个字符，此时就需要用特殊缩进格式进行设置。在“缩进”选项组的“特殊格式”下拉列表框中选择“首行缩进”，然后在“度量值”数值框中输入要缩进的值。
- **悬挂缩进**：有些情况下，如果首行不缩进，而其他行需要缩进，则可以运用悬挂缩进方式。此时，在“缩进”选项组的“特殊格式”下拉列表框中选择“悬挂缩进”，然后在“度量值”数值框中输入要缩进的值即可。

方法 2：运用水平标尺来调整缩进

还可通过调整水平标尺上的段落缩进标记来实现整段缩进和特殊缩进格式。图 2.24 注明了文档上方的水平标尺中各缩进标记的名称。在 Word 中，只要把鼠标指针移到缩进标记之上，就会显示出相应的提示。

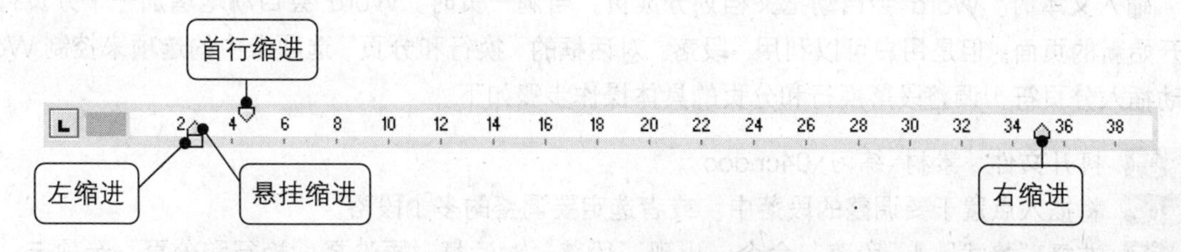

图 2.24　水平标尺中各缩进标记的名称

3. 段落间距和行距

适当地调整一下段落间距和行距，可以使整个文档看起来疏密有致，页面效果更好。

（1）段落间距

段落间距是指段落与它前后相邻的段落之间的距离。要精确设置段落间距，具体操作步骤如下。

Step 01 打开文件“素材\练习\04cr.doc”。

Step 02 选定要设置段间距的段落。例如，选定示例文档的第 2 段。

Step 03 选择“格式”|“段落”命令，打开“段落”对话框并选择“缩进和间距”选项卡。

Step 04 在“段前”文本框中输入与前一段落的间距。例如，输入“0.5 行”。

Step 05 在“段后”文本框中输入与后一段落的间距，单击“确定”按钮，结果如图 2.25 所示。

（2）行距

行距是指段落中行与行之间的距离。精确设置行距的具体操作步骤如下。

Step 01 将插入点移到要设置行距的段落中。如果想同时设置多个段落的行距，则需同时选定这几个段落。

Step 02 选择“格式”|“段落”命令，打开“段落”对话框，并选择“缩进和间距”选项卡。如图 2.26 所示。

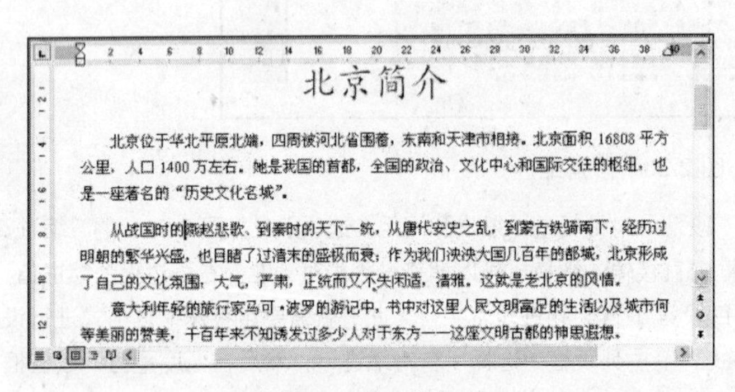
北京简介

北京位于华北平原北端，四周被河北省围着，东南和天津市相接。北京面积 16808 平方公里，人口 1400 万左右。她是我国的首都，全国的政治、文化中心和国际交往的枢纽，也是一座著名的“历史文化名城”。

从战国时的燕赵悲歌、到秦时的天下一统，从唐代安史之乱，到蒙古铁骑南下，经历过明朝的繁华兴盛，也目睹了过清末的盛极而衰；作为我们泱泱大国几百年的都城，北京形成了自己的文化氛围，大气，严肃，正统而又不失闲适，清雅。这就是老北京的风情。

意大利年轻的旅行家马可·波罗的游记中，书中对这里人民文明富足的生活以及城市何等美丽的赞美，千百年来不知诱发过多少人对于东方——这座文明古都的神思遐想。

图 2.25 设置段间距

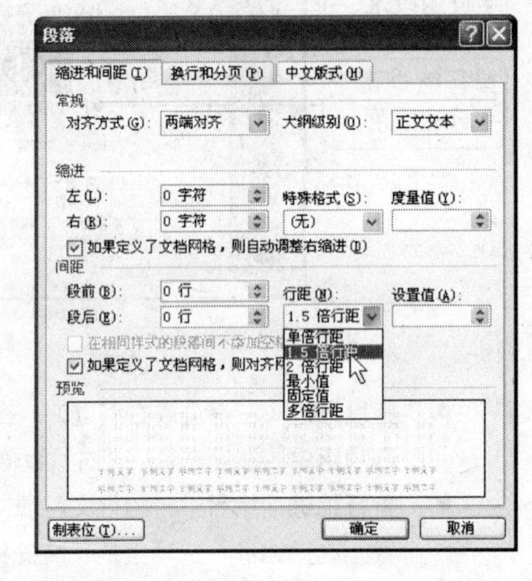

图 2.26 “缩进和间距”选项卡

Step 03 单击“行距”下拉列表框右边的下三角按钮，出现下拉列表。

Step 04 在“行距”下拉列表中，选择所需的行距选项。当在“行距”下拉列表中选择“最小值”、“固定值”或“多倍行距”选项时，就需要在“设置值”文本框中输入相应的值。例如这里选择“1.5 倍行距”。

Step 05 单击“确定”按钮。

4. 段落换行

输入文本时，Word 会自动把文档划分成页。当满一页时，Word 会自动地增加一个分页符并且开始新的页面。但是用户可以利用“段落”对话框的“换行和分页”选项卡中的选项来控制 Word 自动插入分页符，调整段落换行和分页的具体操作步骤如下。

Step 01 打开文件“素材\练习\04cr.doc”。

Step 02 将插入点置于要调整的段落中，或者选定要调整的多个段落。

Step 03 选择“格式”|“段落”命令，出现“段落”对话框，再选择“换行和分页”选项卡，如图 2.27 所示。

Step 04 在该选项卡中完成所需设置后，单击“确定”按钮。

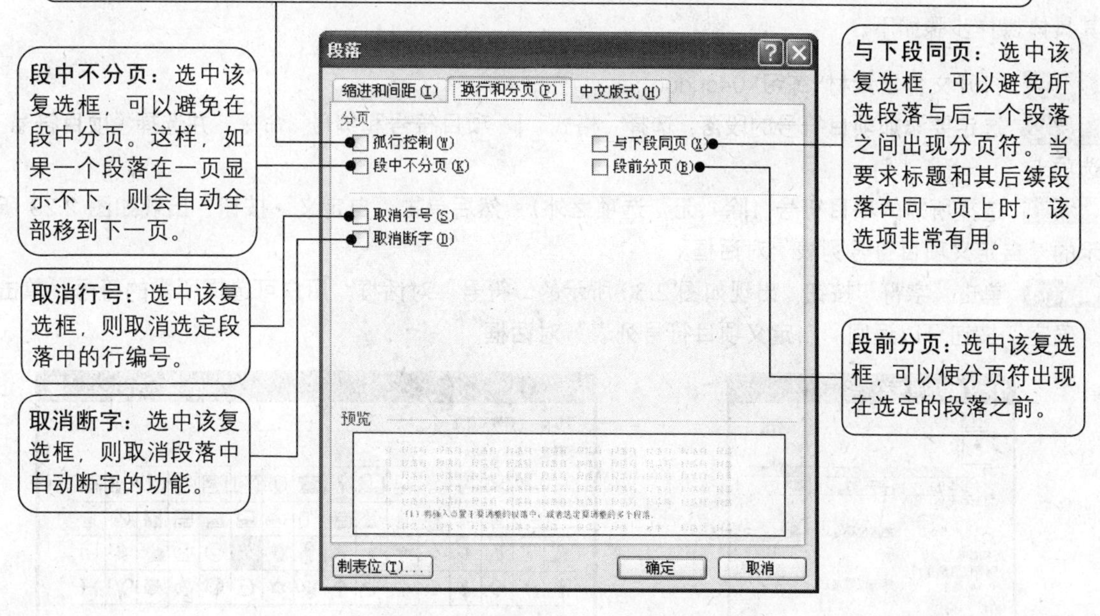

图 2.27 "换行和分页"选项卡

实训 3 文档的高级排版

高级排版包括项目符号和编号、边框和底纹、分栏、格式刷、样式、模板、文档的分页等内容。

训练 1 项目符号和编号

在文档中，为了使相关的内容醒目并且有序，经常要用到项目符号列表和编号列表。项目符号列表用于强调一些特别重要的观点或条目；编号列表用于逐步展开一个文档的内容，这种方式常用在书的目录或文档索引格式上。

1. 添加项目符号和编号

在 Word 中，用户可以对文本一次性应用项目符号或编号，而且项目符号与编号之间可以进行相互转换。

为原有文本添加项目符号和编号

为原有文本添加项目符号和编号时，先选定要应用项目符号或编号的文本，然后单击"格式"工具栏中的"项目符号"按钮☰即可。若为选定的文本添加编号，单击"格式"工具栏中的"编号"按钮☰。添加项目符号和编号后的效果如图 2.28 所示。

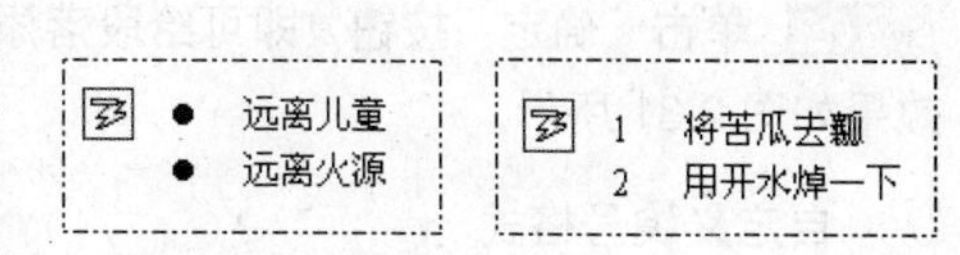

图 2.28 添加项目符号和编号

2. 更改项目符号和编号的格式

在 Word 中，自动添加的项目符号和编号的格式都是默认设置的格式，当需要更改这些项目符号和编号的格式时，可以通过"项目符号和编号"对话框来进行。

自定义项目符号格式

如果要自定义项目符号列表，如指定项目符号的磅值、颜色以及项目符号与页边距的距离等，其具体操作步骤如下。

Step 01 打开文件“素材\练习\04cr.doc”。

Step 02 选定要添加项目符号的段落，选择“格式”|“项目符号和编号”命令，并选择“项目符号”选项卡。

Step 03 选择所需的项目符号（除“无”选项之外），然后单击“自定义”按钮，出现如图 2.29 所示的“自定义项目符号列表”对话框。

Step 04 单击“字符”按钮，出现如图 2.30 所示的“符号”对话框，用户可选择所需的符号。单击“确定”按钮可以返回“自定义项目符号列表”对话框。

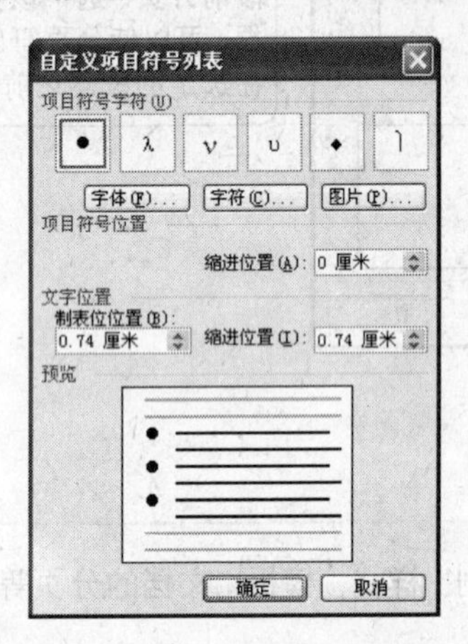

图 2.29 “自定义项目符号列表”对话框

图 2.30 “符号”对话框

Step 05 在“自定义项目符号列表”对话框中，用户可以单击“字体”按钮，出现“字体”对话框，从中设置项目符号的大小或颜色等。单击“图片”按钮，可以将图片作为项目符号。设置完成后，单击“确定”按钮，返回“自定义项目符号列表”对话框。

Step 06 在“项目符号位置”选项组中，指定项目符号与页边距的缩进位置。

Step 07 在“文字位置”选项组中，指定制表位位置、列表文字与页边距的缩进位置。

Step 08 单击“确定”按钮，即可给段落添加自定义的项目符号，效果如图 2.31 所示。

图 2.31 使用自定义项目符号列表

自定义编号格式

更改编号格式的操作和更改项目符号格式的操作基本类似，其具体操作步骤如下。

Step 01 选定要添加编号的段落。

Step 02 单击“格式”工具栏中的“编号”按钮，在这些段落之前会添加数字编号，结果如图 2.32 所示。如果想添加其他格式的编号，在“项目符号和编号”对话框中选择“编号”选项卡，如图 2.33 所示。这里提供了 8 种编号格式，其中的“无”选项用于取消所选段落的编号。选择所需的编号格式后，单击“确定”按钮。

图 2.32 创建编号列表

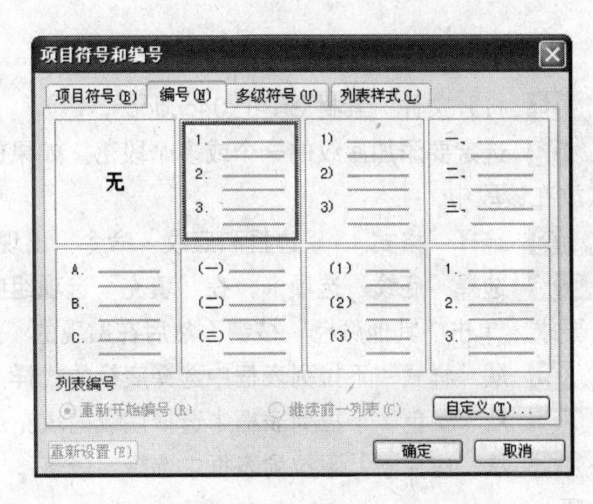

图 2.33 “编号”选项卡

3. 删除项目符号或编号

若想删除项目符号或编号，只需选定要删除项目符号或编号的文本，在“格式”工具栏中单击“项目符号”按钮 或“编号”按钮 即可。

训练 2 边框和底纹

有时，为了增加效果，需要对文档中的某段或某几段添加边框和底纹，将其与文档中的其他内容区分开，下面分别加以介绍。

1. 边框

若要给文档中的部分文本或段落添加边框，其具体操作步骤如下。

Step 01 打开文件“素材\练习\04cr.doc”。

Step 02 选定要添加边框的一个或多个段落。如果仅给一个段落添加边框，可以把插入点放在该段中。

Step 03 选择“格式”|“边框和底纹”命令，出现“边框和底纹”对话框。

Step 04 选择“边框”选项卡，在“设置”选项组中提供了 5 个选项：“无”、“方框”、“阴影”、“三维”和“自定义”。选择所需的设置。

Step 05 在“线型”列表框中选择所需的线型。例如选择双线。

Step 06 如果用户为了获得较好的显示效果，可以单击“颜色”下拉列表框右边的下三角按钮，从下拉列表中选择边框的颜色，系统默认边框的颜色为黑色。

Step 07 在“应用于”下拉列表框中选择“段落”选项，此时“选项”按钮变为可选。

Step 08 如果要设置段落正文与边框之间的距离，单击“选项”按钮，出现如图 2.34 所示的“边框和底纹选项”对话框，用户可以在相应的文本框中输入正文与边框之间的距离。

Step 09 单击“确定”按钮。

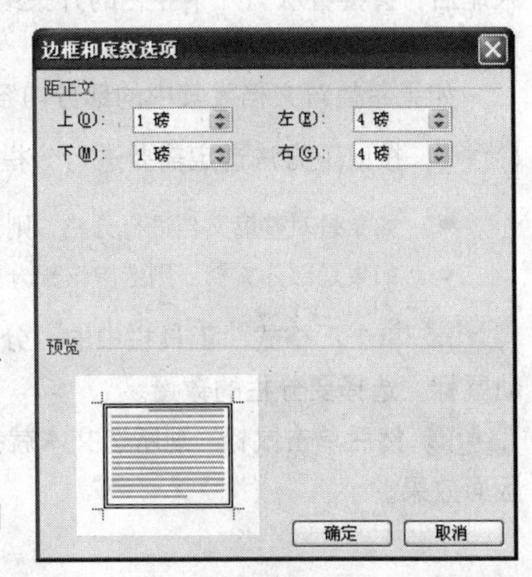

图 2.34 “边框和底纹选项”对话框

技 巧

选择“自定义边框”选项，就可以为某些边设置边框，而其他边则不设置边框。用户可以通过单击“预览”选项组的 4 个按钮、、、来对指定边应用边框。

2. 底纹

Step 01 打开文件“素材\练习\04cr.doc”。

Step 02 选定要添加底纹的一个或多个段落。如果仅给某一段（如第 2 段）添加底纹，可以把插入点放在该段中。

Step 03 选择“格式”|“边框和底纹”命令，出现“边框和底纹”对话框。

Step 04 选择“底纹”选项卡，在“填充”选项组中选择底纹的背景颜色。如果所提供的颜色不符合要求，单击“其他颜色”按钮，然后在出现的“颜色”对话框中选择或自定义更丰富的颜色。

Step 05 从“样式”下拉列表框中选择底纹的式样，即选择底纹百分比，本例选择 15%。

Step 06 从“颜色”下拉列表框中选择底纹内填充点的颜色，在“预览”区中能看到效果。

Step 07 从“应用于”下拉列表框中选择“段落”选项。

Step 08 单击“确定”按钮，结果如图 2.35 所示。

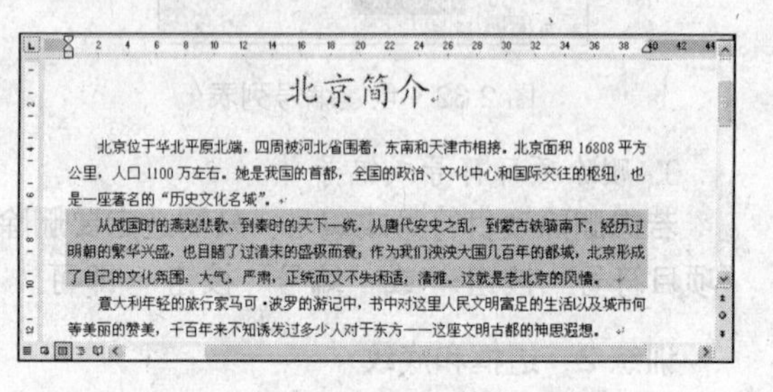
北京简介

北京位于华北平原北端，四周被河北省围着，东南和天津市相接。北京面积 16808 平方公里，人口 1100 万左右。她是我国的首都，全国的政治、文化中心和国际交往的枢纽，也是一座著名的“历史文化名城”。

从战国时的燕赵悲歌、到秦时的天下一统，从唐代安史之乱，到蒙古铁骑南下，经历过明朝的繁华兴盛，也目睹了过清末的盛极而衰，作为我们泱泱大国几百年的都城，北京形成了自己的文化氛围：大气，严肃，正统而又不失闲适，清雅。这就是老北京的风情。

意大利年轻的旅行家马可·波罗的游记中，书中对这里人民文明富足的生活以及城市何等美丽的赞美，千百年来不知诱发过多少人对于东方——这座文明古都的神思遐想。

图 2.35　给段落添加底纹

要删除已添加的底纹，只需在“底纹”选项卡的“填充”选项组中选择“无填充色”选项；在“样式”下拉列表框中选择“清除”选项；在“应用于”下拉列表框中选择所需的“段落”选项；单击“确定”按钮即可。

技 巧

如果选择应用于“文字”，Word 将对选中的每行文字分别应用底纹；如果选择应用于“段落”，Word 将对整个段落应用底纹。

训练 3　分栏

在阅读报纸或杂志时，经常会看到一个版面上的文字分在几个竖栏中，一个竖栏中的文字到了末尾后，会接着从另一个竖栏的开头继续。如果用户希望自己的文档也具备这样的版面效果，可以应用 Word 的分栏功能来实现。

如果希望对文档或其中的部分内容进行分栏，其具体操作步骤如下。

Step 01 按以下方法选定需要进行分栏的文档内容：

- 如果是对整篇文档进行分栏，则选择“编辑”|“全选”命令，选中整篇文档。
- 如果是部分文档，则选中该部分文本。

Step 02 单击“格式”工具栏中的“分栏”按钮，出现如图 2.36 所示的“分栏”下拉列表，拖动鼠标，选择要分栏的数量。

Step 03 然后单击鼠标，则所选文本就按选定栏数分栏了。图 2.37 所示的就是对选定文本分栏后的版面效果。

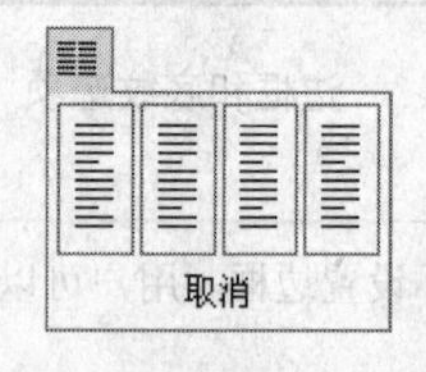

图 2.36　“分栏”下拉列表

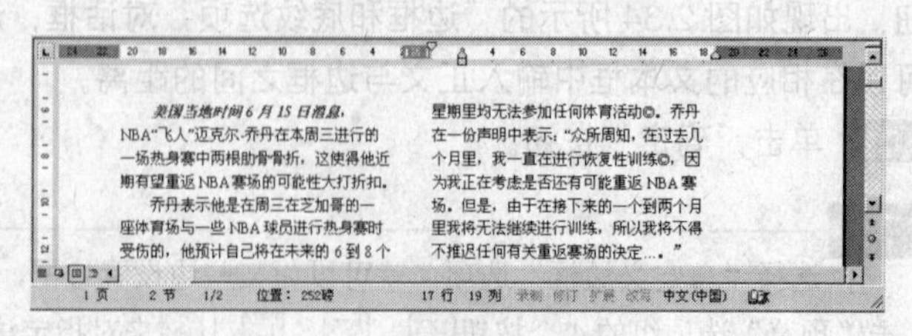
美国当地时间 6 月 15 日消息，NBA“飞人”迈克尔-乔丹在本周三进行的一场热身赛中两根肋骨骨折，这使得他近期有望重返 NBA 赛场的可能性大打折扣。

乔丹表示他是在周三在芝加哥的一座体育场与一些 NBA 球员进行热身赛时受伤的，他预计自己将在未来的 6 到 8 个星期里均无法参加任何体育活动。乔丹在一份声明中表示：“众所周知，在过去几个月里，我一直在进行恢复性训练，因为我正在考虑是否还有可能重返 NBA 赛场。但是，由于在接下来的一个到两个月里我将无法继续进行训练，所以我将不得不推迟任何有关重返赛场的决定…。”

1 页　2 节　1/2　位置：252磅　17 行　19 列　中文(中国)

图 2.37　分栏后的版面效果

训练 4　格式刷

在对文本进行格式设置时，“格式刷”是一个非常有用的工具，运用它可以非常方便地把某部分文本的字符格式、段落格式、项目符号或编号格式等属性应用到其他文本或段落上，其具体操作步骤如下：

Step 01 选定具备要应用格式的文本。如果应用的是段落格式、项目符号或编号格式，则单击具备这些格式的文本段落；如果应用的是字符格式，则选中具备该字符格式的文字。

Step 02 单击“格式”工具栏中的“格式刷”按钮，此时鼠标指针变成状。

技巧

按 Esc 键可退出格式刷功能。

Step 03 选定要应用格式的文本。如果要对文本应用段落格式、项目符号或编号格式，则单击该文本段落；如果要对文本应用字符格式，则选中该文本。此时，在 Step 01 中选定的文本的格式将被应用到该文本上，同时鼠标指针恢复正常显示。

注意

当需要将某文本具备的格式应用于多处文本时，则应在 Step 02 中双击“格式刷”按钮，对多处文本应用过后，按 Esc 键可关闭“格式刷”。

训练 5　样式

固定的字体、段落、制表位、边框和编号等格式叫作样式。在对文档的排版操作中，只要将所需段落指定为预先设置好的样式，就可以快速、高效地完成对文档的排版，而不必逐个选择各种格式命令。在 Word 中，样式分为字符样式和段落样式。

在 Word 中新建文档都基于一个模板，而 Word 默认的模板是 Normal 模板，该模板提供了多种内置样式，如果要在文本中应用某种内置样式，其具体操作步骤如下：

单击“格式”工具栏中“样式”下拉列表框右边的下三角按钮，出现如图 2.38 所示的“样式”下拉列表。从“样式”下拉列表中可以明显区分出字符样式和段落样式：加粗、带下划线的字母 a 用来表示一个字符样式，段落标记符号 ↵ 用来表示一个段落样式。

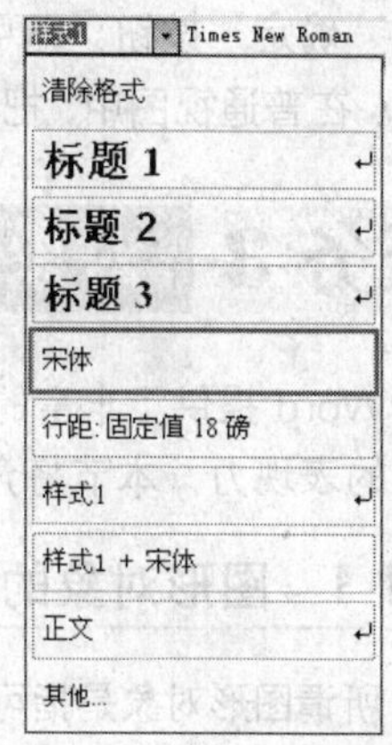

图 2.38　“样式”下拉列表

注意

在“样式和格式”任务窗格中，将鼠标停留在某样式上一段时间就会出现该样式中的格式设置内容。

训练 6　模板

在文档处理过程中，当需要用同样的文档结构和文档设置时，用户可以根据这些设置自定义并创建一个新的模板来进行应用，其具体操作步骤如下。

Step 01 打开所需的文档。

Step 02 选择“文件”|“另存为”命令，弹出“另存为”对话框，在该对话框的“保存类型”下拉列表框中选择“文档模板”选项，则 Templates（模板）文件夹将作为默认选项出现在“保存位置”下拉列表框中。

提 示

保存在 Templates 文件夹中的模板都将出现在“模板”对话框的“常规”选项卡中，用户以后根据模板新建文档时就可以直接应用该模板了。如果要在“模板”对话框中为模板创建自定义选项卡，可以在 Templates 文件夹中创建新的子文件夹，然后将模板保存在该子文件夹中，这个子文件夹的名字将出现在新的选项卡上。如果将模板保存在其他位置，则该模板将不出现在“模板”对话框中。

Step 03 在“文件名”文本框中输入新建模板的名称，单击“保存”按钮，则该文档就被保存为一个模板文件，此后对它的修改将不影响原文档。

Step 04 在新模板中添加所需的文本和图形，并删除任何不需要的内容。

Step 05 更改样式及其他格式。

Step 06 在工具栏中单击“保存”按钮，然后选择“文件”|“关闭”命令，则成功创建了一个新的模板，以后就可以方便地调用了。

训练 7 文档的分页

在编辑文档时，如果文字或图形填满了一页，Word 会插入一个分页符，并开始新的一页。在实际操作中，如果想在某一个页面没有满的情况下强行分页，这时可以插入分页符。其操作步骤如下。

Step 01 把插入点置于要插入分页符的位置。

Step 02 选择“插入”|“分隔符”命令，出现“分隔符”对话框，如图 2.39 所示。

Step 03 在“分隔符类型”选项组中选中“分页符”单选按钮，然后单击“确定”按钮，即可在插入点位置处插入分页符。如果要删除分页符，在普通视图中，把插入点移到分页符上，然后按 Delete 键即可。

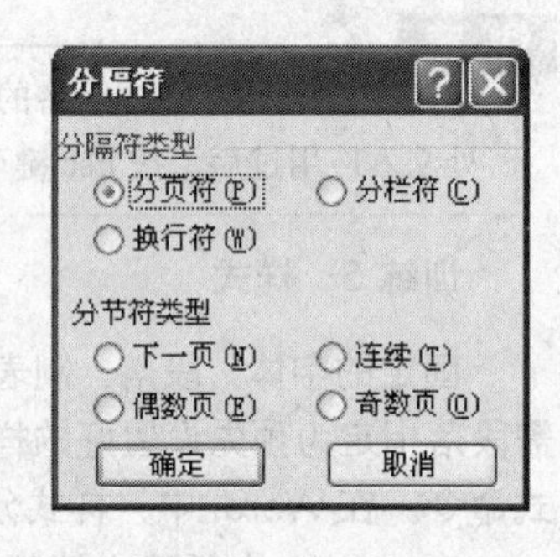

图 2.39 “分隔符”对话框

任务 3 对象的操作

Word 提供了丰富的图形、图片、文本框、表格等对象，可使创建的文档具有更丰富的效果和更强的表现力，本节将介绍各种基本对象的常用操作。

实训 1 图形对象的操作

所谓图形对象是指可绘制或插入的任何图形。图形对象包括自选图形、线条和艺术字等，这些对象都是 Word 文档的一部分，在 Word 中可对这些图形进行更改和完善。单击“常用”工具栏中的“绘图”按钮，即可弹出“绘图”工具栏，如图 2.40 所示。再次单击该按钮，则隐藏“绘图”工具栏。

图 2.40 “绘图”工具栏

训练 1 基本几何形状的插入和设置

利用“绘图”工具栏中的“直线”按钮、“矩形”按钮或“椭圆”按钮，用户可以在文档中绘制出直线、矩形和圆形等一系列简单图形，其具体操作步骤如下。

Step 01 打开“绘图”工具栏，单击“绘图”工具栏中的“直线”按钮 或其他基本图形按钮，此时文档切换到页面视图，鼠标指针变为“十”字光标。

Step 02 将鼠标指针移到文档中要绘制线条或图形的起始位置。

注 意

绘制形状时，无论是方形还是圆形，总是从图形的一角开始。

Step 03 按住鼠标左键，然后沿对角线方向拖动，直至所绘图形达到要求的大小为止。释放鼠标左键即可完成图形的创建，并且所绘图形处于被选定状态。

注 意

绘制图形时，按住 Shift 键可限定所绘制的图形为特殊形状或角度。例如：绘制直线时，直线角度将被限定按 15°增加，此时可以完成完全水平或垂直直线的绘制；绘制矩形时，矩形被限定为正方形；绘制椭圆时，椭圆被限定为圆形；自选图形被限定为“自选图形”菜单的级联菜单中的原始形状。

Word 会在选定的图形周围显示控制点，如图 2.41 所示。通过拖动这些控制点，用户可以调整图形的大小，拖动上方的绿色控制点可以旋转图形。

训练 2　自选图形

所谓自选图形，就是指一组现成的形状，包括各种线条和连接符、箭头总汇、流程图符号、星与旗帜和标注等，其具体操作步骤如下。

Step 01 单击“绘图”工具栏中的“自选图形”按钮，打开如图 2.42 所示的“自选图形”形状分类列表菜单。

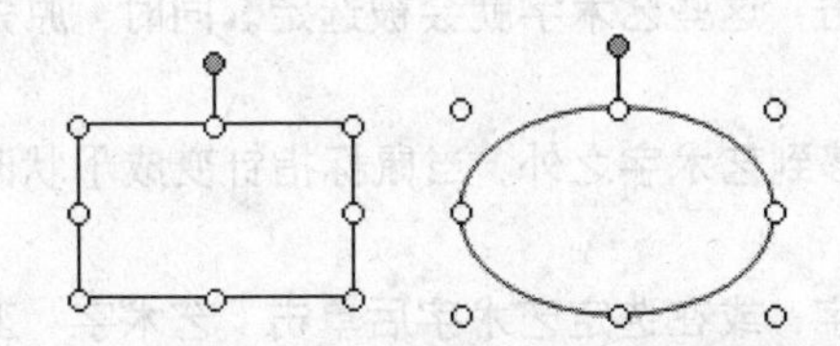

图 2.41　被选定图形周围有控制点

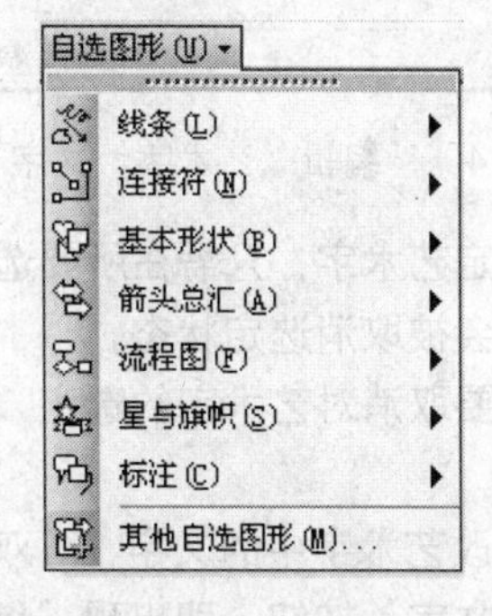

图 2.42　“自选图形”形状分类列表菜单

Step 02 单击“自选图形”形状分类列表中某个级联菜单，用户可以从弹出的图形列表中选择所需的图形。

Step 03 选择所需图形之后，屏幕上鼠标指针将显示为“十”字光标。单击鼠标左键，拖动鼠标，直至图形变为所需大小，释放鼠标左键，图形绘制完毕，并且所绘画形处于被选中状态。

训练 3　艺术字

艺术字是有特殊效果的文字，可以有各种颜色、使用各种字体、带阴影、倾斜、旋转和延伸，还可以变成特殊的形状。因为艺术字是图形对象，所以“插入艺术字”按钮 位于“绘图”工具栏上，用户可以用该工具栏中的其他功能按钮对艺术字的效果进行设置。

插入艺术字的具体操作步骤如下。

Step 01 单击“绘图”工具栏上的“插入艺术字”按钮 ，或选择“插入”|“图片”|“艺术字”命令，将出现如图 2.43 所示的“艺术字库”对话框。

Step 02 对话框中提供了多种艺术字的式样，单击需要的“艺术字”式样，如选择第 3 行第 1 个样式，单击“确定”按钮，出现如图 2.44 所示的“编辑‘艺术字’文字”对话框。

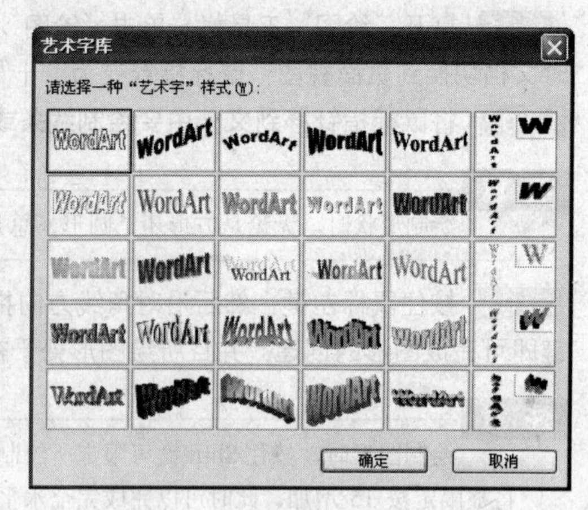

图 2.43 “艺术字库”对话框

Step 03 在“文字”编辑框中输入所需的内容，如这里输入“插入艺术字”，然后在“字体”下拉列表框中选择字体，在“字号”下拉列表框中选择合适的字号，并选择是否使用黑体和斜体，最后单击“确定”按钮。现在，艺术字已经插入到文档中了，这时的艺术字处于被选中的状态。在艺术字被选中时，会出现如图 2.45 所示的“艺术字”工具栏，使用“艺术字”工具栏上的按钮可对艺术字进行各种操作。

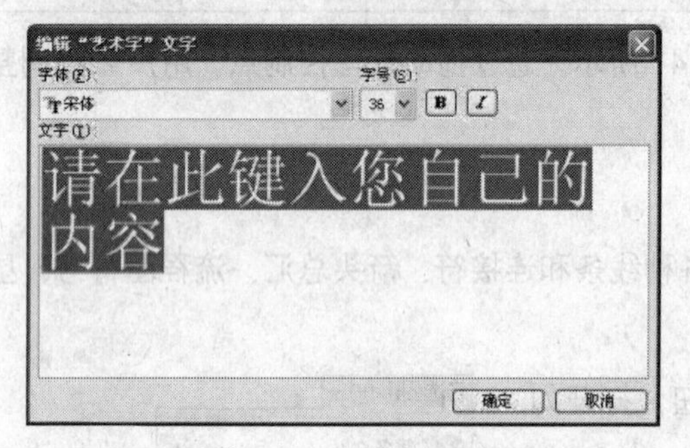

图 2.44 “编辑‘艺术字’文字”对话框

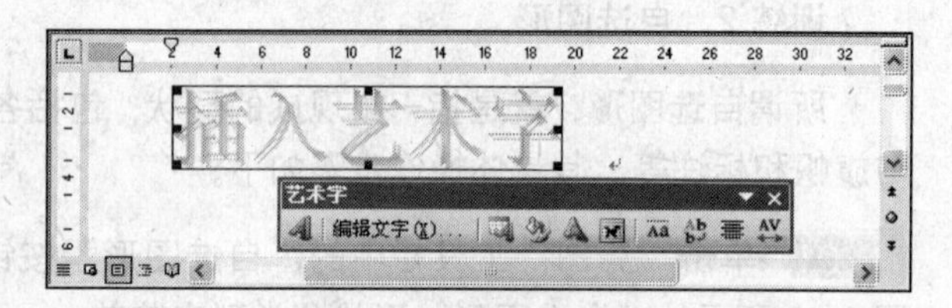

图 2.45 “艺术字”工具栏和插入的艺术字

要选定艺术字，只需在所要选定的艺术字上单击，这些艺术字就会被选定。同时，原先被选定的艺术字会被取消选定状态。

如果要取消对艺术字的选定，只需将鼠标指针移到艺术字之外，当鼠标指针变成 I 状时，单击鼠标即可。

要更改艺术字中的文字，可双击要更改的艺术字，或在选定艺术字后单击“艺术字”工具栏上的“编辑文字”按钮，即出现“编辑‘艺术字’文字”对话框。在“文字”编辑框中编辑文字，再进行必要的修改，包括字体和字号，最后单击“确定”按钮即可。

实训 2 图片对象的操作

插入图片时，常用的方式是从 Word 自带的剪辑库中插入剪贴画和插入来自其他文件的图片，下面将分别介绍这两种插入图片的方式。

训练 1 从剪辑库中插入剪贴画

剪辑是指可以在 Office 文档中使用照片、图形、声音效果、音乐、视频和其他媒体文件。Word 剪辑库提供了非常丰富的图片、声音、动画等元素，应用它们可以极大地增强文档的表现力。从剪辑库中插入图片，其具体操作步骤如下。

Step 01 打开文件“素材\练习\04cr.doc”。

Step 02 将插入点置于需要插入剪贴画的位置，然后选择“插入”|“图片”|“剪贴画”命令，文档窗口右侧将弹出“剪贴画”任务窗格，如图 2.46 所示。

Step 03 在“剪贴画”任务窗格的“搜索文字”文本框中输入描述要搜索剪贴画类型的单词或短语，或输入剪贴画的完整或部分文件名。例如，要搜索和人物有关的图片，可输入“人物”。

Step 04 在“搜索范围”下拉列表框中选择要搜索的范围。

Step 05 在“结果类型”下拉列表框中选择要查找的剪辑类型。

Step 06 单击“搜索”按钮进行搜索。在“剪贴画”任务窗格的“结果类型”列表框中将显示与搜索关键字“人物”有关的图片，如图 2.47 所示。

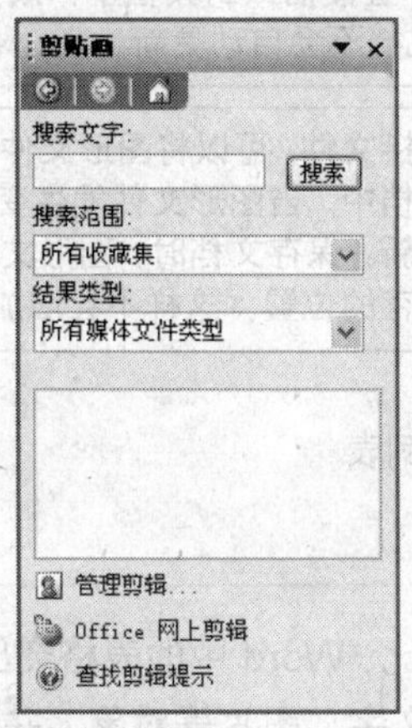

图 2.46 “剪贴画”任务窗格

图 2.47 搜索图片结果

Step 07 单击要插入的图片，就可以将剪贴画插入到光标所在的位置。

训练 2 从文件中插入图片

在 Word 文档中插入图片的步骤类似于插入剪贴画的操作，其具体操作步骤如下。

Step 01 打开文件“素材\练习\ 04cr.doc”。

Step 02 将插入点置于需要插入图片的位置，然后选择“插入”|“图片”|“来自文件”命令，出现如图 2.48 所示的对话框。

图 2.48 “插入图片”对话框

Step 03 在“查找范围”下拉列表框中选择图形文件所在的位置，或者在“文件名”文本框中输入文件的路径，选择图形文件。

技巧

如果要预览插入的图形文件，可以单击“视图”图标右边的下三角按钮，从其下拉列表中选择“缩略图”命令。

Step 04 单击对话框右下角“插入”按钮旁边的下三角按钮，会弹出一个下拉列表，如图 2.49 所示。

Step 05 单击“插入”按钮即可插入所需的图形文件。

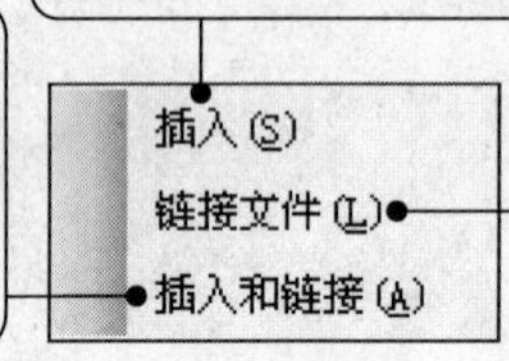

图 2.49 “插入”下拉列表

实训 3 表格的操作

Office 中包含专业的表格处理组件 Excel，与 Excel 相比，Word 中的表格突出在对图形和 Web 页的处理上。在 Word 表格的每一个单元格中都可以插入文字、图片等对象，并且表格的长和宽在允许的范围内可以随意调整，这更加增强了表格的表现力。

训练 1 表格的创建

Word 提供了多种创建表格的方式，可以用“常用”工具栏中的“插入表格”按钮创建表格，也可以使用“表格”|“插入”|“表格”命令创建表格。

方法 1：单击“插入表格”按钮创建表格

例如，需要创建一个 4 行 4 列的表格，其具体操作步骤如下。

Step 01 将光标置于需要插入表格的地方。

Step 02 单击“常用”工具栏中的“插入表格”按钮，则屏幕上将会出现如图 2.50 所示的图标下拉框，在其底部有所选中的表格行数×列数的显示情况。

Step 03 在该图标下拉框中移动鼠标，可以选择不同的行列组合方式，但此时最多可以创建 4 行 5 列的表格。如果想创建此范围之外的表格，可以按住鼠标左键，沿图标下拉框边框向下或向右移动，则下拉框会在横向和纵向上扩大范围。

Step 04 将鼠标拖动至 4 行 4 列的选定位置上单击，此时在光标的位置上就插入了一个 4 行 4 列的表格。

方法 2：使用“表格”命令创建表格

使用“表格”命令创建表格，其具体操作步骤如下。

Step 01 将光标置于文档中需要创建表格的位置。

Step 02 选择“表格”|“插入”|“表格”命令，打开“插入表格”对话框，如图 2.51 所示。

Step 03 在“表格尺寸”选项组中分别输入所需的具体列数和行数。

Step 04 单击“确定”按钮，在光标所在处就插入了所需创建的表格。

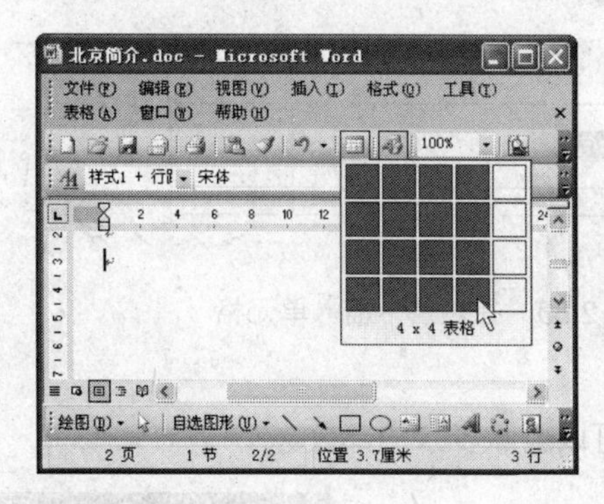

图 2.50 “插入表格”图标下拉框

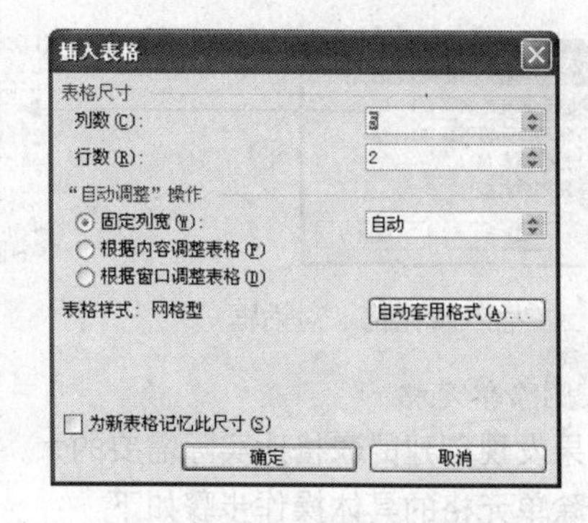

图 2.51 “插入表格”对话框

训练 2 表格部分的添加和删除

创建表格后，有时需要对其中的单元格、行或列等部分进行添加和删除操作，下面将分别介绍这些操作。

1. 选定表格

要选定表格，可以通过以下方法实现：

- **选定一个单元格**：移动鼠标至该单元格左侧，当鼠标变成右向黑箭头↗状时，单击鼠标左键即可选定该单元格。
- **选定一行**：移动鼠标至该行的左侧，当鼠标变成右向箭头↗状时，单击鼠标左键即可选定该行。
- **选定一列**：移动鼠标至该列顶端边框或虚框，当鼠标指针变为向下的黑箭头⬇状时，单击鼠标左键即可选定该列。
- **选定多个相邻的单元格、行或列**：先选定最外侧的单元格、行或列，选定时按住鼠标左键不放，拖过需要选定的所有单元格、行或列，然后松开鼠标即可。
- **选定不相邻的多个项目**：先选定所需的第 1 个单元格、行或列，然后在按住 Ctrl 键的同时再选定其他单元格、行或列即可。
- **选定整张表格**：移动鼠标至该表格左上角，出现表格移动控点⊞时，选定该移动控点即可选定整张表格。也可以在选定顶角的单元格、最外侧的行或列后按住鼠标左键，拖动鼠标进行选定。

2. 插入单元格、行或列

在表格的编辑过程中，随时可以向表格插入单元格、行或列。例如，在表格的任意位置插入单元格，其具体操作步骤如下。

Step 01 将光标置于需要插入单元格位置的右侧单元格中。例如，在表格的第二行的第一列与第二列之间需要插入一个单元格，则将光标置于第二行第二列处。

Step 02 在“表格”菜单的“插入”级联菜单中选择“单元格”命令，即可打开“插入单元格”对话框，如图 2.52 所示。

Step 03 选中该对话框中的“活动单元格右移”单选按钮，然后单击“确定”按钮。这时，原来表格的光标所在位置就会增加一个单元格，如图 2.53 所示。

技 巧

如果要在表格的最上方插入行或列，只要选中第 1 行中的任一单元格，然后选择“表格”|“插入”|“行（或列）（在上方）”命令即可。要在表格末尾快速插入一行，可以单击最后一行的最后一个单元格，然后按 Tab 键即可。

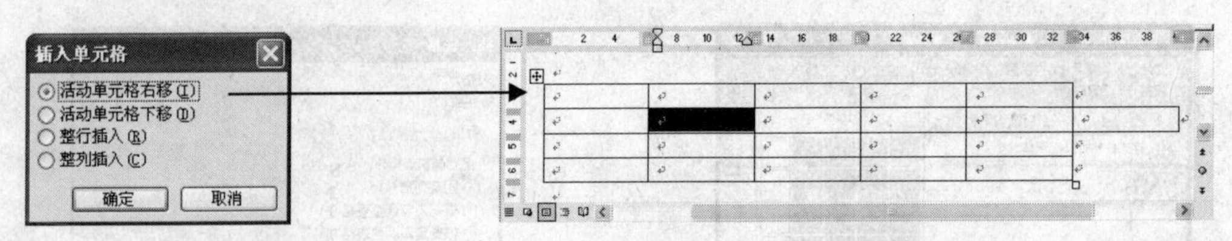

图 2.52 “插入单元格”对话框　　图 2.53 在表格中插入单元格

3. 删除单元格

如果发现创建的表格比实际需要的大，那么完全可以删除多余的部分。

删除单元格的具体操作步骤如下：

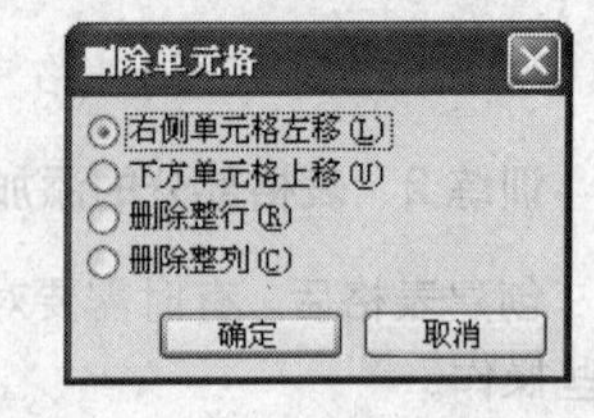

图 2.54 “删除单元格”对话框

Step 01 选定所要删除的一个或者多个单元格后，选择“表格”|“删除”|“单元格”命令，打开如图 2.54 所示的“删除单元格”对话框，选择所需的删除选项。

Step 02 单击“确定”按钮，即可删除不需要的单元格。

4. 删除行或列

要删除表格中的某行，可先选中该行，然后选择“表格”|“删除”|“行”命令即可。

要删除表格中的某列，可先选中该列，然后选择“表格”|“删除”|“列”命令即可。

5. 删除表格或清空表格内容

如果要删除整张表格，可选中表格中的任何一个单元格，然后选择“表格”|“删除”|“表格”命令即可。

如果要清空表格中的部分文本内容，可选中要清除的一个或多个单元格，然后按 Delete 键删除该文本即可。

如果要清空整张表格的内容，则选中整张表格，按 Delete 键清空表格即可。

训练 3 表格的拆分和合并

在对表格进行操作时，常常需要在不改变表格整体大小的情况下，将某个单元格拆分为几个单元格，或者将两个或多个单元格合并为一个单元格，甚至需要将一个表格拆成几个表格，以适应实际的需要，这就要求掌握表格的拆分和合并的技能。

1. 拆分单元格

拆分单元格的具体操作步骤如下。

Step 01 将光标置于表格内需要拆分的单元格中。

Step 02 选择“表格”|“拆分单元格”命令，或者在光标所在处右击，在出现的快捷菜单中选择“拆分单元格”命令，弹出如图 2.55 所示的“拆分单元格”对话框。

Step 03 在“列数”和“行数”文本框中分别输入需要拆分的列数和行数。

Step 04 单击“确定”按钮，所选的单元格就会按照要求进行拆分，如图 2.56 所示。

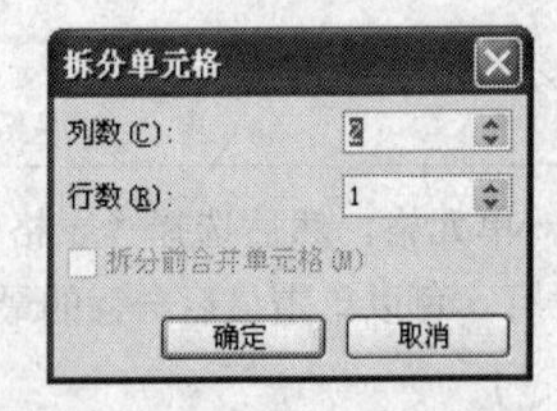

图 2.55 “拆分单元格”对话框

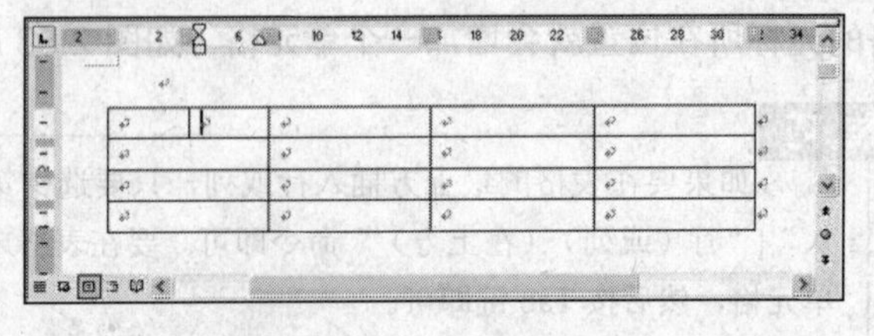

图 2.56 拆分单元格后的表格

2. 拆分表格

要将表格从某行往下拆分为两个表格，可单击该行的任何位置，然后选择“表格”|“拆分表格”命令即可。

3. 合并单元格

将拆分的单元格重新合并为一个单元格，其具体操作步骤如下。

Step 01 选中需要合并的单元格（将鼠标置于表格的相应位置，移动鼠标，当指针变成▌状时，按鼠标左键并拖动鼠标）。

Step 02 选择“表格”|“合并单元格”命令，即可将所选的几个单元格合并成一个单元格。

4. 合并表格

如果两个表格的内容相互关联，那么可以将它们合并为一个表格。当表格处于相邻的位置时，删除表格间的空行、空格或文字，两个表格将被合并。

训练 4　表格的整体缩放

对表格进行整体缩放的具体操作步骤如下。

Step 01 将光标置于表格之中或者置于表格的右下角，这时表格的右下角会出现一个空心的小方框□。

Step 02 将鼠标指针置于空心小方框之上，则鼠标指针会变成一个倾斜的双向箭头。

Step 03 按住鼠标左键不放，拖动鼠标指针，则表格中的每一个单元格都会随之均匀地放大或缩小，如图 2.57 所示。

Step 04 释放鼠标左键，表格的缩放改动完成。

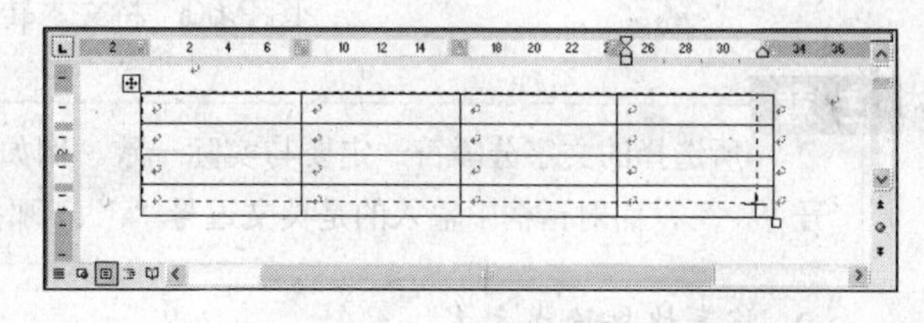

图 2.57　对表格进行整体缩放

提 示

如果要使表格中的列能根据内容自动调整宽度，则单击该列的任意单元格，然后选择“表格”|“自动调整”|“根据内容调整表格”命令即可。

训练 5　更改表格中文字的位置

Step 01 将光标置于需要编辑的表格中。

Step 02 单击鼠标右键，在弹出的快捷菜单中选择“单元格对齐方式”命令，出现如图 2.58 所示的“单元格对齐方式”选项框。

Step 03 该选项框中的各选项从左至右、从上到下依次为“靠上两端对齐”、“靠上居中”、“靠上右对齐”、“中部两端对齐”、“中部居中”、“中部右对齐”、“靠下两端对齐”、“靠下居中”和“靠下右对齐”。单击合适的对齐方式，单元格中的内容就出现在需要的位置。

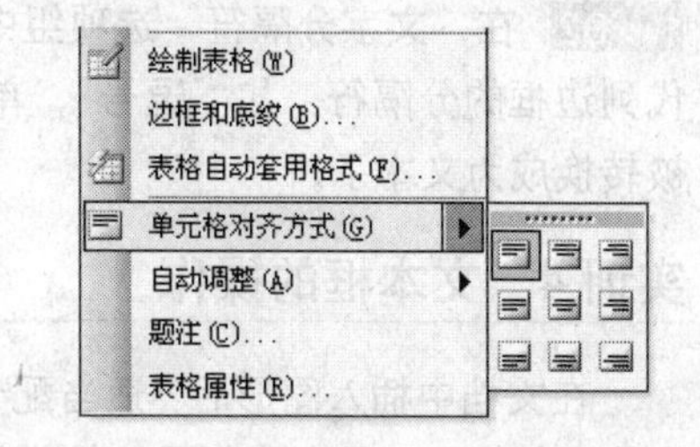

图 2.58　“单元格对齐方式”选项框

训练 6　表格与文本的转换

如何把文本转换为表格，或者如何把表格转换为文本？没有问题。Word 都为用户想到了。

1. 将文本转换成表格

将文本转换成表格时，使用逗号、制表符或其他分隔符标记新列开始的位置。例如，要将 1~12 这 12 个数字转换为 3 行 4 列的表格时，其具体操作步骤如下。

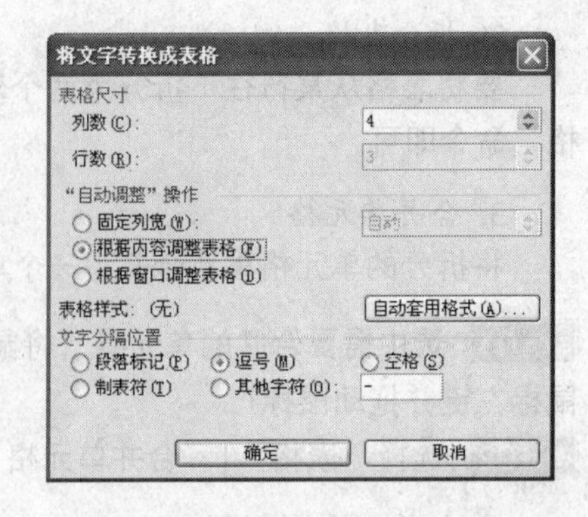

图 2.59 "将文字转换成表格"对话框

Step 01 打开文件"素材\练习\04cr.doc"。

Step 02 在要划分列的位置插入特定的分隔符，例如","号，选定要转换的文本。

Step 03 选择"表格"|"转换"|"文本转换成表格"命令，弹出如图 2.59 所示的"将文字转换成表格"对话框。

Step 04 在"表格尺寸"选项组的"列数"文本框中输入 4。

Step 05 在"'自动调整'操作"选项组中选中"根据内容调整表格"单选按钮。

Step 06 在"文字分隔位置"选项组中选择所需的分隔符选项，在本例中选中"逗号"单选按钮。

Step 07 单击"确定"按钮，转换完成。将文本转换为表格的过程如图 2.60 所示。

图 2.60 将文本转换为表格的过程

注 意

所选择的文字分隔符一定要与实际一致。例如，文档中分隔要转换为表格的文字使用的是中文逗号"，"，而对话框中输入的是英文逗号","，那么转换的结果很可能与希望的不同。

2. 将表格转换成文本

当需要将表格转换成纯文本时，其具体操作步骤如下。

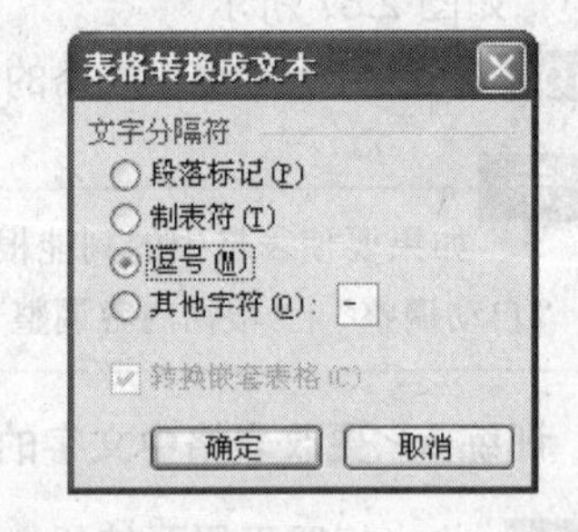

图 2.61 "表格转换成文本"对话框

Step 01 选定要转换为段落的行或表格，然后选择"表格"|"转换"|"表格转换成文本"命令，弹出如图 2.61 所示的"表格转换成文本"对话框。

Step 02 在"文字分隔符"选项组中，选中所需的字符作为替代列边框的分隔符，如"逗号"，单击"确定"按钮，表格就被转换成为文本了。

实训 4 文本框的操作

在文档中插入图形后，适当配合一些文字，会使图形的含义更容易被理解。为图形添加文字的方法有很多种，而文本框是比较常用的一种。文本框是一个盛放文字的容器，可以利用文本框重排文字以及向图形中添加文字，下面将具体介绍文本框的一些常用操作。

训练 1 创建文本框

当需要在文档的某处创建文本框以放置单独的一部分文字时，其具体操作步骤如下。

Step 01 在"绘图"工具栏上单击"文本框"按钮（如果需要竖排文字的文本框，则单击"竖排文本框"按钮），鼠标指针将变为+状。

Step 02 在文档中单击要插入文本框的位置，则 Word 将按默认大小插入一个文本框，如图 2.62 所示。通过拖动该文本框上的尺寸控制句柄来调整文本框的大小。

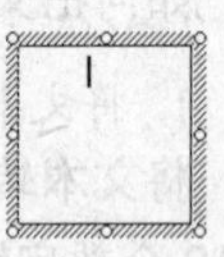
图 2.62 插入文本框

Step 03 在文本框中的光标闪动处输入所需文字，可以对这些文字进行各种格式设置。

Step 04 单击文本框外任一处可结束对文本框的编辑，完成文本框的创建过程。

训练 2 设置文本框

在添加了文本框后，移动鼠标指针至文本框上，当指针变为四向箭头时，单击鼠标左键，选中文本框，再双击鼠标，在弹出的"设置文本框格式"对话框中可以对文本框进行设置，例如设置"颜色与线条"、"大小"和"版式"等。

实训 5 排列和对齐图形

由于图形与文字并不是处于同一层中，因此不能使用"格式"工具栏中的文字对齐工具来对齐图形文件，但可以使用"绘图"工具栏中的命令对齐图形，具体操作步骤如下：

Step 01 用选择多个图形对象的方法选择两个以上需要对齐的图形（先选中一个图形对象，按住键盘上的 Shift 键的同时再选中其他图形对象）。

Step 02 单击"绘图"按钮，在弹出的菜单中选择"对齐或分布"命令，弹出的级联菜单如图 2.63 所示。在每个对齐方式的左侧都有一个小图标，表示图形对齐或分布的方式。

Step 03 选择对齐或分布方式后，Word 将重新排列图形。

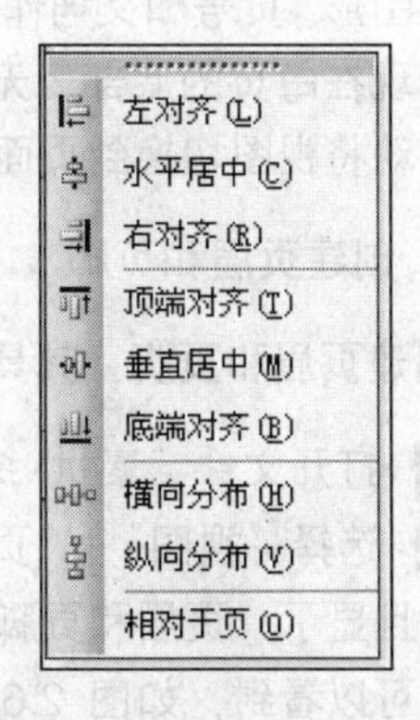

图 2.63 "对齐或分布"级联菜单

任务 4 页面设置与打印的操作

页面的设置与打印主要包括页面的设置、页眉和页脚的设置以及文档的打印等内容。

实训 1 页面设置

选择"文件"|"页面设置"命令，在弹出的"页面设置"对话框中单击"页边距"标签，打开"页边距"选项卡。在该选项卡中可以进行以下设置。

- 在"页边距"选项组的"上"、"下"、"左"、"右"数值框中直接输入数值或通过微调按钮来设置页面四周页边距的宽度。
- 如果要设置装订线边距，则在"装订线"数值框中输入装订线边距的值，在"装订线位置"下拉列表框中选择"左"或"上"。
- 在"方向"选项组中可以选择文档的页面方向，即纵向和横向。
- 如果要设置对称页面的页边距，则在"页码范围"选项组的"多页"下拉列表框中选择"对称页边距"选项，此时"页边距"选项组的"左"、"右"数值框将变为"内侧"、"外侧"数值框，在这两个数值框中输入对称页边距的值即可。
- 在"预览"选项组的"应用于"下拉列表框中，选择该页边距设置所要应用的范围："整篇文档"、"本节"、"插入点后"、"所选节"和"所选文字"等。

注 意

Word 会在选中的这部分文本的前后插入类型为"下一页"的分节符，即该部分文本被设置页边距后，将成为单独的一页。

- 如果要将新设置的页边距作为 Word 默认的页边距设置，单击“默认”按钮，此时出现确认提示框，单击“是”按钮，则新的默认设置将保存在该文档基于的模板中，每一个基于该模板的新文档将自动使用新的页边距设置。

完成所需的设置后，单击“确定”按钮，关闭“页面设置”对话框，页边距和页面方向设置将在所选应用范围中生效。

实训 2　页眉和页脚设置

在文档中，应将每一页都出现的相同内容置于页眉、页脚中。例如公司信笺上的公司名、公司的标志图形、页号和文档作者名等都可以放在页眉或页脚中。一般情况下，页眉出现在每页的顶部，页脚出现在每页的底部。无论当前处于哪种显示视图，只要选择了有关页眉、页脚的命令，Word 就会自动将视图切换到页面视图中。

1. 创建页眉和页脚

创建页眉和页脚，其具体操作步骤如下。

Step 01 打开文件“素材\练习\04cr.doc”。

Step 02 选择“视图”|“页眉和页脚”命令，在文档中将显示表明“页眉”区或“页脚”区的虚线框，并且显示“页眉和页脚”工具栏，如图 2.64 所示。“页脚”区在文档的底部，只要移到文档的底部就可以看到，如图 2.65 所示。文档中的正文文字已变成灰色，表明现在无法编辑正文。在创建页眉或页脚之前，先熟悉一下“页眉和页脚”工具栏中各按钮的功能，见表 2.1。

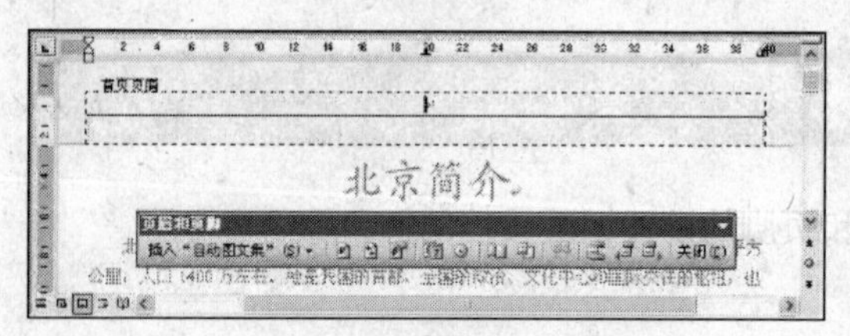

图 2.64　“页眉”区

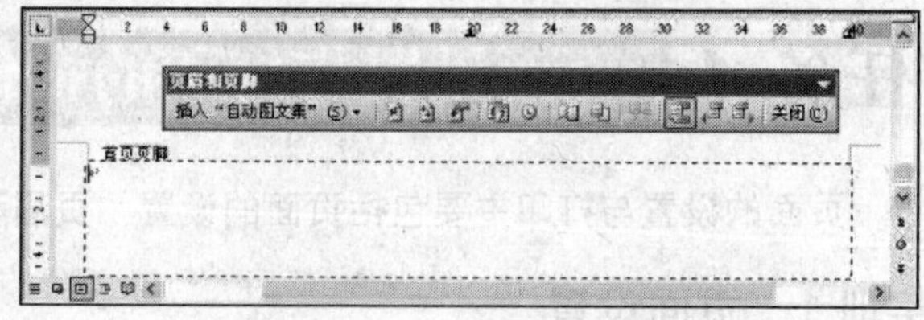

图 2.65　“页脚”区

表2.1　“页眉和页脚”工具栏中各按钮的功能

按　钮	名　称	功　能
插入“自动图文集”(S) ▾	插入“自动图文集”	在页眉或页脚中插入自动图文集词条
	插入页码	在页眉或页脚中插入自动更新的页码
	插入页数	在页眉或页脚中插入文档的总页数
	设置页码格式	打开“页码格式”对话框，以便设置页码的格式
	插入日期	在页眉或页脚中插入当前的日期
	插入时间	在页眉或页脚中插入当前的时间
	页面设置	打开“页面设置”对话框，以便修改关于页眉和页脚的设置
	显示/隐藏文档文字	在编辑页眉或页脚时，显示或隐藏文档的正文
	链接到前一个	控制当前节的页眉或页脚是否要与前一节相同
	在页眉和页脚间切换	在页眉或页脚之间切换位置

（续表）

按　钮	名　称	功　能
	显示前一项	将插入点移至上一页眉或页脚
	显示下一项	将插入点移至下一页眉或页脚
关闭(C)	关闭	关闭页眉和页脚的编辑状态，恢复对文档正文的编辑

Step 03 把插入点移到“页眉”区或“页脚”区中（或单击“页眉和页脚”工具栏上的“在页眉和页脚间切换”按钮），就可以按照正常的方式输入并排版文本。

Step 04 如果要插入页码、作者、文件名、日期或时间，可以单击“页眉和页脚”工具栏上的相应按钮。

Step 05 如果要在“页眉”区或“页脚”区中改变插入点的位置，则可以单击“格式”工具栏中的“对齐”按钮。

Step 06 设置完毕，单击“页眉和页脚”工具栏中的“关闭”按钮关闭(C)，返回文档。

2. 在首页上创建不同的页眉或页脚

在实际操作中，经常在首页中不显示页眉或页脚，或需要创建不同的首页页眉或页脚，其具体操作步骤如下。

Step 01 打开文件“素材\练习\04cr.doc”。

Step 02 选择“视图”|“页眉和页脚”命令，弹出“页眉和页脚”工具栏。

Step 03 在该工具栏上单击“页面设置”按钮，将弹出“页面设置”对话框，选择其中的“版式”选项卡。

Step 04 在该选项卡的“页眉和页脚”选项组中，选中“首页不同”复选框，然后单击“确定”按钮。

Step 05 单击“页眉和页脚”工具栏上的“显示前一项”按钮或“显示下一项”按钮，移动到“首页页眉”或“首页页脚”区域。

Step 06 创建文档的首页页眉或页脚。如果不想在首页使用页眉或页脚，可将页眉或页脚区保留为空白。

Step 07 设置结束后，单击“页眉和页脚”工具栏上的“关闭”按钮即可。

3. 为奇偶页创建不同的页眉或页脚

要为奇偶页创建不同的页眉或页脚，其具体操作步骤如下。

Step 01 打开文件“素材\练习\04cr.doc”。

Step 02 选择“视图”|“页眉和页脚”命令，弹出“页眉和页脚”工具栏。

Step 03 在“页眉和页脚”工具栏上单击“页面设置”按钮，将弹出“页面设置”对话框，选择其中的“版式”选项卡。

Step 04 在该选项卡中的“页眉和页脚”选项组中，选中“奇偶页不同”复选框，然后单击“确定”按钮。

Step 05 单击“页眉和页脚”工具栏上的“显示前一项”按钮或“显示下一项”按钮，切换到奇数页或偶数页的页眉或页脚区域。

Step 06 在“奇数页页眉”和“奇数页页脚”区域为奇数页创建页眉和页脚；在“偶数页页眉”和“偶数页页脚”区域为偶数页创建页眉和页脚。

Step 07 设置完毕，单击“页眉和页脚”工具栏上的“关闭”按钮即可。

实训 3　打印文档

当制作完成一篇文档后，如果在打印文档前要查看整篇文章的整体效果，可以使用 Word 提供的打印预览功能。在打印预览视图中，用户既可预览文档，也可编辑文档。

训练 1　打印预览

要切换到打印预览视图中查看文档，首先必须打开要预览的文档，然后选择“文件”|“打印预览”命令，或者单击“常用”工具栏中的“打印预览”按钮，出现如图 2.66 所示的打印预览窗口。

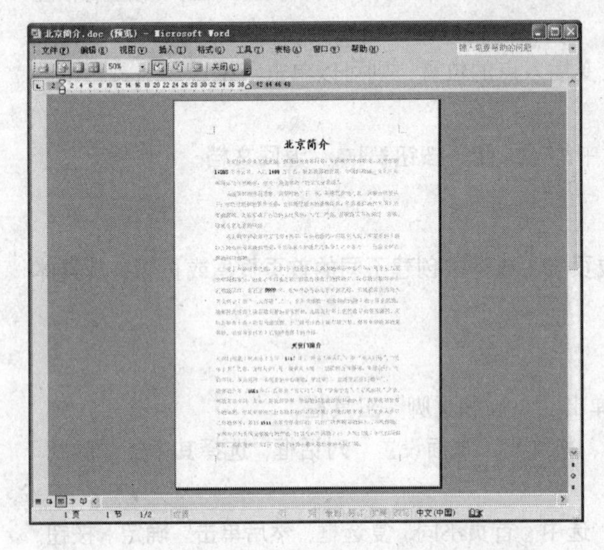

图 2.66　打印预览窗口

在打印预览窗口中，可以通过“打印预览”工具栏上的按钮来调整文档的边界及设置单页、双页或多页的显示。例如，单击“打印预览”工具栏中的“多页”按钮，出现如图 2.67 所示的下拉列表。在下拉列表中拖动鼠标指针，选定一次所需显示的页数，如选定 2 页。释放鼠标左键后，Word 就会根据所选定的页数将结果显示在屏幕上。

图 2.67　下拉列表

如果一次显示多页，显示比例将逐渐缩小，文档内容变得不清楚。这时可以单击“打印预览”工具栏中的“单页”按钮，恢复成一次显示一页的设置。

“打印预览”工具栏中的“放大镜”按钮可以将文档中要查看的部分放大至 100%，查看后再单击鼠标左键，则可以恢复至原来的比例。

训练 2　打印文档

如果对文档的预览效果完全满意，可以通过单击“常用”工具栏上的“打印”按钮来打印当前文档，这种打印应用的都是默认的设置，而且是将整个文档打印一份。如果有特殊的打印要求，如只打印当前页或进行双面打印等，就需要选择“文件”|“打印”命令，在如图 2.68 所示的“打印”对话框中进行设置。

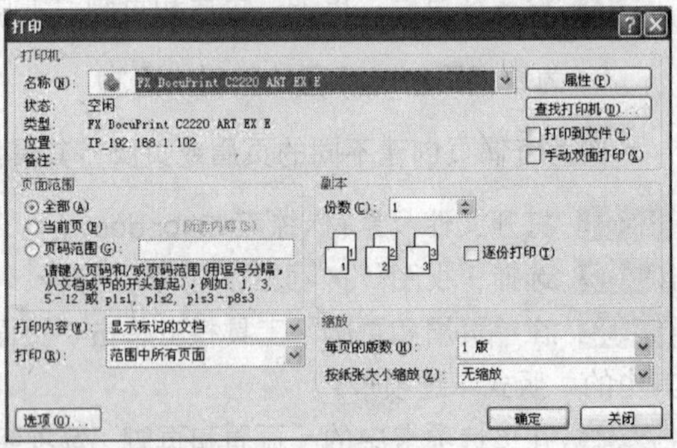

图 2.68　“打印”对话框

1. 打印机设置

在“打印机”选项组中的“名称”下拉列表框中可以选择要使用的打印机，选择后单击该下拉列表框右侧的“属性”按钮，将弹出“打印机文档属性”对话框。在该对话框的“纸张/质量”选项卡中可以选择打印机的纸张来源；在“布局”选项卡中可以选择打印方向和打印页数。

2. 选择要打印的页面范围

有时用户只需要打印长篇文档中的部分章节，此时可以在“打印”对话框的“页面范围”选项组中设置打印的页面范围。

- 选中“全部”单选按钮，Word 将打印整个文档。
- 选中“当前页”单选按钮，Word 将只打印光标所在的页面。
- 选中“页码范围”单选按钮，在其右侧的文本框中可以输入指定的页码范围。例如，若要打印第 2、4、5、6 页和第 8 页，可输入“2,4-6,8”。注意“,”要采用英文半角符号。
- 选中“所选内容”单选按钮，Word 将只打印文档中被选中的部分。如果在文档中没有选择任何文字或图片，则“所选内容”单选按钮变为灰色，不可选择。

3. 设定打印内容

在“打印”对话框中，可以对打印的具体内容进行设置：

- 在“打印内容”下拉列表框中，可以选择打印内容是文档还是文档属性、样式等其他项目。Word 的默认选项是文档。
- 在“打印”下拉列表框中，可以选择在打印范围是打印所有页面，奇数页面还是偶数页面。

4. 设置打印份数

Word 默认的打印份数为 1 份，如果要一次打印多份文档，就要在“打印”对话框的“副本”选项组中进行设置：

- 在“份数”数值框中，可以直接输入或通过微调按钮来确定要打印的份数。
- 选中“逐份打印”复选框，Word 会从文档的首页开始打印到末页，然后再开始打印下一份；如果不选中此复选框，则会按照指定的份数从首页开始打印到末页。

在“打印”对话框中进行了所有的设置后，单击“确定”按钮，就可以开始打印了。在打印过程中，Windows 任务栏中会出现一个打印机图标。双击该图标可以检查打印进度。打印完成后，该图标会自动消失。

任务 5 高级表单操作

在现代办公环境中，表格与文本、图像并列成为电子化信息表达和传递的重要手段。无论是业务报表，还是升学求职等场合，人们都经常会与各式各样的表格打交道。表单应用正在成为一种流行。Microsoft Word 的制表功能相当强大，使用起来也非常方便。即使是初学者也能够借助表格工具栏中的多种工具，快速制作出美观大方的表格来。

图 2.69 所示的表单为一个科研成果获奖统计表的局部内容。在该表单上，有些元素是固定不变的，如说明文字、表格样式等；而另外的一些数据有待用户填写，比如黄色的单元格。为了达到形式上的统一，表格的设计者不希望人们在填表时“不慎”改动那些固定的元素，因此需要将它们“保护”起来；而那些有待填写的部分，用户应该能够方便地填写。在打印时，用户应该能够根据具体的需要，选择打印的内容，包括表格框线、固定信息以及填入信息等元素，或者是仅在印刷好的表单中套打填写的内容。

设计这样的表单无疑是有难度的。如何在完善保护表格结构的基础上让用户方便地填充所需的内容，并且具备多样化打印的能力，这都是设计者需要克服的难题。其实，这类高级表单的设计仍然离不开最基础的表单设计理念。如何将表单布局得更合理、形式更美观，这并不是本文讨论的重点，在此仅以一个简单的表单为例（如图 2.70 所示）来介绍高级表单的制作过程。

	获奖时间	获奖种类	获奖等级	奖金数额（元）	授奖部门
成果管					
获奖励					
情况					

图 2.69 科研成果获奖统计表单

姓名	性别	年龄

图 2.70 表单制作样例

实训 1 初识“窗体”工具栏

首先需要用到的功能就是“窗体”设计。在 Word 中，选择“视图” | “工具栏” | “窗体”，打开“窗体”工具栏（如图 2.71 所示）。也可以右键单击工具栏任意位置，在快捷菜单中选择“窗体”选项。

图 2.71 窗体工具栏

“窗体”工具栏包含了 10 个功能按钮，由左至右的功能分别是：插入文字型窗体域、复选框型窗体域、下拉型窗体域、窗体域选项、绘制表格、插入表格、插入图文框、窗体域底纹、重新设置窗体域以及保护窗体。

实训 2 插入窗体域

打开窗体工具栏后，需要在图 2.70 表单中插入相应的窗体域。在实际应用中，文字型窗体域是最常用的窗体域类型。在图 2.70 的姓名、年龄单元格中都可以使用此种窗体域。首先将光标置于相应的单元格，然后点击“窗体”工具栏中的“文字型窗体域”按钮，插入工作即可（如图 2.72 所示）。

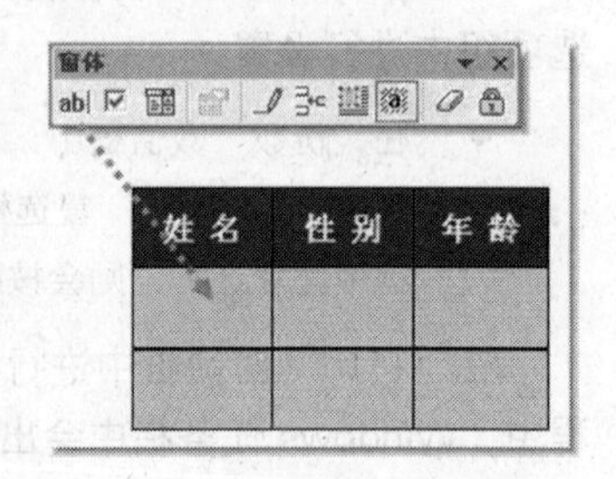

图 2.72 插入窗体域

窗体域插入后，单元格中会显示出一个带有灰色阴影的小方块(说明：此阴影在按下“窗体域底纹”按钮的情况下才会显示的)。需要注意的是，窗体域底纹只在屏幕上显示，用于提醒用户该域的具体位置，并不会被打印出来。

文字型窗体域插入之后，如果有特殊的要求，还可以对其属性进行设定。单击窗体工具栏上的“窗体域选项”按钮，或者鼠标双击插入的窗体域，即可进入“文字型窗体域选项”对话框（如图 2.73 所示）。文字型窗体域包含了 6 种类型，分别为常规文字、数字、日期、当前日期、当前时间以及计算，其中最常用的当属“常规文字”类型，其次是“数字”类型。对于“数字”类型的窗体域，用户可以在“数字格式”下拉菜单中定义其具体格式。另外，在此对话框中，“添加帮助文字”按钮的作用也非常重要，在设计表单时，可以利用它对用户可能产生疑惑的单元格添加注释和说明。

了解了插入和设定文字型窗体域的方法后，插入其他类型窗体域的方法可以以此类推。接下来需要重点考虑的是如何选择合适窗体域插入到表单中，通常比较常用的窗体域还有下拉型窗体域。

这种类型的窗体域通常用于非此即彼的选择场合，例如图 2.70 表单的“性别”一栏。使用此种窗体域后，用户在填写表单时可以直接单击鼠标选定，不必进行输入。另外也可以将那些常用的客户名单或地址信息通过下拉型窗体域进行列表，省去了重复输入的麻烦。

将鼠标移到指定位置，点击“窗体”工具栏的“下拉型窗体域”按钮，并双击它，系统弹出“下拉型窗体域选项”对话框（如图 2.74 所示）。然后在此添加下拉菜单中的选项。首先在“下拉项”项目中输入需要添加的第一个列表项，并单击“添加”按钮；然后，依次输入其余列表项，依此类推。所有列表项添加完毕后，可以通过向上、向下这两个“移动”按钮改变列表项的排列顺序。

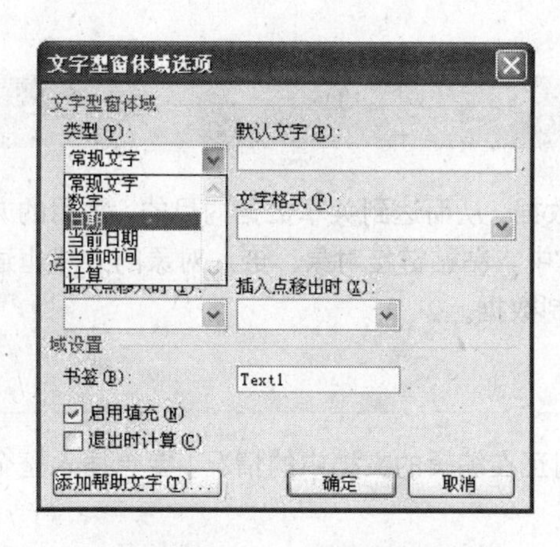

图 2.73　文字型窗体域选项

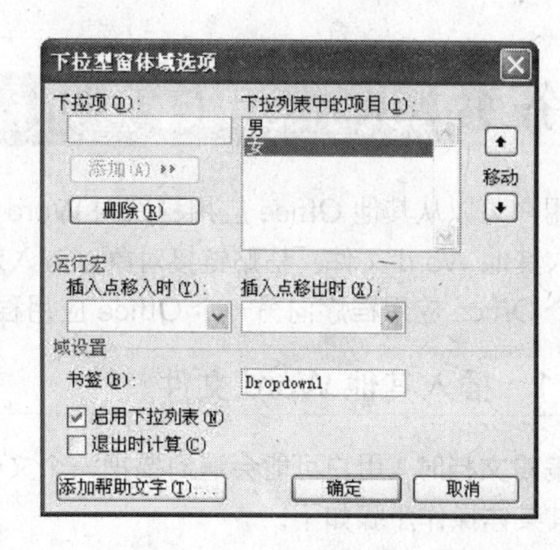

图 2.74　下拉型窗体域选项

实训 3　保护窗体

表单设计完成之后，还需要把其整体结构保护起来，供日后他人填写。保护窗体的方法是，单击“窗体”工具栏上的“保护窗体”按钮。点击该按钮后，用户会发现，除了含有窗体域的单元格，表单的其他地方都无法进行修改，这样就防止了用户在填写时对表单外观的擅自更改。

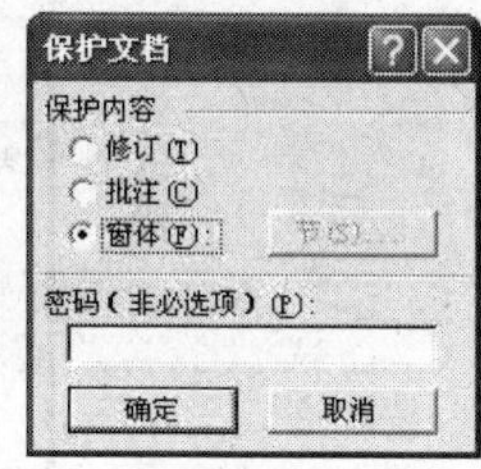

图 2.75　保护文档

但是，这种方式的保护并不彻底，他人仍然可以通过取消选中“保护窗体”按钮解除对该表单的保护。因此，如果想要更好地保护表单，可以选择“工具”|“保护文档”，进入“保护文档”对话框（如图 2.75 所示）。在此选中“窗体”选项，输入保护密码，即可完善地保证表单的安全。最后，这些保护好的表单就可以作为最终的电子文档，分发给需要填写的用户了。

实训 4　表单套打

当用户将填写好的表单发回后，剩下的工作就是打印这些表单了。直接打印当然是最简单的，但是如果要像前面提到的那样，首先批量印刷基本表单，然后逐个进行套打，则会在很大程度上降低成本，打印速度也会得到较大的提升。

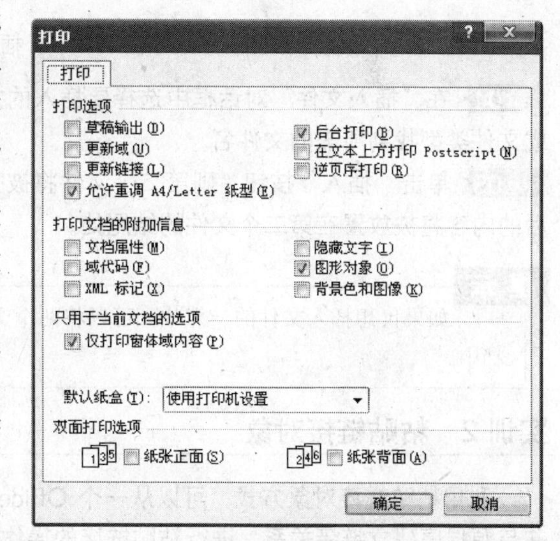

图 2.76　打印表单

表单套打的实现并不复杂。只需在打印时，不使用 Word 工具栏上的“打印”按钮，而是选择“文件”|“打印”（或者按下“Ctrl+P”组合键），进入“打印”对话框。单击“打印”对话框中的“选项”按钮，在弹出对话框中选中“仅打印窗体域内容”复选项，点击“确定”按钮后即可实现表单套打（如图 2.76 所示）。

另外，如果是专门为套打而设计表单，则可以在保存表单模板前，选择“工具”|“选项”，进入“打印”选项卡，选中“仅打印窗体域内容”复选项，点击“确定”按钮并保存该模板。这样一来，凡是使用该模板创建的表单，在默认的打印状态下都会仅打印窗体域中的内容。

任务 6 共享 Office 应用程序

用户可以从其他 Office 应用程序向 Word 中复制数据，从而达到共享数据的目的。常用的方法有插入其他 Word 文件、粘贴链接对象、嵌入对象。其中，粘贴链接对象、嵌入对象的方法也适合从一个 Office 应用程序向另一个 Office 应用程序中复制数据。

实训 1 插入其他 Word 文件

编辑文档时，用户可能会遇到要把一个文件插入到正在编辑的文档中的情况。要想插入整个文件，其具体操作步骤如下。

Step 01 打开文件“素材\练习\04cr.doc”。

Step 02 将插入点置于文档中想插入另一个文件的位置。

Step 03 选择“插入”|“文件”命令，弹出如图 2.77 所示的“插入文件”对话框。

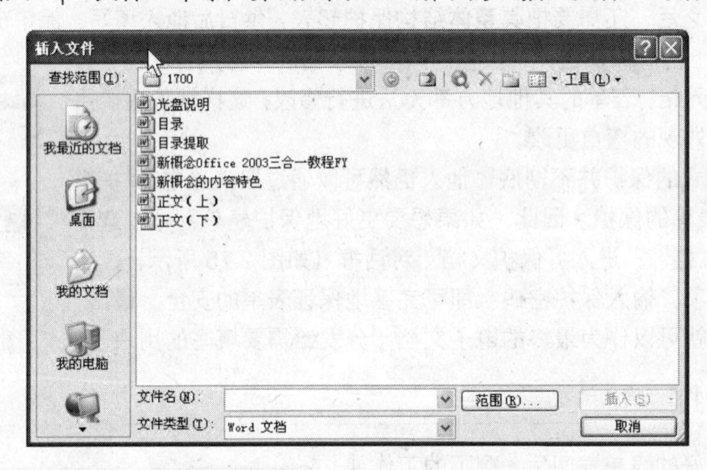

图 2.77 “插入文件”对话框

Step 04 在“插入文件”对话框中选择要插入的文件名，用户可以通过改变不同的驱动器、文件夹或文件类型找到所需的文件名。

Step 05 单击“插入”按钮，则第二个文件将被完整地插入到当前插入点所处的位置，原插入点之后的内容将被放置在第二个文件的结尾处。

提 示

如果仅想插入文件的一部分，可以将两个文件同时打开，把该部分内容从原文件复制到目标文档中。

实训 2 粘贴链接对象

利用粘贴链接对象方式，可以从一个 Office 应用程序向另一个 Office 应用程序中复制数据，并与源程序建立链接关系。进行粘贴链接的操作步骤如下。

Step 01 打开文件“素材\练习\ Book1.xls”。

Step 02 选择要粘贴链接的数据，然后选择“编辑”|“复制”（或“剪切”）命令，如图 2.78 所示。

Step 03 按 Alt+Tab 键，切换到要进行粘贴的另一个 Office 应用程序，这里切换到 Word 中。

Step 04 选择“编辑”|“选择性粘贴”命令，打开如图 2.79 所示的对话框。

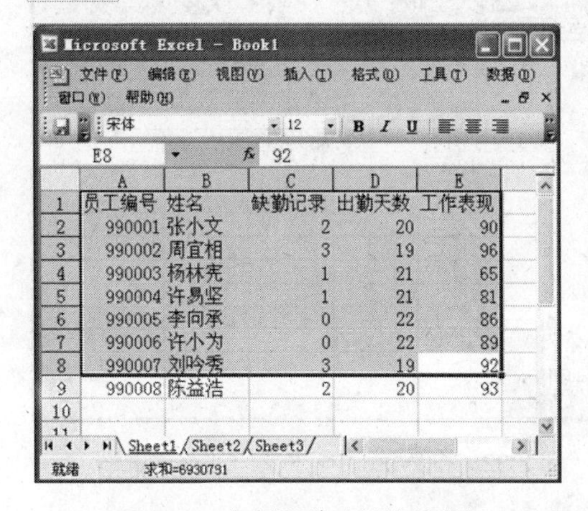

员工编号	姓名	缺勤记录	出勤天数	工作表现
990001	张小文	2	20	90
990002	周宜相	3	19	96
990003	杨林宪	1	21	65
990004	许易坚	1	21	81
990005	李向承	0	22	86
990006	许小为	0	22	89
990007	刘吟秀	3	19	92
990008	陈益浩	2	20	93

图 2.78　复制要粘贴链接的数据

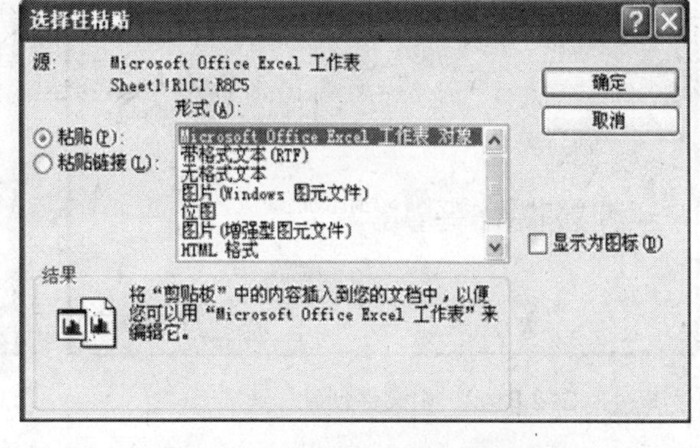

图 2.79　“选择性粘贴”对话框

Step 05 单击“粘贴链接”单选按钮后，单击“确定”按钮，即可将数据复制到当前文档，并与源程序建立链接关系，如图 2.80 所示。

注 意

建立了链接关系之后，当源程序中的数据改变时，当前文档的数据也会随之更新。若双击链接对象，可在源程序中打开该对象并进行编辑。若仅粘贴而不进行链接，则在 Step 05 中选中“粘贴”单选按钮即可。

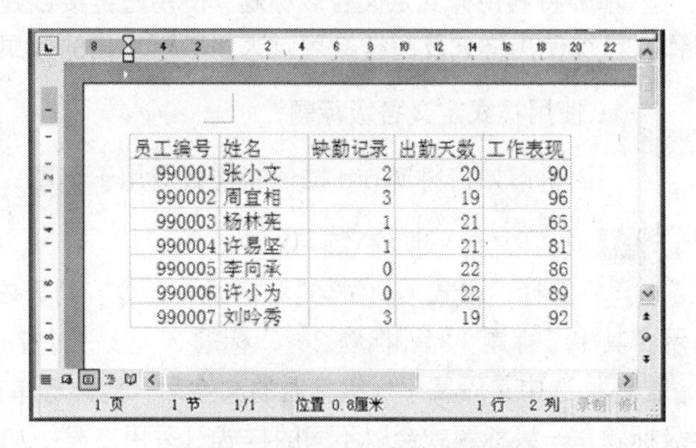

员工编号	姓名	缺勤记录	出勤天数	工作表现
990001	张小文	2	20	90
990002	周宜相	3	19	96
990003	杨林宪	1	21	65
990004	许易坚	1	21	81
990005	李向承	0	22	86
990006	许小为	0	22	89
990007	刘吟秀	3	19	92

图 2.80　将数据复制到当前文档

实训 3　嵌入对象

如果希望插入的对象能反映对原始数据的各种更改，或是需要考虑文件的大小时，可使用链接对象的方式。使用链接对象方式时，原始信息仍保存在源文件中，目标文件中显示的只是链接信息的映像，保存的只是原始数据的位置。如果更改源文件中的原始数据，链接信息将会自动更新。

与其相反，嵌入对象则会成为目标文件的一部分。由于嵌入对象与源文件没有链接关系，所以更改原始数据时并不更新该对象。如果需要更改嵌入对象，双击该对象即可在源应用程序中打开并进行编辑。源应用程序（或是其他能编辑该对象的应用程序）必须安装在当前的计算机中，如果将信息复制为嵌入对象，目标文件占用的磁盘空间将比链接信息时要大。

这里以在 Word 文档中插入 Excel 表格为例，其具体操作步骤如下。

Step 01 在文档中要放置嵌入对象（这里是 Excel 表格）的位置单击。

Step 02 选择“插入”|“对象”命令，弹出“对象”对话框，打开“由文件创建”选项卡，如图 2.81 所示。

Step 03 在“文件名”文本框中输入 Excel 文件名，或使用“浏览”按钮查找要调用的 Excel 文件。

Step 04 单击“确定”按钮，Word 中便嵌入了 Excel 表格，如图 2.82 所示。

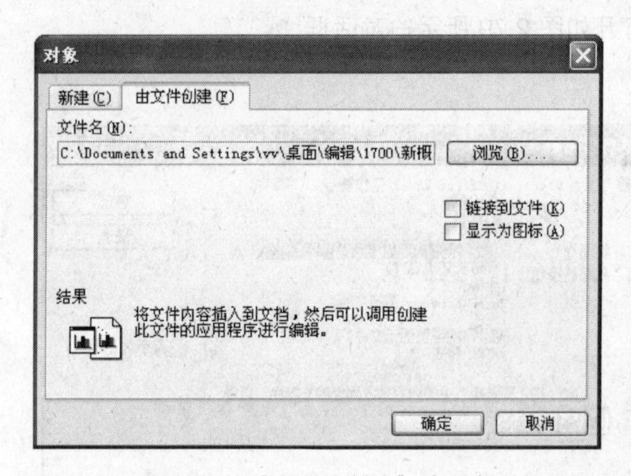

图 2.81 “由文件创建”选项卡

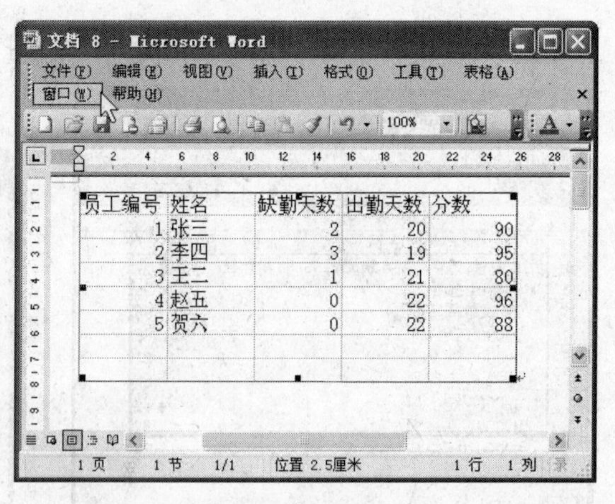

图 2.82 在 Word 中已嵌入了 Excel 表格

案例实训 熟练使用样式及超链接

本节将利用样式定义各级标题，使用超链接创建多功能文档。这些是日常工作中经常涉及的操作，熟练使用样式及超链接可以达到事半功倍的效果。

1. 使用样式定义各级标题

下面讲解如何将 Word 提供的样式应用于标题，使文章的结构更加合理。

Step 01 打开文件“素材\练习\05lx.doc”。

Step 02 选择“格式”|“样式和格式”命令，打开右侧的“样式和格式”任务窗格，如图 2.83 所示。其中“标题 1”、“标题 2”、“标题 3”分别对应一、二、三级标题。

Step 03 选中某段属于一级标题的文字后，用鼠标单击任务窗格中的“标题 1”，定义该段文字为一级标题。一级标题就会以不同的样式（采用二号、加粗的宋体字，且与前后段落有一定间隔等）区别于其他段落，如图 2.84 所示。

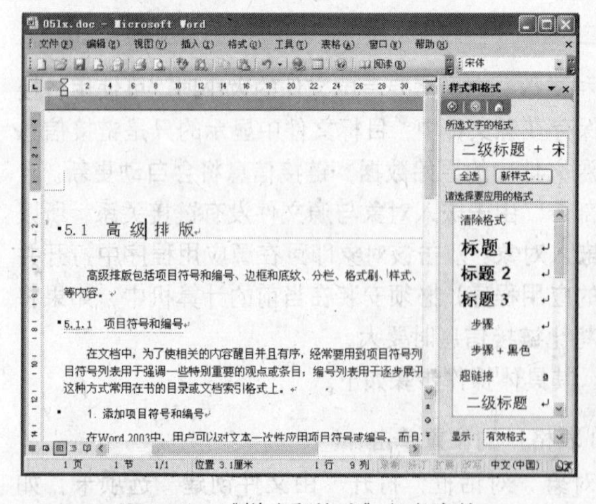

图 2.83 “样式和格式”任务窗格

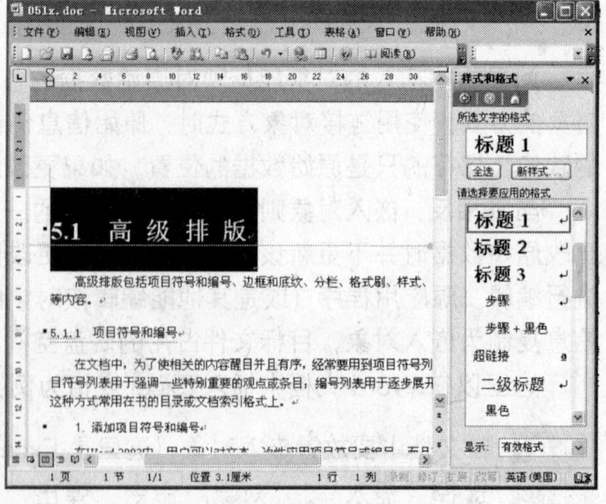

图 2.84 定义该段文字为一级标题

Step 04 采用类似方法，将样式“标题 1”、“标题 2”、“标题 3”分别应用于文中属于一、二、三级标题的文字。

提 示

在采用默认方式新建的 Word 文档中，“样式和格式”任务窗格只提供“标题 1”、“标题 2”、“标题 3”及“正文”样式。而在此文中要深入到四级标题，这该怎么办呢？Word 提供了多达 9 级的标题，但为了不让过于繁杂的标题样式影响用户对其他样式的选用，一般情况下只显示前 3 级标题。因此，用户可以把任务窗格中其他隐藏的样式都显示出来。

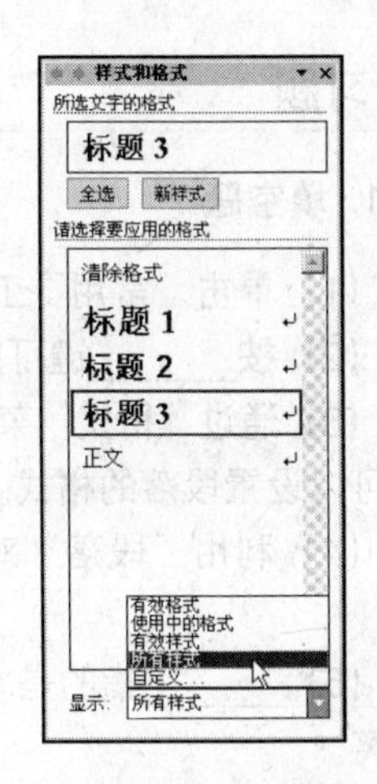

图 2.85 选择“所有样式”命令

单击任务窗格下方的“显示”下拉列表框右侧的下三角按钮，在弹出的列表中选择“所有样式”命令，如图 2.85 所示。全部样式均会显示出来。在任务窗格中找到“标题 4”，将其定义给文中对应级别的标题文字即可。

2. 巧用超链接创建多功能文档

日常工作中，下属及同事收集了大量资料，需要由您整理成一份精简却又必须非常完整的文档呈交上级审阅。然而鱼和熊掌常常不能兼得，文档过于简练，上级在阅读中难以查阅特定的详细信息；精细到所有细枝末节的长篇大论会浪费领导的大量时间。有没有一种两全其美的办法呢？在此，我们以一篇营销计划的制作为例，介绍如何利用一篇简短的 Word 文档链接大量相关信息。

Step 01 根据所给素材总结出营销计划的正文部分，在尽可能精简的同时，利用单个字词提及素材的各方面内容，如图 2.86 所示。

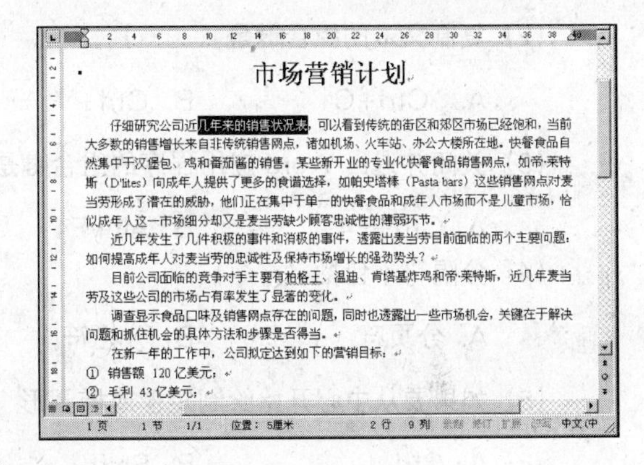

图 2.86 营销计划正文

Step 02 拖动鼠标，选中“几年来的销售状况表”文本，选择“插入”|“超链接”命令，打开“编辑超链接”对话框，如图 2.87 所示。将超链接定位到对应文档后，单击“确定”按钮。

Step 03 采用同样的方法为文档其他部分设置超链接。

Step 04 打开保存的文档，将鼠标移动到超链接上，按住 Ctrl 键后，鼠标变为手形，如图 2.88 所示。此时单击超链接即可打开对应的 Word 文档，并自动切换到对应的段落。

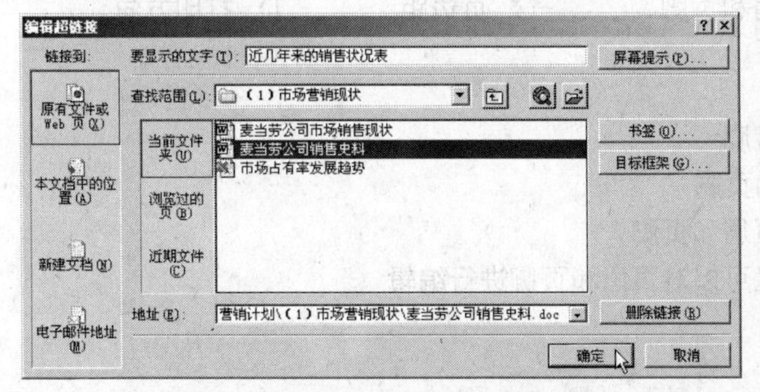

图 2.87 “编辑超链接”对话框

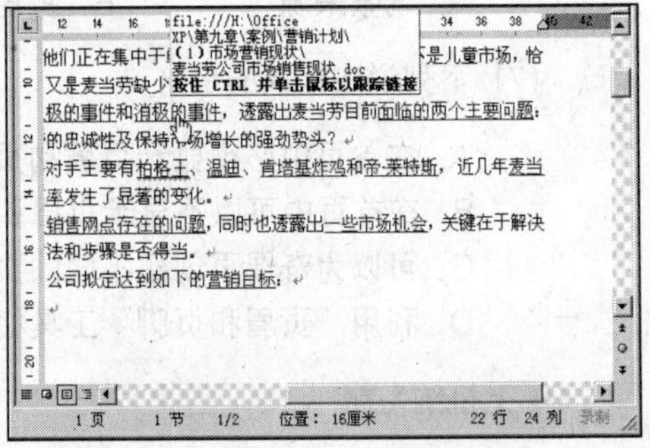

图 2.88 将鼠标移动到超链接上

课后习题

1. 填空题

（1）单击“常用”工具栏中的________按钮可以显示或隐藏编辑标记。

（2）按______键可以删除光标后的文本，按______键可以删除光标前的文本。

（3）通过“格式”菜单中的______命令可以设置字体的格式；通过“格式”菜单中的______命令可以设置段落的格式。

（4）利用“段落”对话框可以设置________缩进、________缩进、________缩进和________缩进。

（5）________指的是本段落和前一段以及后一段之间的间距，________指的是段落中每行之间的距离。

（6）当需要将某文本具备的格式应用于多处文本时，应______（单、双）击“格式刷”按钮，对多处应用过后，按______键取消“格式刷”。

（7）Word 提供的______功能可以进行格式的统一设置。

2. 选择题

（1）剪切文本的组合键是（　　）。

A. Ctrl+C　　B. Ctrl+V　　C. Ctrl+A　　D. Ctrl+X

（2）复制文本的组合键是（　　）。

A. Ctrl+C　　B. Ctrl+V　　C. Ctrl+A　　D. Ctrl+X

（3）关闭并退出 Word 应用程序的组合键是（　　）。

A. Ctrl+F4　　B. Alt+F4　　C. Shift+F4　　D. F4

（4）分隔符不包括（　　）。

A. 分页符　　B. 分栏符　　C. 分节符　　D. 换行符

（5）如果要从中心开始绘制矩形或椭圆形，则在拖动鼠标时按住（　　）键。

A. Ctrl　　B. Shift　　C. Alt　　D. Tab

（6）“页面设置”对话框中不可以设置（　　）。

A. 纸张来源　　B. 页眉和页脚　　C. 页边距　　D. 打印方向

（7）下列说法错误的是（　　）。

A. 在首页中必须显示页眉和页脚
B. 在首页中可以不显示页眉和页脚
C. 可以为奇偶页创建不同的页眉和页脚
D. 利用“页眉和页脚”工具栏可以对页眉和页脚进行编辑

3. 上机练习题

（1）启动 Word，并练习显示需要的工具栏、隐藏不需要的工具栏。

（2）练习创建新文档，并向其中输入文本、插入符号和特殊字符，例如输入 5.5.1 小节中的内容，并将其保存为名为“文档 1”的文档。

（3）练习对文本进行移动、复制和粘贴操作。

（4）查找“文档 1”中所有的“文本”，并将其替换为“文字”。

（5）使用 Word 的自动更正功能。当用户在输入“年青”时，Word 自动将其替换为“年轻”。

（6）将 X2 中的 2 变成上标形式。

（7）通过“格式”工具栏中的按钮对几段文本添加项目符号或编号。

（8）为一段文本添加边框和底纹。

（9）插入如图 2.89 所示的课程表。

节 星期	1	2	3	4	5	6
一	英语	数学	Word	Excel	Photoshop	课外活动
二	英语	PowerPoint	Windows	BASIC	政治	Word
三	英语	Flash	数学	体育	Photoshop	Excel
四	数学	BASIC	英语	PowerPoint	Word	政治
五	英语	英语	Excel	Windows	Flash	体育

注：带有下划线的表示是实验课。

图 2.89　课程表

（10）在图 2.89 的课程表中练习插入单元格、删除单元格、插入行、删除行、插入列、删除列的操作，并适当调整列宽和行高。

（11）将课程表中理论课左对齐，实验课右对齐。

项目3

电子表格与数据处理

项目导读

本章介绍 Excel 软件的工作界面及单元格的基本操作和表单的高级应用，帮助读者了解 Excel 的使用方法，熟悉 Excel 的操作过程。

知识要点

- 启动和退出 Excel 软件
- 新建、保存和打开工作簿
- 数据的操作
- 工作表的操作
- 公式和函数的使用
- 制作图表
- 常用表单操作
- 共享 Office 应用程序

任务 1 Excel 的基本操作

Excel 的基本操作主要包括浏览 Excel 窗口、创建工作簿、选定单元格或区域、输入数据以及自动填充数据、保存工作簿、关闭工作簿、打开工作簿和退出 Excel 等内容。

实训 1 浏览 Excel 窗口

选择“开始”|“程序”| Microsoft Excel 命令即可启动 Excel。启动后，系统会自动创建一个名为 Book1 的空白工作簿，这个工作簿和 Excel 本身的程序窗口组成了 Excel 的操作窗口，一个标准的 Excel 操作窗口如图 3.1 所示。

1. 标题栏

Excel 的标题栏位于程序窗口的最顶端，最左边是一个控制菜单图标，单击该图标可弹出其下拉菜单，该菜单中包括“还原”、“移动”、“大小”、“最小化”、“最大化”和“关闭”命令，使用这些命令可以进行相应的操作。

紧挨着控制菜单图标的是应用程序和当前工作簿的名称。在标题栏的右端是“最小化”按钮、“还原”按钮、“最大化”按钮和“关闭”按钮，使用这些按钮可以控制程序窗口的显示状态。

提 示

可以用鼠标拖动标题栏，在屏幕上移动 Excel 窗口。

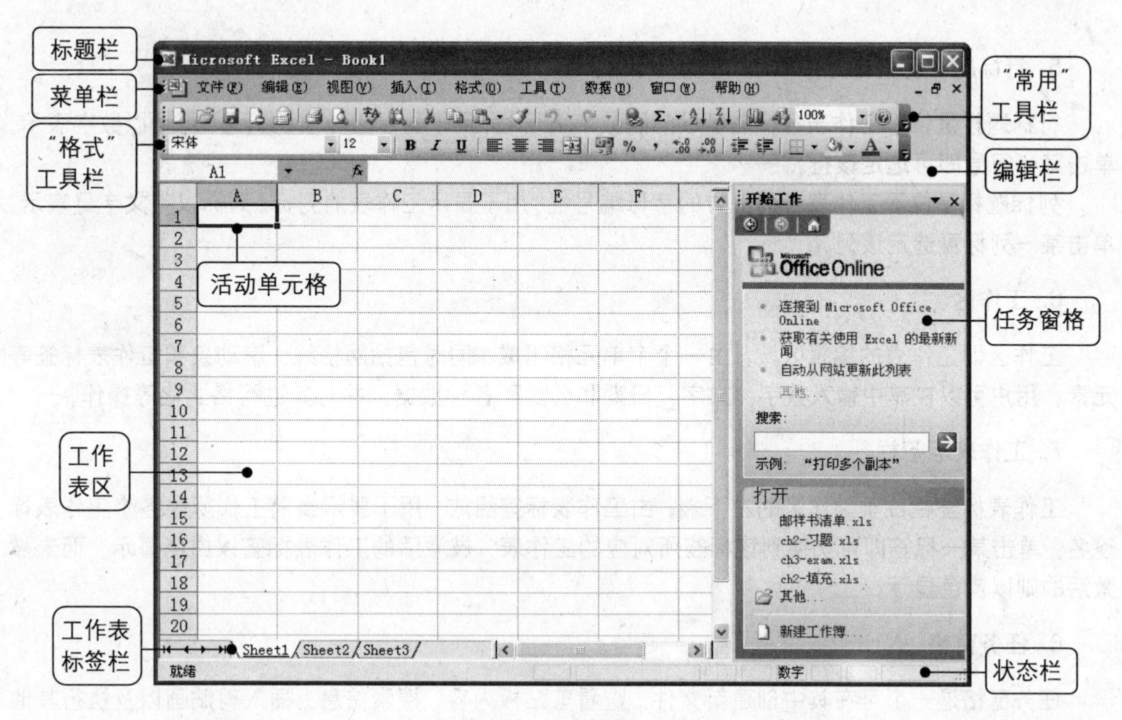

图 3.1　Excel 的操作窗口

2. 菜单栏

菜单栏位于标题栏的下方，包括“文件”、“编辑”、“视图”、“插入”、“格式”、“工具”、“数据”、“窗口”和“帮助”9 个菜单项以及“提出问题”下拉列表框、“窗口最小化”、“还原窗口”/“最大化”和“关闭窗口”按钮。

单击这 9 个菜单项中的任意一个会弹出其下拉菜单，用户可以通过在菜单中选择相应的命令来完成不同的操作。

在“提出问题”下拉列表框中显示有“键入需要帮助的问题”的文字，提示用户在此输入需要获得帮助的关键字，输入关键字后按下 Enter 键，系统便会显示出相关的内容。

在菜单栏右边有“窗口最小化”、“还原窗口”/“最大化”和“关闭窗口”按钮，其功能和标题栏中的“最小化”、“还原”/“最大化”和“关闭”按钮相似。

3. 工具栏

工具栏位于菜单栏的下方，在默认状态下，在 Excel 的应用窗口中会显示“常用”工具栏和“格式”工具栏。如果要执行某个命令，只需单击相应的按钮。用户可通过“视图”|“工具栏”命令显示或隐藏工具栏。

4. 编辑栏与状态栏

编辑栏位于工具栏的下方，用于向单元格中插入函数、数据或显示活动单元格中的内容。名称框是位于编辑栏左边的下拉列表框，用于定义单元格或区域的名称，或者根据名称查找单元格或区域。

状态栏是位于应用程序窗口底部的信息栏，用于提供当前窗口操作进程和工作状态的信息。例如，当向单元格中输入数据时，在状态栏的最左端会显示“输入”字样；当按下 Caps Lock 键时，在状态栏的右端会显示“大写”字样。

5. 行标题栏与列标题栏

行标题栏是位于工作表各行左侧纵向的数字编号栏，用于显示工作表的行号。行号以数字表示。单击某一行号即可选定该行。

列标题栏是位于工作表各列上方的字母编号栏，用于显示工作表的列标。列标以英文字母表示。单击某一列标可选定该列。

6. 工作区

工作区即工作表的编辑区域，由一个个单元格组成，同时包括网格线、滚动条和工作表标签等元素。用户可以在其中输入数字、文字、日期和公式等各种数据，并对其进行格式化等操作。

7. 工作表标签栏

工作表标签栏位于工作区的左下端，由工作表标签组成，用于显示当前工作簿中各个工作表标签名。单击某一标签即可切换到该标签所对应的工作表，被激活的工作表标签以白色显示，而未被激活的则以灰色显示。

8. 任务窗格

任务窗格是一个可在其中创建新文件、查看剪贴板内容、搜索信息、插入剪贴画以及执行其他任务的区域。它位于整个 Excel 窗口的右侧，包括“开始工作”、“帮助”、“搜索结果”、“剪贴画”、“信息检索”、“剪贴板”、“新建工作簿”、“模板帮助”、“共享工作区”、“文档更新”和“XML 源”11 个窗格。单击任务窗格标题栏右边的下三角按钮，在弹出的下拉列表中可以进行这 11 个任务窗格的切换。

默认状态下，Excel 显示的是“开始工作”任务窗格，如图 3.1 所示。

如果要关闭任务窗格，只需在“视图”菜单中清除“任务窗格”命令前的对号，或者单击任务窗格标题栏最右边的“关闭”按钮☒。如果要重新显示任务窗格，只需选择“视图”|“任务窗格”命令。

实训 2 创建和保存工作簿

训练 1 创建工作簿

工作簿是 Excel 的一个重要概念，它是 Excel 用来运算和存储数据的文件。每一个工作簿可以包含多个工作表，默认状态下为 3 个。用户可以在单个工作簿文件中管理多种类型的相关信息。

工作表是工作簿的一部分，是 Excel 用来处理和存储数据的最主要的文档，俗称电子表格。工作表用于对数据进行组织和分析，它由排列成行和列的单元格组成。单元格由行和列相交的格子组成，是工作表内最基本的元素，所有数据都存放在单元格中，工作表的名称显示在工作表标签上。

对 Excel 的使用是从创建工作簿开始的。在 Excel 中可以使用多种方法来创建工作簿文件，这里介绍常用的两种。

方法 1：创建默认的空白工作簿

在启动 Excel 时，系统会自动创建一个默认名为 Book1 的空白工作簿。该工作簿包含的 3 个工作表的默认名称分别为 Sheet1、Sheet2 和 Sheet3，如图 3.1 所示。

提 示

单击“常用”工具栏中的“新建”按钮可快速创建空白的工作簿。

方法 2：根据模板创建工作簿

所有新建的工作簿都是在模板上创建的。用户可以使用模板创建工作簿，其具体操作步骤如下：

Step 01 在“新建工作簿”任务窗格中单击“通用模板”超链接，打开“模板”对话框，如图 3.2 所示。

Step 02 在“常用”选项卡中双击“工作簿”图标，创建新的工作簿。

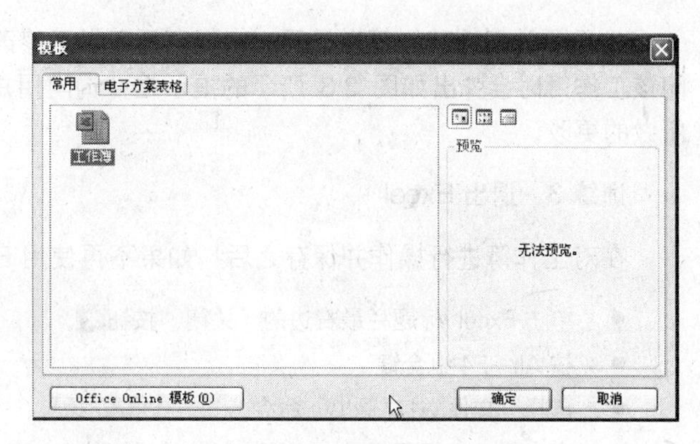

图 3.2 “模板”对话框

训练 2 保存工作簿

在创建新的工作簿后，常需将其保存起来。为避免因突然断电、死机等意外情况而非正常退出 Excel，用户应及时进行保存操作，以免丢失已做的工作。

1. 保存新建的工作簿

在保存新建的工作簿时应指定工作簿的名称和位置，其具体操作步骤如下：

Step 01 选择“文件”|“保存”命令，打开“另存为”对话框。

Step 02 在“保存位置”下拉列表框中选择工作簿的目标位置（默认的位置是“我的文档”），然后在“文件名”文本框中输入工作簿的名称。如果要将工作簿以其他文件格式（默认为“Microsoft Excel 工作簿”）保存，可在“保存类型”下拉列表框中选择保存类型。

Step 03 单击“保存”按钮，保存后标题栏中会显示该工作簿名。

2. 保存已有的工作簿

如果要保存正在编辑的工作簿，而且工作簿名称和保存位置不变，可直接单击“常用”工具栏中的“保存”按钮。

如果要将当前正在编辑的工作簿用新文件名保存，或者以新的位置保存，则选择“文件”|“另存为”命令，然后在打开的“另存为”对话框中进行相应操作。

实训 3 打开和关闭工作簿

训练 1 打开工作簿

要打开已保存的工作簿，可使用“打开”命令，其具体操作步骤如下。

Step 01 选择“文件”|“打开”命令，或单击“常用”工具栏中的“打开”按钮，打开“打开”对话框。

Step 02 在“查找范围”下拉列表框中找到目标工作簿的位置。

Step 03 找到目标工作簿后，双击该文件图标即可将其打开；或者单击该文件图标，然后再单击“打开”按钮。

训练 2 关闭工作簿

如果要关闭当前的工作簿，可单击菜单栏最右边的“关闭窗口”按钮，或右击任务栏上的目标按钮，然后在弹出的快捷菜单中选择“关闭”命令。

如果要关闭的工作簿在最后一次保存后又做了修改，则在关闭该工作簿时会弹出如图 3.3 所示的提示框，询问用户是否保存所做的更改。

图 3.3 询问是否保存所做的更改

训练 3 退出 Excel

在对工作簿进行操作并保存之后，如果不再使用 Excel ，有以下 4 种方法可退出。

- 单击 Excel 标题栏最右边的“关闭”按钮。
- 按 Alt+F4 组合键。
- 选择“文件”|“退出”命令。
- 双击 Excel 标题栏最左边的控制菜单按钮。

任务 2 数据的操作

实训 1 数据的基本操作

训练 1 移动和复制单元格数据

将某个单元格或区域的数据从一个位置移到另一个位置，这种操作称为移动单元格数据。将某个单元格或区域的数据复制到指定位置，原位置的数据仍然存在，称为复制单元格数据。如果原先的单元格中含有计算公式，移动或复制到新位置时，公式会因单元格或区域的引用而变化，从而生成新的计算结果。

1. 移动单个单元格中的全部数据

要移动单个单元格中的全部数据，其具体操作步骤如下：选定要移动的单元格，然后按 Ctrl+X 组合键，单击粘贴数据的目标单元格，再按 Ctrl+V 组合键，即可将数据移到目标单元格中。

提 示

如果只想移动或复制单元格中的部分数据，其操作与移动单元格中的全部数据的操作基本相同，二者的区别仅在于选定的范围不同。

2. 使用剪贴板移动单元格区域中的数据

如果要将单元格区域中的数据移到其他工作簿中，或是在工作表间移动，常用剪贴板来进行。要使用剪贴板移动数据，其具体操作步骤如下。

Step 01 打开文件“素材\练习 Book1.xls”。

Step 02 选定单元格区域。

Step 03 选择“编辑”|“剪切”命令，此时选定的单元格区域以动态虚框显示。

Step 04 选定目标单元格区域，选择“编辑”|“粘贴”命令，完成移动操作。

3. 复制单个单元格中的全部数据

要复制单个单元格中的全部数据，其具体操作步骤如下。

Step 01 单击目标单元格。

Step 02 单击“常用”工具栏中的“复制”按钮（或按 Ctrl+C 组合键）。

Step 03 单击要复制到的目标单元格。

Step 04 单击“常用”工具栏中的“粘贴”按钮（或按 Ctrl+V 组合键）。

提 示

在上述 Step 04 中，如果选择“编辑”|“选择性粘贴”命令，可在打开的“选择性粘贴”对话框中选择需要复制的特定内容（如公式、格式等）。

训练 2 插入单元格、行或列

在编辑工作表的过程中，用户常常需要在工作表中添加数据，因此，在工作表中插入单元格、行或列就成为必须掌握的操作。

要在工作表中插入单元格、行或列，其具体操作步骤如下。

Step 01 打开文件“素材\练习 Book1.xls”。

Step 02 在要插入单元格的位置选定单元格（选定的单元格个数与要插入的个数相同），然后选择“插入”|“单元格”命令，打开“插入”对话框，如图 3.4 所示。

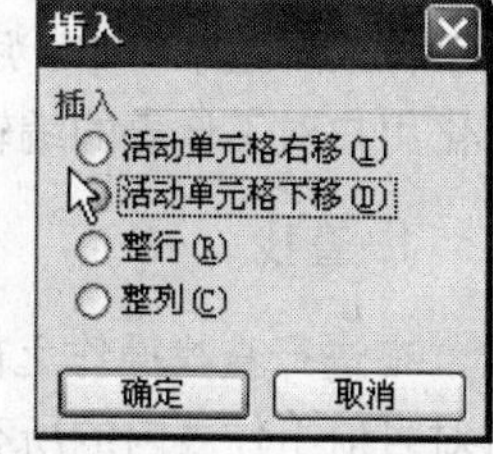

图 3.4 “插入”对话框

在该对话框中有 4 个单选按钮，其含义如下：

- **活动单元格右移：** 单击该单选按钮，则新插入的单元格处于原来所选定的单元格的位置，原来所选定的单元格将向右移动。
- **活动单元格下移：** 单击该单选按钮，则新插入的单元格处于原来所选定的单元格的位置，原来所选定的单元格将向下移动。
- **整行：** 单击该单选按钮，则新插入的行数与所选定的单元格的行数相同。
- **整列：** 单击该单选按钮，则新插入的列数与所选定的单元格的列数相同。

Step 03 单击所需的单选按钮。

Step 04 单击“确定”按钮。

提 示

在要插入行或列的位置选定所需的行数或列数（所选定的行数或列数与要插入的行数或列数相同），然后选择“插入”|“行”或“列”命令。也可在工作表中插入空白行或空白列，或者在要插入行或列的位置选定所需的行数或列数（所选定的行数或列数与要插入的行数或列数相同），然后选择“插入”|“行”或“列”命令。

训练 3 删除单元格、行或列

在编辑工作表的过程中，除了需要在工作表中插入单元格、行或列之外，有时还要删除一些无用的单元格、行或列及其数据。

要删除工作表中的单元格、行或列，其具体操作步骤如下。

Step 01 打开文件“素材\练习 Book1.xls”。

Step 02 选定要删除的单元格，然后在选定的单元格中右击，在弹出的快捷菜单中选择“删除”命令，打开“删除”对话框。

Step 03 单击所需的单选按钮。

Step 04 单击“确定”按钮。

提示

（1）执行上述操作会同时删除单元格本身及单元格中的数据。

（2）单击行号或列标并拖动鼠标指针以选定要删除的行或列，然后选择“编辑”|“删除”命令，删除行或列。

（3）选定要删除的单元格或单元格区域中的数据，然后使用 Delete 键，可以快速删除单个单元格或单元格区域中的数据。

训练4 查找与替换

“查找”与“替换”是一组类似的命令。前者负责实现在指定范围内快速查找用户所指定的单个字符或一组字符串；后者将找到的单个字符或一组字符串替换成另一个字符或一组字符串，从而简化用户对工作表的编辑工作。

1. 查找

在进行查找操作之前，先选定一个搜索区域。如果选定了当前工作表内的所有单元格区域，则将对当前工作表内的所有单元格区域进行搜索；如果只选定当前工作表中的某个单元格，则将在该单元格内进行搜索。

要执行查找操作，其具体操作步骤如下。

Step 01 选定搜索区域。

Step 02 选择“编辑”|“查找”命令，打开“查找和替换”对话框，系统自动切换到“查找”选项卡，如图3.5所示。

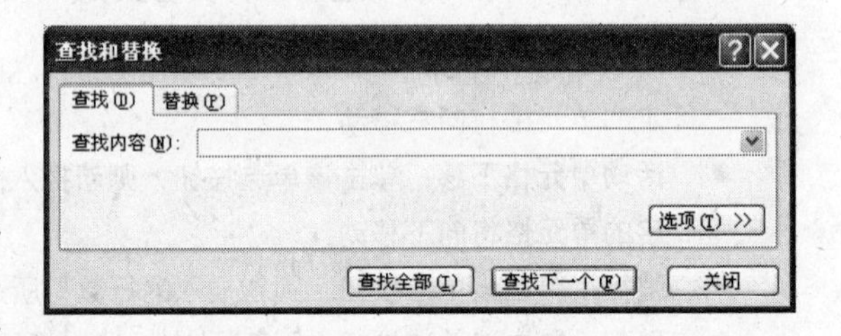

图3.5 “查找”选项卡

Step 03 在“查找内容”文本框中输入所要查找的内容。

Step 04 如果要详细设置查找选项，则单击“选项”按钮，扩展“查找”选项卡。

Step 05 单击“关闭”按钮，关闭“查找和替换”对话框。

2. 替换

如果要替换工作表中的数据，其具体操作步骤如下。

Step 01 打开文件“素材\练习 Book1.xls”。

Step 02 选定要查找数据的区域，然后选择“编辑”|“替换”命令，打开“查找和替换”对话框，系统自动切换到“替换”选项卡，如图3.6所示。

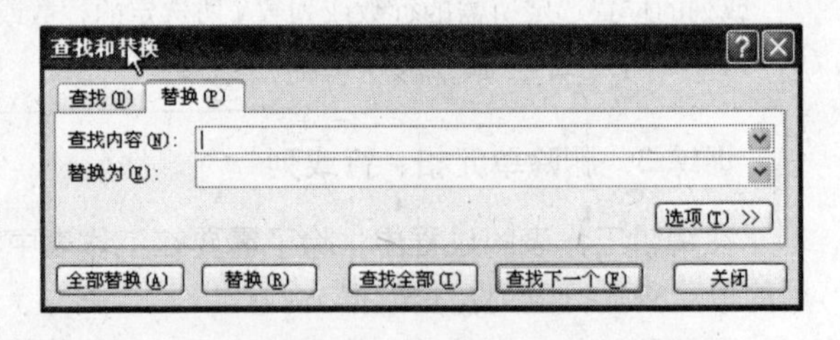

图3.6 “替换”选项卡

Step 03 在“查找内容”文本框中输入要查找的内容。

Step 04 在“替换为”文本框中输入要替换后的内容。

Step 05 单击“查找下一个”按钮开始查找。当找到相应内容时，单击“替换”按钮即可进行替换，也可以单击“查找下一个”按钮，跳过此次查找的内容并继续进行查找。

Step 06 如果单击“全部替换”按钮，则把所有和查找内容相符的单元格内容替换成新内容。完成替换后，Excel 中会出现提示框，如图 3.7 所示。

Microsoft Excel
Excel 已经完成搜索并进行了 11 处替换。
确定

图 3.7 提示框

Step 07 单击“确定”按钮。

实训 2 设置单元格格式

训练 1 设置单元格数据格式

单元格中的数据包括文本、数字、日期和时间等类型的数据。对于不同的数据，可以进行不同的设置，以达到某种特定的应用效果。

1. 设置文本格式

增强工作表外观效果最基本的方法是设置文本格式。用户可以设置文本的字体、字号、字形和颜色等格式，以增强文本的美感。

设置文本的字体

在默认状态下，Excel 将中文字体设置为宋体，将英文字体设置为 Times New Roman。如果要设置文本的字体，其具体操作步骤为：选定要设置字体的文本，然后在“格式”工具栏的“字体”下拉列表框中选择所需的字体即可。

设置文本的字号

在默认状态下，Excel 将文本的字号设置为 12 磅。如果要设置文本的字号，其具体操作步骤为：选定要设置字号的单元格或单元格区域，然后在“格式”工具栏的“字号”下拉列表框中选择所需的字号。

提 示

如果在“字号”下拉列表框中没有所需的字号，则可在“字号”下拉列表框中单击，然后输入所需的字号。

设置文本的字形

在“格式”工具栏中，有 3 个用来设置文本字形的按钮：“加粗”按钮**B**、“倾斜”按钮*I*和“下划线”按钮U。这 3 个按钮可以单独使用，也可以组合使用。其具体操作步骤为：选定需要设置字形的文本，然后在“格式”工具栏中单击相应的按钮即可。

提 示

如果要取消设置，则先选定已设置字形的文本，然后单击相应的按钮。例如，要取消文本的加粗效果，只需将其选定，然后单击“加粗”按钮即可。

设置文本的颜色

默认状态下，Excel 将文本的颜色设置为黑色。如果要设置文本的颜色，其具体操作步骤为：选定需要设置颜色的文本，然后在“格式”工具栏的“字体颜色”下拉列表中选择所需的颜色。

2. 设置数字格式

数字格式只改变数字在单元格中的显示，而不会改变该数字在编辑栏中的显示。用户通过使用“数字”选项卡，可以对数字的多种格式进行设置。

要使用“数字”选项卡设置数字格式，其具体操作步骤如下。

Step 01 打开文件“素材\练习 Book3.xls”。

Step 02 选定要设置数字格式的单元格或区域，然后选择“格式”|“单元格”命令，打开“单元格格式”对话框。

Step 03 单击“数字”标签，打开“数字”选项卡，如图 3.8 所示。

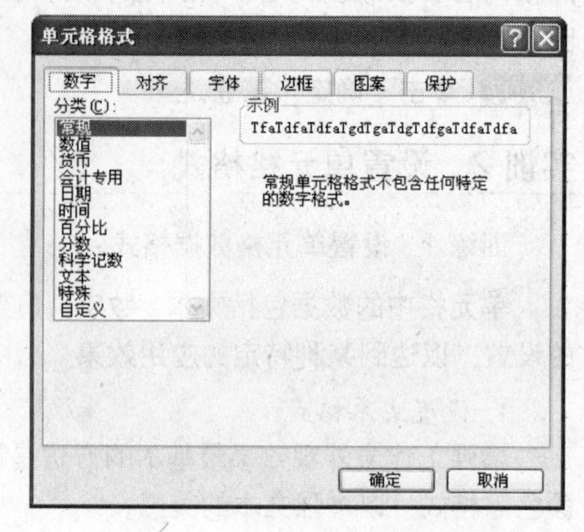

图 3.8 “数字”选项卡

提 示

（1）设置日期格式。只需在“数字”选项卡（见图 3.8）的“分类”列表框中单击“日期”选项，然后在其右侧的“类型”列表框中选择所需的日期格式，最后单击“确定”按钮即可。

（2）设置时间格式。只需在“数字”选项卡（见图 3.8）的“分类”列表框中单击“时间”选项，然后在其右侧的“类型”列表框中选择所需的时间格式，最后单击“确定”按钮即可。

Step 04 在“分类”列表框中列出了 Excel 所有的数字格式。

Step 05 单击“确定”按钮。

训练 2 设置行高和列宽

用户可以设置单元格的行高和列宽，以便更好地显示单元格中的数据。

1. 设置行高

设置行高的方法有两种：使用鼠标和使用“行高”命令。使用鼠标只能粗略地设置行高，而使用“行高”命令则可以进行精确的设置，这里仅介绍后一种方法。

要使用“行高”命令设置行高，其具体操作步骤如下。

Step 01 在要设置行高的行中单击任意单元格。

Step 02 选择“格式”|“行”|“行高”命令，打开“行高”对话框，如图 3.9 所示。

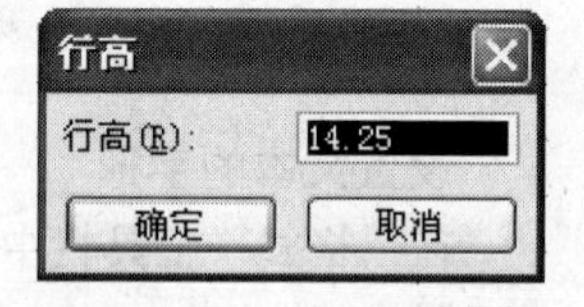

图 3.9 “行高”对话框

Step 03 输入“行高”数值。

Step 04 单击“确定”按钮。

提 示

如果用户要使某行的行高最适合单元格中的内容，可双击该行行号下方的分隔线。如果要同时使多行的行高最适合单元格中的内容，则须先选定它们，然后双击任一选定行行号下方的分隔线。

2. 设置列宽

设置列宽的方法也有两种：使用鼠标和使用“列宽”命令。和设置行高一样，使用鼠标也只能粗略地设置列宽，而使用“列宽”命令则可以进行精确的设置，这里也只介绍后一种方法。

要使用“列宽”命令设置列宽，其具体操作步骤如下。

Step 01 在要设置列宽的列中单击任意单元格。

Step 02 选择“格式”|“列”|“列宽”命令，打开“列宽”对话框，如图 3.10 所示。

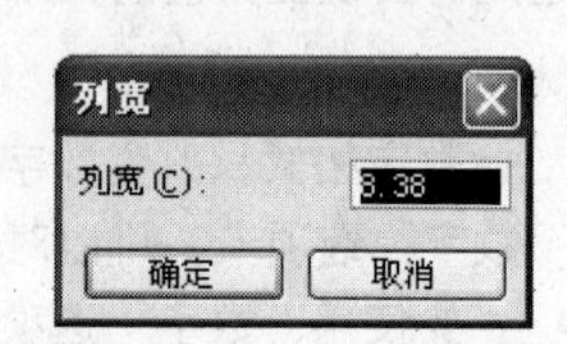

图 3.10 “列宽”对话框

Step 03 输入“列宽”文字。

Step 04 单击“确定”按钮。

提 示

如果用户要使某列的列宽最适合单元格中的内容，则双击该列列标右边的分隔线；如果要同时使多列的列宽最适合单元格中的内容，则先选定它们，然后双击任一选定列标右边的分隔线。

训练 3 设置数据的对齐方式

数据的对齐方式可以分为水平对齐和垂直对齐两种。

选定需要设置水平对齐方式的单元格或单元格区域，然后使用 Excel“格式”工具栏提供的 4 个水平对齐工具按钮：“左对齐”按钮、“居中”按钮、“右对齐”按钮和“合并及居中”按钮，可快速设置单元格中数据在水平方向上的对齐方式。

也可使用对话框来设置对齐方式，其具体操作步骤如下。

Step 01 打开文件“素材\练习 Book3.xls”。

Step 02 选定需要设置对齐方式的单元格或单元格区域，然后选择“格式”|“单元格”命令，打开“单元格格式”对话框。

Step 03 单击“对齐”标签，打开“对齐”选项卡，如图 3.11 所示。

Step 04 在“水平对齐”下拉列表框中选择所需的水平对齐方式，在“垂直对齐”下拉列表框中选择所需的垂直对齐方式。

Step 05 单击“确定”按钮。

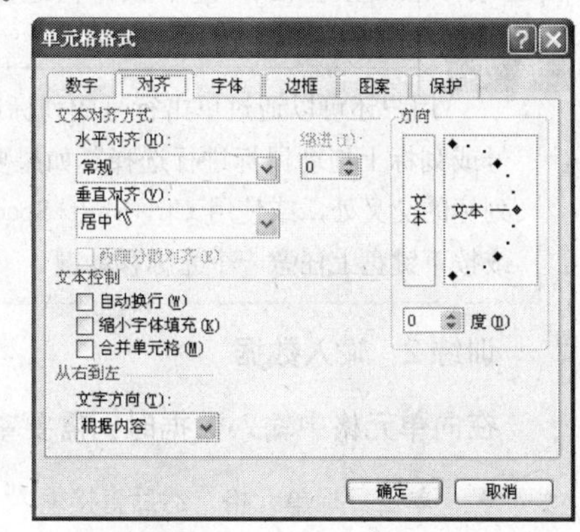

图 3.11 “对齐”选项卡

任务 3 工作表的操作

实训 1 单元格、行或列的操作

训练 1 选定单元格或区域

在 Excel 中，用户所进行的各种操作都针对的是当前工作表内的活动单元格。在一张新建的工作表中，默认的活动单元格为列 A 和行 1 的交点，其名称为 A1，且活动单元格被一个黑框框住，该黑框被称为单元格指针。在对单元格进行操作之前，必须要选定单元格，使其处于活动状态。通常，同时被选定的多个单元格称为单元格区域。

1. 选定单个单元格

只需将形状为✚的鼠标指针指向目标单元格，然后单击，即可激活该单元格，这是最常用的选定单元格的方法。另外，使用键盘上的上、下、左、右光标移动键，直到光标置于需选定的单元格，也可选定单元格。

Excel 的每个工作表共有 256 列和 65536 行，在屏幕上显示的只是工作表极小的一部分。如果要显示其他单元格，可以单击水平滚动条左边的按钮（或右边的按钮）和垂直滚动条顶端的按钮（或底端的按钮）将它们显示出来。

2. 选定相邻的单元格区域

要使用鼠标选定相邻的单元格区域，其具体操作步骤如下。

Step 01 单击要选定区域中的第 1 个单元格。

Step 02 按住鼠标左键并拖动鼠标指针到目标区域的最后一个单元格。

Step 03 松开鼠标左键即可选定单元格区域。

选定区域内的第 1 个单元格呈活动状态，而其他单元格则呈高亮显示。

3. 选定不相邻的单元格区域

要使用鼠标选定不相邻的单元格区域，其具体操作步骤为：单击并拖动鼠标，选定第 1 个单元格区域，然后按住 Ctrl 键不放，再选定其他目标单元格区域。

提示

用户还可以通过单击行号或列标选定工作表中的一行或一列。如果要选定多行或多列，可以在行号或列标上拖动鼠标进行选择。如果要选定当前工作表中的所有单元格，则单击工作区左上角行号和列标的交叉处，或使用 Ctrl+Shift+Space 组合键。如果要取消选定，只需单击工作表中任意一个单元格或按下键盘上任意一个光标移动键。

训练 2　输入数据

在向单元格中输入数据时，需要掌握以下 3 种基本输入方法。

- 单击目标单元格，然后直接输入。
- 双击目标单元格，单元格中会出现插入光标，将光标移到所需位置后，输入数据（这种方法多用于修改单元格中的数据）。
- 单击目标单元格，再单击编辑栏，然后在编辑栏中编辑或修改数据。

1. 输入文本

在输入文本时，文本会同时出现在活动单元格和编辑栏中，按 Back Space 键可以删除光标左边的字符。如果要取消输入，可单击编辑栏中的“取消”按钮☒，或按下 Esc 键。输入完成后，按 Enter 键或单击编辑栏中的“输入”按钮✓即可。

向单元格中输入文本时，如果相邻单元格中没有数据，那么 Excel 允许长文本覆盖在其右边相邻的单元格。如果相邻单元格中有数据，则当前单元格中只显示该文本的开头部分。要想查看并编辑单元格中的所有内容，可以单击该单元格，此时在编辑栏中会将内容显示出来。

2. 输入数字

在 Excel 中，可作为数字使用的字符有 0、1、2、3、4、5、6、7、8、9、–、()、,、.、/、$、¥、%和 E。默认状态下，单元格中的文本为左对齐，数字为右对齐。

提示

为了避免在输入分数时系统会将分数当成日期的错误（以斜杠“/”来分隔），Excel 规定：在输入分数时，需在分数前输入 0 表示区别，并且 0 和分子之间用空格隔开。例如，要输入分数 2/3，需输入 0 2/3，然后再按 Enter 键。如果没有输入 0 和一个空格，Excel 会把该数据作为日期处理，认为输入的是“2 月 3 日”。

3. 输入日期和时间

用户可以使用多种格式来输入一个日期，可以用斜杠“/”或“-”来分隔日期的年、月、日。

提 示

在同一单元格中输入日期和时间时，必须用空格隔开，否则 Excel 将把输入的日期和时间当做文本。在默认状态下，日期和时间在单元格中右对齐。如果 Excel 无法识别输入的日期和时间，也会把它们当做文本，并在单元格中左对齐。此外，要输入当前日期，可使用 Ctrl+；组合键；要输入当前时间，可使用 Ctrl+Shift+；组合键。

训练 3　自动填充数据

在创建一些预算报表或进行统计时，常需要输入一系列如数字、日期或文本等数据。例如，某些情况下需要在相邻的单元格中填入一组序号 A01. A02. A03 等，或是插入一个日期序列“星期一”、“星期二”、“星期三”等。通过 Excel 提供的自动填充功能可以很轻松地完成这个枯燥乏味的工作。

使用鼠标拖动创建序列，其具体操作步骤如下。

Step 01 打开文件“素材\练习\ Book2.xls”。

Step 02 输入第 1 个数据（例如 2）后，按 Enter 键激活第 2 个单元格，再输入第 2 个数据（例如 4），并选定这两个单元格。

Step 03 将鼠标指针移到单元格区域右下角的填充柄，此时鼠标指针变为✚形。

Step 04 按住鼠标左键不放，拖动鼠标到目标单元格区域中的最后一个单元格。

Step 05 松开鼠标左键，数据将自动根据序列和步长值进行填充，结果如图 3.12 所示。

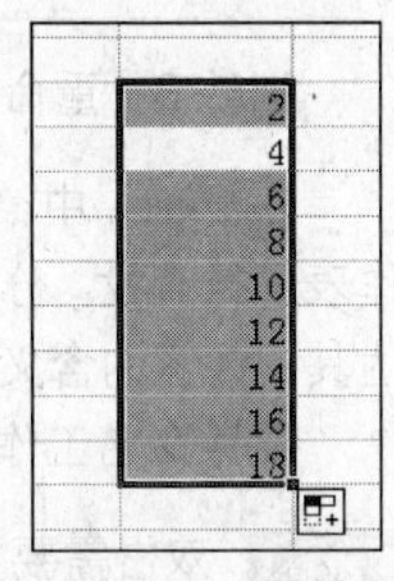

图 3.12　填充数据

提 示

在填充数据时，如果被填充的单元格或单元格区域中已有数据，则将被新填充的数据所替代。

实训 2　工作表的基本操作

训练 1　选定工作表

选定一个工作表的方法非常简单：只要在工作表标签栏上单击该工作表标签，使之成为活动的工作表即可。被选定的工作表标签以白底显示，而没有被激活的工作表标签以灰底显示（如图 3.1 中的 Sheet1 为被选定的工作表）。

提 示

如果工作表标签栏中的标签有很多，则可单击工作表标签栏左边的标签滚动按钮来显示所需的工作表标签，然后单击该标签，即可选定该工作表。当单击左边的标签滚动按钮时，工作表标签向左滚动；当单击右边的标签滚动按钮时，工作表标签向右滚动。

训练 2　插入或删除工作表

在默认状态下，每个新建的工作簿中含有 3 个工作表，它们分别被命名为 Sheet1. Sheet2 和 Sheet3。在实际的工作过程中，用户可以根据需要插入或删除工作表。

1. 插入工作表

当用户觉得工作簿中的工作表不够用时，可以插入新的工作表。其具体操作步骤如下。

Step 01 选择要插入新工作表的位置，新插入的工作表将会插入到当前活动工作表的前面，如本例选定 Sheet3 工作表。

Step 02 选择“插入”|“工作表”命令，此时一个名为 Sheet4 的新工作表被插入到 Sheet3 之前，同时，该工作表成为当前活动工作表，如图 3.13 所示。

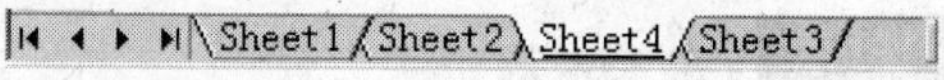

图 3.13 插入工作表

2. 删除工作表

如果不再需要某个工作表，可将其删除，其具体操作步骤如下。

Step 01 单击要删除的工作表的标签，使其成为当前工作表。

Step 02 选择“编辑”|“删除工作表”命令。

提 示

删除一个工作表之后，例如，删除 Sheet10 工作表，如果再插入一个新的工作表，则该工作表以 Sheet11 命名。

训练 3 重命名工作表

在 Excel 中，默认的工作表以 Sheet1、Sheet2、Sheet3……方式命名，这样不利于用户对工作表进行查找、分类等工作。因此，用户有必要重命名工作表，使每个工作表的名称都能具体地表达其中内容的含义。

要重命名工作表，其具体操作步骤如下。

Step 01 双击需要重命名的工作表标签。

Step 02 输入新的工作表名称。

Step 03 按下 Enter 键确定。

提 示

也可以使用快捷菜单重命名工作表，其具体操作步骤为：右击需要重命名的工作表标签，然后在弹出的快捷菜单中选择“重命名”命令，输入新的工作表名称，最后按 Enter 键确定。

训练 4 隐藏和恢复工作表

如果当前工作簿中的工作表数量较多，可以将存有重要数据或暂时不用的工作表隐藏起来，这样不但可以减少屏幕上的工作表数量，还可以防止工作表中重要数据因错误操作而丢失。隐藏工作表的操作步骤为：先选定需要隐藏的工作表，然后选择“格式”|“工作表”|“隐藏”命令，即可隐藏工作表。

工作表被隐藏以后，如果想对其进行编辑，还可以恢复其显示，具体操作步骤如下。

Step 01 选择“格式”|“工作表”|“取消隐藏”命令，打开“取消隐藏”对话框，如图 3.14 所示。

Step 02 在“取消隐藏工作表”列表框中选择要恢复显示的工作表。

Step 03 单击“确定”按钮即可。

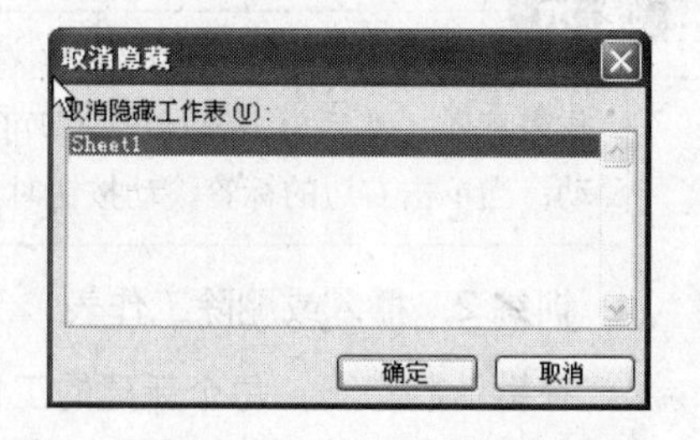

图 3.14 “取消隐藏”对话框

实训 3 设置工作表的特殊效果

在编辑工作表的过程中，用户可以根据需要给工作表添加边框和背景等特殊效果，从而增强工作表的视觉效果，使工作表更加美观。

训练 1　设置单元格边框

要设置单元格的边框，可以通过两种方法来进行：使用“边框”下拉列表和使用“边框”选项卡。使用“边框”下拉列表可以快速地设置边框；而使用“边框”选项卡则可以进行更细致的设置。这里仅介绍后一种方法。

要使用“边框”选项卡设置单元格的边框，其具体操作步骤如下：

Step 01　打开文件“素材\练习 Book3.xls”。

Step 02　选定要设置边框的单元格或区域，然后选择“格式”|“单元格”命令，打开“单元格格式”对话框。

Step 03　单击“边框”标签，打开“边框”选项卡，如图 3.15 所示。

Step 04　在“样式”列表框中选择线条样式，在“颜色”下拉列表框中设置边框线条的颜色。

Step 05　单击“确定”按钮。

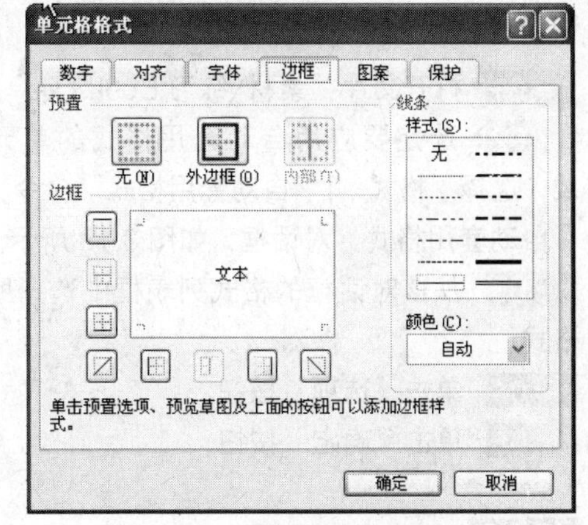

图 3.15　“边框”选项卡

训练 2　设置单元格背景

要设置单元格背景，也可以通过两种方法来进行：使用“填充颜色”下拉列表和使用“图案”选项卡。前者可以为单元格设置单纯颜色的背景色；而后者可以为单元格设置具有不同风格的图案背景。

方法 1：使用“填充颜色”下拉列表设置单元格背景

要使用“填充颜色”下拉列表设置单元格背景，其具体操作步骤如下。

Step 01　打开文件“素材\练习 Book3.xls”。

Step 02　选定要设置背景色的单元格或区域。

Step 03　单击“格式”工具栏中“填充颜色”按钮右边的下三角按钮，打开“填充颜色”下拉列表，如图 3.16 所示。

Step 04　在该下拉列表中选择所需的颜色。

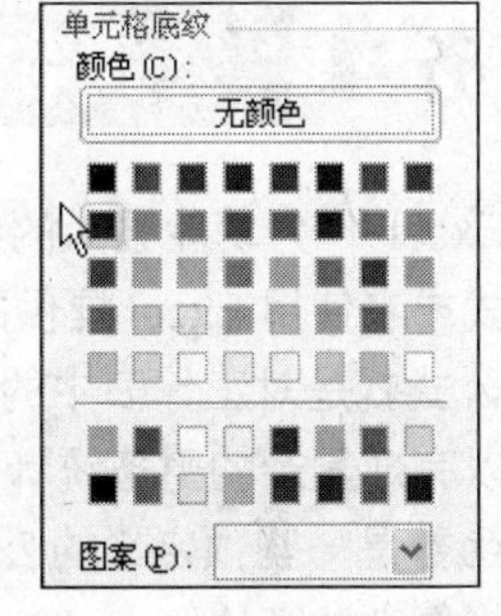

图 3.16　“填充颜色”下拉列表

方法 2：使用“图案”选项卡设置单元格图案背景

要使用“图案”选项卡设置单元格图案背景，其具体操作步骤如下。

Step 01　选定要设置图案背景的单元格或区域。

Step 02　选择“格式”|“单元格”命令，打开“单元格格式”对话框。

Step 03　单击“图案”标签，打开“图案”选项卡，如图 3.17 所示。

Step 04　单击“颜色”列表中的某一颜色。

Step 05　单击“确定”按钮。

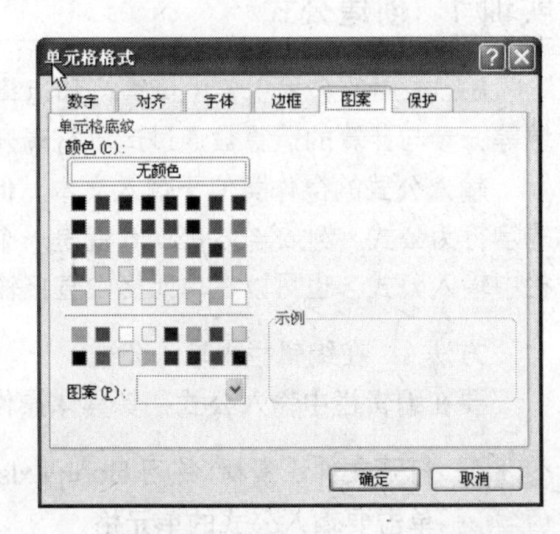

图 3.17　“图案”选项卡

实训 4　自动套用格式

自动套用格式是指可以迅速应用于某一数据区域的内置格式设置集合，如数字格式、字体大小、行高、列宽、图案和对齐方式等。它可以快速格式化工作表，从而大大提高工作效率。要使用自动套用格式，其具体操作步骤如下。

Step 01　打开文件“素材\练习 Book3.xls”。

Step 02　选定要应用自动套用格式的单元格区域，选择“格式”|“自动套用格式”命令，打开“自动套用格式”对话框，如图 3.18 所示。

Step 03　从该对话框的格式列表框中选择所需的格式。

Step 04　单击“选项”按钮。

Step 05　单击“确定”按钮。

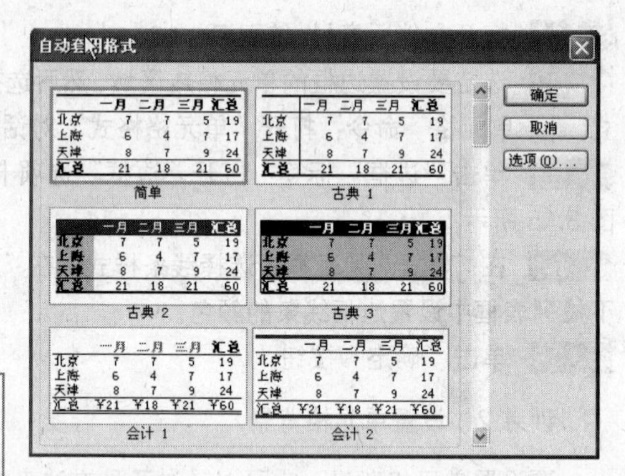

图 3.18　“自动套用格式”对话框

提 示

在“自动套用格式”对话框（见图 3.19）中列表框的最底端，选择“无”格式，可删除单元格区域的自动套用格式。

任务 4　公式和函数的使用

Excel 作为功能强大的电子表格软件，具有很强的数据计算功能。用户可以在单元格中直接输入公式或者使用 Excel 提供的函数对工作表数据进行计算与分析。

公式就是对工作表中的数值进行计算的等式，利用公式可以进行简单的加、减、乘、除计算，也可以完成复杂的财务统计及科学计算。

函数是一些预定义的公式，它是通过使用一些称为参数的特定数值来按特定的顺序或结构执行简单或复杂计算的。

实训 1　创建公式

Excel 中的公式主要由运算符和运算数构成，每个运算数可以是常量、单元格或引用单元格区域等，参与计算的运算数通过运算符隔开。

输入公式的操作类似于输入文本，但是在输入公式时应以一个等号“=”开头，用于表明之后的字符为公式。例如=56+30*6 就是一个公式。输入公式的方法并不是单一的，用户既可以在编辑栏中输入公式，也可以在单元格中直接输入公式。

方法 1：在编辑栏中输入公式

要在编辑栏中输入公式，其具体操作步骤如下。

Step 01　打开文件“素材\练习 Book4.xls”。

Step 02　单击要输入公式的单元格。

Step 03　在编辑栏中输入等号“=”，接着输入公式的内容及运算符，如图 3.19 所示。

Step 04 输入完毕后，按 Enter 键。

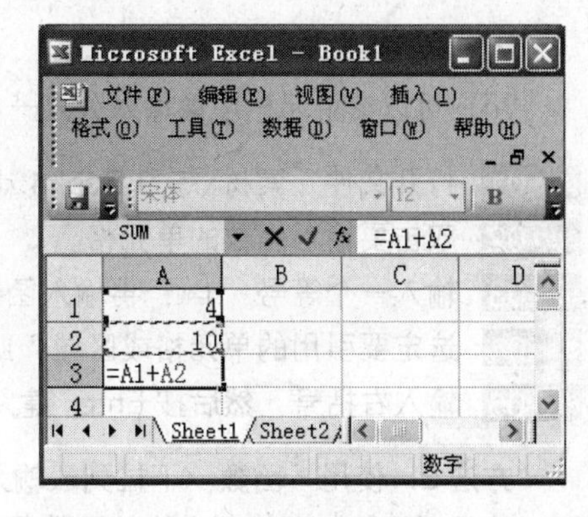

图 3.19 在编辑栏中输入公式

提示

如果输入有错或需重新输入，可在按 Enter 键之前单击编辑栏左边的“取消”按钮；如果已经按了 Enter 键，请先选中该单元格，然后按 Delete 键，最后输入新的公式即可。

方法 2：在单元格中直接输入公式

要在单元格中直接输入公式，其具体操作步骤如下。

Step 01 双击要输入公式的单元格。

Step 02 在单元格中输入等号“=”，然后输入公式的内容和运算符。

Step 03 输入完毕后，按 Enter 键即可。

实训 2 使用函数

函数是一些预定的公式，它主要以参数作为运算对象。函数的语法以函数名称开始，后面是左括号、用逗号隔开的参数和右括号。如果函数要以公式形式出现，只需在函数名称前面输入等号“=”。

1. 常用的函数

Excel 提供了数百种函数，但只有少数函数比较常用。现将一些较常用的函数及其作用在表 3.1 中列出来，以供用户参考使用。

表3.1 Excel中常用的函数及其作用

函数	语法	作用
SUM	SUM(number1,number2, ...)	返回某一单元格区域中所有数字的和
PMT	PMT(rate,nper,pv,fv,type)	固定利率及等额分期付款方式，返回贷款的每期付款额
AVERAGE	AVERAGE(number1,number2,...)	返回参数的算术平均值
SUMIF	SUMIF(range,criteria,sum_range)	根据指定条件对若干单元格求和
COUNT	COUNT(value1,value2,...)	计算参数列表中的数字参数和包含数字的单元格的个数
HYPERLINK	HYPERLINK(link_location, friendly_name)	创建一个超级链接，用来打开存储在网络服务器、Intranet 或 Internet 中的文件
IF	IF(logical_test,value_if_true,value_if_false)	执行真假值判断，根据逻辑计算的真假值，返回不同结果
MAX	MAX(number1,number2,...)	返回一组值中的最大值
MIN	MIN(number1,number2,...)	返回一组值中的最小值

2. 输入函数

输入函数有两种方法：直接输入函数和使用“函数”下拉列表输入函数。前者要求用户对函数及其语法非常熟悉，否则的话很难保证函数输入的正确性；后者则相对来说要简单些。

方法 1：直接输入函数

用户可以在单元格中像输入公式一样直接输入函数，其具体操作步骤如下。

Step 01 打开文件“素材\练习 Book4.xls”。

Step 02 双击要输入函数的单元格。

Step 03 输入一个等号“=”，再输入函数名（如 SUM）和左括号。

Step 04 选定要引用的单元格或区域，此时所引用的单元格或区域会出现在左括号的后面。

Step 05 输入右括号，然后按 Enter 键，完成函数的输入。

方法 2：使用“函数”下拉列表输入函数

使用“函数”下拉列表输入函数是一种更为简便的方法，其具体操作步骤如下。

Step 01 双击要输入函数的单元格。

Step 02 在单元格中输入等号“=”。

Step 03 单击工具栏中“函数”按钮右边的下三角按钮 SUM ，从打开的下拉列表中选择要输入的函数名。

Step 04 如果在下拉列表中没有所需的函数，可选择下拉列表中的“其他函数”命令或单击工具栏中的“插入函数”按钮，打开“插入函数”对话框，如图 3.20 所示。

Step 05 在该对话框中，可在“搜索函数”文本框中直接输入所需函数名，然后单击“转到”按钮。

Step 06 单击“确定”按钮，打开“函数参数”对话框，如图 3.21 所示。

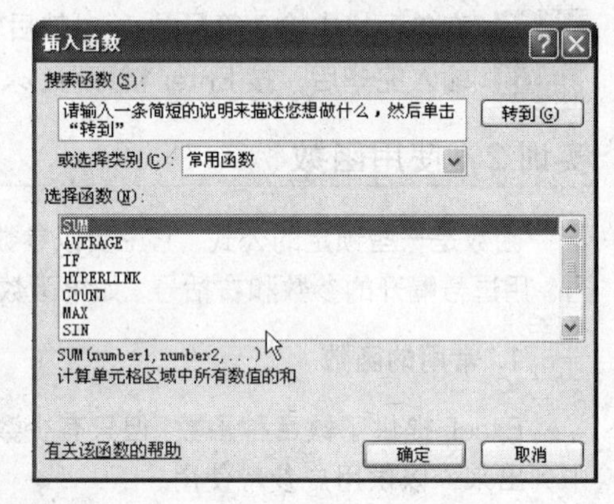

图 3.20 “插入函数”对话框

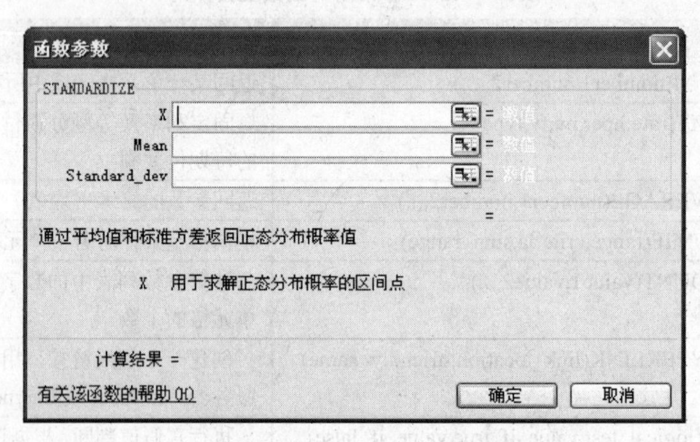

图 3.21 “函数参数”对话框

Step 07 在函数相应的参数文本框中直接输入参数值、单元格引用或区域，也可用鼠标在工作表中选定单元格区域。

Step 08 单击“确定”按钮。

3. 自动求和

在 Excel 中可用“自动求和”按钮对数字自动求和，其具体操作步骤如下。

Step 01 选定要进行自动求和的单元格。

Step 02 单击“常用”工具栏中的“自动求和”按钮Σ，此时 Excel 将自动出现求和函数 SUM()以及求和数据区域，如图 3.22 所示。

Step 03 如果出现的求和数据区域是用户所需的，按 Enter 键即可。反之则输入新的求和数据区域，然后按 Enter 键。

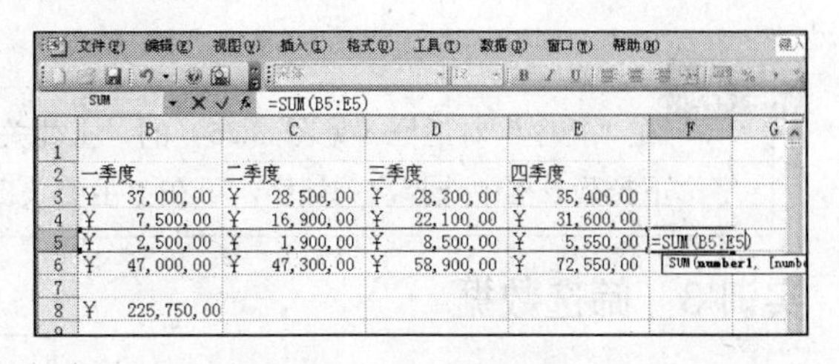

	B	C	D	E	F
1					
2	一季度	二季度	三季度	四季度	
3	¥ 37,000.00	¥ 28,500.00	¥ 28,300.00	¥ 35,400.00	
4	¥ 7,500.00	¥ 16,900.00	¥ 22,100.00	¥ 31,600.00	
5	¥ 2,500.00	¥ 1,900.00	¥ 8,500.00	¥ 5,550.00	=SUM(B5:E5)
6	¥ 47,000.00	¥ 47,300.00	¥ 58,900.00	¥ 72,550.00	
7					
8	¥ 225,750.00				

图 3.22 自动求和

任务 5 管理数据清单

数据清单是包括相关数据组的带标志的一系列工作表数据行，例如成绩单、发货单等。Excel 的主要用途之一是对数据进行管理，因此数据清单是 Excel 中最常用的内容。

实训 1 建立数据清单

数据清单即常说的表格。它由一行文字作为区分数据类型的标志，在标志下是连续的数据区。在 Excel 中，数据清单与数据库之间的差异不大，用户只要执行了数据库命令（如查询、排序等）的操作，Excel 便会自动将数据清单认作一个数据库。数据清单中的列是数据库中的字段，数据清单中的列标志是数据库中的字段名，数据清单中的每一行则对应数据库中的一条记录，如图 3.23 所示。

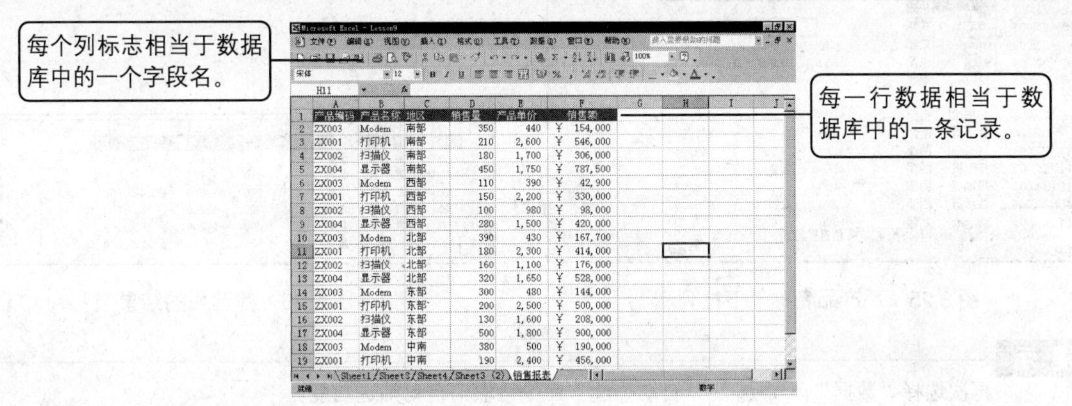

	A	B	C	D	E	F
1	产品编码	产品名称	地区	销售量	产品单价	销售额
2	ZX003	Modem	南部	350	440	¥ 154,000
3	ZX001	打印机	南部	210	2,600	¥ 546,000
4	ZX002	扫描仪	南部	180	1,700	¥ 306,000
5	ZX004	显示器	南部	450	1,750	¥ 787,500
6	ZX003	Modem	西部	110	390	¥ 42,900
7	ZX001	打印机	西部	150	2,200	¥ 330,000
8	ZX002	扫描仪	西部	100	980	¥ 98,000
9	ZX004	显示器	西部	280	1,500	¥ 420,000
10	ZX003	Modem	北部	390	430	¥ 167,700
11	ZX001	打印机	北部	180	2,300	¥ 414,000
12	ZX002	扫描仪	北部	160	1,100	¥ 176,000
13	ZX004	显示器	北部	320	1,650	¥ 528,000
14	ZX003	Modem	东部	300	480	¥ 144,000
15	ZX001	打印机	东部	200	2,500	¥ 500,000
16	ZX002	扫描仪	东部	130	1,600	¥ 208,000
17	ZX004	显示器	东部	500	1,800	¥ 900,000
18	ZX003	Modem	中南	380	500	¥ 190,000
19	ZX001	打印机	中南	190	2,400	¥ 456,000

图 3.23 数据清单

实训 2 排序数据清单

简单排序也叫单列排序。它是最简单、最常用的排序方法，也就是根据数据清单中某一列的数据对整个数据清单进行升序或降序排列。下面以一张销售报表的数据清单为例对某一指定的列的数据进行排序，其具体操作步骤如下。

Step 01 单击数据清单（见图 3.23）中的任意一个单元格。

Step 02 选择“数据”|“排序”命令，打开“排序”对话框，如图 3.24 所示。

Step 03 选择关键字。

Step 04 选择“升序”或“降序”单选按钮。

Step 05 单击“确定”按钮。

图 3.24 “排序”对话框

提 示

在“排序”对话框（见图 3.25）的“主要关键字”下拉列表框中选择主关键字后，在“次要关键字”下拉列表框中选择次关键字，可在“主要关键字”相同的情况下对“次要关键字”进行排序。

实训 3　筛选数据

通过对数据清单的筛选，可以在数据清单中只显示符合条件的数据行，而将不符合条件的数据行全部隐藏起来，以方便查看、分析或打印。“自动筛选”命令为用户提供了快速访问大量数据的功能。在执行前，要确定数据清单中有列标记，否则就不能顺利进行自动筛选，其具体操作步骤如下。

Step 01 在要进行筛选的数据清单中选择任意一个单元格。

Step 02 选择“数据”|“筛选”|“自动筛选”命令，这时数据清单中的每个列标志（即字段名）旁边都插入了一个下三角按钮。

Step 03 单击要筛选的数据列（如“产品名称”）右边的下三角按钮，会出现一个下拉列表，其中列出了该列中的所有选项，如图 3.25 所示。

Step 04 在下拉列表中选择所需的选项，如“显示器”，筛选的结果只显示符合条件的记录，即产品名称为“显示器”的记录，如图 3.26 所示。

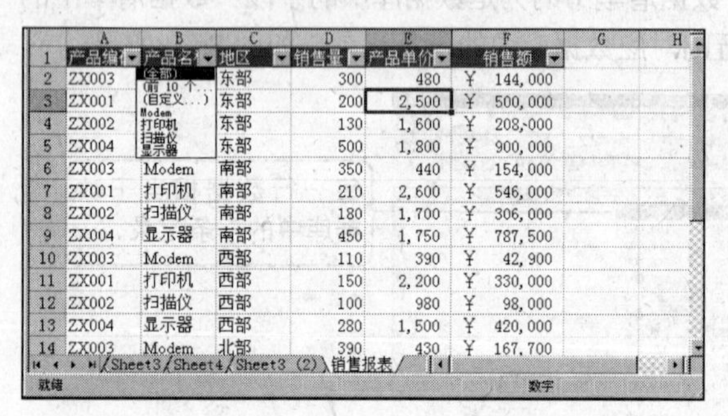

	A	B	C	D	E	F	G	H
1	产品编	产品名	地区	销售量	产品单价	销售额		
2	ZX003		东部	300	480	￥ 144,000		
3	ZX001		东部	200	2,500	￥ 500,000		
4	ZX002		东部	130	1,600	￥ 208,000		
5	ZX004		东部	500	1,800	￥ 900,000		
6	ZX003	Modem	南部	350	440	￥ 154,000		
7	ZX001	打印机	南部	210	2,600	￥ 546,000		
8	ZX002	扫描仪	南部	180	1,700	￥ 306,000		
9	ZX004	显示器	南部	450	1,750	￥ 787,500		
10	ZX003	Modem	西部	110	390	￥ 42,900		
11	ZX001	打印机	西部	150	2,200	￥ 330,000		
12	ZX002	扫描仪	西部	100	980	￥ 98,000		
13	ZX004	显示器	西部	280	1,500	￥ 420,000		
14	ZX003	Modem	北部	390	430	￥ 167,700		

图 3.25　“产品名称”下拉列表

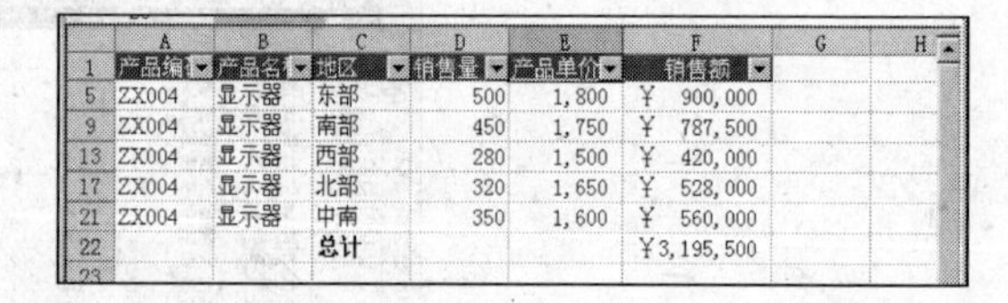

	A	B	C	D	E	F	G	H
1	产品编	产品名	地区	销售量	产品单价	销售额		
5	ZX004	显示器	东部	500	1,800	￥ 900,000		
9	ZX004	显示器	南部	450	1,750	￥ 787,500		
13	ZX004	显示器	西部	280	1,500	￥ 420,000		
17	ZX004	显示器	北部	320	1,650	￥ 528,000		
21	ZX004	显示器	中南	350	1,600	￥ 560,000		
22			总计			￥3,195,500		
23								

图 3.26　筛选后的结果

提 示

再次选择“数据”|“筛选”|“自动筛选”命令可取消自动筛选功能。

实训 4　分类汇总数据

分类汇总可以对数据清单中的某一个字段提供如求和、求平均值这样的汇总函数，还可以对分类汇总值进行计算，并且能将计算的结果分级显示出来。

提 示

在执行分类汇总命令前，必须先对数据清单进行排序，数据清单的第 1 行里必须有列标记。

要创建分类汇总，其具体操作步骤如下。

Step 01 对需要分类汇总的字段进行排序，这里根据“地区”排序。

Step 02 在数据清单中选择任意一个单元格。

Step 03 选择“数据”|“分类汇总”命令，打开“分类汇总”对话框，如图 3.27 所示。

Step 04 在“分类字段”下拉列表框中选择要进行分类汇总的列，这里选择“地区”选项。在“汇总方式”下拉列表框中选择分类汇总的函数，此处选择“求和”选项。

Step 05 在“选定汇总项”列表框中选择相应的列，这里选中“销售额”复选框。

Step 06 单击“确定”按钮就产生了按地区分类汇总的结果，如图3.28所示。

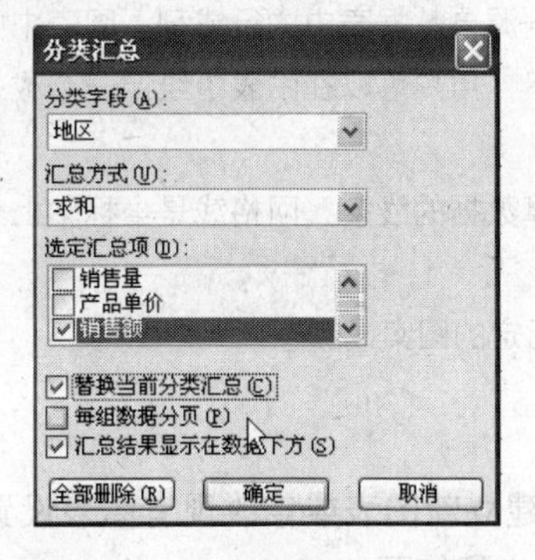

图3.27 “分类汇总”对话框

	A	B	C	D	E	F
1	产品编码	产品名称	地区	销售量	产品单价	销售额
2	ZX003	Modem	南部	350	440	¥ 154,000
3	ZX001	打印机	南部	210	2,600	¥ 546,000
4	ZX002	扫描仪	南部	180	1,700	¥ 306,000
5	ZX004	显示器	南部	450	1,750	¥ 787,500
6			南部 汇总			¥1,793,500
7	ZX003	Modem	西部	110	390	¥ 42,900
8	ZX001	打印机	西部	150	2,200	¥ 330,000
9	ZX002	扫描仪	西部	100	980	¥ 98,000
10	ZX004	显示器	西部	280	1,500	¥ 420,000
11			西部 汇总			¥ 890,900
12	ZX003	Modem	北部	390	430	¥ 167,700
13	ZX001	打印机	北部	180	2,300	¥ 414,000
14	ZX002	扫描仪	北部	160	1,100	¥ 176,000
15	ZX004	显示器	北部	320	1,650	¥ 528,000
16			北部 汇总			¥1,285,700
17	ZX003	Modem	东部	300	480	¥ 144,000
18	ZX001	打印机	东部	200	2,500	¥ 500,000
19	ZX002	扫描仪	东部	130	1,600	¥ 208,000

图3.28 分类汇总的结果

提 示

要删除分类汇总，回到数据清单的初始状态，其操作步骤为：在数据清单中选择任意一个单元格，然后选择“数据”|“分类汇总”命令，最后在弹出的“分类汇总”对话框（见图3.28）中单击“全部删除”按钮即可。

任务6 制作图表

在实际工作中，仅有数据清单形式的数据是不够的，有时需要将数据清单中的数据形象化地表示出来。这时就可以使用Excel提供的图表功能。图表具有很好的视觉效果，可方便用户查看数据的差异、图案和预测趋势等。

实训1 创建图表

训练1 认识图表

在创建图表之前，先来了解图表的一般构成，如图3.29所示。

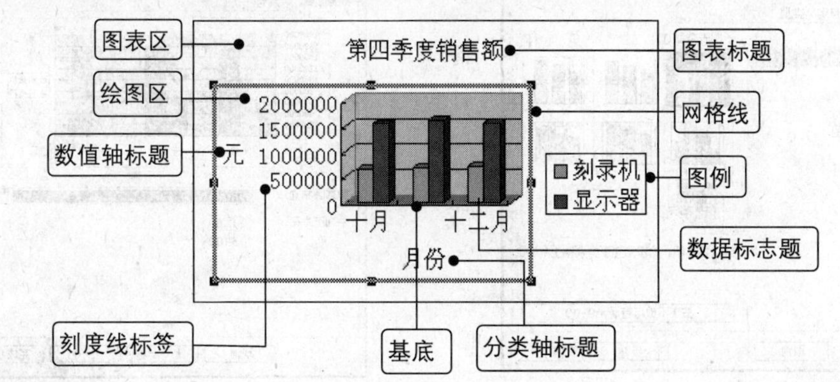

图3.29 图表的一般构成

其中主要组成部分的含义如下。

- **图表标题：** 图表标题是用来表示图表内容的说明性文本，它可以自动与坐标轴对齐或者在图表顶部居中。

- **数据标志**：数据标志是图表中的条形、面积、圆点、扇面或其他符号，代表源于数据表单元格的单个数据点或值，图表中的相关数据标志构成了数据系列。
- **数据系列**：数据系列是在图表中绘制的相关数据点，这些数据源自数据表中的行或列。图表中的每个数据系列具有唯一的颜色或图案，并且在图表的图例中表示，用户可以在图表中绘制一个或多个数据系列，但是饼图中只有一个数据系列。
- **网格线**：图表中的网格线是可添加到图表中以便于查看和计算数据的线条。网格线是坐标轴上刻度线的延伸，它穿过了绘图区。
- **图例**：图例是一个方框，用来标识图表中的数据系列或分类指定的图案或颜色。

训练 2　使用“图表向导”创建图表

“图表向导”是指一系列的对话框，通过它的指导可以完成建立新图表或修改现有图表设置所需元素的所有步骤。要使用“图表向导”创建图表，其具体操作步骤如下。

Step 01 打开文件“素材\练习 Book5.xls”。

Step 02 选定用于创建图表的数据区域，如果要选定非相邻区域，则要先选定第 1 组含有分类或数据系列的单元格，然后在按住 Ctrl 键的同时选定其他单元格，非相邻区域要能形成一个矩形。本例选定的区域如图 3.30 所示。

	A	B	C	D	E
1	第四季度销售额				
2		十月	十一月	十二月	
3	刻录机	637200	681400	702500	
4	显示器	1537400	1600700	1548100	
5					
6					
7					
8					

图 3.30　选定用于创建图表的数据区域

Step 03 单击“常用”工具栏中的“图表向导”按钮，打开“图表向导-4 步骤之 1-图表类型”对话框，如图 3.31 所示。

Step 04 在“标准类型”选项卡中有“图表类型”和“子图表类型”两个列表框。在“图表类型”列表框中选择所需的图表类型，然后在“子图表类型”列表框中选择相应的格式，如果不能确定所选的格式是否是设想的效果，可以单击“按下不放可查看示例”按钮进行预览。

Step 05 单击“下一步”按钮，打开“图表向导-4 步骤之 2-图表源数据”对话框，如图 3.32 所示。在该对话框中有两个选项卡：“数据区域”选项卡用来修改创建图表的数据区域；“系列”选项卡用来修改数据系列的名称和数值以及分类轴标志。

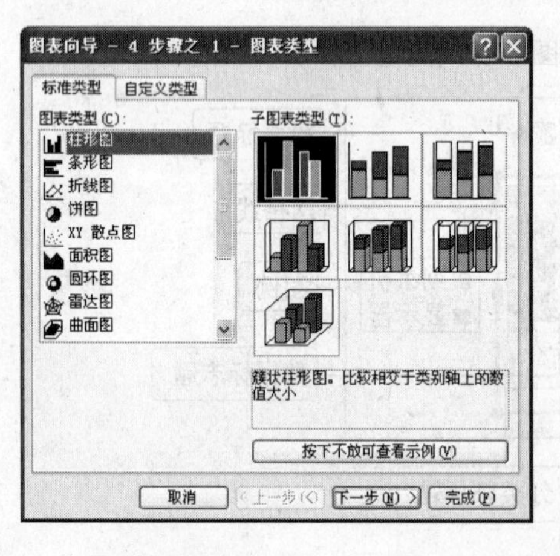

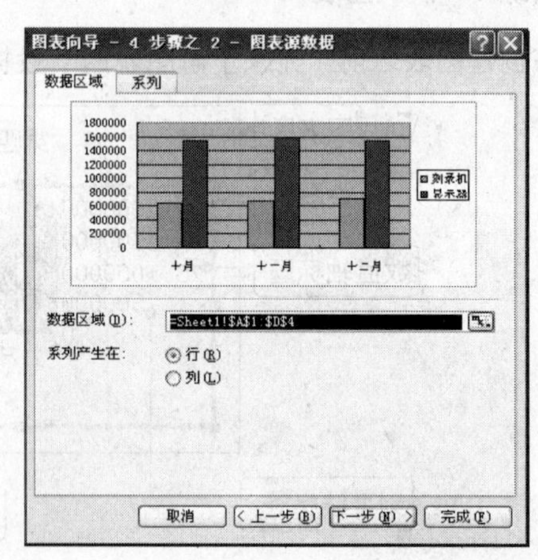

图 3.31　“图表向导-4 步骤之 1-图表类型”对话框　图 2.32　“图表向导-4 步骤之 2-图表源数据”对话框

Step 06 如果在 Step 01 中选择的数据区域不正确，可以在“数据区域”选项卡的“数据区域”文本框中输入正确的数据区域引用，也可以单击“数据区域”文本框右边的按钮，返回到工作表中，用鼠标来选择数据区域。

Step 07 如果要将数据系列设在行，则单击“行”单选按钮；如果要将数据系列设在列，则单击“列”单选按钮。设置完成后，单击“下一步”按钮，打开“图表向导-4 步骤之 3-图表选项”对话框，如图 3.33 所示。

Step 08 在该对话框中有 6 个标签，分别用来设置标题、坐标轴、网格线、图例、数据标志以及数据表。设置完成后，单击“下一步”按钮，打开“图表向导-4 步骤之 4-图表位置”对话框，如图 3.34 所示。

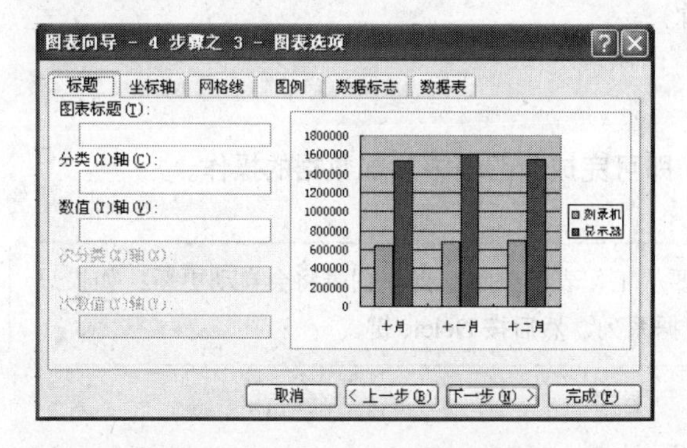

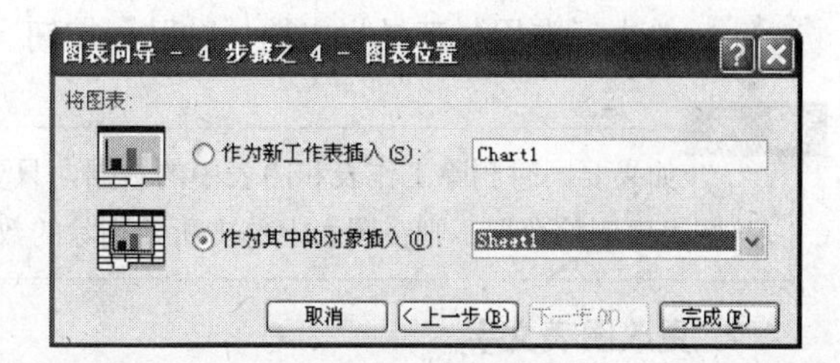

图 3.33 “图表向导-4 步骤之 3-图表选项”对话框　图 3.34 “图表向导-4 步骤之 4-图表位置”对话框

Step 09 在该对话框中选择新创建的图表的位置。用户既可以将图表放在新的工作表中，也可以将新建的图表以嵌入的形式放在当前的工作表中。设置完成后，单击“完成”按钮，最后的效果如图 3.35 所示。

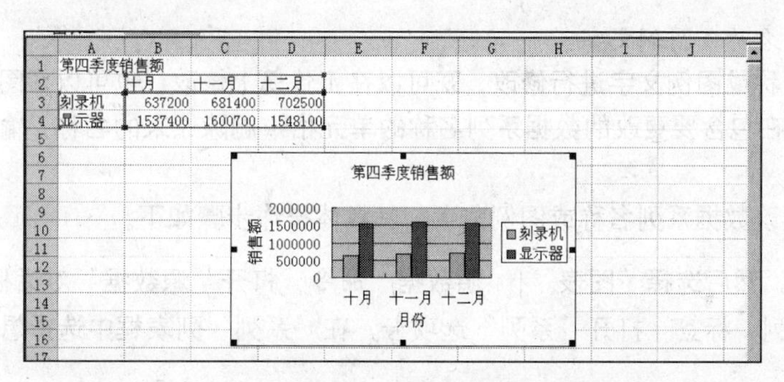

图 3.35 新建的图表

实训 2　编辑图表

在实际工作中，创建一个图表后常需要修改工作表中的数据，这时可以利用 Excel 提供的编辑功能来解决这个问题。由于图表与它的源数据是相连接的，因此当源数据发生变化时，图表也将自动更新；反之，用户也可以通过修改图表来修改其源数据。

对于已经创建的图表，单击它就可将其激活。

1. 添加或删除数据

在向图表中添加数据时要注意，对于嵌入式图表来说，如果是从相邻选定区域产生的，可以用拖放数据的方法来添加数据；如果是从非相邻选定区域产生的，则要用到“复制”和“粘贴”命令来添加数据。

方法 1：用拖放的方法添加数据

用拖放鼠标的方法添加数据简单快捷，其具体操作步骤如下。

Step 01 选定所要添加的数据区域。

Step 02 将所选定的数据区域拖到图表中，松开鼠标左键，即可将数据添加到图表中。

方法 2：用“复制”和“粘贴”命令添加数据

该方法是非常简单、易操作的向图表中添加数据的方法，其具体操作步骤如下：

Step 01 选定所要添加的数据（包括此数据的名称）。

Step 02 单击“常用”工具栏中的“复制”按钮。

Step 03 单击需要添加数据的图表。

Step 04 单击“常用”工具栏中的“粘贴”按钮，即可完成向图表中添加数据的操作。

提 示

如果要同时删除工作表和图表中的数据，只要从工作表中删除数据，图表将会自动更新；如果只从图表中删除数据，则在图表上单击所要删除的数据系列，然后按 Delete 键。

2. 更改图表文字

图表中的文本，也就是图表文字，如数据系列名称、图例文字等，大多数都与创建该图表的工作表中的单元格相连接。如果在图表中直接对这些图表文字进行编辑，这些图表文字就失去了与工作表中的单元格的连接关系。如果既想保持与工作表中单元格的连接关系，又要更改图表文字，就必须编辑工作表中的源文字。

更改数据系列名称或图例文字

对数据系列名称或图例文字进行修改，既可以在工作簿上修改，也可以在图表上修改。要在工作簿中修改，直接在包含要更改的数据系列名称的单元格中删除原来的名称，输入新名称，然后按 Enter 键即可。

要在图表上更改数据系列名称或图例文字，其具体操作步骤如下。

Step 01 单击图表，然后选择“图表”|“源数据”命令，打开“源数据”对话框。

Step 02 单击“系列”标签，打开“系列”选项卡，在“系列”列表框中选择想要更改的数据系列名称。

Step 03 单击“名称”文本框右边的按钮。返回到工作表，指定要作为图例文本或数据系列名称的工作表单元格。

提 示

用户也可以输入想要使用的名称，如果在“名称”文本框中直接输入了文字，则图例文字或数据系列名称将不再与工作表单元格链接。

Step 04 单击“源数据-名称”右下方的按钮，回到“源数据”对话框。

Step 05 单击“确定”按钮。

更改图表标题和坐标轴标题

如果要在工作表中更改图表标题和坐标轴标题，只需单击要更改的标题，然后输入所需的新标题，最后按 Enter 键。另外也可在图表中修改坐标轴标题，其具体操作步骤如下。

Step 01 单击需要修改坐标轴标题的图表。

Step 02 选择“图表”|“源数据”命令，打开“源数据”对话框。

Step 03 单击“系列”标签，打开“系列”选项卡。

Step 04 单击“分类（X）轴标志”文本框右边的按钮，打开“源数据-分类（X）轴标志”窗口，如图 3.36 所示。

图 3.36 “源数据-分类（X）轴标志”窗口

Step 05 返回到工作表中，选定要用作分类轴标志的区域，然后单击“源数据-分类（X）轴标志”窗口右下方的按钮，回到“源数据”对话框中。

Step 06 单击“确定”按钮。

提 示

如果在“分类（X）轴标志”文本框中直接输入文字，那么分类轴中的文字就不再与工作表中相应的单元格相连接。

实训 3 设置图表

训练 1 设置图表类型

Excel 中提供了柱形图、条形图、折线图、饼图、圆环图、XY 散点图和面积图等多种图表类型。要设置图表类型，其具体操作步骤如下。

Step 01 单击需要设置为新类型的图表以激活它。

Step 02 选择“图表”|“图表类型”命令，打开与“图表向导-4 步骤之 1-图表类型”对话框（见图 3.32）类似的“图表类型”对话框。

Step 03 在“图表类型”列表框中选择合适的图表类型，然后从“子图表类型”列表框中选择合适的子类型。

Step 04 单击“确定”按钮。

训练 2 设置图表格式

对于图表中图表项的格式，如图表的颜色、纹理、文本及每种图表类型的特殊选项，用户如果觉得不能有效地表现数据，可以重新进行设置。

1. 设置图表区和绘图区格式

对图表区和绘图区格式的设置只限于对整个图表区和绘图区的整体设置，对其中具体的图表项的设置，如图例中文本的字体等，则需要另外进行设置。

图表区格式的设置包括对其背景、字体属性等的设置。在有些情况下，对图表区的背景进行重新设置可以更好地突出图表的内容，其具体操作步骤如下。

Step 01 双击图表区，打开“数据系列格式”对话框，然后单击“图案”标签，打开“图案”选项卡，如图 3.37 所示。

Step 02 选择所需要的颜色，如果要为图表区指定填充效果，可单击“填充效果”按钮，打开“填充效果”对话框。

Step 03 单击“确定”按钮。

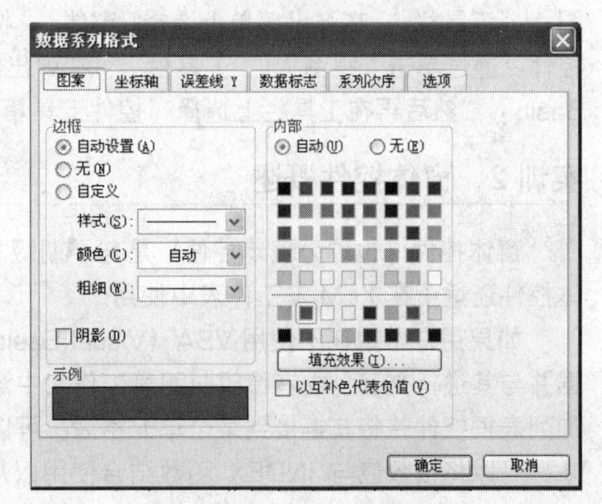

图 3.37 “图案”选项卡

绘图区的格式设置只限于边框和背景，其具体操作步骤如下。

Step 01 双击绘图区，打开“绘图区格式”对话框（与“图表区格式”对话框类似）。

Step 02 设置完边框和背景颜色后，单击“确定”按钮。

2. 设置图表标题的格式

要设置图表标题的格式，其具体操作步骤如下。

Step 01 双击图表标题，打开“图表标题格式”对话框，然后单击“字体”标签，打开“字体”选项卡。在这个选项卡中可以对图表标题的字体、字号、字形进行设置。

Step 02 要更改图表标题的对齐方式，则单击“对齐”标签，打开“对齐”选项卡。

Step 03 选择所需的对齐方式和旋转方向。

Step 04 单击“确定”按钮。

任务 7 常用表单操作

Excel 中创建多种类型的表单：数据表单、含有表单和 ActiveX 控件的工作表以及 VBA 用户表单。可以单独使用每种类型的表单，也可以通过不同方式将它们结合在一起来创建适合的解决方案。

实训 1 含有窗体控件和 ActiveX 控件的工作表

工作表就是一种类型的表单，可让用户在网格中输入数据和查看数据。Excel 工作表中已经内置了多种类似控件的功能，如注释和数据验证。单元格类似于文本框，可以在单元格中输入内容以及通过多种方式设置单元格的格式。单元格通常用作标签，通过调整单元格高度和宽度以及合并单元格，可以将工作表用作简单的数据输入表单。其他类似控件的功能（如单元格注释、超链接、背景图像、数据验证、条件格式、嵌入图表和自动筛选）可使工作表充当高级表单。

为了增加灵活性，可以向工作表的绘图画布中添加控件和其他绘图对象，并将它们与工作表单元格相结合及配合。例如，可以使用列表框控件方便用户从项目列表中选择项目，还可以使用调节钮控件方便用户输入数字。

Excel 中有两种不同的控件。一种是窗体工具条控件（Forms toolbar controls），通过单击“视图”|“工具栏”，在弹出菜单上选择“窗体”，将出现“窗体”工具条控件窗口。另外一种是 ActiveX 控件，通过单击“视图”|“工具栏”，在弹出的菜单上选择“控件工具箱”（也可以选择“Visual Basic”，然后再在工具栏上选择“控件工具箱”），将出现“控件工具箱”窗口。

实训 2 窗体控件概述

窗体控件（也称为表单控件）是与早期版本的 Excel（从 Excel 版开始）兼容的原始控件。窗体控件还适于在 XLM 宏工作表中使用。

如果用户希望在不使用 VBA（Visual Basic for Applications）代码的情况下轻松引用单元格数据并与其进行交互，或者希望向图表工作表中添加控件，则使用表单控件。例如，在向工作表中添加列表框控件并将其链接到某个单元格后，可以为控件中所选项目的当前位置返回一个数值。接下来，可以将该数值与 INDEX 函数结合使用以从列表中选择不同的项目。

用户还可以使用表单控件来运行宏。将现有宏附加到控件，也可以编写或录制新宏。当表单用户单击控件时，该控件会运行宏。

图 3.38　窗体控件

窗体控件如图 3.38 所示，其控件按钮具体标识及详细说明见表 3.2。

表3.2　窗体控件标识及详细说明

按钮标识	按钮名称	示例	说明
	标签	标签 电话 住宅： 公司： 电话：	用于标识单元格或文本框的用途，显示说明性文本（如标题、题注、图片）或简要说明
	分组框	您的年龄： 20 岁以下 21 至 40 岁 41 至 60 岁 61 岁以上	用于将相关控件划分到具有可选标签的矩形中的一个可视单元中。通常情况下，选项按钮、复选框或紧密相关的内容会划分到一组
	按钮	计算 检查信用	用于运行在用户单击它时执行相应操作的宏，该按钮也称为下压按钮
	复选框	告知我： 欧洲 远东 南美 北美 非洲 俄罗斯	用于启用或禁用指示一个相反且明确的选项的值，可以选中工作表或分组框中的多个复选框。复选框可以具有以下三种状态之一：选中（启用）、清除（禁用）或混合（即同时具有启用状态和禁用状态，如多项选择）
	选项按钮	付款： 核对所附帐单 稍后给我寄账单	用于从一组有限的互斥选项中选择一个选项；选项按钮通常包含在分组框或结构中。选项按钮可以具有以下三种状态之一：选中（启用）、清除（禁用）或混合（即同时具有启用状态和禁用状态，如多项选择）。该选项按钮也称为单选按钮
	列表框	选择口味： 巧克力 草莓 香草 山核桃 花生酱、奶油和果酱组合 奶油软糖 树莓 薄荷	用于显示用户可从中进行选择的、含有一个或多个文本项的列表，使用列表框可显示大量在编号或内容上有所不同的选项；有以下三种类型的列表框：单选列表框只启用一个选项。在这种情况下，列表框与一组选项按钮类似，不过，列表框可以更有效地处理大量项目；多选列表框启用一个选项或多个相邻的选项；扩展选择列表框启用一个选项、多个相邻的选项和多个非相邻的选项
	组合框	选择口味： 山核桃 巧克力 草莓 香草 山核桃 花生酱、奶油和果酱组合 奶油软糖 树莓 薄荷	结合文本框使用列表框可以创建下拉列表框。组合框比列表框更加紧凑，但需要用户单击向下箭头才能显示项目列表。使用组合框，用户可以输入条目，也可以从列表中只选择一个项目，该控件显示文本框中的当前值（无论值是如何输入的）

（续表）

按钮标识	按钮名称	示例	说明
	滚动条	利率：8.90% 滚动可调整利率	单击滚动箭头或拖动滚动框可以滚动浏览一系列值，另外，通过单击滚动框与任一滚动箭头之间的区域，可在每页值之间进行移动（预设的间隔）。通常情况下，用户还可以在关联单元格或文本框中直接输入文本值
	数值调节钮	年龄： 8	用于增大或减小值，例如某个数字增量、时间或日期。若要增大值，请单击向上箭头；若要减小值，请单击向下箭头。通常情况下，用户还可以在关联单元格或文本框中直接输入文本值
	切换网格		当该按钮为橘色时，Excel 工作表显示网格线；当其为灰色时，Excel 工作表不显示网格线

实训 3　ActiveX 控件概述

ActiveX 控件可以响应丰富的事件，ActiveX 控件的事件只能放在控件所在的类模块（工作表模块）或窗体模块。过程名称由控件名和事件名称组成。在 ActiveX 控件工具箱（如图 3.39 所示）中包含多个 ActiveX 控件，常用控件及说明见表 3.3。

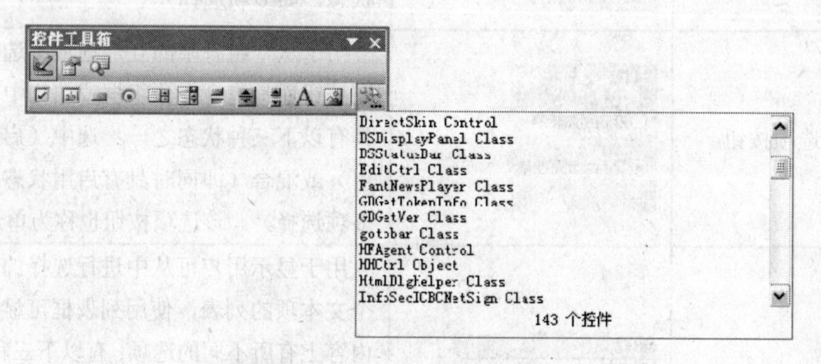

图 3.39　ActiveX 控件工具箱

表3.3　表单控件工具箱的主要按钮及说明

按钮标识	按钮名称	示例	说明
	复选框	告知我： ☐欧洲 ☑远东 ☑南美 ☐北美 ☑非洲 ☐俄罗斯	用于启用或禁用指示一个相反且明确的选项的值，可以选中工作表或分组框中的多个复选框。复选框可以具有以下三种状态之一：选中（启用）、清除（禁用）或混合（即同时具有启用状态和禁用状态，如多项选择）

（续表）

按钮标识	按钮名称	示例	说明
	文本框	文本框 电话 住宅： 电话： 公司：	用于输入文本
	按钮	计算 检查信用	用于运行在用户单击它时执行相应操作的宏，该按钮还称为下压按钮
	选项按钮	付款： 核对所附帐单 稍后给我寄账单	用于从一组有限的互斥选项中选择一个选项；选项按钮通常包含在分组框或结构中。选项按钮可以具有以下三种状态之一：选中（启用）、清除（禁用）或混合（即同时具有启用状态和禁用状态，如多项选择）。选项按钮还称为单选按钮
	列表框	选择口味: 巧克力 草莓 香草 山核桃 花生酱、奶油和果酱组合 奶油软糖 树莓 薄荷	用于显示用户可从中进行选择的、含有一个或多个文本项的列表，使用列表框可显示大量在编号或内容上有所不同的选项。有以下三种类型的列表框：单选列表框只启用一个选项，在这种情况下，列表框与一组选项按钮类似，不过，列表框可以更有效地处理大量项目；多选列表框启用一个选项或多个相邻的选项；扩展选择列表框启用一个选项、多个相邻的选项和多个非相邻的选项
	组合框	选择口味: 山核桃 巧克力 草莓 香草 山核桃 花生酱、奶油和果酱组合 奶油软糖 树莓 薄荷	结合文本框使用列表框可以创建下拉列表框。组合框比列表框更加紧凑，但需要用户单击向下箭头才能显示项目列表。使用组合框，用户可以键入条目，也可以从列表中只选择一个项目。该控件显示文本框中的当前值（无论值是如何输入的）
	切换按钮	隐藏详细信息 隐藏详细信息	用于指示一种状态（如是/否）或一种模式（如打开/关闭）。单击该按钮时会在启用和禁用状态之间交替
	数值调节钮	年龄： 8	用于增大或减小值，例如某个数字增量、时间或日期。若要增大值，请单击向上箭头；若要减小值，请单击向下箭头。通常情况下，用户还可以在关联单元格或文本框中直接输入文本值
	滚动条	利率：8.90% 滚动可调整利率	单击滚动箭头或拖动滚动框可以滚动浏览一系列值。另外，通过单击滚动框与任一滚动箭头之间的区域，可在每页值之间进行移动（预设的间隔）。通常情况下，用户还可以在关联单元格或文本框中直接输入文本值

（续表）

按钮标识	按钮名称	示例	说明
A	标签		用于标识单元格或文本框的用途，显示说明性文本（如标题、题注、图片）或提供简要说明
	图像		用于嵌入图片，如位图、JPEG 或 GIF
	其他控件		用于显示计算机中所提供的、可添加到自定义表单中的其他控件（如，Calendar Control 12.0 和 Windows Media Player）的列表，还可以在此对话框中注册自定义控件

实训 4　VBA 用户表单

为获得最大灵活性，用户可以创建通常包含一个或多个 ActiveX 控件的表单（自定义对话框），并进行相应的设置。在 Visual Basic 编辑器中创建的 VBA 代码中，使用用户表单的步骤如下。

Step 01 在工作簿的 VBAProject 中插入用户表单，然后，通过以下方法访问工作簿的 VBAProject：首先显示 Visual Basic 编辑器（按 Alt+F11 组合键），接下来，在 Visual Basic 编辑器的“插入”菜单中单击“用户表单”。

Step 02 编写一个用于显示用户表单的过程。

Step 03 添加 ActiveX 控件。

Step 04 修改 ActiveX 控件的属性。

Step 05 为 ActiveX 控件编写事件处理程序过程。

使用用户表单，还可以利用高级表单功能。例如，可以通过编程方式为字母表中的每个字母添加单独的选项按钮，也可以为较大的日期和数字列表中的每个项目添加复选框。

在创建用户表单之前，请考虑使用 Excel 中可满足用户需求的内置对话框。这些内置对话框包括 VBA InputBox 和 MsgBox 函数、Excel InputBox 方法、GetOpenFilename 方法、GetSaveAsFilename 方法以及 Application 对象的 Dialogs 对象（包含所有内置 Excel 对话框）。

任务 8　共享 Office 应用程序

本节以在 Excel 中嵌入 Word 文档和插入 Word 表格为例，介绍如何在 Excel 中实现 Office 资源共享。

实训 1　在 Excel 中嵌入 Word 文档

在一个 Office 文档中可以嵌入应用其他 Office 应用程序建立的数据文档，这里以在 Excel 工作簿中嵌入用 Word 创建的数据文档为例，其具体操作步骤如下。

Step 01 打开或新建一个 Excel 工作簿。

Step 02 选择“插入”|“对象”命令，打开“对象”对话框，切换到“由文件创建”选项卡，如图 3.40 所示。

Step 03 单击“浏览”按钮，选择要插入的文档，然后单击“插入”按钮，返回到“对象”对话框。若有必要，可选中“链接到文件”复选框。

Step 04 单击“确定”按钮，即可将外部文档嵌入到 Excel 中，如图 3.41 所示。

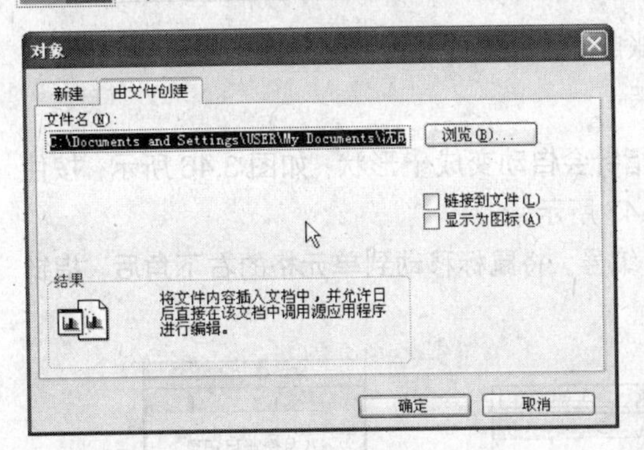

图 3.40 “由文件创建”选项卡

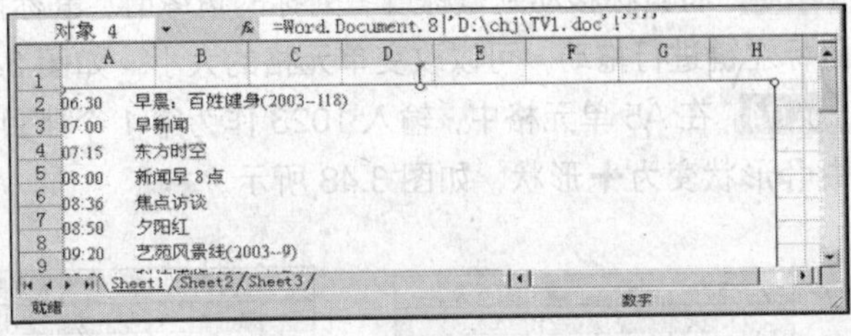

图 3.41 在 Excel 中嵌入 Word 文档

提 示

在插入的文档上双击鼠标，可启动相应的程序来编辑文档。

实训 2 在 Excel 中插入 Word 表格

在 Excel 中插入 Word 表格的具体操作步骤如下。

Step 01 在 Word 文档中选定要插入到 Excel 的表格。

Step 02 选择“编辑”|“复制”命令，切换到 Excel，打开需要插入 Word 表格的 Excel 文件。

Step 03 单击要放置表格的左上角单元格，选择“编辑”|“粘贴”命令。

案例实训 1 在 Excel 中录入数据

基本的数据录入技巧是精通各类复杂 Excel 表格、图表制作的基石。在此，我们以某网络服务公司 8 月份的账目记录为例，介绍在 Excel 中输入数据的基本方法以及特殊数据的录入技巧。

该 Excel 工作簿的 Sheet1 工作表为一份有关公司 8 月份账目记录的电子表格，该表格包括文字、编号、日期、汇款账号、金额及比例等数据类型，如图 3.42 所示。

下面我们一起来制作这个电子表格，具体操作步骤如下。

	A	B	C	D	E	F	G
1							
2	八月份账目记录						
3							
4	项目编号	交费类型	用户	时间	汇款账号	金额	交费比例
5	1023	流量费	张晓民	2003年8月12日	215478541365485	￥54.23	25.00%
6	1024	咨询费	张晓民	2003年8月12日	215478541365485	￥112.00	28.00%
7	1025	咨询费	李建国	2003年8月13日	541254863254875	￥59.00	30.00%
8	1026	咨询费	王东	2003年8月15日	652315478523654	￥230.00	59.00%
9	1027	流量费	李建国	2003年8月16日	541254863254875	￥115.20	80.00%
10	1028	流量费	李鸣	2003年8月19日	954251547856325	￥250.00	100.00%
11	1029	咨询费	林朝晖	2003年8月20日	652154756215472	￥223.00	100.00%
12	1030	流量费	林朝晖	2003年8月21日	652154756215472	￥78.00	56.00%
13	1031	流量费	吴睿	2003年8月23日	965412548745123	￥256.30	78.00%
14	1032	流量费	胡明	2003年8月23日	321542145874545	￥115.90	56.00%
15	1033	咨询费	杜君	2003年8月23日	612437549184625	￥78.00	28.00%

图 3.42 有关公司 8 月份账目记录的电子表格

Step 01 用鼠标单击某单元格（如 A 列，第 2 行）后，直接在单元格中输入文字“八月份账目记录”，如图 3.43 所示。采用相同的方法，为其他单元格也输入文字信息，建立起账目记录表的大致框架，如图 3.44 所示。

Step 02 如果单元格中的内容出现错误时，可以用鼠标单击选中该单元格，编辑栏中将自动显示该单元格的文字。在编辑栏中单击鼠标左键，待出现插入光标后，即可修改单元格中的文字，如图 3.45 所示。或者直接双击该单元格进行修改。

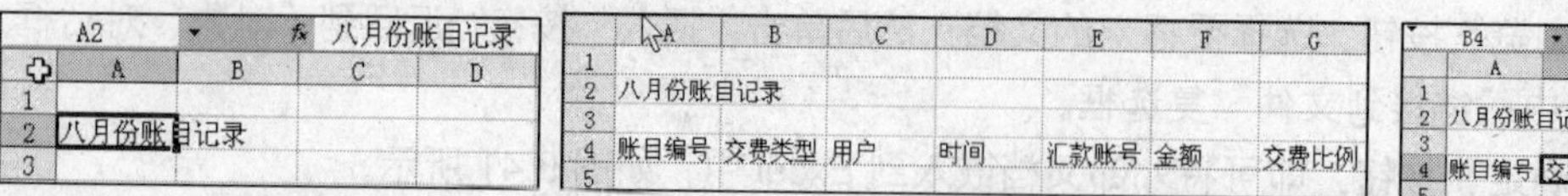

图 3.43　输入文字“八月份账目记录”

图 3.44　建立起账目记录表的大致框架

	A	B	C	D
1				
2	八月份账目记录			
3				
4	账目编号	交费类型	用户	时间

图 3.45　修改单元格中的文字

Step 03　将鼠标移动到行标或者列标的边缘时，鼠标指针会自动变成✚形状，如图 3.46 所示，按住鼠标左键进行拖动，可以改变单元格的大小，如图 3.47 所示。

Step 04　在 A5 单元格中，输入 1023 作为第 1 个账目编号。将鼠标移动到单元格的右下角后，指针由✚形状变为＋形状，如图 3.48 所示。

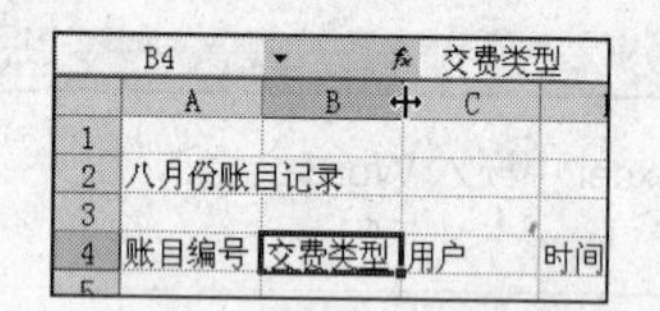

图 3.46　鼠标指针会自动变成✚形状

宽度: 11.13 (94 像素)

	A	B	C	D
1				
2	八月份账目记录			
3				
4	账目编号	交费类型	用户	时间

图 3.47　改变单元格的大小

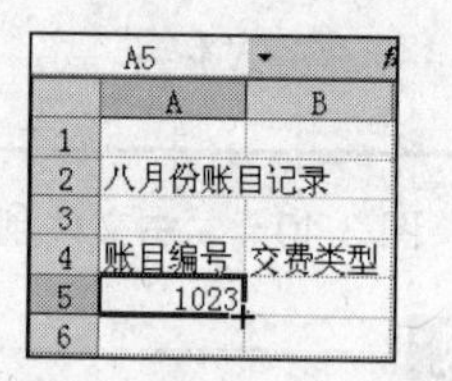

图 3.48　指针由✚形状变为＋形状

按住鼠标左键进行拖动，选取 A5~A15 的单元格。松开鼠标后，Excel 以相同的内容填充了所选单元格。单击“自动填充选项”按钮，在其下拉菜单中，选择“以序列方式填充”命令，编号就按照序列方式自动填充了，如图 3.49 所示。

Step 05　在单元格 B5 中输入“流量费”后，按 Ctrl+C 组合键，复制该单元格的内容。按住 Ctrl 键，选择其他需要输入相同内容的单元格。按 Ctrl+V 组合键，粘贴复制的单元格内容，快速完成多个单元格的内容输入，如图 3.50 所示。采用类似方法，完成“交费类型”及“用户”各单元格内容的输入。

	A	B	C	D
1				
2	八月份账目记录			
3				
4	账目编号	交费类型	用户	时间
5	1023			
6	1023			
7	1023			
8	1023			
9	1023			
10	1023			
11	1023			
12	1023			
13	1023			
14	1023			
15	1023			
16				

复制单元格(C)
以序列方式填充(S)
仅填充格式(F)
不带格式填充(O)

图 3.49　编号按照序列方式自动填充

B14　流量费

	A	B	C
1			
2	八月份账目记录		
3			
4	账目编号	交费类型	用户
5	1023	流量费	
6	1023		
7	1023		
8	1023		
9	1023	流量费	
10	1023	流量费	
11	1023		
12	1023	流量费	
13	1023	流量费	
14	1023	流量费	
15	1023		
16			

图 3.50　完成多个单元格的内容输入

Step 06　在 D5 单元格中，输入时间 8-12（Excel 中年、月、日之间的间隔一般以“-”表示，中英文符号均可）。完成输入后，按回车键或者单击另一单元格，D5 单元格中的内容将自动变为“8 月 12 日”，如图 3.51 所示。

Step 07　使用 Excel 的填充和复制功能，完成其他时间单元格内容的输入。

为了让日期更完整，我们将时间调整为“2003 年 8 月 16 日”的模式。选中所有时间单元格，单击鼠标右键，在弹出的菜单中选择“设置单元格格式”命令，打开“单元格格式”对话框，如图 3.52 所示。

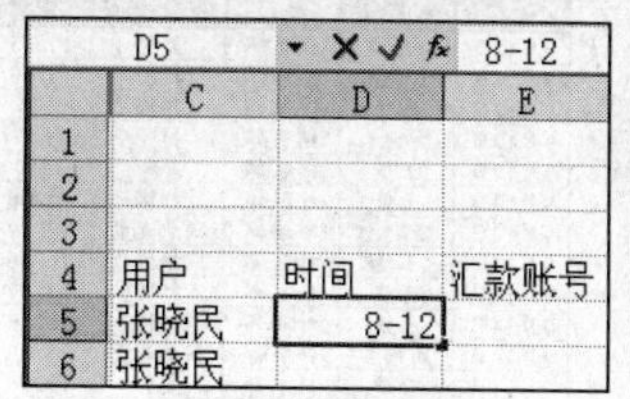

图 3.51　D5 单元格中的内容将自动变为“8 月 12 日”

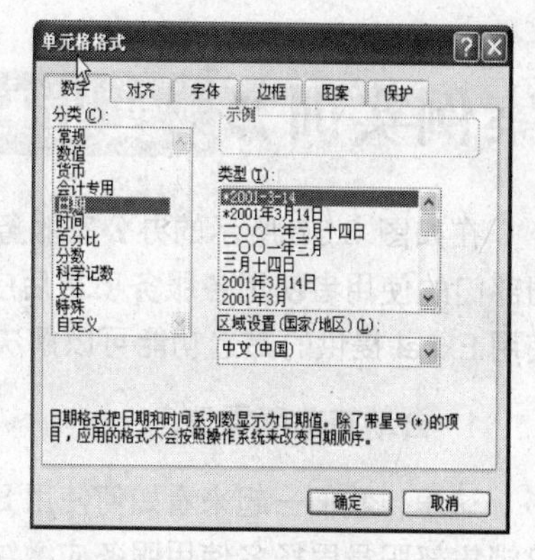

图 3.52　“单元格格式”对话框

Step 08 切换到“数字”选项卡，在“分类”列表框中选择“日期”选项。在“类型”列表框中，选择合适的日期格式后，单击“确定”按钮。自动将所有日期更改为所选格式，如图 3.53 所示。

	C	D	E
1			
2			
3			
4	用户	时间	汇款账号
5	张晓民	2003年8月12日	
6	张晓民	2003年8月12日	
7	李建国	2003年8月13日	
8	王东	2003年8月15日	
9	李建国	2003年8月16日	
10	李鸣	2003年8月19日	
11	林朝晖	2003年8月20日	
12	林朝晖	2003年8月21日	
13	吴睿	2003年8月23日	
14	胡明	2003年8月23日	
15	杜君	2003年8月23日	
16			

图 3.53　自动将所有日期更改为所选格式

Step 09 在 E5 单元格中，输入 15 位银行账号。输入的账号过长，原有单元格无法容纳，Excel 就会自动以科学计数法的方式显示，如图 3.54 所示。银行账号当然不能是这个样子，我们来修改一下。

Step 10 拖动鼠标选中将要输入账号的单元格。单击鼠标右键，在弹出的菜单中选择“设置单元格格式”命令，如图 3.55 所示。出现“单元格格式”对话框。

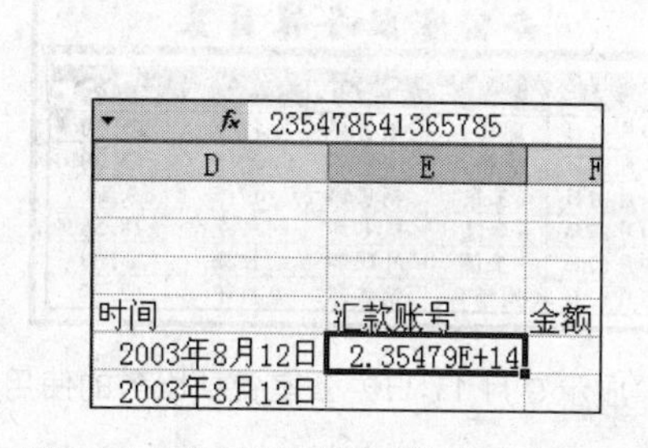

图 3.54　自动以科学计数法的方式显示

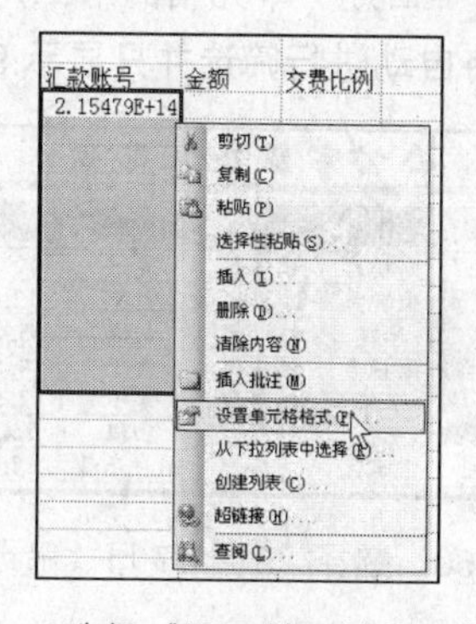

图 3.55　选择“设置单元格格式”命令

Step 11 在“分类”列表框中，选择“数值”选项。在“小数位数”数值框中，设置数值为 2 后，单击“确定”按钮，完成设置，如图 3.56 所示。采用数值方式后，账号得以正确显示。Excel 将自动调整单元格大小，使之匹配账号的长度。

采用类似方法，在“金额”项的单元格中输入金额数目，然后设置“分类”为“货币”，“小数位数”为 2 的单元格格式，来规范输入金额的单元格内容；在“交费比例”项的单元格中输入交费比例数目，然后设置“分类”为“百分比”、“小数位数”为 2 的单元格格式，来规范输入比例的单元格内容。即可完成表格数据的输入。

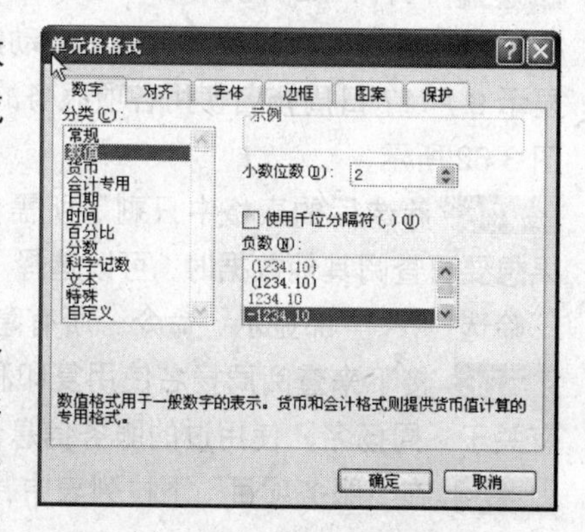

图 3.56　设置数值

案例实训 2 使用 Excel 进行筛选

在如图 3.57 所示的办公室服务账目表中，按时间顺序罗列了不同部门的使用者使用各服务项目后应该缴纳的费用，显得较为凌乱。使用 Excel 提供的筛选功能可以解决这个问题。

办公室服务账目表

日期	使用者	部门	服务项目	费用
9月12日	周扬名	销售部	复印	12.25
9月12日	张晓民	市场部	打印	13.50
9月12日	李建	技术部	扫描	5.25
9月12日	周扬名	销售部	打印	4.50
9月12日	王东	销售部	复印	2.50
9月12日	王倩	外联部	扫描	25.60
9月13日	张晓民	市场部	刻录光盘	12.50
9月13日	王倩	外联部	扫描	50.00
9月14日	李建	技术部	打印	45.00
9月14日	王倩	外联部	扫描	11.36
9月14日	周扬名	销售部	刻录光盘	23.50
9月15日	李建	技术部	复印	12.56
9月15日	周扬名	销售部	扫描	15.60
9月15日	王东	销售部	刻录光盘	18.00
9月15日	张晓民	市场部	打印	70.00
9月16日	张建国	技术部	复印	65.23
9月16日	王倩	外联部	打印	9.23
9月16日	王东	销售部	扫描	5.15
9月17日	周扬名	销售部	打印	15.60
9月17日	周扬名	销售部	复印	17.20
9月17日	王东	销售部	扫描	3.20
9月17日	李建	技术部	刻录光盘	78.56
9月17日	王倩	外联部	扫描	15.69
9月17日	周扬名	销售部	打印	12.00

图 3.57 办公室服务账目表

1. 自动筛选所需信息

这里，我们一起来看如何使用 Excel 的自动筛选功能查阅 9 月 17 日销售部职员周扬名使用服务应缴纳的费用、这段时间周扬名使用复印和打印服务应缴纳费用的情况，具体操作步骤如下。

Step 01 打开文件“素材\练习 Book6.xls”。

Step 02 拖动鼠标，选中表头单元格，如图 5.58 所示，选择“数据”|“筛选”|“自动筛选”命令，在每个单元格的右下方会自动出现一个下三角按钮，如图 3.59 所示。

办公室服务帐目表

日期	使用者	部门	服务项目	费用
9月12日	周扬名	销售部	复印	12.25

图 3.58 选中表头单元格

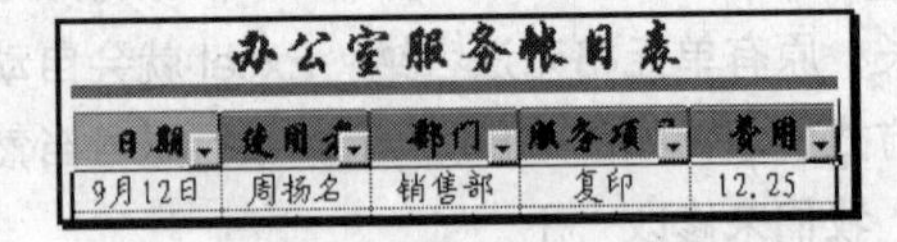

办公室服务帐目表

日期	使用者	部门	服务项	费用
9月12日	周扬名	销售部	复印	12.25

图 3.59 出现下三角按钮

Step 03 单击“日期”单元格的下三角按钮，在下拉列表中选择“9 月 17 日”筛选项，如图 3.60 所示。表格将自动进行筛选并只显示 9 月 17 日办公室各项服务的使用情况，如图 3.61 所示。

办公室服务帐目表

日期	使用者	部门	服务项	费用
(全部)	周扬名	销售部	复印	12.25
(前 10 个...)	张晓民	市场部	打印	13.50
(自定义...) 9月12日	李建	技术部	扫描	5.25
9月13日 9月14日	周扬名	销售部	打印	4.50
9月15日 9月16日	王东	销售部	复印	2.50
9月17日	王倩	外联部	扫描	25.60
9月13日	张晓民	市场部	刻录光盘	12.50

图 3.60 选择“9 月 17 日”筛选项

办公室服务帐目表

日期	使用者	部门	服务项	费用
9月17日	周扬名	销售部	打印	15.60
9月17日	周扬名	销售部	复印	17.20
9月17日	王东	销售部	扫描	3.20
9月17日	李建	技术部	刻录光盘	78.56
9月17日	王倩	外联部	扫描	15.69
9月17日	周扬名	销售部	打印	12.00

图 3.61 显示 9 月 17 日办公室各项服务的使用情况

Step 04 同样，在“使用者”下拉列表中，选择“周扬名”筛选项后，表格将自动筛选并只显示 9 月 17 日周扬名使用各项服务的信息，如图 3.62 所示。

办公室服务帐目表

日期	使用者	部门	服务项	费用
9月17日	周扬名	销售部	打印	15.60
9月17日	周扬名	销售部	复印	17.20
9月17日	周扬名	销售部	打印	12.00

图 3.62 只显示 9 月 17 日周扬名使用各项服务的信息

Step 05 筛选后的表格中只剩下所需信息，如果想要再查阅其他数据时，可以选择“数据”|“筛选”|“全部显示”命令，所有隐藏的数据又将重新显示出来。

Step 06 接下来查阅周扬名使用复印和打印服务的情况。首先通过“使用者”单元格，筛选得到所有关于“周扬名”使用过的服务信息，如图 3.63 所示。

Step 07 在“服务项目”下拉列表中，选择“自定义”选项，打开“自定义自动筛选方式”对话框，如图 3.64 所示。

办公室服务帐目表

日期	使用者	部门	服务项目	费用
9月12日	周扬名	销售部	复印	12.25
9月12日	周扬名	销售部	打印	4.50
9月14日	周扬名	销售部	刻录光盘	23.50
9月15日	周扬名	销售部	扫描	15.60
9月17日	周扬名	销售部	打印	15.60
9月17日	周扬名	销售部	复印	17.20
9月17日	周扬名	销售部	打印	12.00

图 3.63　筛选得到的结果

自定义自动筛选方式
显示行:
使用项目
等于　打印
⊙与(A)　○或(O)
等于　复印
打印
复印
刻录光盘
扫描
可用 ? 代表单个字符
用 * 代表任意多个字符

图 3.64　“自定义自动筛选方式”对话框

Step 08　在左侧的两个下拉列表框中选择“等于”选项，在右侧的两个下拉列表框中选择“打印”和“复印”选项，选中“与”单选按钮后，单击“确定”按钮，筛选出服务项目为复印和打印的表格信息，如图 3.65 所示。

办公室服务帐目表

日期	使用者	部门	服务项目	费用
9月12日	周扬名	销售部	复印	12.25
9月12日	周扬名	销售部	打印	4.50
9月17日	周扬名	销售部	打印	15.60
9月17日	周扬名	销售部	复印	17.20
9月17日	周扬名	销售部	打印	12.00

图 3.65　筛选出服务项目为复印和打印的表格信息

2. 巧用高级筛选查阅特定信息

利用自动筛选功能，我们可以快速查阅特定日期、特定使用者使用特定服务项目的费用信息。如果想要更进一步了解外联部的王倩使用过几次费用在 15 ~40 元之间的扫描服务时，又该如何操作呢？想要一步到位地了解表格中由多项复杂条件限定的信息，最为快捷的方法莫过于使用 Excel 的高级筛选功能，下面一起来领略它的妙用吧！

Step 01　在表格外任意地方，按照如图 3.66 所示的内容创建高级筛选所涉及的标题项目及其条件。

使用者	费用	费用	服务项目
王倩	>15	<40	扫描

图 3.66　创建高级筛选所涉及的标题项目及其条件

Step 02　选择“数据”|“筛选”|“高级筛选”命令，打开“高级筛选”对话框，Excel 会自动将整个表格拾取为“数据区域”，如图 3.67 所示。

图 3.67　“高级筛选”对话框

Step 03　为“条件区域”拾取刚才建立的条件单元格作为数据范围，单击“确定”按钮，即可筛选出符合条件的数据信息，如图 3.68 所示。

办公室服务帐目表

日期	使用者	部门	服务项目	费用
9月12日	王倩	外联部	扫描	25.60
9月17日	王倩	外联部	扫描	15.69

图 3.68　筛选出符合条件的数据信息

课后习题

1. 填空题

（1）Excel 是一种________软件。

（2）Excel 的菜单栏有 9 个菜单，分别为________、________、________、________、________、________、________、________、________。

（3）Excel 的任务窗格一共有 4 个，分别为________、________、________、________。

（4）工作簿是用来________的文件。

（5）工作表是用来________的最主要的文档，俗称________。

（6）将某个单元格或区域的数据复制到指定位置，原位置的数据仍然存在，称为________。

（7）Excel 的“格式”工具栏提供了 4 个水平对齐工具按钮，即__________按钮、__________按钮、__________按钮和__________按钮。

（8）________是一些预定义的公式，它是通过使用一些称为参数的特定数值来按特定的顺序或结构执行简单或复杂计算的。

（9）输入函数有两种方法，分别是________和________。

（10）在执行分类汇总命令前，必须先对数据清单进行________。

2. 选择题

（1）默认状态下，紧挨着标题栏下方的是（　　）。

A. 菜单栏　　B. 工具栏　　C. 编辑栏　　D. 名称框

（2）下面所列的名称中，不属于对话框组成部分的是（　　）。

A. 标题栏　　B. 列表框　　C. 名称框　　D. 微调按钮

（3）默认状态下，一个工作簿中有（　　）个工作表。

A. 5　　B. 4　　C. 3　　D. 2

（4）Excel 的每个工作表一共有（　　）列。

A. 265　　B. 255　　C. 256　　D. 526

（5）以当前文件名、位置和文件格式保存活动文件的按钮名称是（　　）。

A. 新建　　B. 保存　　C. 复制　　D. 粘贴

（6）在输入公式时应以一个（　　）开头，用于表明之后的字符为公式。

A. =　　B. *　　C. -　　D. #

（7）求算术平均值的函数是（　　）。

A. SUM　　B. PMT　　C. AVERAGE　　D. COUNT

3. 上机练习题

（1）练习通过“开始”菜单启动 Excel。

（2）按如图 3.69 所示的内容输入数据。

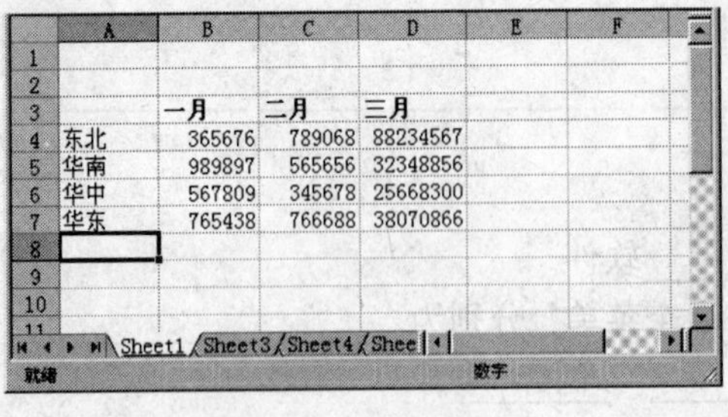

	A	B	C	D	E	F
1						
2						
3		一月	二月	三月		
4	东北	365676	789068	88234567		
5	华南	989897	565656	32348856		
6	华中	567809	345678	25668300		
7	华东	765438	766688	38070866		
8						
9						
10						

Sheet1 / Sheet3 / Sheet4 / Shee　就绪　数字

图 3.69　输入数据

（3）使用鼠标选定不相邻的单元格区域。

（4）新建一个工作簿，并在工作表中输入如图 3.70 所示的数据，并且设置相应的格式。

	C	D	I	J	K
3		7月份计算机图书销售情况统计表			
4					
5	图书编号	书名	单价（元）	销售数量	销售额
6	A001	Windows 98教程	24	50	1200
7	A002	Windows 2c	24	60	1440
8	A003	Excel 2000教程	22	55	1210
9	A004	FrontPage 2000教程	20	60	1200
10	A005	Visual Basic 6教程	25	40	1000
11	A006	Access 2000教程	24	50	1200
12	A007	Photoshop 2000教程	23	60	1380
13	A008	Flash 5.0教程	21	50	1050
14	A009	五笔字型教程	19	60	1140
15	A010	Fireworks 4教程	23	40	920
16	A011	Dreamweaver 4教程	24	50	1200
17	A012	Pagemakerc	22	30	660
18	A013	Director 8教程	22	50	1100
19	A014	Visual C++ 6教程	24	60	1440
20	A015	Windows ME教程	24	50	1200
21	A016	Authorware 6教程	20	30	600
22	合计				17940

Sheet1 Sheet2 Sheet3
就绪 数字

图 3.70 输入数据

（5）使用剪贴板将图 3.71 中第 3 行中的数据复制到 Sheet2 中的第 1 行。

	A	B	C	D	E	F
1	产品编码	产品名称	地区	销售量	产品单价	销售额
2	ZX003	Modem	东部	300	480	
3	ZX001	打印机	东部	200	2,500	
4	ZX002	扫描仪	东部	130	1,600	
5	ZX004	显示器	东部	500	1,800	
6	ZX003	Modem	南部	350	440	
7	ZX001	打印机	南部	210	2,600	
8	ZX002	扫描仪	南部	180	1,700	
9	ZX004	显示器	南部	450	1,750	
10	ZX003	Modem	西部	110	390	
11	ZX001	打印机	西部	150	2,200	
12	ZX002	扫描仪	西部	100	980	
13	ZX004	显示器	西部	280	1,500	
14	ZX003	Modem	北部	390	430	
15						

Sheet1 Sheet3 Sheet4 Sheet3 (2)
就绪 数字

图 3.71 示例数据清单

（6）在上述工作表中的第 5 行插入 5 行和 4 列。

（7）在工作表中查找含有 2 的数据。

（8）练习隐藏和恢复“练习”工作表。

（9）输入数据清单，并利用公式求出“销售额”。

（10）在 F15 单元格中求出所有的“销售额”总和。

（11）在 D15 单元格中求出所有“销售量”的平均值。

（12）输入图 3.71 所示的数据清单，并对“销售额”按升序排序。

项目4

演示文稿制作

项目导读

本章介绍 PowerPoint 软件的工作界面及幻灯片的制作方法，帮助读者了解 PowerPoint 软件的使用方法，熟练掌握幻灯片的制作与美化过程。

知识要点

- ✪ 启动和退出 PowerPoint 软件
- ✪ 创建和保存演示文稿
- ✪ 管理幻灯片
- ✪ 添加幻灯片内容
- ✪ 设计、美化演示文稿外观
- ✪ 放映幻灯片
- ✪ 设计动画效果
- ✪ 共享 Office 应用程序

任务 1 PowerPoint 的基本操作

实训 1 启动和退出 PowerPoint 的窗口

训练 1 认识 PowerPoint 的窗口

启动 PowerPoint 后，就可以看到 PowerPoint 窗口（见图 4.1）。从图中可以看到标题栏、菜单栏、工具栏、状态栏、“幻灯片”窗格、“大纲”窗格、备注窗格、任务窗格和切换视图按钮等。

训练 2 退出 PowerPoint

要退出 PowerPoint，可以使用以下 3 种方法之一。

- 选择“文件”|“退出”命令。
- 按 Alt+F4 组合键。
- 单击 PowerPoint 标题栏最右侧的“关闭”按钮☒。

和 Office 中的其他软件一样，当对演示文稿进行了操作，并且在退出之前没有保存文件时，PowerPoint 会显示一个提示框，询问是否要在退出之前保存该文件，如果需要保存，单击“是”按钮；否则单击“否”按钮。

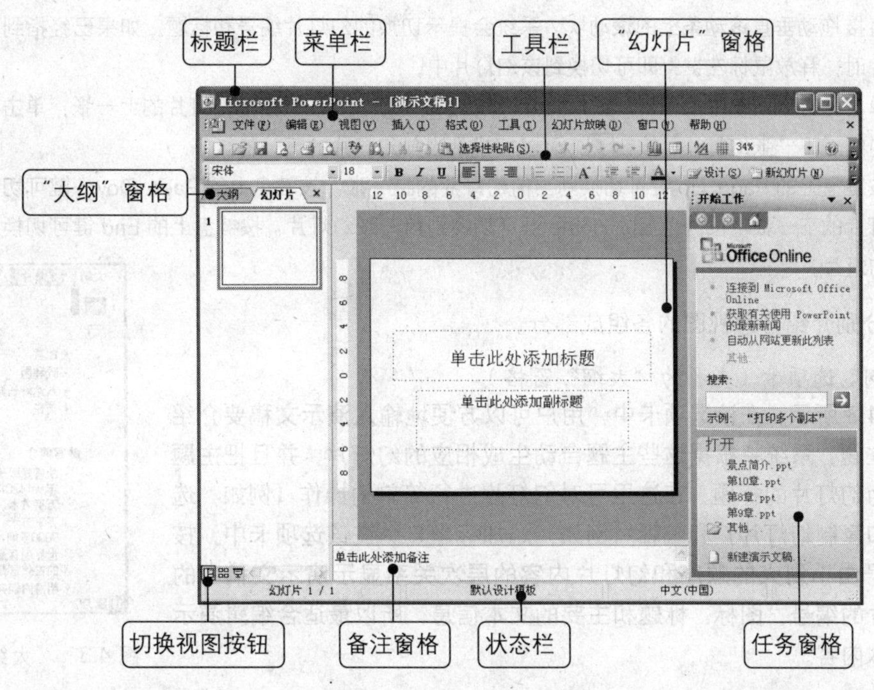

图 4.1　PowerPoint 窗口

实训 2　选择 PowerPoint 视图

PowerPoint 提供了 4 种视图模式，下面对各个视图进行说明。

1. 普通视图

普通视图是主要的编辑视图，通常认为该视图有 3 个工作区域（关闭右侧的任务窗格后），如图 4.2 所示。普通视图是默认的视图，多用于加工单张幻灯片。它不但可以处理文本和图形，而且可以处理声音、动画及其他特殊效果。

图 4.2　普通视图的示例

通过拖动幻灯片窗格下面的水平分界线，可以显示或隐藏幻灯片备注窗格。

在普通视图中可以看到整张幻灯片，如果要显示所需的幻灯片，可以选择下面 3 种方法之一进行操作。

- 直接拖动垂直滚动条上的滚动块，系统会提示切换的幻灯片编号和标题。如果已经指到所要的幻灯片时，释放鼠标左键，即可切换到该幻灯片中。
- 单击垂直滚动条中的“上一张幻灯片”按钮，可以切换到当前幻灯片的上一张；单击垂直滚动条中的“下一张幻灯片”按钮，可以切换到当前幻灯片的下一张。
- 按键盘上的 Page Up 键可切换到当前幻灯片的上一张；按键盘上的 Page Down 键可切换到当前幻灯片的下一张；按键盘上的 Home 键可切换到第一张幻灯片；按键盘上的 End 键可切换到最后一张幻灯片。

下面分别介绍普通视图的各组成部分。

“大纲”选项卡（或称为“大纲”窗格）

如图 4.3 所示。在该选项卡中，用户可以方便地输入演示文稿要介绍的一系列主题，系统将根据这些主题自动生成相应的幻灯片，并且把主题自动设置为幻灯片的标题，在这里可对幻灯片进行简单的操作（例如，选择、移动和复制幻灯片）和编辑（例如，添加标题）。在该选项卡中，按幻灯片编号由小到大的顺序和幻灯片内容的层次关系显示演示文稿中的全部幻灯片的编号、图标、标题和主要的文本信息，所以最适合编辑演示文稿的文本内容。

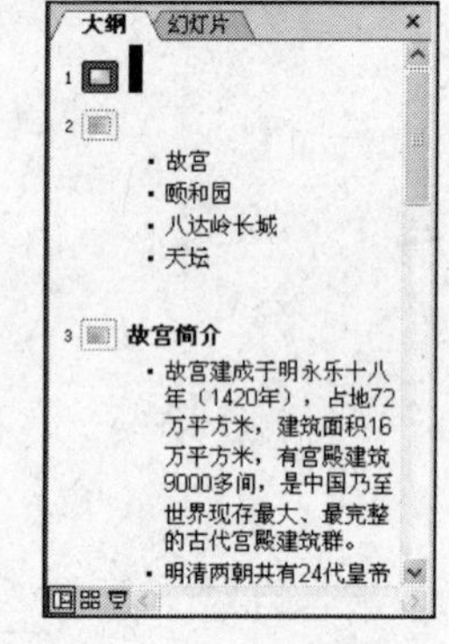

图 4.3 “大纲”选项卡

“幻灯片”选项卡（或称为“幻灯片”窗格）

单击“幻灯片”标签，则演示文稿中的每张幻灯片都将以缩略图的方式整齐地排列在该窗格中（见图 4.1），从而呈现演示文稿的总体效果。编辑时使用缩略图，可以方便地观看设计更改的效果，也可以重新排列、添加或删除幻灯片。

如果仅希望在幻灯片窗格中观看当前幻灯片，可以单击选项卡右上角的“关闭”按钮，关闭该选项卡。如果要打开该选项卡，单击窗口左下角的“普通视图”按钮即可。

提 示

可以在普通视图中通过拖动窗格边框，调整窗格的大小。

幻灯片窗格

在该窗格中不但可以显示当前幻灯片，还可以添加文本，插入图片、表格、图表、绘图对象、文本框、电影、声音、超链接和动画等对象。

备注窗格

可以在其中添加与每个幻灯片内容相关的备注，并且在放映演示文稿时将它们用作打印形式的参考资料，或者创建观众以打印形式或在 Web 页上可以看到的备注。

2. 幻灯片浏览视图

单击窗口左下角的“幻灯片浏览视图”按钮，演示文稿就切换到幻灯片浏览视图的显示方式。如图 4.4 所示为一个幻灯片浏览视图的示例，在幻灯片浏览视图中，用户可以看到整个演示文稿的内容，各幻灯片将按次序排列；可以浏览各幻灯片及其相对位置；也可以通过鼠标重新排列幻灯片次序；还可以插入、删除或移动幻灯片等。

3. 幻灯片放映视图

幻灯片放映视图用于查看幻灯片的播放效果，如图 4.5 所示为一个幻灯片放映视图。在幻灯片放映时，用户可以加入许多特效，使得演示过程更加有趣，这将在后面的章节中加以介绍。

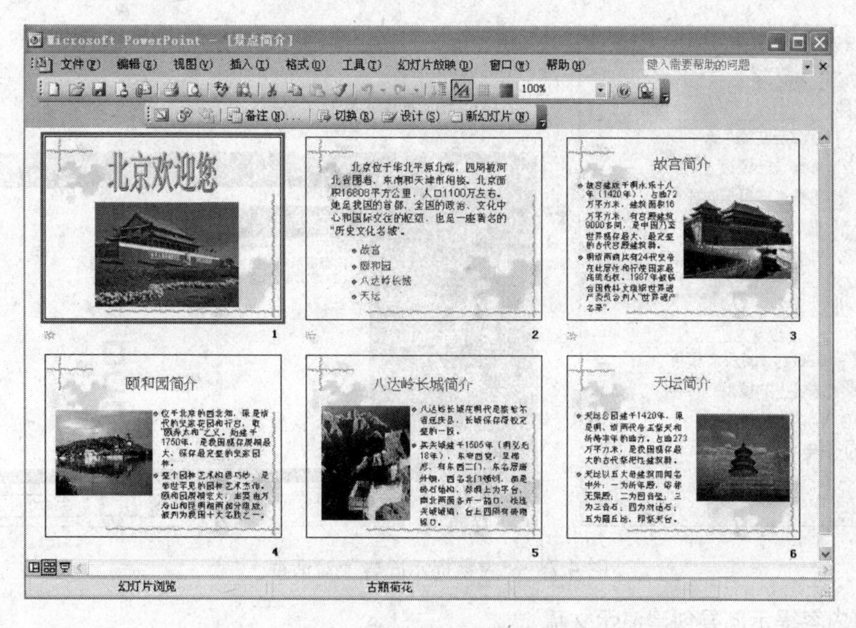

图 4.4　幻灯片浏览视图

4. 备注页视图

PowerPoint 没有提供“备注页视图”按钮，但用户可以通过选择“视图”|“备注页”命令来打开备注页视图，如图 4.6 所示。在这个视图中，用户可以添加与幻灯片相关的说明内容。

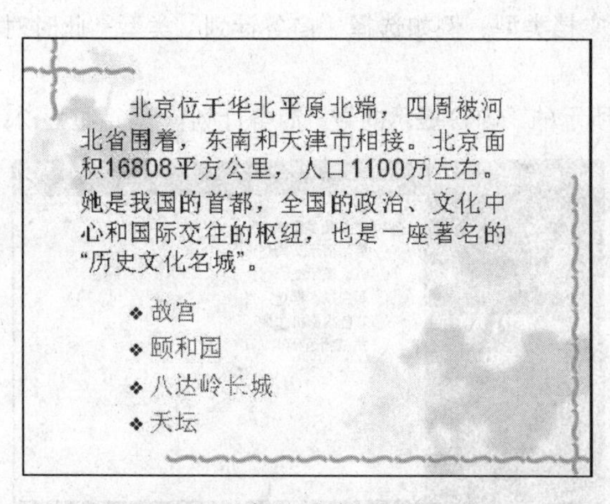

图 4.5　幻灯片放映视图的示例

图 4.6　备注页视图

实训 3　创建和保存演示文稿

训练 1　创建演示文稿

当启动 PowerPoint 之后，会出现如图 4.1 所示的 PowerPoint 窗口。

在“新建演示文稿”任务窗格（见图 4.7）中选中相应选项：“空演示文稿”、“根据设计模板”或“根据内容提示向导”均可创建演示文稿。下面分别加以介绍。

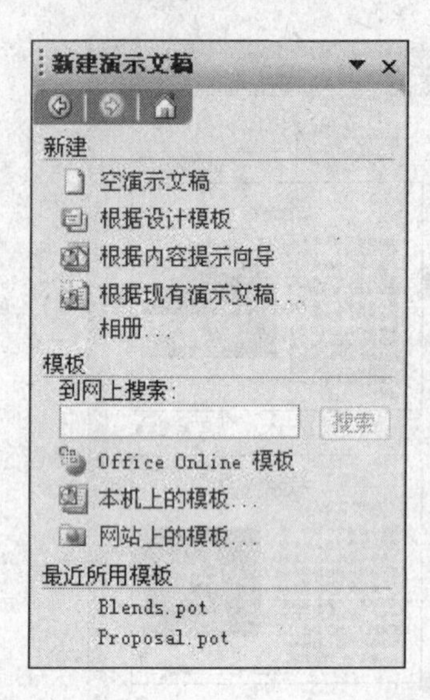

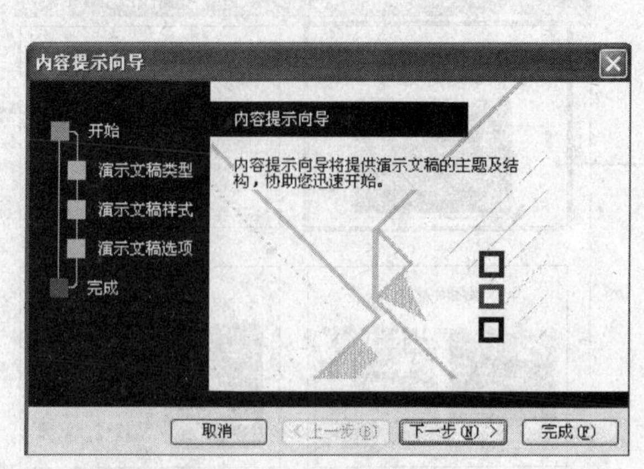

图 4.7 “内容提示向导”对话框

1. 使用内容提示向导创建演示文稿

单击“根据内容提示向导”超链接可直接采用包含建议内容和格式的演示文稿。内容提示向导包含各种不同主题的演示文稿示范，例如商务计划、项目总结以及用于 Internet 上的团体主页等。

用内容提示向导创建演示文稿（这里以创建“商务计划”为例）的具体操作步骤如下：

Step 01 单击“新建演示文稿”超链接，打开“新建演示文稿”任务窗格。

Step 02 单击“根据内容提示向导”超链接，就会出现“内容提示向导-[商务计划]”对话框之 1，如图 4.8 所示，它提供了内容提示向导的解释性文字。

Step 03 单击“下一步”按钮，在出现的对话框中单击所需的演示文档类型按钮（如“常规”、“项目”等），然后在右边列表框中选择将使用的演示文档类型。例如选择“商务计划”类型，此时对话框如图 4.8 所示。

Step 04 单击“下一步”按钮，将会出现如图 4.9 所示的“内容提示向导-[商务计划]”对话框之 2。

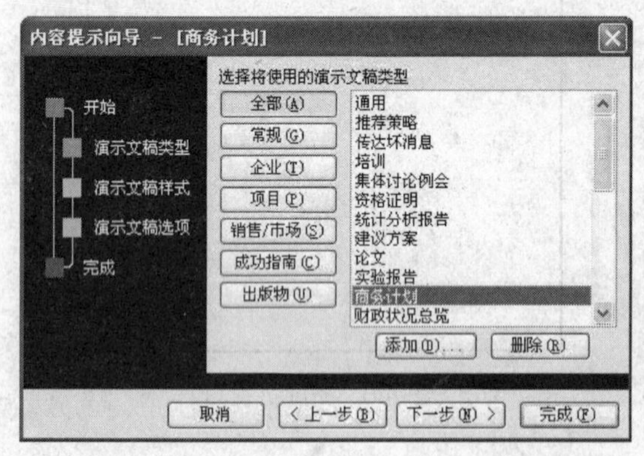

图 4.8 “内容提示向导-[商务计划]”对话框之 1

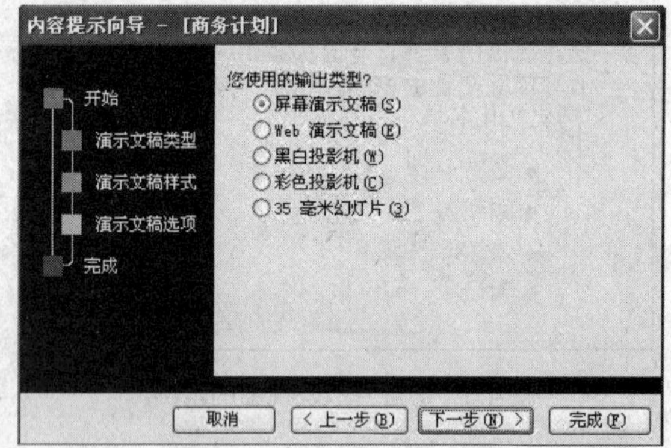

图 4.9 “内容提示向导-[商务计划]”对话框之 2

Step 05 选择使用的输出类型，如“屏幕演示文稿”，然后单击“下一步”按钮，将出现如图 4.10 所示的“内容提示向导-[商务计划]”对话框之 3。在“演示文稿标题”文本框中输入演示文稿的标题，在“页脚”文本框中输入演示文稿的页脚。

Step 06 单击“下一步”按钮，将会出现如图 4.11 所示的“内容提示向导-[商务计划]”对话框之 4。

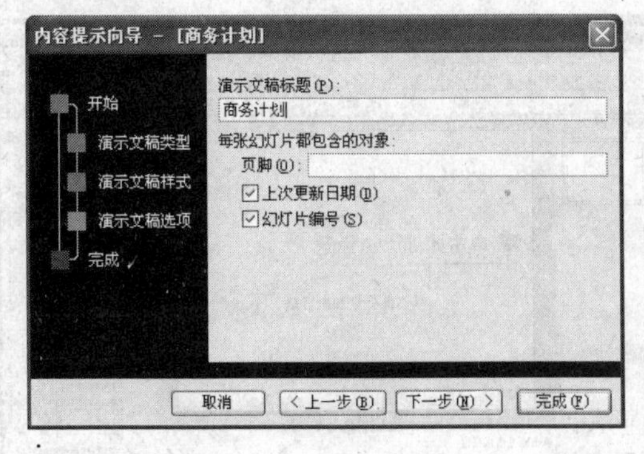

图 4.10 “内容提示向导-[商务计划]”对话框之 3

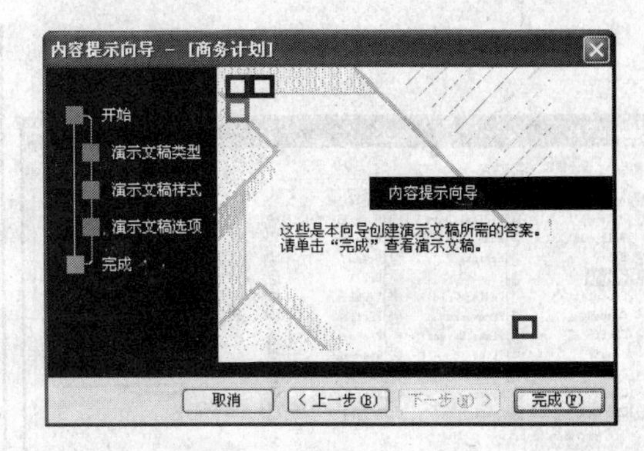

图 4.11 “内容提示向导-[商务计划]”对话框之 4

Step 07 单击“完成”按钮，即可完成利用内容提示向导创建演示文稿的初步制作，结果如图 4.12 所示。

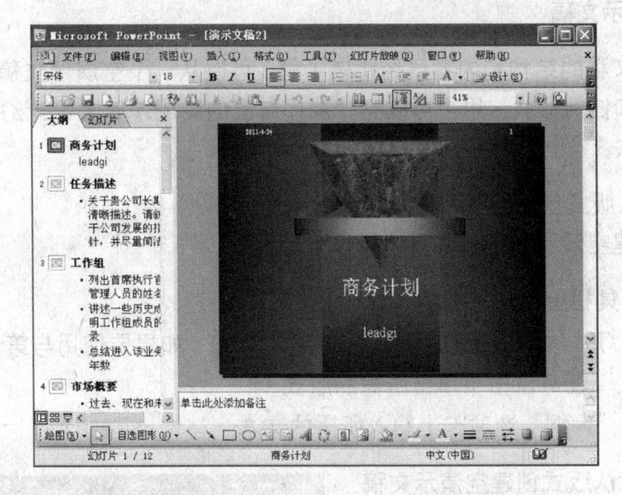

图 4.12 利用内容提示向导创建的演示文稿

至此，用户就可以根据需要编辑和更改演示文稿内幻灯片的信息了。

2. 使用本机上的模板创建演示文稿

利用设计模板创建演示文稿时，这些模板仅决定演示文稿的形式，不决定其内容，因而可以使演示文稿中各幻灯片的风格保持一致。利用“设计模板”创建演示文稿有两种方法，其中利用“通用模板”创建演示文稿是常用的方法，其具体操作步骤如下：

Step 01 在“新建演示文稿”任务窗格中，单击“模板”选项组中的“本机上的模板”超链接，打开“新建演示文稿”对话框，如图 4.13 所示。

Step 02 在“设计模板”选项卡中选择一种设计模板，或在“演示文稿”选项卡中选择一种演示文稿模板，在右侧的预览区中可看到效果。

Step 03 选中一种模板后，单击“确定”按钮，即可看到利用本机上的模板创建的演示文稿，如图 4.14 所示。

Step 04 在“幻灯片版式”任务窗格中单击所需的版式，即为演示文稿选择一个版式，此时就可以对幻灯片进行编辑了。

Step 05 要加入新的幻灯片，单击工具栏上的“新幻灯片”按钮 新幻灯片(N)，然后选择新幻灯片的版式即可。

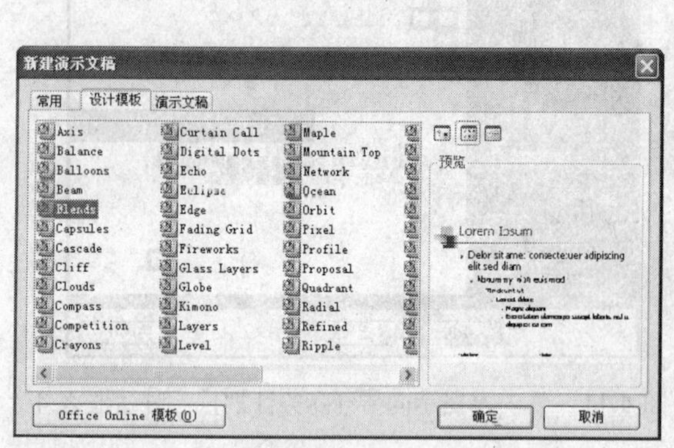

图 4.13 “新建演示文稿”对话框

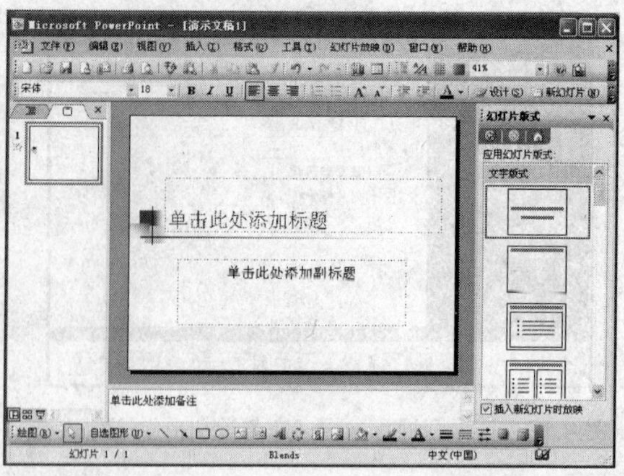

图 4.14 利用本机上的模板创建的演示文稿

3. 创建一个空演示文稿

如果用户对创建文稿的结构和内容已经比较了解，可以从一个空演示文稿开始设计。空演示文稿中不包含任何颜色和任何形式，用户可以充分发挥自己的聪明才智去设计幻灯片，下面介绍两种创建空演示文稿的方法。

方法 1：使用默认版式创建空演示文稿

使用默认版式创建空演示文稿，其具体操作步骤如下。

Step 01 在“常用”工具栏上单击“新建”按钮。

Step 02 保留第 1 张幻灯片的默认标题版式，请转至 **Step 03**，如果要使用与第 1 张幻灯片不同的版式，请在“幻灯片版式”任务窗格中单击所需的版式。

Step 03 在幻灯片上或“大纲”选项卡上输入所需的文本。

方法 2：不使用默认版式创建空演示文稿

如果不使用默认版式创建空演示文稿，其具体操作步骤如下：

Step 01 在“新建演示文稿”任务窗格中，单击“新建”选项组中的“空演示文稿”超链接，将出现文件名为“演示文稿 1”的空演示文稿，如图 4.15 所示。

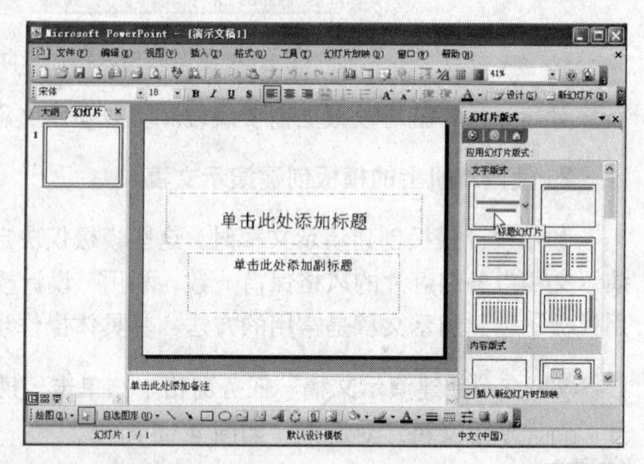

图 4.15 创建空演示文稿

Step 02 在出现的“幻灯片版式”任务窗格中选择第 1 张幻灯片要使用的版式。PowerPoint 根据不同的应用情况提供了 4 种类型的自动版式，分别为“文字版式”、“内容版式”、“文字和内容版式”和“其他版式”。选择一种需要的版式，在幻灯片窗格中将打开相应版式的幻灯片。例如，选择“文字版式”中的第 1 个版式——“标题幻灯片”版式。

Step 03 在标题幻灯片上输入标题以及要添加的内容。

训练 2 保存演示文稿

在幻灯片制作过程中一定要时常保存自己的工作成果，完成一张幻灯片的制作后，应立即存盘。

新建一个演示文稿后，如果还未存盘，那么在 PowerPoint 工作窗口的标题栏中，显示的默认名称是“演示文稿 1”。此时若要保存新建的文稿，其具体操作步骤如下。

Step 01 选择“文件”|“保存”命令，弹出如图 4.16 所示的“另存为”对话框。

Step 02 在“文件名”下拉列表框中输入该演示文稿的文件名，例如输入“我的演示文稿”。

Step 03 在“保存位置”下拉列表框中选择该演示文稿保存的路径，例如选择“我的文档”。

Step 04 在“保存类型”下拉列表框中选择保存类型，例如选择默认的“演示文稿”保存类型。

Step 05 单击“保存”按钮，即把该演示文稿以指定的文件名存入到指定的文件夹中，保存已有演示文稿。

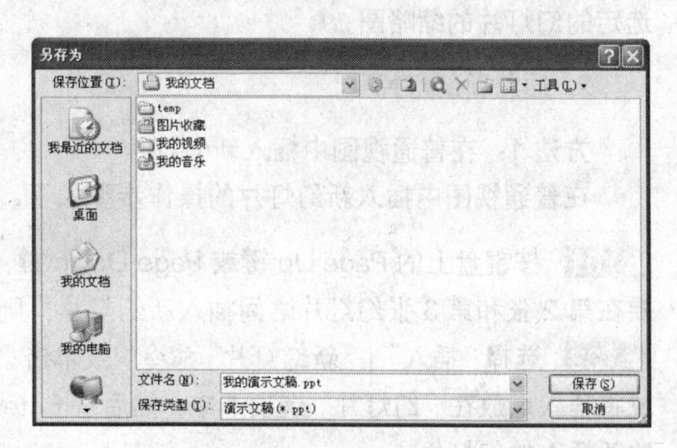

图 4.16 “另存为”对话框

保存已有演示文稿的方法为：单击“常用”工具栏中的“保存”按钮，或选择“文件”|“保存”命令。

实训 4 管理幻灯片

制作了一个演示文稿后，就可以在幻灯片浏览视图中观看幻灯片的布局、检查前后幻灯片是否符合逻辑、有没有前后矛盾的内容和有没有重复的内容；还可以通过对幻灯片的调整管理，使之更加具有条理性。

1. 选定幻灯片

根据当前使用的不同视图，选定幻灯片的方法也各不相同，下面分别加以介绍。

在普通视图的“大纲”选项卡中选定幻灯片

在普通视图的“大纲”选项卡中显示了幻灯片的标题及正文，此时单击幻灯片标题前面的图标即可选定该幻灯片。如果要选定连续一组幻灯片，可以先单击第一张幻灯片图标，然后按住 Shift 键的同时单击最后一张幻灯片图标，即可全部选定。

在幻灯片浏览视图中选定幻灯片

在幻灯片浏览视图中，只需单击相应幻灯片的缩略图，即可选定该幻灯片，被选定的幻灯片的边框处于高亮显示，如图 4.17 所示，第 2 张幻灯片被选定。

图 4.17 第 2 张幻灯片被选定

如果要选定连续一组幻灯片，可以先单击第一张幻灯片的缩略图，然后在按住 Shift 键的同时单击最后一张幻灯片的缩略图；如果要选定多张不连续的幻灯片，按住 Ctrl 键的同时分别单击需要选定的幻灯片的缩略图。

2. 插入新幻灯片

方法 1：在普通视图中插入新幻灯片

在普通视图中插入新幻灯片的操作步骤如下。

Step 01 按键盘上的 Page Up 键或 Page Down 键，选中要插入新幻灯片位置之前的幻灯片。例如，要在第 2 张和第 3 张幻灯片之间插入新幻灯片，则先选中第 2 张幻灯片。

Step 02 选择“插入”|“新幻灯片”命令，或单击“格式”工具栏中的“新幻灯片”按钮 新幻灯片(N)，或将插入点放在“幻灯片”选项卡中，然后按 Enter 键，在 PowerPoint 工作窗口中将出现等待编辑的新插入的幻灯片。

Step 03 在“幻灯片版式”任务窗格中选择一种需要的版式，便可向新插入的幻灯片中输入内容。

注 意

如果不希望在每次插入新幻灯片时都显示“幻灯片版式”任务窗格，请在该任务窗格底部取消对“插入新幻灯片时放映”复选框的选取。

方法 2：在幻灯片浏览视图中插入新幻灯片

在幻灯片浏览视图中插入新幻灯片的操作步骤如下。

Step 01 将插入点插入到目标位置。例如，要在第 2 张和第 3 张幻灯片之间插入新幻灯片，则直接在第 2 张和第 3 张幻灯片之间单击，如图 4.18 所示。

Step 02 进行同方法 1 的 Step 02 、Step 03 的操作，插入新幻灯片后的效果如图 4.19 所示。

图 4.18　插入点在第 2 张和第 3 张幻灯片之间

图 4.19　插入新幻灯片后的效果

3. 复制幻灯片

复制幻灯片有多种方法，这里介绍 3 种，用户可以使用其中的任何一种方法来复制幻灯片。

方法 1：使用“复制”与“粘贴”按钮复制幻灯片

使用“复制”按钮与“粘贴”按钮复制幻灯片的操作步骤如下。

Step 01 选中所要复制的幻灯片。

Step 02 单击“常用”工具栏上的“复制”按钮。

Step 03 将插入点置于想要插入幻灯片的位置，然后单击“粘贴”按钮即可。

方法 2：使用“插入”菜单复制幻灯片

使用“插入”菜单复制幻灯片的操作步骤如下。

Step 01 将插入点置于要复制的幻灯片中。

Step 02 选择“插入”|“幻灯片副本”命令，即可在该幻灯片的下方复制一个新的幻灯片。

方法 3：使用鼠标拖动复制幻灯片

使用鼠标拖动复制幻灯片的操作步骤如下。

Step 01 单击窗口左下方的“幻灯片浏览视图”按钮，切换到幻灯片浏览视图。

Step 02 选中想要复制的幻灯片。

Step 03 按住 Ctrl 键不放，然后按住鼠标左键，将鼠标拖到目标位置，再释放鼠标左键和 Ctrl 键，即可完成幻灯片的复制。

4. 删除幻灯片

删除幻灯片的具体操作步骤如下。

Step 01 在幻灯片浏览视图中选择要删除的幻灯片。

Step 02 选择“编辑”|“剪切”命令或“删除幻灯片”命令。

Step 03 如果要删除多张幻灯片，则重复 Step 01 和 Step 02。

5. 移动幻灯片

移动幻灯片的具体操作步骤如下。

Step 01 在幻灯片浏览视图中选定要移动的幻灯片。

Step 02 按住鼠标左键，并拖动幻灯片到目标位置，拖动时有一个长条的直线就是插入点。

Step 03 释放鼠标左键，即可将幻灯片移动到新的位置。当然也可以使用剪切和粘贴功能来移动幻灯片。

任务 2 添加幻灯片内容

实训 1 输入文本和备注

训练 1 输入文本

在幻灯片中输入文本的方法有两种：直接将文本输入到占位符中；利用“绘图”工具栏中的“文本框”按钮或“竖排文本框”按钮。

1. 在占位符中输入文本

当选定一个幻灯片之后，占位符中的文本是一些提示性的内容，用户可以用实际所需要的内容去替换占位符中的文本，如图 4.20 所示，其中包括两个文本占位符：一个是标题占位符，另一个是副标题占位符。

若在标题占位符中输入标题文本，其具体操作步骤如下。

Step 01 单击标题占位符，将插入点置于该占位符内。

Step 02 直接输入标题文本。例如，在标题区输入“标题占位符”，如图 4.21 所示。

图 4.20 占位符

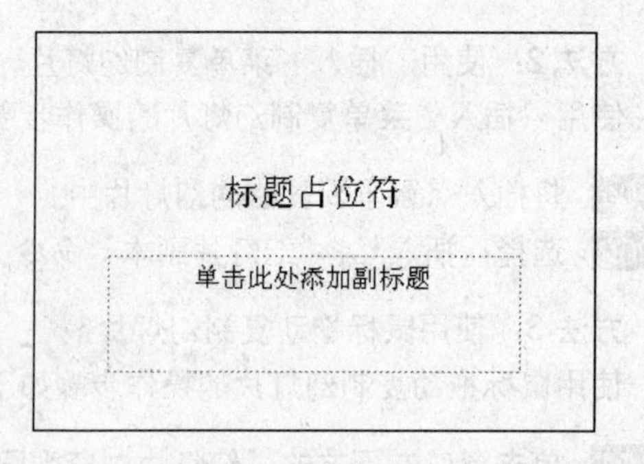

图 4.21 输入标题文本

Step 03 输入完毕后，单击幻灯片的空白区域，即可结束文本输入并取消对该占位符的选择，此时占位符的虚线边框将消失。

2. 使用文本框添加文本

当需要在幻灯片的占位符外的位置添加文本时，可以利用“绘图”工具栏中的“文本框”按钮或“竖排文本框”按钮。其具体操作步骤如下。

Step 01 单击“绘图”工具栏中的“文本框”按钮或“竖排文本框”按钮。

Step 02 在要添加文本的位置按下鼠标左键，拖动鼠标，则在幻灯片上出现一个具有实线边框的方框。选择合适的大小，释放鼠标左键，则幻灯片上出现一个可编辑的文本框，如图 4.22 所示。

Step 03 此时，在该文本框中会出现一个闪烁的插入点，表示用户可以输入文本内容。

Step 04 输入完毕后，单击文本框以外的任何位置即可。

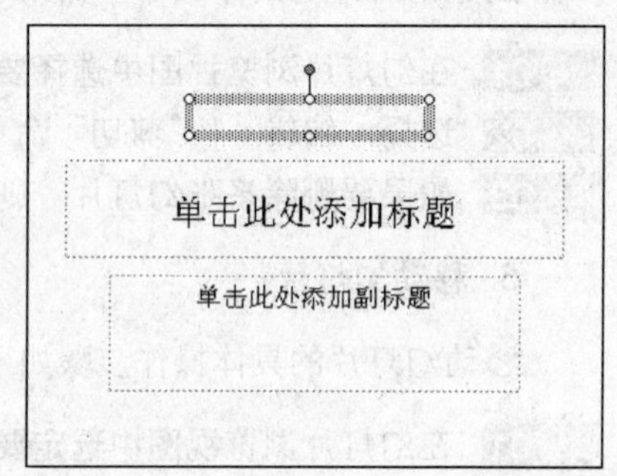

图 4.22 可编辑的文本框

训练 2 添加备注

备注可以说是注释，它的作用是对幻灯片的内容进行注释。它与幻灯片一一对应，在演讲时，可以对照备注的内容进行演说，防止遗忘内容。在 PowerPoint 中，每张幻灯片都有一个专门用于输入注释的备注窗口，若要添加备注，只需在普通视图的备注窗格中单击，然后输入文本即可。如图 4.23 所示为添加备注后的效果。

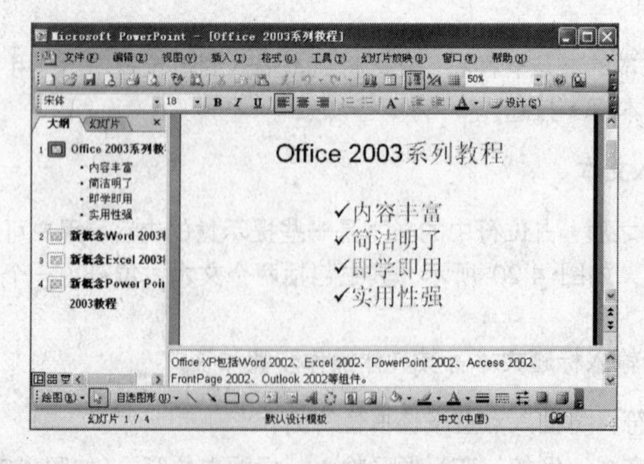

图 4.23 添加备注后的效果

实训 2　插入图片和图形

在 PowerPoint 中，用户可以将剪贴画或来自文件的图片插入到幻灯片中，现分别加以介绍。

1. 插入剪贴画

利用“剪贴画”任务窗格可以搜索剪贴画，使用户可以快速插入剪贴画，其具体操作步骤如下。

Step 01 将插入点置于要插入剪贴画的位置，然后选择“插入”|“图片”|“剪贴画”命令，打开“剪贴画”任务窗格。

Step 02 在“搜索文字”文本框中输入能说明剪贴画的文字，例如输入“人物”。

Step 03 在“搜索范围”下拉列表框中选择搜索的计算机目录范围，例如选择“所有收藏集”。

Step 04 在“结果类型”下拉列表框中选择搜索的剪贴画类型，例如选择“所有媒体文件类型”。

Step 05 单击“搜索”按钮，即可在“剪贴画”任务窗格中显示搜索到的剪贴画，如图 4.24 所示。

Step 06 选择好剪贴画后单击，即可将该剪贴画插入到幻灯片中，如图 4.25 所示。

图 4.24　搜索到的剪贴画

图 4.25　插入到幻灯片中

2. 插入来自文件的图片

插入来自文件的图片的具体操作步骤如下。

Step 01 在幻灯片窗格中选择要插入图片的幻灯片。

Step 02 选择“插入”|“图片”|“来自文件”命令，打开“插入图片”对话框，如图 4.26 所示。

Step 03 在“查找范围”下拉列表框中选择图形文件所在的位置，或者在“文件名”文本框中输入文件的路径，并选择要插入的图形文件。

Step 04 单击“插入”按钮，即可插入所需的图形文件。

图 4.26　“插入图片”对话框

单击对话框右下角“插入”按钮旁边的下三角按钮，会弹出一个下拉列表，其中包括：

- **插入**　可将选定的图形文件直接插入到演示文稿的幻灯片中，成为演示文稿的一部分。当图形文件发生变化时，演示文稿不会自动更新。

- **链接文件** 可以将图形文件以链接的方式插入到演示文稿中。当图形文件发生变化时，演示文稿会自动更新。保存演示文稿时，图形文件仍然保存在原来保存的位置，这样不会增加演示文稿的长度。

> **注 意**
>
> 如果要预览插入的图形文件，可以单击“视图”图标右边的下三角按钮，从其下拉列表中选择“预览”命令。

3. 插入图形对象

PowerPoint 提供了功能强大的“绘图”工具栏。利用“绘图”工具栏，用户可以轻松自如地绘制出所需要的各种简单装饰图形，也可以将图形进行缩放、旋转等操作。

在 PowerPoint 中绘制图形对象和在 Word 中绘制图形对象的方法一致，这里就不再介绍了（参见项目 2/任务 3）。

实训 3　插入艺术字

艺术字是高度风格化的文字，经常被应用于各种演示文稿、海报、演示文稿标题和广告宣传册中，它可以作为图形对象放置在页面上，并可进行移动、旋转和调整大小等操作。因为艺术字是图形对象，所以“插入艺术字”按钮位于“绘图”工具栏上，用户可以用“艺术字”工具栏中的按钮对艺术字的效果进行设置（参见项目 2/任务 3）。

实训 4　插入影片和声音

1. 插入剪辑库中的影片

插入剪辑库中影片的具体步骤如下。

Step 01 在普通视图中显示要插入影片的幻灯片。

Step 02 选择“插入”|“影片和声音”|“剪辑管理器中的影片”命令，打开“剪贴画”任务窗格，其中列出了剪辑管理器内包含的视频文件。

Step 03 单击“剪贴画”任务窗格中要插入的影片，将出现如图 4.27 所示的对话框，提示选择影片的播放方式。如果希望幻灯片放映时自动播放影片，可以单击“自动”按钮；如果希望在单击幻灯片上的影片时才进行播放，可以单击“在单击时”按钮。

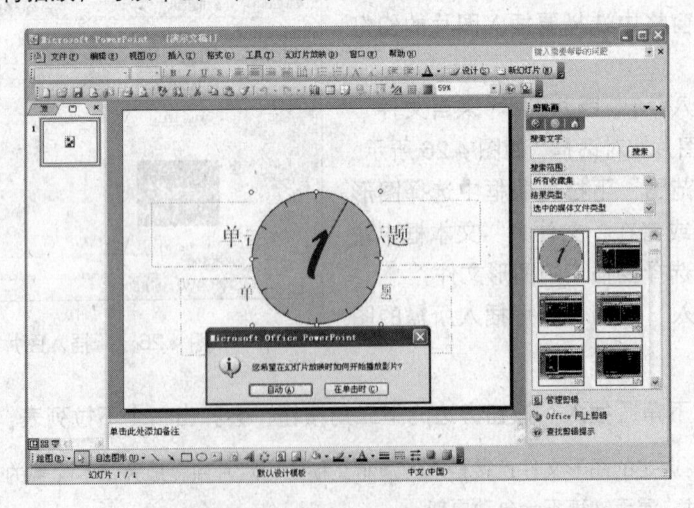

图 4.27　插入到幻灯片中的影片

Step 04 幻灯片上会出现剪辑的片头图像，这些视频对象插入到幻灯片后是静止的，双击幻灯片上的视频剪辑的片头图像即可放映。

2. 插入外部文件的影片

插入外部文件的影片的具体操作步骤如下。

Step 01 在幻灯片窗格中，打开要插入影片的幻灯片。

Step 02 选择“插入”|“影片和声音”|“文件中的影片”命令，打开“插入影片”对话框。

Step 03 选择要插入的影片的文件名，然后单击“插入”按钮。

Step 04 根据需要从弹出的对话框中选择是否自动播放影片（见图 4.27），这时在幻灯片中将会出现剪辑的片头图像。

影片插入完毕后，幻灯片中的影片自动保持为被选中状态，此时影片四周有尺寸句柄，可以通过拖动尺寸句柄调节影片的大小。

3. 插入声音

将音乐或声音插入幻灯片后，会显示一个代表该声音文件的声音图标🔈，如果要隐藏该图标，可以将它拖出幻灯片，并将声音设置为自动播放。要删除插入的声音，选择声音图标后按 Delete 键。

提 示

如果 PowerPoint 不支持某种特殊的媒体类型或特性，而且不能播放某个声音文件，请尝试用 Windows Media Player 播放它。Windows Media Player 是 Windows 的一部分，当把声音作为对象插入时，它能播放 PowerPoint 中的多媒体文件。

如果声音文件大于 100 KB，默认情况下会自动将声音链接到文件，而不是嵌入文件。演示文稿链接到文件后，如果要在另一台计算机上播放此演示文稿，则必须在复制该演示文稿的同时复制它所链接的文件。

实训 5 插入表格和图表

训练 1 插入表格

PowerPoint 有自己的表格制作功能，不必依靠 Word 来制作表格，而且其方法跟 Word 表格的制作方法是一样的。插入表格的具体操作步骤如下。

Step 01 打开一个演示文稿，并切换到要插入表格的幻灯片中。

Step 02 选择“插入”|“表格”命令，会出现如图 4.28 所示的“插入表格”对话框。

Step 03 在对话框中输入所需的行数和列数。

Step 04 单击“确定”按钮即可插入表格。

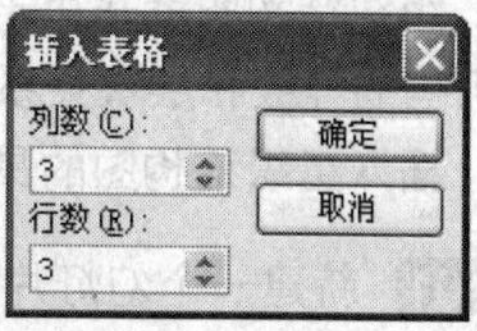

插入表格
列数(C):
3
行数(R):
3
确定
取消

图 4.28 “插入表格”对话框

训练 2 插入图表

PowerPoint 中包含了 Microsoft Graph 提供的 14 种标准图表类型和 20 种用户自定义的图表类型，在自定义的图表中则包含了更多的变化。使用 Microsoft Graph 可以简单快捷地插入图表。

1. 使用 Microsoft Graph 插入图表

插入图表的具体操作步骤如下。

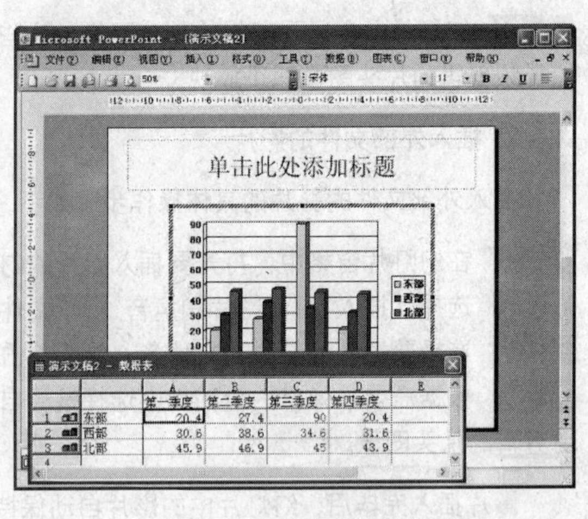

图 4.29　插入的图表

Step 01　打开一个演示文稿，并切换到要插入图表的幻灯片中。

Step 02　单击"插入"|"图表"命令，启动 Microsoft Graph，这时 Microsoft Graph 将加载和显示一个图表示例和数据表。插入的图表如图 4.29 所示。

2. 使用来自 Microsoft Excel 的图表

如果已在 Microsoft Excel 工作表中输入了图表所需的数据，用户可将 Excel 中的数据导入 PowerPoint 中，还可以将现有的 Excel 图表导入 PowerPoint 中。为此，只需直接将图表从 Excel 窗口拖入 PowerPoint 的幻灯片中。

训练 3　图示的类型

PowerPoint 为用户提供了 6 种类型的图示，它们是组织结构图、循环图、射线图、棱锥图、维恩图和目标图，表 4.1 列出了各种标准图示类型的基本形状和用途。

表4.1　各种标准图示类型的基本形状和用途

图示形状	名　称	用　途
	组织结构图	用于显示一个组织机构的等级和层次，表现组织结构
	循环图	用于显示连续循环过程
	射线图	用于显示元素与核心元素的关系
	棱锥图	用于显示基于基础的关系
	维恩图	用于显示元素之间的重叠区域
	目标图	用于说明为实现目标而采取的步骤

由于组织结构图具有其他类型图示没有的特点，并且其他类型图示的使用方法和组织结构图基本相同，所以这里只介绍组织结构图。

实训 6　插入组织结构图

组织结构图就是用于表现组织结构的图表。它由一系列图框和连线组成，通常用来显示一个组织机构的等级和层次关系。

插入组织结构图的具体操作步骤如下。

Step 01　新建一个幻灯片并为其应用含有图示的版式，如图 4.30 所示。其中包含两个占位符：一个是幻灯片标题，另一个是组织结构图。

Step 02　双击组织结构图占位符，打开"图示库"对话框，如图 4.31 所示。

Step 03　选择组织结构图，然后单击"确定"按钮，就为该幻灯片创建了一个基本的组织结构图，如图 4.32 所示。

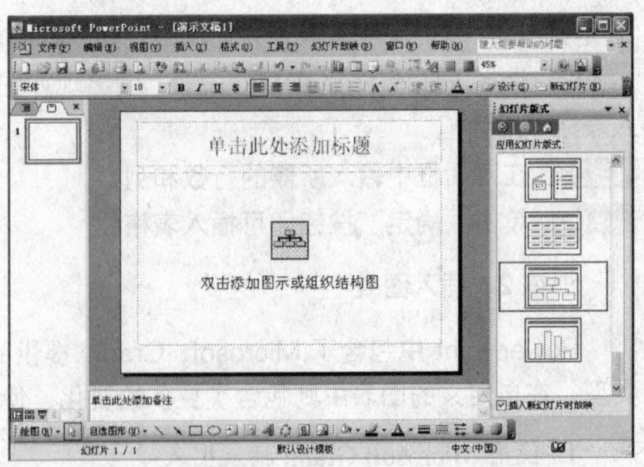

图 4.30　创建包含组织结构图的新幻灯片

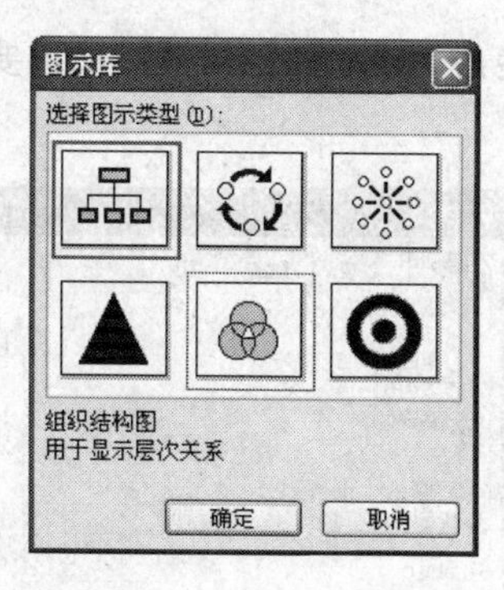

图 4.31 “图示库”对话框

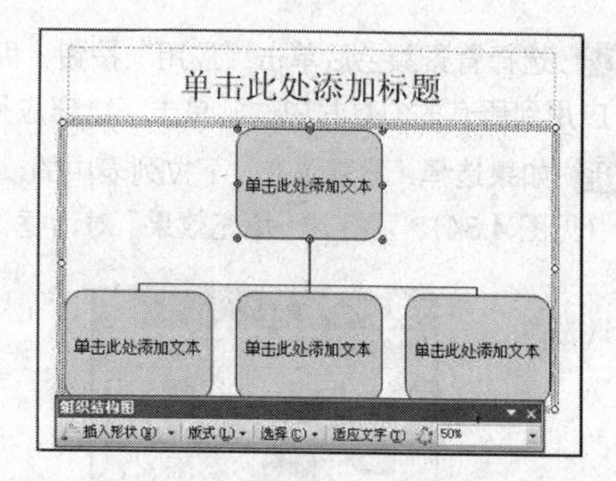

图 4.32 创建了组织结构图的幻灯片

可以看到，组织结构图中包含一些占位符，这是为减少用户工作量而设计的，使得用户向组织结构图中输入信息的工作变得简便易行。组织结构图还有自己的工具栏，可以让用户非常方便地对组织结构图进行创建、编辑以及设置图表格式等操作。

任务 3 统一演示文稿外观

创建了演示文稿后，通常要求演示文稿具有统一的外观，PowerPoint 的一大特点就是可以使演示文稿中的所有幻灯片具有统一的外观。统一演示文稿外观的方法有 3 种：母版、配色方案和设计模板。

1. 使用幻灯片母版

幻灯片母版决定着所有幻灯片的外观。如果要切换到幻灯片母版中，可选择“视图”|“母版”|“幻灯片母版”命令，出现如图 4.33 所示的幻灯片母版编辑窗口。下面分别介绍如何更改文本格式，更改幻灯片背景颜色，添加页眉、页脚，关闭“幻灯片母版视图”等操作。

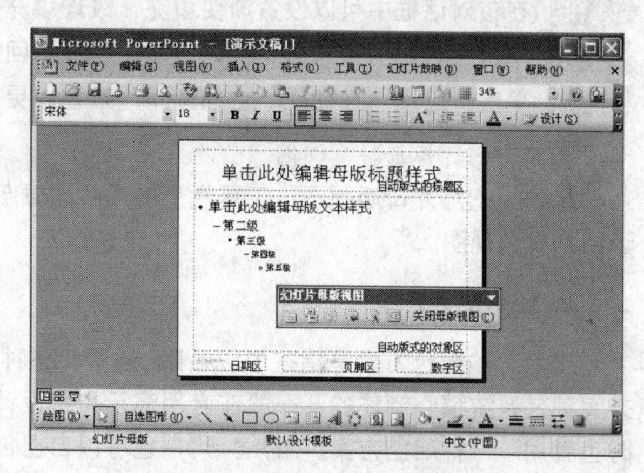

图 4.33 幻灯片母版编辑窗口

更改文本格式

如果要对所有文本格式进行统一的修改，先选定对应的占位符，再设置文本的字体、字号、颜色、加粗、倾斜、下划线和段落对齐方式等。

如果只改变某一级的文本格式，先在母版的正文区中选定该层次的文本，再选择“格式”|“字体”命令，即可对其进行格式化。

更改幻灯片背景颜色

更改幻灯片背景，其具体操作步骤如下。

Step 01 打开文件“素材\练习\景点简介.ppt”。

Step 02 如果要设置单张幻灯片背景，在普通视图中选择该幻灯片。如果要设置所有幻灯片的背景，则需要在“幻灯片母版视图”中进行相应的操作。

Step 03 选择“格式”|“背景”命令，打开“背景”对话框，如图 4.34 所示，并在“背景填充”选项组中单击下拉列表框右边的下三角按钮，弹出“背景填充”下拉列表。

Step 04 选择背景颜色后单击“应用”按钮，即可将当前颜色应用于当前幻灯片。如果要将更改的背景应用到所有的幻灯片中，则单击“全部应用”按钮。

Step 05 如果选择“背景填充”下拉列表中的“填充效果”命令（见图 4.34），可打开“填充效果”对话框，如图 4.35 所示。

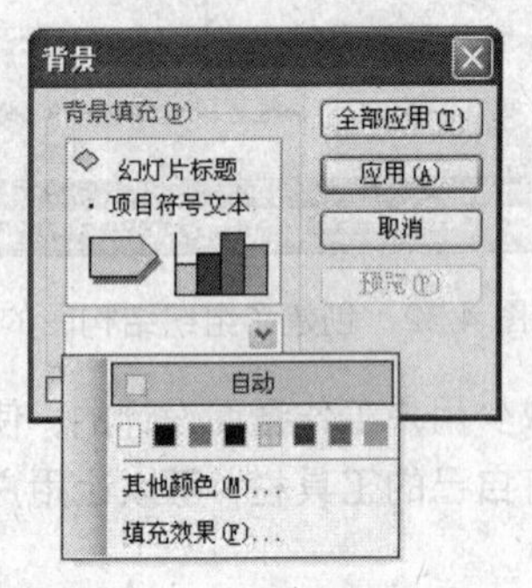

图 4.34 “背景”对话框

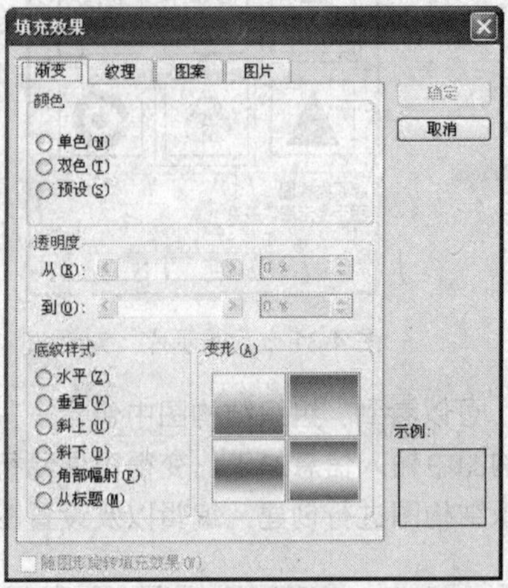

图 4.35 “填充效果”对话框

Step 06 在该对话框中可以设置渐变填充、纹理填充、图案填充及图片填充等效果。

Step 07 单击“确定”按钮，将关闭该对话框并返回到“背景”对话框。

Step 08 单击“应用”按钮或“全部应用”按钮，更改幻灯片背景。

关闭“幻灯片母版”视图

单击“幻灯片母版视图”工具栏上的“关闭母版视图”按钮，即可关闭“幻灯片母版视图”，返回到普通视图。

2. 使用配色方案

幻灯片的配色方案是指在 PowerPoint 中，各种颜色设定了其特定的用途，每一个默认的配色方案都是系统精心制作的，一般在套用演示文稿设计模板时，同时也套用了一种配色方案。当然，用户也可以自己创建新的配色方案。

使用配色方案的具体操作步骤如下。

Step 01 打开文件“素材\练习\景点简介.ppt”。

Step 02 在普通视图中，选择要应用配色方案的幻灯片。

Step 03 在“格式”工具栏上单击“幻灯片设计”按钮 设计(S)，然后在出现的“幻灯片设计”任务窗格中单击“配色方案”超链接，任务窗格中将出现“应用配色方案”列表框，如图 4.36 所示。

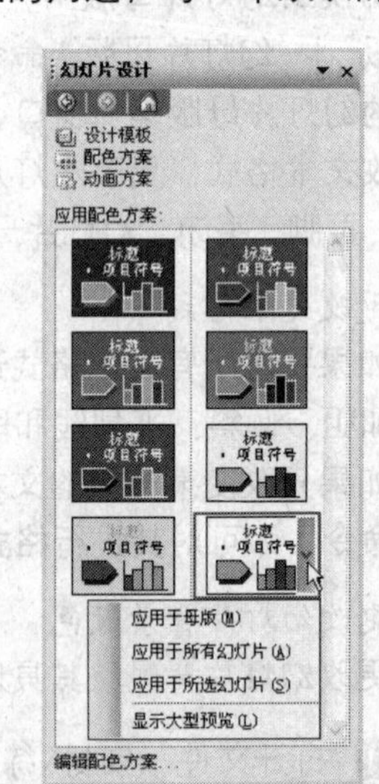

图 4.36 “应用配色方案”列表框

Step 04 在该列表框中选择所需的配色方案，再执行下列操作之一：

- 若要将方案应用于所有幻灯片，请单击该方案。
- 若要将方案应用于选定幻灯片，请单击配色方案右边的下三角按钮，再选择下拉列表中的“应用于所选幻灯片”命令。
- 如果应用了多个设计模板，并希望将配色方案应用于所有幻灯片，请单击配色方案右边的下三角按钮，在出现的下拉列表中选择“于所有幻灯片”命令。

- 若只希望将配色方案应用于某个设计模板的幻灯片组，请单击该组中的一个幻灯片，再选择配色方案并单击右边的下三角按钮，然后在出现的下拉列表中选择“应用于母版”命令。

Step 05 如果原有的配色方案无法满足要求，可以自己创建新的配色方案。单击“编辑配色方案”超链接，打开“编辑配色方案”对话框，如图 4.37 所示。图中显示了构成配色方案的 8 种颜色的选项组。

Step 06 在“自定义”选项卡的“配色方案颜色”选项组中选择要更改的颜色。例如，单击“文本和线条”前的色块，然后单击“更改颜色”按钮，弹出如图 4.38 所示的“强调文字和超链接颜色”对话框。

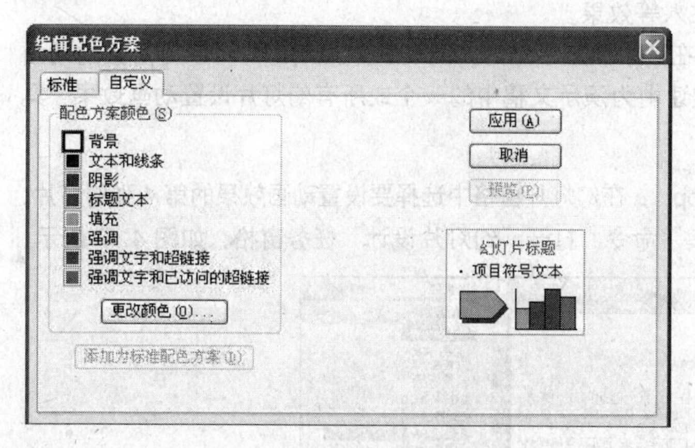

图 4.37 “编辑配色方案”对话框　　图 4.38 “强调文字和超链接颜色”对话框

Step 07 选择所需的颜色，然后单击“确定”按钮，返回“自定义”选项卡。

Step 08 要将配色方案连同演示文稿一起存盘，单击“添加为标准配色方案”按钮。

Step 09 单击“应用”按钮，可将新的配色方案应用到当前的幻灯片中。

3. 应用设计模板

设计模板是控制演示文稿统一外观的最有力、最迅速的一种手段，PowerPoint 提供了许多设计模板，这些模板为用户提供了美观的背景图案，可以帮助用户迅速地创建完美的幻灯片。在任何时候都可以直接应用这些设计模板。

应用设计模板的具体操作步骤如下。

Step 01 在“格式”工具栏上单击“设计”按钮 设计(S)，然后在“幻灯片设计”任务窗格中单击“设计模板”超链接，打开“幻灯片设计”|“设计模板”任务窗格，如图 4.39 所示。

Step 02 请执行下列操作之一：

- 若要对所有幻灯片（和幻灯片母版）应用设计模板，请单击所需模板。
- 若要将模板应用于单个幻灯片，请选择“幻灯片”选项卡上的缩略图；在任务窗格中，选择模板并单击下三角按钮，再单击“应用于选定幻灯片”命令即可。
- 若要将模板应用于多个幻灯片，请在“幻灯片”选项卡上选择所需的多个幻灯片缩略图，并在任务窗格中单击模板。

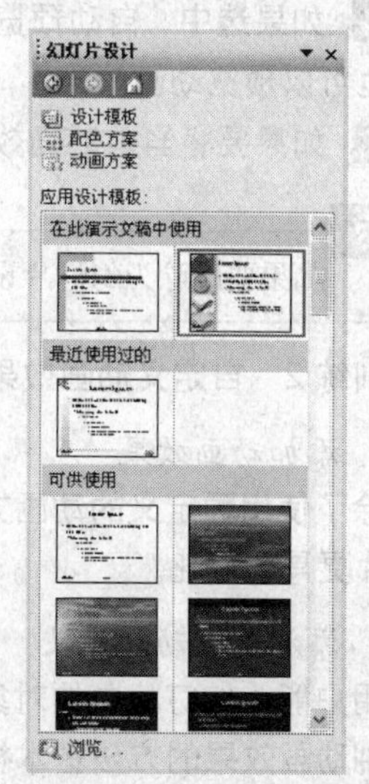

图 4.39 “幻灯片设计”任务窗格

任务 4 幻灯片放映操作

实训 1 动画效果设置

训练 1 使用动画方案

用户可以为幻灯片的切换，幻灯片中的文本、形状、声音、图像和其他对象设置动画效果。这样可以突出演示文稿的内容重点和控制信息的流程，并提高演示文稿的趣味性，例如可以设置每个对象逐个出现，文字一个一个地从右侧飞入等效果。

PowerPoint 提供了多种动画方案，在其中设定了幻灯片的切换效果和幻灯片中各对象的动画显示效果。使用这些预设的动画方案能快速地为演示文稿中的一个或所有幻灯片设置动画效果，具体操作步骤如下。

Step 01 打开文件“素材\练习\景点简介.ppt”，在幻灯片窗格中选择要设置动画效果的第 4 张幻灯片。

Step 02 选择“幻灯片放映”|“动画方案”命令，打开“幻灯片设计”任务窗格，如图 4.40 所示。

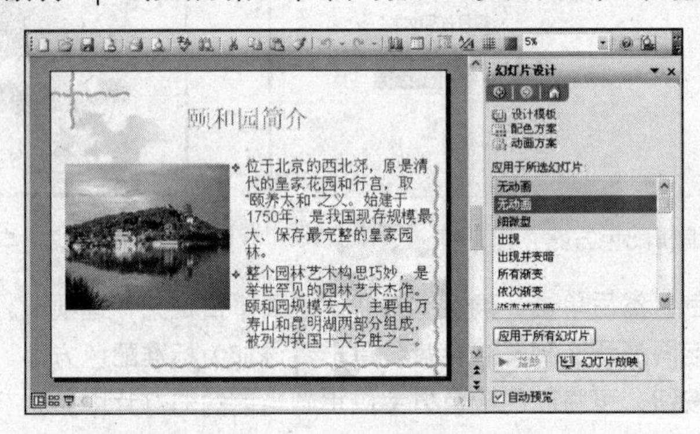

图 4.40 “幻灯片设计”任务窗格

Step 03 在“幻灯片设计”任务窗格的“应用于所选幻灯片”列表框中选择要使用的动画方案，例如选择“无动画”效果。

Step 04 如果选中“自动预览”复选框，则自动播放该幻灯片以预览动画效果。此外，单击“播放”按钮也可以预览动画效果。

Step 05 如果要将当前动画效果应用于所有幻灯片，则单击“应用于所有幻灯片”按钮。

> **提 示**
> 如果要删除为幻灯片设置的动画方案，在“应用于所选幻灯片”列表框中选择“无动画”选项。

训练 2 自定义动画效果

1. 添加动画效果

除了使用预定义的动画方案外，用户还可以为幻灯片中的对象应用自定义的动画效果，从而使幻灯片更具个性化。

2. 添加进入动画效果

用户能为幻灯片中的对象设置进入、强调、退出和路径等动画效果。由于设置进入、强调和退出 3 种动画效果的方法基本相同，所以这里只介绍如何为幻灯片的对象添加进入动画效果，具体操作步骤如下。

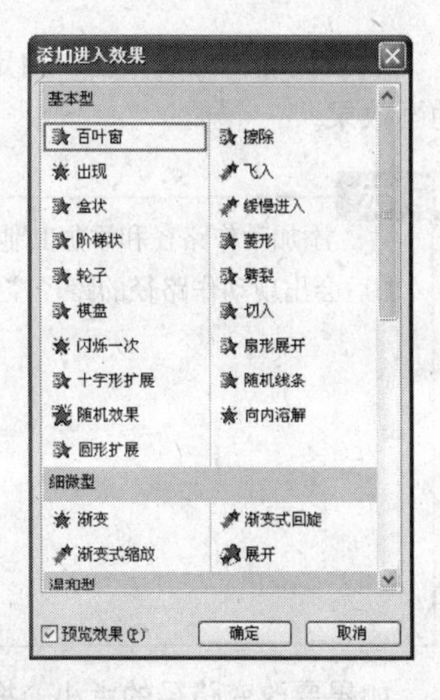

图 4.41 “添加进入效果”对话框

Step 01 打开文件“素材\练习\景点简介.ppt”。

Step 02 在普通视图中显示包含要设置动画效果的文本或对象的幻灯片。

Step 03 选择要设置动画的对象，选择“幻灯片放映”|“自定义动画”命令，打开“自定义动画”任务窗格。

Step 04 在“自定义动画”任务窗格上单击“添加效果”按钮，打开下拉列表。选择其中的“进入”命令，可弹出级联菜单，选择一种效果即可。如果想选择其他效果，选择级联菜单中的“其他效果”选项，打开“添加进入效果”对话框，如图 4.41 所示。

Step 05 在其中选择一种效果，然后单击“确定”按钮，即可将该效果应用于幻灯片中所选的对象。这时，“自定义动画”任务窗格中可显示出该效果的设置，而且在幻灯片窗格中的幻灯片对象上出现了动画效果标记 1 ，如图 4.42 所示。

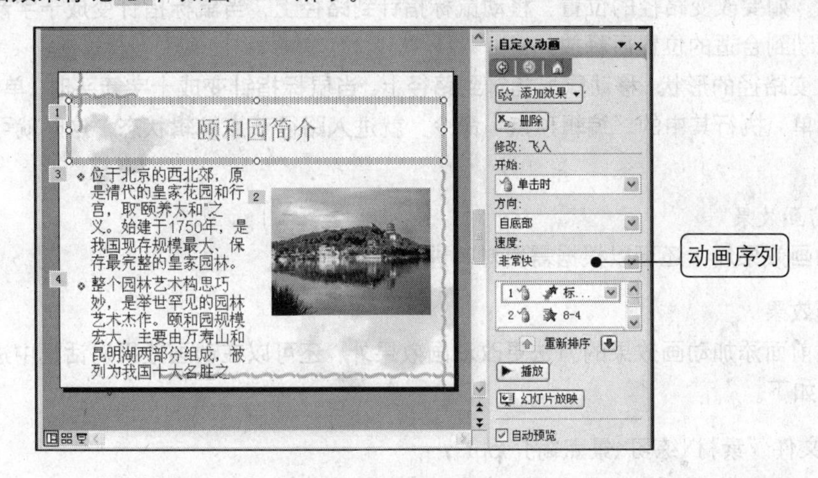

图 4.42 设置动画效果

Step 06 如要更改动画效果的开始方式，可以在“开始”下拉列表框中选择另外一种选项，其中各选项的说明如下。

- **单击时**：选择此选项，则当幻灯片放映到动画效果序列中的该动画效果时，单击鼠标才开始动画显示幻灯片中的对象，否则将一直停在此位置，以等待用户单击鼠标来触发。
- **之前**：选择此选项，则该动画效果和幻灯片的动画效果序列中的前一个动画效果同时发生，这时其序号将和前一个用单击来触发的动画效果的序号相同。
- **之后**：选择此选项，则该动画效果将在幻灯片的动画效果序列中的前一个动画效果播放完时发生，这时其序号将和前一个用单击来触发的动画效果的序号相同。

提 示

如果使用“自定义动画”任务窗格中的“播放”按钮来预览幻灯片的动画，则不需要通过单击触发动画序列。

Step 07 在“方向”下拉列表框中选择动画效果的方向。根据动画效果的不同，该下拉列表框也随之发生变化。

Step 08 在“速度”下拉列表框中选择播放动画效果的速度。

设置完后，可以单击“自定义动画”任务窗格中的“播放”按钮或“幻灯片放映”按钮来预览动画效果。

提 示

添加动作路径和添加其他动画效果的方法基本相同，只是在添加后会出现动作路径的路径控制点，如图 4.43 所示。

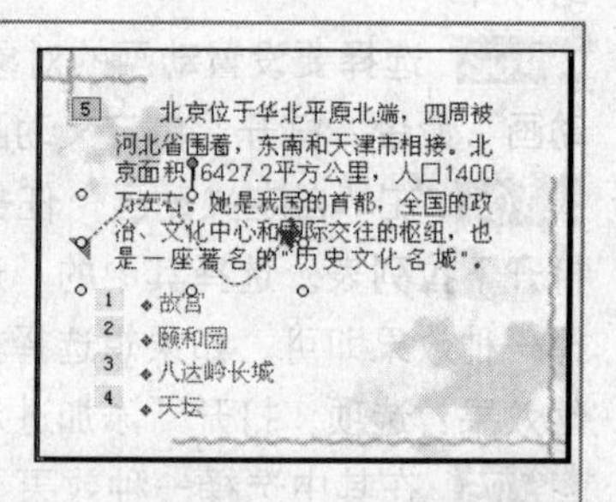

图 4.43　路径动画

如果要改变路径的大小，拖动尺寸控制点即可。如要改变路径的旋转角度，向左或向右拖动方向控制点即可。如要改变路径的位置，移动鼠标指针到路径上，当鼠标指针变成十字箭头时，按下鼠标左键，拖动到合适的位置后释放。

如果要改变路径的形状，移动鼠标指针到路径上，当鼠标指针变成十字箭头时，单击鼠标右键，即弹出快捷菜单，执行其中的“编辑顶点”命令，就进入路径节点编辑状态，这时就可以开始编辑路径了。

3. 编辑动画效果

设置了动画效果后，还可以根据需要对其进行修改。

更改动画效果

除了按照前面添加动画效果的方法更改动画效果外，还可以在动画效果对话框中进行更改。其具体操作步骤如下。

Step 01 打开文件“素材\练习\景点简介.ppt”。

Step 02 选择“幻灯片放映”|“自定义动画”命令，打开“自定义动画”任务窗格。

Step 03 双击动画序列中要更改的动画效果，即打开对应的动画效果对话框，如图 4.44 所示的颜色打字机动画效果对话框。

Step 04 在“效果”选项卡中，除了可以进行一些基本设置之外，还可以在下拉列表框中选择相应的选项来设置增强效果，包括动画播放时的声音、动画播放后对象的颜色和动画文本。例如，在“动画播放后”下拉列表框中可以选择动画播放后变暗的颜色。在“动画文本”下拉列表框中，可以选择文本出现的效果是按字/词、按字母，还是整批发送。

Step 05 单击“计时”标签，打开“计时”选项卡，如图 4.45 所示，在该选项卡中可以详细地设置动画效果的触发和播放时间以及速度等。

Step 06 单击“正文文本动画”标签，打开“正文文本动画”选项卡，如图 4.46 所示。可以在“组合文本”下拉列表框中选择相应的选项来设置该文本是作为一个整体对象还是按某级段落划分为多个元素来使用动画效果。

更改动画序列

具体操作步骤如下。

Step 01 在普通视图中，显示包含要重新排序的动画的演示文稿。

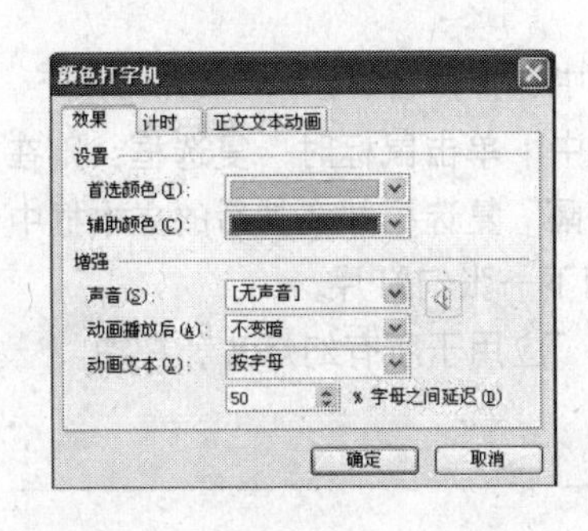

图 4.44 “颜色打字机”对话框

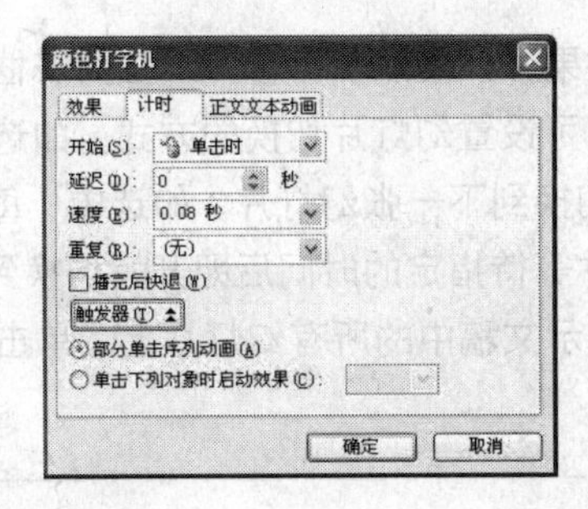

图 4.45 “计时”选项卡

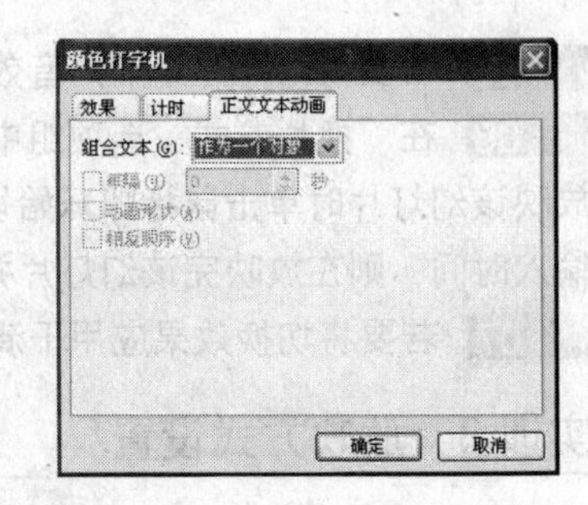

图 4.46 “正文文本动画”选项卡

Step 02 选择“幻灯片放映”|“自定义动画”命令，打开“自定义动画”任务窗格。可以发现，动画效果在自定义动画列表中按应用的顺序从上到下显示。在普通视图中，在幻灯片上播放动画的项目会标注上非打印编号的标记，该标记对应于列表中的效果。

Step 03 在“自定义动画”任务窗格中，在列表中选择要移动的项目并将其拖到列表中的其他位置即可。此外，也可以通过单击⬆和⬇按钮来调整动画序列。

提 示

如果在列表中没有发现要选择的动画，单击 按钮可以展开动画序列中没显示出来的动画效果。

删除动画效果

删除动画效果的具体操作步骤如下。

Step 01 在幻灯片窗格中打开要删除动画效果的幻灯片，然后选择“幻灯片放映”|“自定义动画”命令，打开“自定义动画”任务窗格。

Step 02 在“自定义动画”任务窗格中选择要删除的动画效果。

Step 03 单击“删除”按钮即可删除选定的动画效果。

实训 2 设置幻灯片的切换效果

切换效果是指幻灯片之间衔接的特殊效果。在幻灯片放映的过程中，由一张幻灯片转换到另一张幻灯片时可以设置多种不同的切换方式，如“垂直百叶窗”方式和“盒状展开”方式等，其具体操作步骤如下。

Step 01 打开文件“素材\练习\景点简介.ppt”。

Step 02 选择“幻灯片放映”|“幻灯片切换”命令，打开“幻灯片切换”任务窗格，如图 4.47 所示。

Step 03 在“应用于所选幻灯片”列表框中选择切换效果。如果选中“幻灯片切换”任务窗格左下方的“自动预览”复选框，每次选择某个效果时，PowerPoint 就会自动放映切换效果。此外，单击“播放”按钮可以预览切换效果，单击“停止”按钮停止预览。

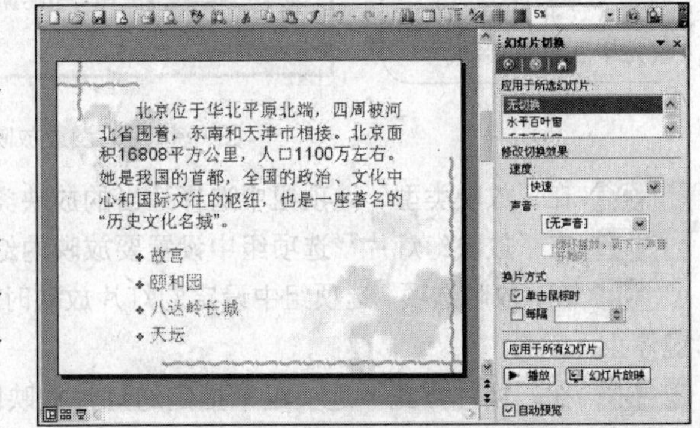

图 4.47 幻灯片切换设置

Step 04 在“速度”下拉列表框中选择幻灯片的切换速度，有 3 种方案可供选择，它们是“慢速”、“中速”和“快速”。

Step 05 若要为幻灯片添加声音效果，只要从“声音”下拉列表框中选择声音。

Step 06 在“换片方式”选项组中可设置幻灯片切换的方式。如选中“单击鼠标时”复选框，则在放映该幻灯片时单击鼠标即开始切换到下一张幻灯片。如选中“每隔”复选框并在其后的文本框中输入时间，则在放映完该幻灯片并等待指定的时间后即开始切换到下一张幻灯片。

Step 07 若要将切换效果应用于演示文稿中的所有幻灯片上，单击“应用于所有幻灯片”按钮。

实训 3 放映方式设置

设置幻灯片的放映方式的具体操作步骤如下。

Step 01 打开文件“素材\练习\景点简介.ppt”。

Step 02 选择“幻灯片放映”|“设置放映方式”命令，打开“设置放映方式”对话框，如图 4.48 所示。

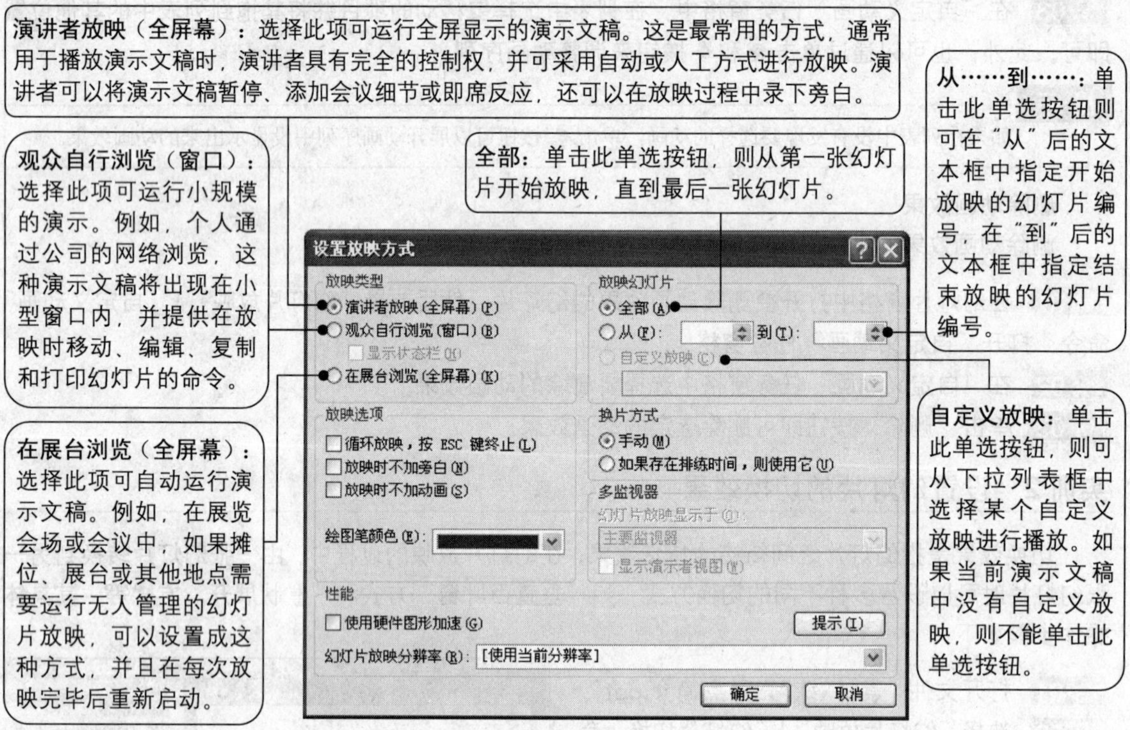

演讲者放映（全屏幕）：选择此项可运行全屏显示的演示文稿。这是最常用的方式，通常用于播放演示文稿时，演讲者具有完全的控制权，并可采用自动或人工方式进行放映。演讲者可以将演示文稿暂停、添加会议细节或即席反应，还可以在放映过程中录下旁白。

观众自行浏览（窗口）：选择此项可运行小规模的演示。例如，个人通过公司的网络浏览，这种演示文稿将出现在小型窗口内，并提供在放映时移动、编辑、复制和打印幻灯片的命令。

在展台浏览（全屏幕）：选择此项可自动运行演示文稿。例如，在展览会场或会议中，如果摊位、展台或其他地点需要运行无人管理的幻灯片放映，可以设置成这种方式，并且在每次放映完毕后重新启动。

全部：单击此单选按钮，则从第一张幻灯片开始放映，直到最后一张幻灯片。

从……到……：单击此单选按钮则可在“从”后的文本框中指定开始放映的幻灯片编号，在“到”后的文本框中指定结束放映的幻灯片编号。

自定义放映：单击此单选按钮，则可从下拉列表框中选择某个自定义放映进行播放。如果当前演示文稿中没有自定义放映，则不能单击此单选按钮。

设置放映方式
放映类型
演讲者放映(全屏幕)(P)
观众自行浏览(窗口)(B)
显示状态栏(H)
在展台浏览(全屏幕)(K)
放映幻灯片
全部(A)
从(F): 到(T):
自定义放映(C):
放映选项
循环放映，按 ESC 键终止(L)
放映时不加旁白(N)
放映时不加动画(S)
绘图笔颜色(E):
换片方式
手动(M)
如果存在排练时间，则使用它(U)
多监视器
幻灯片放映显示于(O):
主要监视器
显示演示者视图(W)
性能
使用硬件图形加速(G)
提示(I)
幻灯片放映分辨率(R): [使用当前分辨率]
确定 取消

图 4.48 “设置放映方式”对话框

Step 03 在“放映类型”选项组中选择适当的放映类型。

Step 04 在“放映幻灯片”选项组中设置要放映的幻灯片。

Step 05 在“放映选项”选项组中设定幻灯片放映时的一些设置，如一直循环放映，直到用户按 Esc 键停止。

Step 06 在“换片方式”选项组中指定幻灯片放映时是采用人工换片还是采用排练时间定时自动换片。

Step 07 在“多监视器”选项组中可以设置演示文稿在多台监视器上放映，还可以在“性能”选项组中设置幻灯片的分辨率等放映效果。

Step 08 单击“确定”按钮，完成放映设置。

训练 1　自定义放映方式

用户可以通过创建自定义放映方式使一个演示文稿适合于多种听众。

1. 创建自定义放映

创建自定义放映，具体操作步骤如下。

Step 01 打开文件“素材\练习\景点简介.ppt”。

Step 02 选择“幻灯片放映”|“自定义放映”命令，打开“自定义放映”对话框，如图 4.49 所示。

Step 03 单击“新建”按钮，弹出“定义自定义放映”对话框，如图 4.50 所示。

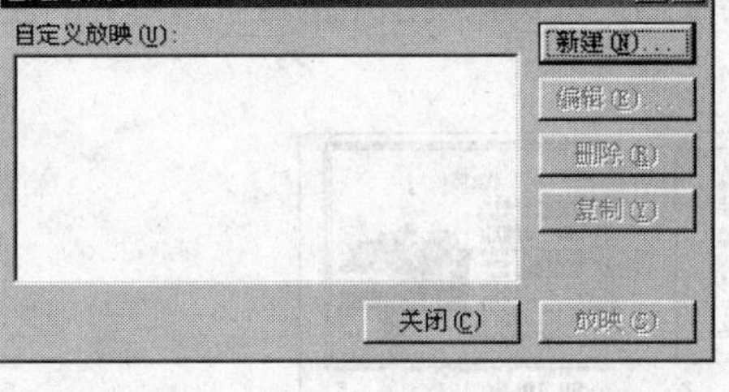
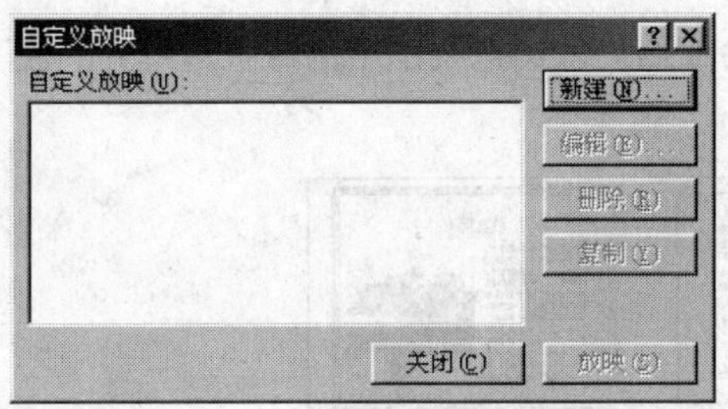

图 4.49　“自定义放映”对话框

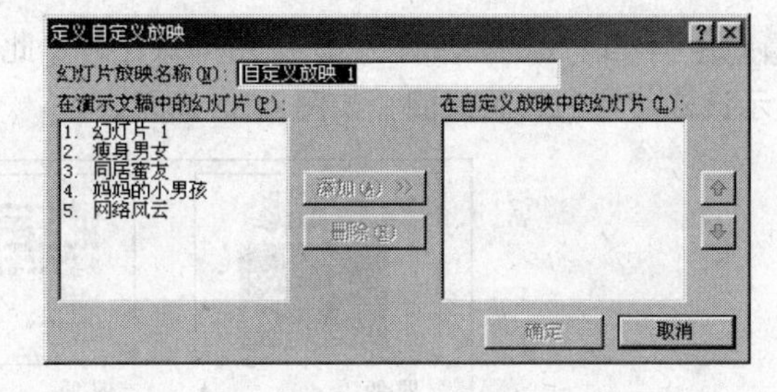

图 4.50　“定义自定义放映”对话框

Step 04 在“在演示文稿中的幻灯片”列表框中选择要添加到自定义放映的幻灯片，然后单击“添加”按钮。如果要选择多张幻灯片，在选取幻灯片时按下 Ctrl 键。

Step 05 如果要改变幻灯片的显示顺序，请在“在自定义放映中的幻灯片”列表框中选择幻灯片，再单击向上或向下按钮或，使幻灯片在列表框内上下移动。

Step 06 在“幻灯片放映名称”文本框中输入名称，然后单击“确定”按钮。

2. 删除自定义放映

删除自定义放映，其具体操作步骤如下。

Step 01 打开要删除自定义放映的演示文稿。

Step 02 选择“幻灯片放映”|“自定义放映”命令，打开“自定义放映”对话框。

Step 03 在“自定义放映”列表框中选择要删除的自定义放映，再单击“删除”按钮。

Step 04 单击“关闭”按钮。

训练 2　设置放映时间

通过对幻灯片进行排练，可精确分配每张幻灯片放映的时间。用户既可使用排练计时，也可使用人工设置放映时间。

使用排练计时可以在排练时自动设置幻灯片放映的时间间隔，具体操作步骤如下。

Step 01 打开要进行排练计时的演示文稿。

Step 02 选择“幻灯片放映”|“排练计时”命令，此时会进入放映排练状态，并打开“预演”工具栏，如图 4.51 所示。

Step 03 单击“预演”工具栏上的“下一项”按钮，可排练下一张幻灯片的时间；单击“预演”工具栏上的“暂停”按钮，可以暂停计时，再次单击则继续计时；单击“重复”按钮可重新为当前幻灯片计时。排练结束后将出现提示用户是否保留新的幻灯片排练时间的对话框，如图 4.52 所示。

图 4.51　放映排练　　　图 4.52　提示用户是否保留新的幻灯片排练时间

Step 04 单击"是"按钮，确认应用排练计时。此时会在幻灯片浏览视图中的每张幻灯片的左下角显示该幻灯片的放映时间，如图 4.53 所示。

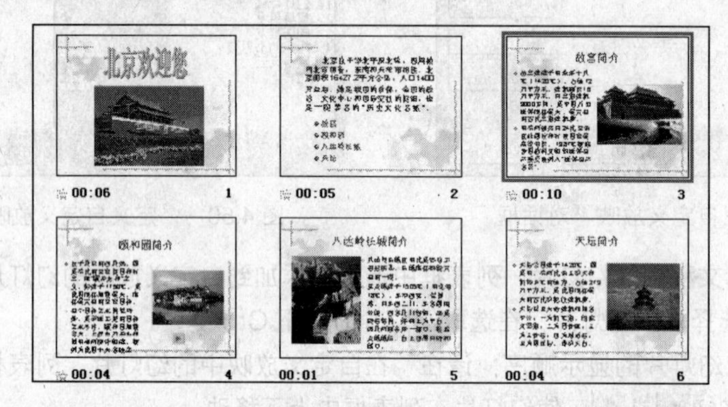

图 4.53　在每张幻灯片的左下角显示该幻灯片的放映时间

用户还可以人工设置幻灯片放映的时间间隔，这样放映时就会自动换片，节省演讲者的时间和精力。人工设置放映时间的方法就是在设置幻灯片切换效果的同时设置时间。

实训 4　放映幻灯片

设置好幻灯片的放映效果后就可以开始放映幻灯片了。

1. 启动幻灯片放映

放映演示文稿的方法很简单，具体操作步骤如下。

Step 01 在 PowerPoint 中打开要放映的幻灯片。

Step 02 单击窗口左下角的"从当前幻灯片开始幻灯片放映"按钮即可开始放映。此外，选择"幻灯片放映"|"观看放映"命令或按 F5 键也可以开始放映。

Step 03 如果想停止幻灯片放映，按 Esc 键即可。也可以在幻灯片放映时单击鼠标右键，然后从弹出的快捷菜单中选择"结束放映"命令。

2. 放映时切换幻灯片

对于每种切换类型，在幻灯片放映视图中都有几种可选的方法。

3. 转到下一张幻灯片

- 单击鼠标、按空格键或 Enter 键。
- 单击鼠标右键，再在弹出的快捷菜单中选择"下一张"命令。

4. 转到上一张幻灯片

- 按 Back Space 键。
- 单击鼠标右键，再在弹出的快捷菜单中选择“上一张”命令。

5. 转到指定的幻灯片上

- 输入幻灯片编号，再按 Enter 键。
- 单击鼠标右键，在弹出的快捷菜单中选择“定位至幻灯片”命令，然后选择所需的幻灯片。

6. 观看以前查看过的幻灯片

单击鼠标右键，在弹出的快捷菜单中选择“上次查看过的”命令。

实训 5　隐藏幻灯片

在制作演示文稿时，可能会做几张备用的幻灯片。在放映时会根据需要决定是否放映这几张，这时就可以利用幻灯片隐藏功能。若要隐藏幻灯片，具体操作步骤如下。

Step 01　在“幻灯片”选项卡中选择要隐藏的幻灯片，例如选择第 2 张幻灯片。

Step 02　选择“幻灯片放映”|“隐藏幻灯片”命令或单击鼠标右键，从弹出的快捷菜单中选择“隐藏幻灯片”命令。这时在幻灯片编号上会出现一个“划去”符号，例如2，表示第 2 张幻灯片被隐藏，放映时观众就不会看到该幻灯片了。

如果要显示隐藏的幻灯片，先在“幻灯片”选项卡中选择该幻灯片，然后选择“幻灯片放映”|“隐藏幻灯片”命令。

任务 5　共享 Office 应用程序

实训 1　将幻灯片复制到 Word 中

幻灯片的内容包括各种文本、图片以及图表对象等，这些内容都可以在由其他应用程序所创建的文件中使用。如果要将幻灯片或者幻灯片中的部分内容复制到 Word 中，具体操作步骤如下。

Step 01　打开文件“素材\练习\景点简介.ppt”。

Step 02　选择要复制的幻灯片或者幻灯片中的对象。

Step 03　选择“编辑”|“复制”命令，将选择的内容复制到剪贴板中。

Step 04　切换到用于接收数据的 Word 程序中。如果 Word 已经运行，则用户可以直接切换到 Word 中；如果 Word 程序尚未运行，则需要先启动 Word。

Step 05　将插入点移到要插入对象的位置。

Step 06　选择“编辑”|“粘贴”命令，即可将对象粘贴到 Word 文档中，如图 4.54 所示。

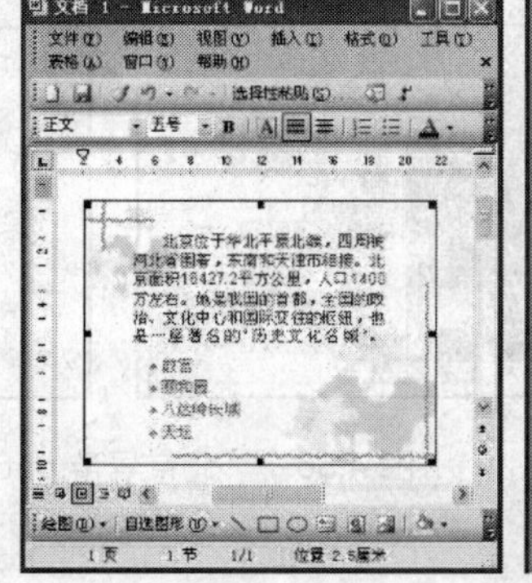
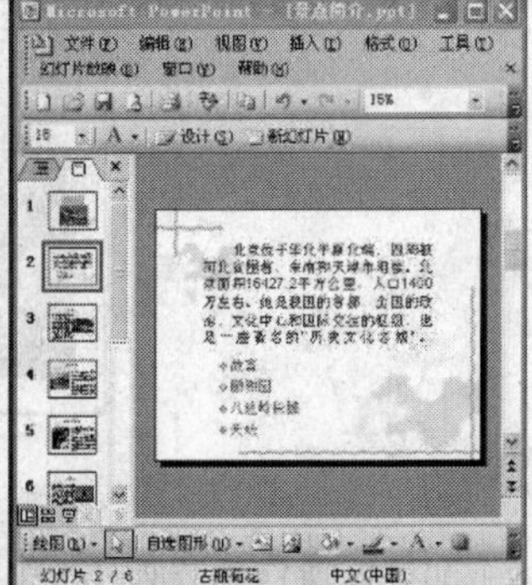

图 4.54　将幻灯片粘贴到 Word 文档中

实训 2　将幻灯片直接移动到 Excel 工作簿中

如果要将 PowerPoint 中的幻灯片移动到 Excel 工作簿中，具体操作步骤如下。

Step 01　打开文件"素材\练习\景点简介.ppt"，同时打开文件"素材\练习\Book7.xls"。

Step 02　右击任务栏，从弹出的快捷菜单中选择"纵向平铺"命令，使两个程序窗口同时显示在屏幕上。

Step 03　选择要移动的幻灯片，然后按住鼠标左键将其拖到 Excel 工作簿中。

Step 04　释放鼠标左键后，即可将幻灯片移动到 Excel 表格中，如图 4.55 所示。

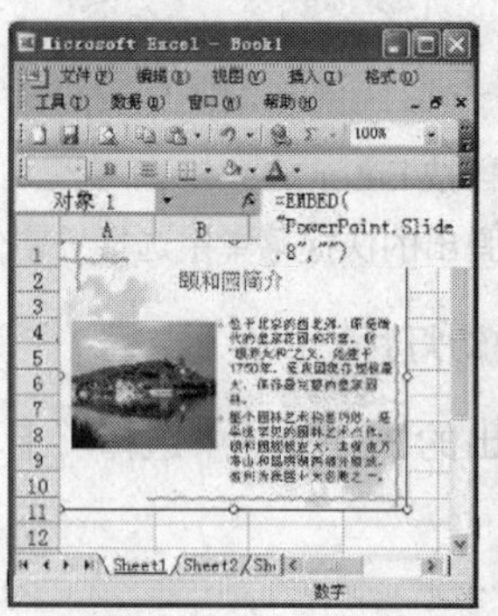

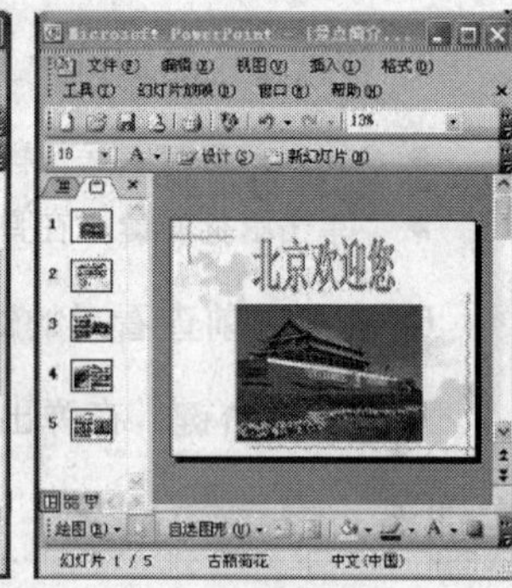

图 4.55　将幻灯片拖到 Excel 工作簿中

案例实训 1　制作演示文稿

这里以制作一个"北京导游.ppt"的演示文稿为例来学习简单演示文稿的制作，该演示文稿的最终效果如图 4.56 所示。

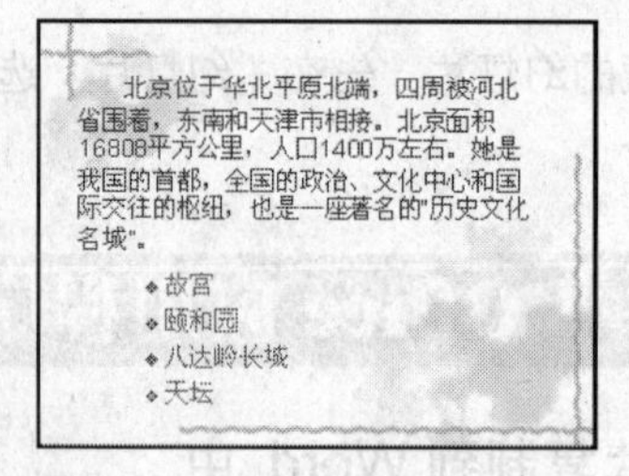

图 4.56　"北京导游.ppt"演示文稿

具体操作步骤如下。

Step 01　新建一个演示文稿，在"幻灯片版式"任务窗格中选择"空白"版式，如图 4.57 所示。

Step 02 选择"插入"|"图片"|"艺术字"命令，选择艺术字样式后，输入"北京欢迎您"。

Step 03 单击"确定"按钮后，调整艺术字"北京欢迎您"的样式。

Step 04 选择"插入"|"图片"|"来自文件"命令，在"插入图片"对话框中选择要插入的图片，单击"插入"按钮后，即可看到第 1 张幻灯片的雏形，调整图片的大小和位置。

Step 05 选择"插入"|"新幻灯片"命令，在"幻灯片版式"任务窗格中选择"空白"版式。

Step 06 通过"文本框"按钮插入两个文本框，并分别输入内容，设置字号为 32，然后调整文本框的位置和大小，如图 4.58 所示。

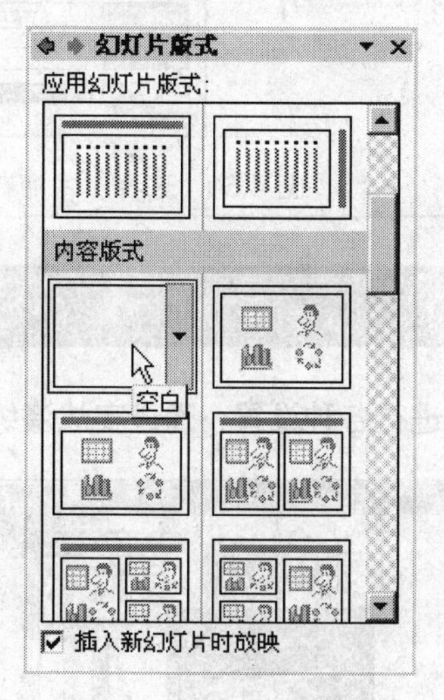

图 4.57 选择"空白"版式

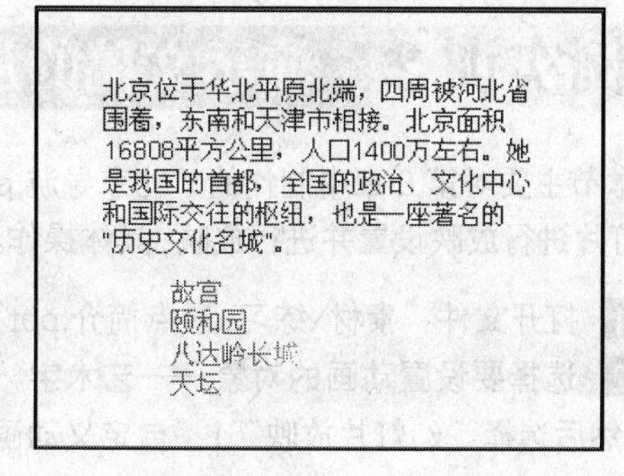

图 4.58 插入两个文本框

Step 07 选择"插入"|"新幻灯片"命令，在"幻灯片版式"任务窗格中选择"标题，文本与内容"版式，如图 4.59 所示。

Step 08 新插入的幻灯片如图 4.60 所示。单击"单击此处添加标题"处，然后输入本张幻灯片的标题"故宫简介"。单击"单击此处添加文本"处，输入本张幻灯片的文本，再单击"插入图片"按钮，在出现的"插入图片"对话框中选择要插入的图片，并调整标题、文本及图片的位置与大小。

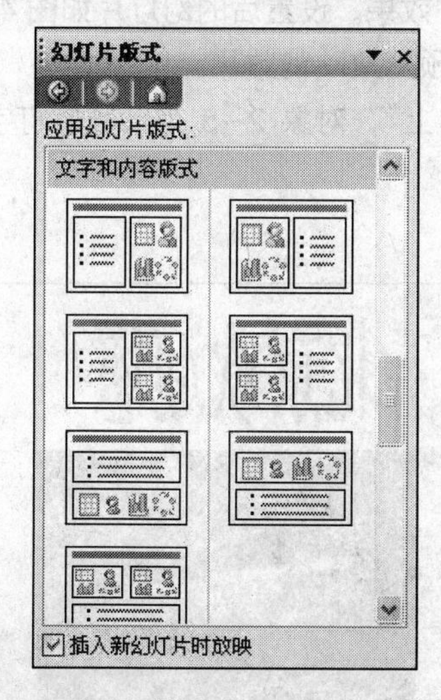

图 4.59 选择"标题，文本与内容"版式

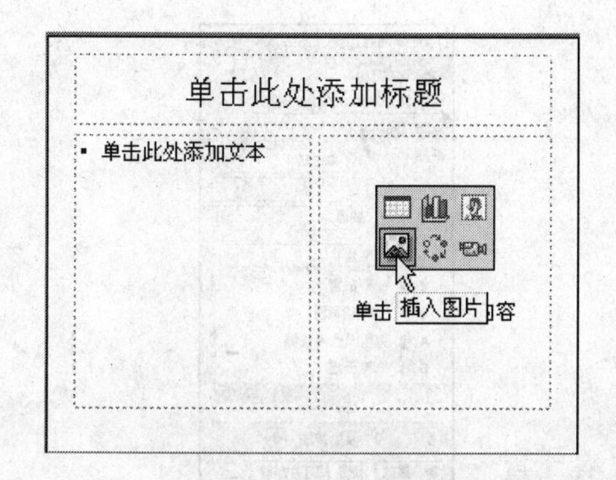

图 4.60 新插入的幻灯片

Step 09 按照 Step 07 ~ Step 08 依次添加其他几张幻灯片，完成"北京导游.ppt"演示文稿的制作。

提 示

现在制作出的演示文稿还没有图 4.61 的效果。如果要为所有幻灯片设置统一的外观，可以选择“格式”|“幻灯片设计”命令，出现“幻灯片设计”任务窗格。在“应用设计模板”列表框中选择“古瓶荷花”模板，如图 4.61 所示，则所有幻灯片均采用该模板（关于模板的使用可参见项目 9）。

图 4.61　选择“古瓶荷花”模板

案例实训 2　演示文稿的放映设置

本节主要对第 8 章中制作的“北京导游.ppt”演示文稿进行各种设置，通过实战演练掌握如何对幻灯片进行放映设置并进行放映，具体操作步骤如下。

Step 01　打开文件“素材\练习\景点简介.ppt”。

Step 02　选择要设置动画的对象——艺术字“北京欢迎您”，然后选择“幻灯片放映”|“自定义动画”命令，打开“自定义动画”任务窗格。

Step 03　在“自定义动画”任务窗格上，单击“添加效果”按钮［添加效果］，打开下拉列表。选择其中的“进入”命令，在弹出的级联菜单中选择一种效果，这里选择“百叶窗”效果，如图 4.62 所示。

图 4.62　选择“百叶窗”效果

Step 04　选择要设置动画的对象——图片，按照 Step 02 选择一种效果。这里选择级联菜单中的“其他效果”选项，打开“添加进入效果”对话框，选择“展开”效果。设置后的幻灯片如图 4.63 所示。

Step 05　单击“自定义动画”任务窗格中的“播放”按钮，预览放映的效果。

Step 06　对第 2 张幻灯片进行动画设置，对象 1 为“曲线向上”，对象 2~5 为“颜色打字机”，如图 4.64 和图 4.65 所示。

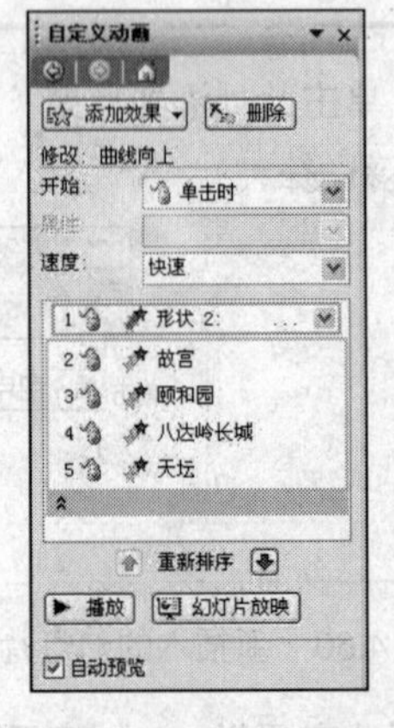

图 4.63　设置后的幻灯片

图 4.64　设置第 2 张幻灯片

Step 07 对第 3 张幻灯片进行动画设置，对象 1 为“伸展”，对象 2 和对象 3 为“曲线向上”，对象 4 为“菱形”，如图 4.66 所示。

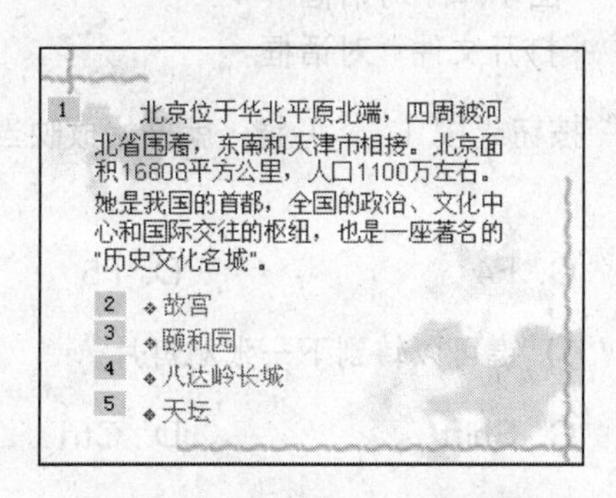

图 4.65 设置后的第 2 张幻灯片

图 4.66 设置后的第 3 张幻灯片

Step 08 依次对后面的几张幻灯片进行动画设置。

Step 09 单击窗口左下角的“幻灯片放映”按钮 开始放映。

课后习题

1. 填空题

（1）用 PowerPoint 制作的演示文稿是一种__________，其核心是一套可以在计算机屏幕上演示的__________。

（2）PowerPoint 提供了 4 种主要视图，它们分别是________视图、________视图、________视图和________视图。

（3）用户不但可以在________中输入文本，还可以在________中输入文本。

（4）在“大纲”选项卡中输入一个标题后，每按一次________键，就新建一张幻灯片。

（5）组织结构图由一系列________和________组成。

（6）使用________是统一演示文稿外观的常用方法。

（7）在________任务窗格中可以为幻灯片选择动画方案。

（8）用户能为幻灯片中的对象设置________、________、________和________动画效果。

（9）对幻灯片设置完动画效果后，可以单击________按钮或________按钮来预览。

2. 选择题

（1）在（　　）窗格中不但可以显示当前幻灯片，还可以添加文本，插入图片、图形、表格、图表、文本框、声音和动画等对象。

A. “大纲”　　B. “幻灯片”　　C. 备注　　D. 任务

（2）单击第 1 张幻灯片的图标后，在按住（　　）键的同时单击最后一张幻灯片图标，即可选中一组连续的幻灯片。

A. Ctrl　　B. Shift　　C. Tab　　D. Alt

（3）“插入艺术字”按钮位于（　　）工具栏上。

A. “常用”　　B. “标准”　　C. “绘图”　　D. “格式”

（4）双击组织结构图占位符将打开（　　）。

A. 一张新的幻灯片　　B. “图示库”对话框
C. 剪贴画库　　D. “打开文件”对话框

（5）单击 PowerPoint 窗口左下角的“幻灯片放映”按钮或按（　　）键，就开始放映当前幻灯片。

A. F2　　B. F3　　C. F4　　D. F5

（6）在放映幻灯片时，可以手工进行切换，按（　　）键可以转到下一张幻灯片。

A. Enter　　B. Backspace　　C. Shift　　D. Ctrl

（7）在放映幻灯片时，可以手工进行切换，按（　　）键可以转到上一张幻灯片。

A. 幻灯片切换　　B. 幻灯片设计　　C. 幻灯片版式　　D. 自定义动画

3. 上机练习题

（1）启动 PowerPoint 。
（2）作一个含有 5 张幻灯片的演示文稿，内容为自我介绍，并将文件名保存为“自我介绍”。
（3）在“自我介绍”演示文稿的第 2 张和第 3 张幻灯片之间插入一张新的幻灯片。
（4）练习在“大纲”选项卡中编辑一张幻灯片，包括文本的插入、文本的删除、文本的复制和文本的移动。
（5）在第 1 张幻灯片中添加备注。
（6）新建一个演示文稿，在第 1 张幻灯片中写出艺术字“欢迎登录本网站”，在第 2 张幻灯片中画出 4 个大红灯笼，上面分别写有“新年快乐”，在第 3 张幻灯片中制作一个课程表，并适当调整行高和列宽。
（7）制作一个介绍公司的演示文稿（应至少含有 5 张幻灯片）。
（8）为上述演示文稿中的幻灯片添加动画效果。
（9）为上述演示文稿的幻灯片设置切换效果。

项目5

文秘办公常用文档

项目导读

本章介绍文秘办公常用文档的写作格式和写作技巧，使读者能够熟练掌握常用商务公文的写作方法以及总结、报告和讲话稿的写作技巧。

知识要点

- 公文的行文关系及注意事项
- 报告、请示的写作格式
- 通知、公函的写作格式
- 会议纪要的写作格式
- 简报的写作格式
- 工作总结的写作技巧
- 述职报告的写作技巧
- 领导讲话稿的写作技巧

任务1 公文写作基础

实训1 公文的概念

1. 公文的含义

公文即公务文书的简称，属于应用文。公文有广义和狭义之分，广义的公文是指党政机关、社会团体、企事业单位为处理公务而形成的文字材料；狭义的公文是指党政机关处理公务时所使用的公文。

2. 公文的分类

公文按其行文方向可分为上行文、下行文、平行文。上行文是指下级机关向上级机关报送的公文，如请示、报告等；下行文是指上级机关向所属下级机关的行文，如决定、指示、公告、通知、通知、通报等；平行文是指同级机关或不同隶属机关之间的行文，如函等，通知、公文纪要有时也可作为平行文。

公文按其时限要求可分为特急公文、急办公文、常规公文。公文内容有时限要求、需迅速传递办理的称紧急公文。紧急文件可分为特急和急件两种，紧急公文应随到随办，时限要求越高，传递、办理的速度也就要求越快，但要“快中求准”。随着社会的发展，对公文的时效要求越来越高，即使常规公文也应随到随办，以提高办文效率。

根据国务院办公厅 1999 年修订发布的《国家行政机关公文处理办法》规定，公文种类主要包括命令（令）、议案、决定、指示、公告、通告、通知、通报、报告、请示、批复、函、会议纪要。

实训 2　公文的行文关系及注意事项

1. 行文关系

行文关系是各级党政机关、各个部门、各个单位之间的组织关系和业务关系在公文运行中的体现。机关部门、单位之间的相互关系一般可分为同一系统上下级之间的相互隶属关系、同一系统的平级机关之间以及同一机关各部门之间的平行关系、不同系统的机关、部门之间不相隶属关系。行文关系是根据行文单位各处的隶属关系和职权范围确定的。

建立正确的行文关系，遵守必要的行文规则，有助于机关、部门、单位维护正常的领导和管理，避免行文混乱，防止“公文旅行”，克服文牍主义，提高工作效率。一定的行文关系规定和约束了公文按照一定的方向运行，通称为行文方向。行文方向是行文关系的反映，行文方向分为上行文、平行文和下行文。在具体行文中，根据组织关系和工作需要，可以采取逐级、多级、越级、直达、直接等不同的行文方式。

2. 写作规则及注意事项

在公文的写作过程中应遵照以下规则：按照职权范围行文、按隶属关系行文、一般应当逐级行文等。

行文的注意事项还包括：主送与抄送应准确得当；一般应一文一事；准确把握联合行文规定、公布公文如不另行文，应在公布时注明。

任务 2　常用的商务公文

实训 1　报告公文写作格式

报告适用于向上级机关汇报工作、反映情况、提出意见或者建议，答复上级机关的询问。报告属上行文，一般产生于事后和事情过程中。

训练 1　报告的写作格式

1. 综合性报告的写法

标题包括事由加文种，如《关于 2010 年上半年工作情况的报告》；报告单位、事由加文种，如《东北师范大学教务处关于 2010 年度工作情况的报告》。

正文的写作要把握三点：①开头，概括说明全文主旨，开门见山。将一定时间内各方面工作的总情况，如依据、目的，对整个工作的估计、评价等作概述，以点明主旨。②主体，内容要丰富充实。作为正文的核心，将工作的主要情况、主要做法，取得的经验、效果等分段加以表述，要以数据和材料说话，内容力求既翔实又概括。③结尾，要具体切实。写工作上存在的问题，提出下步工作具体意见，最后可写“请审阅”或“特此报告”等语作结。

2. 专题报告的写法

标题由事由、文种组成，如《关于招商工作有关政策的报告》，有的报告标题也可标明发文机关。标题要明显反映报告专题事由，突出其专一性。

正文可采用“三段式”结构法。以反映情况为主的专题工作报告主要写情况、存在的问题、今后的打算和意见；以总结经验为主的专题工作报告主要写情况、经验，有的还可略写不足之处和改进措施；因工作失误向上级写的检查报告主要写错误的事实、产生错误的主客观原因、造成错误的责任、处理意见及改进措施等，结尾通常以“请审核”、“请指示”等语作结。

3. 回复报告的写法

标题与前两种报告大体相同，正文根据上级机关或领导的查询、提问，有针对性作出报告，要突出专一性、时效性。

训练 2　报告的写作要求

1. 写综合报告应注意抓住重点，突出主要矛盾和矛盾的主要方面，在此基础上列出若干观点，分层次阐述。说明观点的材料要详略得当，以观点统领材料。

2. 专题报告，要一事一报，体现其专一性，切忌在同一专题报告中反映几件各不相干的事项和问题。

3. 切忌将报告提出的建议或意见当做请示，要求上级指示或批准。

实训 2　请示公文写作格式

请示是下级机关向上级机关请示指示和批准的公文文种。请示主要用于：①在实际工作中，遇到缺乏明确政策规定的情况需要处理；②工作中遇到需要上级批准才能办理的事情；③超出本部门职权之外，涉及多个部门和地区的事情，请示上级予以指示。

请示和报告既有相同之处，又有区别。相同之处是两个都是写给上级的上行文，公文里都有陈述意见，反映情况的内容。区别是：第一，时间有别。请示跟报告相比，时间要求更紧迫。请示写的情况是未解决的，属于将来时，报告写的情况是已做过的，属于过去时；第二，内容的侧重点有别。请示着重于请示批准，报告着重于汇报工作；第三，要求有别。请示要求上级必须回复，报告则不必，只供上级参考。

请示按请示目的分，可分为批准性请示和呈转性请示两类。

1. 批准性请示

内容比较简单、具体，往往是一些较为细小的实际事项的请求。请示被批准后，执行机关范围也比较小，常常就是请示单位自己。

批准性请示一般由三部分组成：请示理由、请示内容、请示结语。

请示理由是文章的开头部分，常是导语式的，要扼要地讲明请示的背景和根据，概括地写出请示事项，复杂的一般写成一段话，简单的则就以一句话为之。请示理由之后，许多请示中都要紧接着写上一句承上启下的过渡语，它们的基本的格式是“现将……报告如下”，随之点上冒号，但有些极短小的请求也可不写。

请示内容是请示的中心部分，要写得具体，条理清楚，说服力强。请示内容包括提出请示事项和阐述说明道理或事实两项内容。提出请示事项要详细，阐述说明道理要充分，只有这样才能使有关领导心中有数，易下决心。

有些情况简单，有条文和规定可依据，只是出于组织原则报给上级知道，请示批准的请示。请示内容部分只需提出请示事项即可，不必阐释道理。

请示结语是请示的结尾部分，一般是另起一行空两格书写，请示结语语气要谦恭。请示结语的通常写法是：“特此请示，请审批”、“以上意见当否，请指示”、“特写请示，请批复”等。

2. 呈转性请示

呈转性请示的请示事项较为重大复杂，具有一定的普遍意义，不但需要上级批准，还需要上级转发。

呈转性请示和呈转性报告的区别主要有两点：呈转性请示不但要求上级批转，而且一定要有复文，呈转性报告虽也要求上级批转，但不要求上级复文；呈转性请示里要求批转的意见往往是较具体的作法、措施；呈转性报告里要求批转的意见往往是较原则、较概括的政策性意见。批准性请示和呈转性请示也有较大区别，不仅是要求目的上的区别，而且在执行范围上也有区别。批准性请示执行范围较窄，一般就是请示单位自己；呈转性请示执行范围较宽泛，往往不仅是请示者的本单位，而且还要包括其他很多有关单位共同执行。

呈转性请示一般由三部分组成：请示理由、请示内容、请示结语。

请示理由和批准性请示的写法基本相同，只不过有时语气较批准性请示更为庄重一些，由于这种请示批准转发后带有指导性，所以有时理由交待得要较详细，以期更加引起领导重视。

请示理由之后的过渡语和批准性请示相同。

请示内容一般都是请示单位的设想和建议，因为比较复杂，提出请示事项和阐述说明道理两条缺一不可。阐释道理时可采取引用理论根据或摆明事实根据两种写法。呈转性请示内容部分在书写时要更注意条理分明，较长者要分条分项来写。

请示结语、呈转性请示结语也要另起一行空两格书写，写法与批准性请示结尾略有不同，通常写法是“以上报告，如无不妥，请批转各地贯彻执行”、“以上意见，如属可行，请批转有关单位执行”或其他一些类似的说法。

3. 注意事项

在写请示时应当注意以下一些事项：要坚持一文一事；请示事项必须明确、具体、可行；不要搞多头请示（请示应主送直接主管机关或主管领导，其他确需了解请示事项的领导机关或领导人，采取抄报形式处理。如是受双重领导的机关，也应根据请示内容，择要送一处领导机关，由主送机关答复请示的问题，对另一领导机关采取抄报形式）；一般不得越级请示，个别需要越级请示的，常采用两种方式：一种是转呈式，可以既避免越级，又明确主送机关；另一种是在越级请求的同时把请示抄报被越过的主管部门；不要把请示写成报告或请示报告；除领导直接交办的事项外，请示不要直接送领导者个人，或既写主送机关，又同时主送、抄送给主送机关领导人。一般情况下，也不得在上报请示的同时抄送平级和下级机关。

实训 3　通知公文写作格式

通知适用于批转下级机关公文，转发上级机关和不相隶属机关的公文；发布规章；传达要求下级机关办理和有关单位需要周知或者共同执行的事项；任免或聘用干部。通知大多属下行公文。

通知的写作形式多样、方法灵活，不同类型的通知使用不同的写作方法。

1. 印发、批转、转发性通知的写法。标题由发文机关、被印发、批转、转发的公文标题和文种组成，也可省去发文机关名称。正文须把握三点：对印发、批转、转发的文件提出意见，表明态度，如“同意”、“原则同意”、“要认真贯彻执行”、“望遵照执行”、“参照执行”等；写明所印发、批转、转发文件的目的和意义；提出希望和要求。最后写明发文日期。

2. 批示性通知的写法。标题由发文机关、事由和文种组成，也可省去发文机关名称。正文由缘由、内容包括要求等部分组成，缘由要简洁明了，说理充分；内容要具体明确、条理清楚、详略得当，充分体现指示性通知的政策性、权威性、原则性。要求要切实可行，便于受文单位具体操作。

3. 知照性通知的写法。这种通知使用广泛，体式多样，主要是根据通知的内容交代清楚知照事项。

4. 事务性通知的写法。通常由发文缘由、具体任务、执行要求等组成。会议通知也属事务性通知的一种，但写法又与一般事务性通知有所不同。会议通知的内容一般应写明召开会议的原因、目的、名称，通知对象，会议的时间、地点，需准备的材料等。

5. 任免、聘用通知的写法。一般只写决定任免、聘用的机关、依据以及任免、聘用人员的具体职务即可。

实训 4　公函公文写作格式

公函适用于不相隶属机关之间相互商洽工作、询问和答复问题，向有关主管部门请求批准等，公函的使用范围广泛，涉及各方面的公务联系。

公函包括标题、主送机关、正文、发文机关、日期等。

标题一般由发文机关、事由、文种或事由、文种组成，一般发函为《关于**（事由）的函》；复函为《关于××（答复事项）的复函》。

正文一般包括三层：简要介绍背景情况；商洽、询问、答复的事项和问题；希望和要求，如“务希研究承复”，敬请大力支持为盼”等。

公函写作要求主要包括：

1. 要一函一事，切忌一函数事。
2. 要体现平等坦诚精神，文字恳切、得体，简洁、朴实，用语谦和、有礼，切不可盛气凌人。

实训 5　会议纪要写作格式

会议纪要是根据会议记录和会议文件以及其他有关材料加工整理而成的，它是反映会议基本情况和精神的纪实性公文，是会议议定事项和重要精神，并要求有关单位执行的一种文体，有的需要下发执行的会议纪要可以“通知”的形式发出。

会议纪要一般分两大部分。开头第一部分一般应写明会议概况，包括会议进行的时间、地点、届次、组织者、出席和列席人员名单、主持人、会议议程和进行情况以及对会议的总体评价等。第二部分是纪要的中心部分，反映会议的主要精神、讨论意见和议决事项等。根据会议性质、规模、议题等不同，大致可以有以下几种写法。

1. 集中概述法

这种写法是把会议的基本情况、讨论研究的主要问题、与会人员的认识、议定的有关事项（包括解决问题的措施、办法和要求等）用概括叙述的方法进行整体的阐述和说明。这种写法多用于召开小型会议，而且讨论的问题比较集中单一，意见比较统一，容易贯彻操作，写的篇幅相对短小。如果会议的议题较多，可分条列述。

2. 分项叙述法

召开大中型会议或议题较多的会议，一般要采取分项叙述的办法，即把会议的主要内容分成几个大的问题，然后另上标号或小标题，分项来写。这种写法侧重于横向分析阐述，内容相对全面，问题也说得比较细，常常包括对目的、意义、现状的分析以及目标、任务、政策措施等的阐述。这种纪要一般用于需要基层全面领会、深入贯彻的会议。

3. 发言提要法

这种写法是把会上具有典型性、代表性的发言加以整理，提炼出内容要点和精神实质，然后按照发言顺序或不同内容，分别加以阐述说明，这种写法能比较如实地反映与会人员的意见。某些根据上级机关布置、需要了解与会人员不同意见的会议纪要可采用这种写法。

实训 6　简报写作格式

简报是各行政机关之间用来下情上报、上情下达和互通情况、交流信息的一个文种，是信息类公文中最重要、最常用的一种。它是一种机关文书。

简报的种类尽管很多，但其结构却不无共同之处，一般都包括报头、标题、正文和报尾四个部分。有些还由编者配加按语，成为五个组成部分。

简报一般都有固定的报头，包括简报的名称、期号、编发单位和发行日期。

① 简报名称印在简报第一页上方的正中处，为了醒目起见，字号易大，尽可能用套红印刷。② 期号位置在简报名称的正下方，一般按年度依次排列期号，有的还可以标出累计的总期号。属于“增刊”的期号要单独编排，不能与“正刊”期号混编。③ 编发单位应标明全称，位置在期号的左下方。④ 发行日期以领导签发日期为准，应标明具体的年、月、日，位置在期号的右下方，报头部分与标题和正文之间一般都用一条粗线拦开。有些简报根据需要，还应标明密级，如“内部参阅”、“秘密”、“机密”、“绝密”等，位置在简报名称的左上方。报尾部分应包括简报的报、送、发单位。报，指简报呈报的上级单位，送，指简报送往的同级单位或不相隶属的单位，发，指简报发放的下级单位。如果简报的报、送、发单位是固定的，而又要临时增加发放单位，一般还应注明“本期增发×××（单位）”。报尾还应包括本期简报的印刷份数，以便于管理、查对，报尾部分印在简报末页的下端。

任务 3　文秘写作技巧

实训 1　提高公文写作的技巧

公文是传达贯彻党和国家路线、方针、政策的文字载体，担负着其他文体不可替代的使命，一字之误，一词之偏，往往产生不堪设想的后果。提高公文写作能力最终要落到提高文字表达能力上，文字表达能力说到底就是遣词造句能力。根据观察和分析，一些文秘人员遣词造句方面的问题突出表现为词不达意，句子冗长。

训练 1　用心推敲，选择精准的词语

汉语词汇一个很鲜明的特点就是同义词、近义词多，特别是近义词，有的多达十几个。但在特定的语言环境中，表达某一个概念通常只有一个词语是最准确的，因此，要使用得恰当，必须准确理解词义，不可有丝毫含糊。例如，党的十六大报告提出：“为了坚持党的领导，必须改善党的领导”。其中“改善”一词的近义词有不少，如“改良”、“改进”、“改正”、“改革”、“改造”等，但仔细推敲，只有“改善”一词恰到好处，表达出通过“改”使党的领导更加完善的含义，倘若换成“改良”、“改革”等词，不仅不准确，而且影响文义的表达。汉语除了有同义、近义现象外，还有其他一些特点，诸如有轻重语义之分，有大小范围之分，有褒贬色彩之分等。对这些特点都应认真辨析，了解它们的差异，掌握它们的用法，才能准确反映客观事物和思想观点。读李瑞环同志《学哲学用哲学》一书，其中有一段话堪为用词精准的范例：“当前，大多数同志都在抓紧时间努力学习、工作，但不可否认仍然存在着许多不珍惜时间的现象：大量的宝贵时间或消耗在人浮于世、互相扯皮中，或浪费在文山会海、空话套话中，或耽误在无事生非、无谓争论中，或损失在盲目决策、胡乱指挥中，或荒废在无所用心、无所事事中，甚至消磨在灯红酒绿、纸醉金迷中。”工作扯皮用“消耗”，文山会海用“浪费”，无谓争论用“耽误”，盲目决策用“损失”，无所用心用“荒废”，纸醉金迷用“消磨”，每一个词都完全符合客观实际。

训练 2　广积词汇，选用多样化词语

汉语词汇非常丰富，既有现代语，又有古语；既有书面语，又有口头语；既有通用语，又有专用语；既有民族语，又有外来语。公文写作应根据不同文种的要求选择多样化的词语，使文章生动活泼，富有文采。文采也是力量，能更有效地吸引人，说服人。毛主席就是这样一位运用多样化语言进行写作的大师，在此仅举一篇。1949 年所写的《党委会的工作方法》一文只有两千多字，词语却是多种多样。文章以现代汉语为主，有成语，如“鸡犬之声相闻，老死不相往来”、“要不耻下问”；有口头语，如“工作要抓紧，伸着巴掌当然什么也抓不住，就是把手握起来，但是不握紧，样子像抓，还是抓不住东西”；“开会事前不发‘安民告示’，人到齐了临时现凑合”；有比喻语，如“要学会‘弹钢琴’”、“要精兵简政”、“是延安还是西安”；还有专用语，如“互通情报”、“书记要善于当‘班长’”、“兵马已到、粮草未备”等。生动活泼的词语有着极大的感染力和说服力，使人读起来爱不释手。

公文写作直接面向广大群众，因此要改变总是那几个名词和一套“官话腔”，用群众喜闻乐见的多样化词语进行写作，包括恰当引用一点古语、成语、警语、谚语以及含义丰富的典故和通俗易懂的口头语，使公文语言更生动，更有情趣，更有表现力和感染力。

训练 3　善于总结，多用体会性词语

切身体会，用词就情真意切，生动感人，读这样的文章才能受到启发，留下烙印。我们收集了一些领导干部的精彩的体会性词语，仅举几例。① 作为一个领导干部，应当好“挑夫”，一头挑着上级精神，一头挑着广大人民群众的期望和要求。② 领导干部既要当“伞”，又要当“牛”，站起来当伞，为群众遮风挡雨，俯下去当牛，老老实实为群众办事。③ 有位抓信访工作的领导干部说，真正悲哀的不在于老百姓有冤，而是有冤无处诉，有屈无处伸。因此，对待上访群众要见不要躲，要疏不要堵，要热不要冷，要柔不要刚。④ 华西村的干部讲，“有福民享，有难官当”，“不怕群众不听话，就怕干部不听群众的话；干部听了老百姓的话，老百姓肯定会听干部的话。”这些有血有肉的词汇和语言所放射出的感染力远比那些套话、空话、虚话高明得多。

训练 4　善于造句，克服平稳腔调

胡乔木说：“文章要写得生动，句式就得有变化，说了正面又去说反面，说了这一面又去说那一面，用了肯定的语气又用怀疑的口气。文章的句式和内容应当像大海一样，要有波浪。没有冲击，只有句号绝不是好文章。句号表示平稳，人们说话老是用这种平稳的腔调，那实际上就起到了安眠药的作用。”公文是实用文体，重实贵行，并不要求以奇句夺目，像大海一样波浪起伏，但这绝不是说公文都要板起面孔说话而不要可读性，在不以词害意的前提下，应尽可能用生动形象的语言来描写事物，阐明道理，讲清问题，把抽象的东西变得直观些，把深奥的道理变得通俗些，如此才更易发挥公文重实贵行的作用。

训练 5　精心锤炼，注重修辞

公文运用修辞的根本目的是使公文的语言更精美，恰当地表达公文的思想内容。通常情况下，公文的修辞应围绕公文语言的特点，努力实现以下几点。

1. 秉笔直书，体现朴素美

公文写作的基本原则是如实反映客观事物，是一说一，是二说二，有喜报喜，有忧报忧，不渲染，不浮夸，使人们了解事物的本来面目，这就是朴素美。不用做一说十的溢美之词、口号连篇的浮华之词、言之无物的空洞之词、画饼充饥的造势之词、数字拼凑的游戏之词、使人们真正享受到“清水出芙蓉，天然去雕饰”的朴素之美。

2. 言约意明，体现简洁美

简洁是古往今来对公文写作的一贯要求。所谓简洁就是用最简练的文字阐述出正确、深刻、鲜明又有用的中心思想。简洁不是简单，而是短小精悍；不是肤浅，而是深入浅出；不是贫乏，而是厚积薄发。正如谚语所说："画龙画凤难点睛，头发再细不传情，字不嚼碎不知味，文不在多贵在精。"古人说："凡文笔老则简，意真则简，词切则简。"因此，公文的修辞应在"削减冗繁留清瘦"上下工夫，减去那些言过其实的大话、言不由衷的假话、言之无物的空话、弄景生情的套话以及那些无关紧要的叙述、普遍道理的阐述、冗长拖沓的描述等庸词泛语，挤干文中的水分。同时还要搞好语言统括和节缩，使观点更清晰，语言更精练。

3. 色彩鲜明，体现风格美

公文是党和国家进行政治活动的工具，具有鲜明的政治性和实用性。所谓鲜明就是态度鲜明、观点鲜明、内涵鲜明。态度鲜明就是提倡什么，反对什么，应该怎么办，不应该怎么办，态度要非常明朗，使人一看就懂，利于办理或遵守。观点鲜明就是观点突出，是非分明，片言居要，富有新意，使人看了耳目一新。内涵鲜明就是概念定义准确，严谨规范，词约意丰，简捷易记。三个鲜明集中到一点，就是色彩鲜明。只有色彩鲜明，才富有吸引力和感染力，给人以愉悦之情，体现公文风格之美。因此，公文的修辞应围绕鲜明的特点，修去那些模棱两可之词、态度暧昧之词、老生常谈之词、内涵笼统之词，使公文真正成为色调清新、语言鲜明、富有魅力的一幅图画。

4. 语境一体，体现和谐美

得体性原则是修辞的最高原则。所谓得体，简言之就是语言文字与其所处的环境相互协调，融为一体。因此，修辞应在得体性上多花费笔墨，力求做到"四个适应"：一是语言文字要适应行文对象。上行文在用语上要体现出组织观念，态度真诚，尊重上级，措词平和；下行文要质直不傲，平等为怀，郑重严肃；平行文要以诚相见，顾全大局，多用商量语气。二是要适应行文内容。颁布法律法规和政策，语言上要庄重严肃；批转转发文件、知照事项，要谨慎适度；报告、请示和联系工作的公文要平和委婉。三是要适应行文作者的职权。就是有多大权就说多大话，如果说的话与职权不相称，那就是不得体。四是要适应行文者的身份。比如一些领导者下去检查工作，即使是以个人身份提出一些意见和要求，下级也往往把它们看成是指示，因此，用词用语要有分寸，既要严肃，又不以权压人；既要点出问题，又要以理服人；既要态度鲜明，又要语气和缓；既要有原则，又要关怀体贴下级，使下级心悦诚服，乐于贯彻执行。

实训 2　工作总结的写作技巧

训练 1　把握特点

所谓特点是与其他文体相比较而呈现出的不同点和区别点，分析和认识总结文体的特点是写好总结的关键所在。不了解这一特点，就抓不到重点，也就很难写出有特色的工作总结。与其他文体相比较，总结有五个不同特点。

一是在内容上，不是写现在，而是写过去。就是对已经做过的一个时期的工作进行全面地、系统地回顾、检查、分析、研究、归纳和提炼，把大量的感性材料集中起来，使之条理化、系统化、科学化。

二是在对象上，不是写群众，而是写机关。就是总结领导机关在组织领导、指导思想、工作作风和工作方法上有什么经验，有什么教训，看以前服务得怎么样今后怎样继续服好务。

三是在方法上，不是我说你怎么样，而是说我（们）怎样。就是自我解剖，自我认识，自我肯定，自我表扬自我批评，自我提高。因此，一般是以第一人称（我或我们）的口气出现，也有用第三人称的。

四是在目的上，不是预测情况，估算数字，盘算问题，而是肯定成绩，找准问题，悟出道理，明确方向。写昨天，看今天，指导明天。总结工作不是目的，目的在于吸取经验教训，做好当前和今后的工作。如果只是把总结当成收录材料的容器，写成流水账，就达不到预期的效果。

五是在体裁上，不是记叙文而是议论文。总结不只是对情况与事实作概略性的综合归纳，而主要是对事物作本质的分析，把感性认识上升到理性认识，从中找出事物发展的基本规律。揭示规律性的东西很重要，不仅要千方百计找出规律，清楚明白地反映规律，而且要用事实明白无误地说明规律。

六是在作用上，就是向本单位职工群众报告情况和向上级汇报情况及向外单位介绍情况和经验。向群众作总结并报告工作，是让群众了解各方面工作的情况，树立信心，明确方向；向上级汇报工作，是让上级机关全面了解下面工作的情况，以便及时获得上级机关的指导；向外单位介绍本单位的工作情况和经验教训，是提供学习借鉴。

训练 2　区分类型

总结的文体细分有很多种，但无论是从内容上分，或是从范围上分，或是从时间上分，都不外乎两大种，一种叫全面性工作总结，一种叫专题性工作总结。

1. 全面性工作总结

就是对一个单位、一个部门、一个组织的一个时期、一个阶段的工作实践进行全面总结。凡在机关工作的同志，都经常和这种文体打交道，其关键是要总结经验和教训。全面总结一般时间跨度长，涉及的范围广，包含的内容多。在写作过程中，既要把各方面的工作情况反映出来，又要突出中心，抓住重点，纵深结合。我认为，解决这个问题的有效办法就是要搞好三个统一：

一是统一总结的中心内容。是以反映工作情况为主，还是以反映经验体会为主，要有一个明确的思想。

二是统一总结的主题思想。写全面总结要树立一个主题思想，确定一个主题，围绕主题写就不会走题。不树立一个主题思想，写出来的总结就很难突破一般化。

三是统一工作形势的估价。写全面总结之前，要对本单位、部门、组织在该阶段的工作形势有一个明确的评价，搞清楚总的形势如何，哪些工作做得最好、成效最突出，哪些做法和经验值得总结推广，哪些单位、部门、组织的工作最典型（两方面），哪些问题和原因需要总结上报。在这些方面统一了思想认识，执笔者就有了主攻方向，结构编排就容易，就易产生灵感，下笔也就顺畅。

2. 专题性工作总结

就是对某项工作进行专题总结，也就是单独对某一项工作、某一个方面的经验教训进行专门总结。其特点是突出一个“专”字，要求内容专、主题专、事例专、经验专、写作手法也专。在写专题总结时，必须对有关专题的内 容、原则、要求、方法，全面深刻地认识和理解，知道所要写的总结专在那里，专得是否有理，专得是否有据，专得是否新颖。如果不掌握这些情况，就很可能把专题总结写成一般性的总结。在写作过程中，最好按照提出问题、分析问题、解决问题的顺序进行。

训练 3　突出经验

写总结的根本目的不只是为了肯定成绩和找出问题，更重要的是为了吸取以往的经验教训，做好当前和今后的工作。这就要求我们在写总结中不能满足于把成绩讲够、把问题找准、把措施定好，应该在总结经验上多动脑筋，多花气力，多下工夫，哪怕是一份总结里面只总结出一条有普遍指导意义的经验也是成功的。写好经验总结，要把握好以下三点。

1. 要有精巧的构思

开好头、结好尾、突出中间，这是写好经验总结的基本要求。古人作乐府诗，讲究"凤头、猪肚、豹尾"，即开头要像凤凰头一样漂亮美丽，中间要像猪肚一样充实饱满，结尾要像豹尾一样威风有力。我认为，这个原则同样适用于我们写工作总结，要竭尽全力把情况部分写得很漂亮，把经验部分写得很充实（饱满），把措施部分写得很有力。

2. 要广泛占有资料

写好一个单位、部门或组织的经验总结，必须充分占有资料。起码要掌握四个方面的内容：一是要准确掌握在该阶段内做了哪些主要工作，每项工作的起止时间、发展过程，哪些工作做得较好，哪些工作做得一般，哪些工作做得较差。二是要详细了解在该阶段工作中，面临的背景情况，利弊条件，遇到的矛盾，解决这些矛盾和问题采取了什么办法和措施，有什么成效，有什么经验教训。三是要清楚有哪些能说明工作成效、经验教训的典型事例，精确数据，群众语言和意见及建议，各级的评价等。四是洞悉当前的工作存在什么问题和原因，哪些是带倾向性的问题，哪些是一般性的问题，哪些是老问题，哪些是新问题。

3. 要搞好"结合"

能否利用占有的资料说明经验，关键在于"结合"得怎么样。无论是围绕观点选择事例，还是围绕事例得出观点，都应做到事例和观点的有机结合，从理论和实践的结合上说明经验。这是写好经验总结的基本功。因为半年和年终工作总结，内容全面，材料充分，在写作过程中，往往这也不想丢，那也不想砍，搞不好，很容易写成观点加事例，形成材料堆砌，造成"经验写不深，靠事例取胜"的结果，这是我们在写总结中常犯的毛病。凡是质量高的经验总结都是观点和材料结合得比较好，这是写经验总结的普遍规律。"结合"的方法各有所好，各有所长，各有高招。有的喜欢先提出观点，然后用材料说明观点；有的喜欢先讲事例，而后从对事例的分析中引出道理；有的喜欢边叙述材料，边提出观点；有的喜欢在一份总结中，多种"结合"方法交替运用。不管采用哪一种"结合"方法，都要防止和避免把两结合片面写成了观点加事例。所谓两结合，不是讲两并列，更不是两相加，而是要求选用的事例和提出的观点都有着直接的内在联系。衡量两者是否结合好了，不仅要看是否把观点和材料粘贴到了一起，更要看是否在分析论证的过程中，把两者内在的联系正确地揭示出来，得出了规律性的结论和认识，反映出事物的本质。

实训 3　述职报告的写作技巧

述职报告属事务性公文的范畴，是对干部本职工作完成情况的检验，也是考查干部能否很好地履行职责以及是否称职一种手段。述职者要对自己在前一段时间或整个任职期内完成的工作，作一个综合的、自我评述性的汇报，突出表现德、能、勤、绩四个方面，表现履行职责的能力。

述职报告能够比较全面地反映述职者的基本情况和工作能力，有利于组织或上级领导进行各方面的考核；述职报告作为重要的业绩材料，有利于群众地述职者进行监督和批评；述职报告是述职者对自身的检查，可以做到"吾日三省吾身"，能够不断提高自身素质。随着我国干部人事制度改革的不断深入，述职报告已经成为各类人才精英充分展示自己才华的一条重要渠道。如何写好述职报告，本书认为应做到四要四忌。

1. 要实事求是，切忌华而不实

述职报告一定要讲真话，讲实话，讲心里话。无论称职与否，都要与事实相符，既不要自吹自擂，也不要过分谦虚。述职报告一般要当众宣读，一些同志为了顾面子，获取领导和群众的好感，对自己的工作成绩大肆渲染，夸大其辞，只讲自己的优点和所取得的成绩，对工作中存在的问题和不足采取回避态度。其实，任何人无论做什么工作，即使非常尽职尽责，缺点、错误也不可避免。而且，每个人所取得的成绩并非一己之功，是全体同仁密切配合、共同努力的结果。作为一名合格的国家干部，应排除私心杂念，以群众利益为重，上不欺领导，下不瞒群众，正确处理好个人与集体、主观与客观的关系，时刻保持清醒头脑，分清功过是非，做任何事都不要抢头功，做到实事求是。在肯定自己成绩的同时，也要敢于承担责任，使述职报告真正全面地体现出自己的德、能、勤、绩四个方面的情况。

2. 要突出重点、切忌报流水账

平时的工作材料是琐碎的、分散的、零星的，述职者在动笔之前，要对材料进行筛选和整理，选择主要工作，抓住主要政绩来写，不要事无巨细，一概罗列。如果为了评功摆好，照顾各个方面的关系，把述职报告写成啰啰唆唆的“流水账”，就会让人不知所云。述职报告的写作目的是为了说明其工作是否称职，因此，要将履行职责的过程，取得的成绩或出现的失误，及对工作的认识表述出来，要对履行职责的情况和取得的成绩进行深入的分析和研究（转载自中国教育文摘 http://www.eduzhai.net）。

要解释棘手问题的处理方法，特别是要交代清楚对群众迫切关心的问题是如何认识和处理的。剖析工作失误的原因，做到一切从实际出发，对得与失作出客观公正的评价，真正体现述职者的道德素质、政治理论素质、处事决断开拓进取精神。这些内容写得恰切适度，能全面反映述职者的工作能力和基本素质，让领导和群众清楚地了解述职者称职与否，从而对述职者作出恰当的评价。

3. 要情理相宜，切忌考虑个人

述职报告在叙事说事过程中要有适当的感情色彩。但是个人情感不要融入过多，以免造成不良影响。述职者要对自己以往所从事的工作进行归纳、概括、提炼，围绕履行职责的实际情况进行认真、全面的反思，肯定成绩，找出差距。要与群众面对面地交流，以坦诚的胸怀虚心听取各方面的意见。特别是工作中群众反映较大、意见较为突出的问题。另外，述职报告要如实阐述群众的反映，面对事实，将自己的真实想法公之于众，这样群众会感到亲切，而且也加深了群众对自己的理解和信任。然而，有一些竞争上一级职务的述职报告，述职者过多地考虑个人的利益，过于看重取得的政绩，热衷于锦上添花，缺乏面对错误与失败的勇气，这不仅脱离了群众，也严重违背了述职报告的宗旨。

4. 要语言朴实，切忌虚饰浮夸

述职者要有驾驭语言的能力，崇尚朴实，给听众以豁然开朗的感觉。朴实之美历来备受人们推崇。在述职时，用朴实的语言叙事说理，不仅缩短了与群众的距离，也密切了和群众的关系。有些同志为了显示自己才学，述职报告的语言艰深难懂，洋里洋气，群众听起来如“雾里看花”，摸不着头绪，反而弄巧成拙。述职报告实用性决定了它的语言必须具有真理般的自然质朴，述职者面对听众文化层次有差异，这就要求叙述时语言表达通俗易懂，多采用质朴无华的群众性语言，直陈其意，决不哗众取宠，也不能用一些生僻的字眼，故作高深。

实训 4　领导讲话稿的写作技巧

讲话稿是讲话人为出席会议、典礼等场合发言而准备的文稿。讲话一般专门就某一方面的问题发表意见，内容集中，中心突出，容易讲深讲透。讲话稿是会议的主要文件，有些文件不安排会议报告，讲话稿起到报告的作用，成为反映会议精神的最主要的文件。

1. 讲话稿具有三个特点

一是权威性。讲话稿往往是领导者在重要场合所做的不同于一般的演讲和发言，目的是贯彻上级的指示精神，实施本级的决定，对分管的工作提出指导性意见。因此，讲话稿必须具有权威性。二是思想性。作为政府的一名领导，讲话者的内容必须具有一定的思想性。具体来讲就是要能以马列主义的理论为指针，阐述所进行的工作的意义。三是鼓动性。当政府下发一项文件或精神时，就需要其工作人员去认真执行。此时，领导者的讲话便必须具有鼓动性，做到能够调动听众的情绪，使听众能够以饱满的热情投入到工作中去。

2. 讲话稿的结构

讲话稿一般有标题、签署、称呼、正文等部分组成。

（1）标题。讲话稿的标题有多种写法。一种是由单位名称或讲话人、事由、文种组成；也可有事由加文种组成；也可由讲话的内容确定讲话稿的标题，让人一听就知道讲话的主题。

（2）签署。在标题下方注明讲话人的姓名及日期，也可将日期写在文末。

（3）称呼。要注意泛指性、次第性等。泛指性是指称呼要有包容性，将与会人员全部包容进去。次第性是称呼要按主次排列。

（4）正文。一般由开头、主体、结尾组成。开头或阐明讲话主题，或交待讲话背景，或提出问题，引起注意。主体部分或分析问题、解决问题，或总结经验教训，安排新的工作项目。这部分要围绕一个主题有条理的展开，做到言之有物，言之有序。结尾部分一般是对全文的总结概括，同时提出要求、希望等。

3. 起草讲话稿必须处理好的三个关系

（1）权威与平易的关系。一篇好的讲话稿总是权威性与平易性相结合的产物。领导讲话无疑要具有权威性，这种权威，与讲话人的身份、地位、所代表的方面相符合，立场坚定，原则性强，严肃认真，鲜明，有力地展示自己的观点，起到应有的强调、号召作用。这种权威，确实是一种原则性的把握。但是如果讲话人在讲话时处处炫耀自己的身份，表现得不可一世，就会拉远听众与讲话人距离，因此，讲话人应尽量表现得平易近人。讲话人坦率，便能很快的达到与听众沟通，大大缩短与听众之间的距离，在自然而亲切的气氛中传达自己的思想。

（2）庄重与幽默的关系。领导人讲话无疑要非常严肃、庄重，绝不能像拉家常一样闲扯，说起话来毫无目的，想到哪说到哪，只为消遣。因为领导者讲话要严肃、认真、准确地传达上级的指示精神，阐明自己的思想。这是领导者讲话必须要把握的原则。当然，如果整个讲话自始至终处于一种非常严肃的氛围中，将会使听众产生敌对情绪，使讲话的效果大大降低。这时，讲话者就必须做好幽默这一点，适时地活跃一下现场的气氛。不但能够调动听众的情绪，而且会使讲话的鼓动性效果达到最好。

（3）深入与浅出的关系。领导讲话时一定要注意好深入与浅出的关系处理。因为听众的水平参差不齐，讲话者讲话的目的就是要通过阐明一定的道理来说服人、教育人，“以理服人”是讲话者必须遵循的一条原则，将深奥的道理通俗化便也成了一种必需。

4. 起草讲话稿应注意的两个问题

首先要避免雷同。因为讲话的场合多种多样，在同一个场合可能有不止一位领导针对同一个问题发言，这时如何做好避免讲话内容的雷同，便是起草人员应预先考虑且有所准备的。起草人应尽可能地使领导的讲话既全面又独特，紧紧抓住观众，才能收到好的效果。一般来说，起草人在起草讲话稿的过程中要避免雷同，可在以下几个方面下工夫：一是根据领导者的特定身份就会议的主旨阐发观点，展开议论，这样可以自然而然地成为“一家之言”。二是适当变换议题的角度，用独特的角度来看待问题，阐发观点，给听众耳目一新的感觉。三是选择那些标新立异的材料来说明问题，不同程度地满足人们审美活动和求异思维的需要，使听众开拓视野，回味无穷。

其次，起草人还应考虑到如果领导讲话在会议的结尾时如何调节听众的消极情绪。会议结束之前的一段时间，重要的议题已近讲完，听众会感到疲惫，精力往往也会不像开始时那样集中。针对这一点，起草人应适当在讲话稿中添加一些“调剂品”，激发听众的情绪和注意力，使领导者的讲话收到较好的效果。

课后习题

1. 填空题

（1）公文按其时限要求，可分为________、________、________。

（2）请示是________机关向________机关请示指示和批准的公文文种。

（3）会议纪要是根据________和________以及其他有关材料加工整理而成的，它是反映会议基本情况和精神的________公文，是会议议定事项和重要精神，并要求有关单位执行的一种文体。

2. 选择题

（1）批准性请示一般由三部分组成，除了（　　）。

A. 请示理由　　B. 请示内容　　C. 请示结语　　D. 请示时间

（2）单独对某一项工作、某一个方面的经验教训进行工作总结属于（　　）。

A. 全面总结　　B. 专题总结　　C. 季度总结　　D. 年度总结

（3）述职报告属（　　）公文的范畴，是对干部本职工作完成情况的检验，也是考查干部能否很好地履行职责以及是否称职一种手段。

A. 事务性　　B. 纪实性　　C. 叙述性　　D. 总结性

（4）讲话稿是会议的主要文件，有些文件不安排会议报告，讲话稿起到报告的作用，成为（　　）的最主要的文件。

A. 阐述领导观点　　B. 总结工作成果　　C. 引导发展方向　　D. 反映会议精神

3. 简答题

（1）试说明公文的写作规则及注意事项有哪些？

（2）按照通知公文的写作格式要求，撰写一篇关于某企业的部门经理任命通知。

（3）简述公文的写作技巧。

项目6

互联网应用基础

项目导读

本章介绍 Internet 网络的基本知识与使用方法以及如何在网上浏览、搜索信息，收发邮件，使读者可以合理利用网络资源，轻松使用互联网络。

知识要点

- ✪ Internet 的基础知识及常用设备
- ✪ 连接 Internet 的两种方法
- ✪ IE 浏览器的基本操作
- ✪ IE 浏览器的使用技巧
- ✪ 使用搜索引擎
- ✪ 下载网络资源
- ✪ 接收和发送电子邮件

任务 1 Internet 基础知识

实训 1 计算机网络的定义和功能

训练 1 计算机网络的定义

计算机网络是计算机与现代通信技术的完美结合。

可以这样定义计算机网络：将地理上分散的计算机系统，通过某种通信介质连接起来，遵守约定的协议，实现相互通信、共享资源的系统。

这个定义强调了以下几个方面。

① 网络的功能及目的是完成相互通信，实现共享资源。正因为网络可以实现这样的功能，才创造了网上信息资源开发管理与利用的良好环境，才可以使电子商务得以发展并创造巨大的社会价值。

② 计算机系统在网络上的通信需要协议，这是一件天经地义的事情。人类之间的任何通信都需要协议，以至于协议应用得如此广泛，好多时候人们甚至意识不到它的存在。比如打电话时，发话人需与受话人互相应答确认之后才进入实质交谈，这可称为握手协议。发邮件时，寄信人、发信人的地址写在什么位置，也都有协议进行约束并保证信息的正确理解。这样的事情非常广泛，包括一群人的交谈使用什么语言、语速如何等。

计算机系统之间的通信也是如此。比如如何标识计算机，以明确信息收发中的目标地址；如何整理计算机通信所收发的二进制信息，以作出正确理解等。

③ 通信介质：计算机系统之间需要通过通信介质相连，包括电缆、光缆，当然也可以是无线电磁波等。

训练 2 计算机网络的功能

据有关研究机构统计，截至 2010 年年底，全球网民数量已达到 20 亿，同比增长 14%。因特网（Internet 国际互联网络）是当今世界上最大的连接许多计算机网络的互联网络系统，是全球信息资源的公共网，因而被全球用户广泛使用。该系统拥有巨大的信息资源及其开发利用工具，所提供的信息形式包括文字、数据、图像、声音等，其门类涉及政治、经济、科学、教育、法律、军事、体育、医学等社会生活的各个领域。Internet 已成为无数信息资源的总称，它不为某个人或某个组织所控制，人人都可参与，人人都可以通过它交换信息、共享网上资源。

Internet 为人们进行科学研究、商业活动、社会工作与生活等方面的信息通信与共享提供了重要的手段，已成为人类智慧的海洋、知识的宝库。

Internet 的基本功能与服务可有以下几个方面。

（1）信息浏览

用户通过浏览器软件可在构造于 Internet 上的 www 网上浏览各类信息资源。

www（word wide web）是建立在 Internet 之上的采用 HTTP（超文本传输）协议（Hyper Text Transimiting Protocol）表示多媒体信息的网络环境，它采用超文本或超媒体的信息结构，使用户可以更方便地浏览或组织信息。

超文本与超媒体是以非线性链接方式组织数据的方法。在某个文档中的一节特殊文字或特殊的其他媒体，可用以链接到其他文档或同一文档的任何位置，这就提供了一种有力的信息组织方式。用户不但可利用这一特点在 www 上快速方便地查阅和浏览其提供的信息，还可从 www 上下载所需信息或在 www 上建立信息。www 使 Internet 具有信息资源增值能力。

（2）收发 E-mail

在 Internet 上，电子邮件（E-mail）系统是使用非常方便和用户最多的网络通信工具。E-mail 已成为备受欢迎的通信方式。用户可以通过 E-mail 系统同世界上任何地方的朋友交换电子邮件，只要对方也是 Internet 的用户，或者是同 Internet 相联的其他网络上的电子邮件用户。Internet 用户的计算机系统账号下设有一个电子邮箱，用来发送邮件或接收所有发来的邮件。目前电子邮件已经成为网络用户之间快速、简便、可靠并且低成本、低价格的现代通信手段，也是 Internet 上使用最广泛、最受欢迎的服务项目之一。

（3）Usenet 讨论组与 BBS 信息公告

在 Internet 上还可以建立各种专题兴趣讨论小组（Usenet）。Usenet 最初被设想用来发布通知和新闻，但是不久便演化为一种讨论组，用户可以寻求兴趣相投的人们互相讨论共同关心的问题。它把世界上具有相同兴趣的人们组织起来，彼此交流自己的看法，分享有益的经验。如今的 Usenet 已经成为由多个讨论组组成的一个大的集合体，包括了全世界 5000 多种不同类型的讨论组和数以百万计的用户。

目前 Internet 上有很多 BBS，BBS 使用电子通信手段“张贴”各种公告和消息，它的优势在于能迅速传递给范围更广、距离更远的“读者”，使之成为强有力的信息传播工具。用户可以进行相关主题的讨论，在线交谈、文档存储、各类信息查看以及众多 Internet 上的网络服务。用户在首次使用 BBS 时，必须先报名参加一个自己感兴趣的 BBS，该过程称为订阅。在 Internet 中，既有免费的 BBS，也有以营利为目的的商业 BBS，商业 BBS 站的服务比较齐全，可以提供会议电视、线上传真、生活咨询、电子游戏等功能，当然使用者需要支付一定费用。

（4）远程登录 Telnet

远程登录是指通过 Internet 登录进入并使用远距离的计算机系统，就像使用本地计算机一样。远端的计算机可以在同一间屋子里或同一校园内，也可以在数千千米之外。远程登录使用的工具是 Telnet。它在接到远程登录的请求后，就试图把用户所在的计算机同远端计算机连接起来。一旦连通，用户的计算机就成为远端计算机的终端，可以正式注册（login）进入系统成为合法用户，执行操作命令，提交作业，使用系统资源。在完成操作任务以后，通过注销（logout）退出远端计算机系统，同时也退出 Telnet，回到本地系统。在远程登录后，也可以进入远端计算机的特殊服务系统。这样的系统因计算机而异。

（5）文件传输 FTP

在科学技术交流中，经常需要传输大量的数据和文献。这也是 Internet 使用初期的主要用途之一。在科学技术界和教育界，用 Internet 传输实验与观测数据、科技文献以及数据处理和科学计算软件是对外进行科技合作与交流的重要手段之一。

FTP（文件传输协议）是 Internet 上最早使用的文件传输协议。它同 Telnet 一样，使用户能够登录到 Internet 的一台远程计算机，把其中的文件传送回自己的计算机系统，或者反过来，把本地计算机上的文件传送并装载到远方的计算机系统中。

用 FTP 传输文件，用户事先应在远方系统注册。不过 Internet 上有许多 FTP 服务器允许用户以“anonymous”（隐名）为用户名（username）和以电子邮件地址为口令（password）进行连接。这种 FTP 服务器为未注册用户设定特别的子目录，其中的内容对访问者完全开放。FTP 不是 Internet 上传输文件的唯一工具，如利用 Kermit 也可传输文件。但是 Kermit 限于用 Telnet 连接的两台计算机之间传输文件，而且缺乏 FTP 的灵活性，传输速度也比较慢。

（6）其他网络信息服务功能

① Archie。在 Internet 中寻找文件常常犹如“大海捞针”。Archie 能够帮助用户从 Internet 分布在世界各地计算机上浩如烟海的文件中找到所需文件，或者至少对用户提供这种文件的信息。用户要做的只是选择一个 Archie 服务器，Archie 可自动并定期地查询 Internet 中的 FTP 服务器，用户只要给出希望查找的文件类型及文件名，Archie 就可以输出存放目标文件的服务器地址、文件目录、文件名及其属性。供用户进一步选出满足需求的文件。

② Gopher。它是菜单式的信息查询系统，提供面向文本的信息查询服务。有的 Gopher 也具有图形接口，在屏幕上显示图标与图像。Gopher 服务器将网上的信息组织成在线（On-line）的菜单系统并向用户提供，引导用户查询信息，使用非常方便。

③ 广域信息服务器 WAIS。WAIS（Wide Area Information System）是数据库的数据库，用于查找建立有索引的资料（文件）。用户只要用光标选取菜单中所希望查询的数据库并输入查询关键字，系统就能自动进行远程查询，帮助读出相应的数据库中含有该查询词的所有记录，用户可进一步选择是否去读感兴趣记录的详细内容。

正是 Internet 的这些基本服务功能给人们学习、工作、科研、购物、医疗等带来了极大的便利。人们利用这些基本服务功能在网上开办了电子商城、电子书店、电子银行等；在网上开展了远程教育、远程医疗、市场调查、财务管理、追账服务等，Internet 成为促进社会经济发展的巨大动力。

实训 2　常用网络设备

在网络互连时代，通常必须使用相应的设备完成这种连接，下面简要介绍几种常见的网络设备的名称及作用。

- **网卡**：又称网络适配器，用于计算机与局域网相连。通常插在机器主板的插槽上，外边留有通过传输介质连接局域网的插口，在安装驱动程序后，可与安装的网卡驱动程序一起完成物理层网络协议的解释。
- **调制解调器（Modem）**：也称"猫"，用于计算机通过电话线接入 Internet 的连接。一般分内置或外置两种。常用多少 k 或多少 Kbps（kbit per second）表示数据传输速度的快慢。
- **集线器（Hub）**：用于连接局域网的各台计算机。连接最长距离的限制一般与连接介质种类、集线器是否有源等有关。具有线路变换能力和网络分段能力的智能集线器也称为交换集线器或交换机。交换机可以提高网络响应速度、负载能力等网络性能。集线器的传输速率用 Mbps 表示。
- **中继器（Repeater）**：用来连接具有相同物理层协议的局域网，作用是放大信号，用以扩充局域网电缆的物理距离限制。比如以太网最长可连接 2.5 千米，但在每 500 米之间都要通过中继器进行信号放大。
- **网桥（Bridge）**：用于实现不同拓扑结构、不同传输介质但执行相同协议、使用相同网络操作系统的局域网的连接。通过使用网桥可以扩展网络、分散信息流量、隔离错误、提高网络性能和安全性。
- **网关（GateWay）**：又称做协议转换器。可以用于连接不同体系结构、执行不同协议的网络或将不支持局域网协议的大型主机和局域网连接，一般用于 WAN 之间的连接或 WAN 与 LAN 的连接。
- **路由器（Router）**：在 Internet 或其他网络上，数据报文从发送者发出后，中途要经过一个个的计算机结点才能到达接收者。报文所经过的计算机结点路径称为路由，如何选择最佳的路径进行数据传输称为路由选择。路由器是目前局域网和远程网之间连接的常用设备，用来进行路由选择等网络管理功能，因此它具有寻址能力，可以判断地址、选择传输数据的最佳路径，并对网络资源进行管理。

任务 2 Internet 的使用

实训 1 Internet 简介

Internet 最早来源于美国国防部高级研究计划局 DARPA（Defense Advanced Research Projects Agency）的前身 ARPA 建立的 ARPAnet，该网于 1969 年投入使用。从 20 世纪 60 年代开始，ARPA 就开始向美国国内大学的计算机系和一些私人有限公司提供经费，以促进基于分组交换技术的计算机网络的研究。1968 年，ARPA 为 ARPAnet 网络项目立项，这个项目基于如下主导思想：网络必须能够经受住故障的考验而维持正常工作，一旦发生战争，当网络的某一部分因遭受攻击而失去工作能力时，网络的其他部分应当能够维持正常通信。

1982 年，ARPAnet 试验成功并较好地解决了异种机网络互联的一系列理论和技术问题，从而奠定了 Internet 存在和发展的基础。

1983 年，ARPAnet 分裂为两部分：ARPAnet 和纯军事用的 MILNET。同年 1 月，ARPA 把 TCP/IP 协议作为 ARPAnet 的标准协议，其后，人们称呼这个以 ARPAnet 为主干网的网际互联网为 Internet，TCP/IP 协议簇便在 Internet 中进行研究、试验并改进成为使用方便、效率极好的协议簇。

今天的 Internet 早已不再是计算机人员和军事部门进行科研的领域，而是变成了一个开发和使用信息资源的覆盖全球的信息海洋。在 Internet 上，按从事的业务分类包括广告公司、航空公司、农业生产公司、艺术、导航设备、书店、化工、通信、计算机、咨询、娱乐、财贸、各类商店、旅馆等 100 多类，覆盖了社会生活的方方面面，构成了一个信息社会的缩影。

网络的出现改变了计算机的工作方式；而 Internet 的出现又改变了网络的工作方式。对用户来说，Internet 不仅使他们不再被局限于分散的计算机上，同时也使他们脱离特定网络的约束。任何人只要进入 Internet，他就可以利用各个网络和各种计算机上难以计数的资源同世界各地的人们自由地通信和交换信息、去做通过计算机能做的任何事情。Internet 一经出现，在短短几年时间里就遍及美国大陆，并伸延到世界各大洲。

Internet 之所以在 20 世纪 80 年代出现并立即获得迅速发展和扩大，主要由于以下原因：计算机网络通信技术、网络互联技术和信息工程技术的发展奠定了必要的技术基础；促进资源共享作为普遍的用户需求，成为一种强大的驱动力量。

Internet 在为人们提供计算机网络通信设施的同时，还为广大用户提供了非常友好的人人乐于接受的访问手段。Internet 使计算机工具、网络技术和信息资源不仅被科学家、工程师和计算机专业人员使用，同时也能为一般民众服务，进入非技术领域，进入商业，进入家庭。

实训 2 连接 Internet

Internet 的接入方式有拨号接入方式与局域网接入方式两种。

训练 1 拨号接入方式

拨号接入方式即用调制解调器通过电话线接入，适合于单机入网。此时接入的计算机没有固定的 IP 地址，只在每次登录时分配动态 IP 地址。早期以仿真终端方式接入的计算机甚至没有 IP 地址。到底是以仿真终端方式接入还是以主机方式接入决定于入网用户与 Internet 服务商 ISP（Internet service provider）的约定及连接所执行的协议。

训练 2 局域网接入方式

局域网接入方式是指先将若干个单机构成局域网，再将整个局域网接入 Internet 的方式。有两种接入情况：一种情况是局域网接入时，其服务器没有路由功能，这时局域网中只有接入的服务器具有一个固定的 IP 地址，局域网中所有其他计算机都共享此 IP 地址。第二种情况是局域网通过路由器入网，此时局域网中每一台计算机都有自己的固定 IP 地址。

由于接入方式的不同，费用与功能也会有所不同。以路由器接入的局域网享有最全的功能服务，这种接入方式大致要完成以下工作：

（1）申请 IP 网络地址。向 Internet 的管理机构申请 IP 地址。在亚太地区，负责管理 Internet 的 APNIC（Asia and Pacific Rim Network Information Center）将处理本地区的 IP 地址申请。对于一个局域网，通常可申请获得一个 C 类 IP 地址。

（2）建立域名。首先要给局域网本身确定一个适宜的域名，然后再合理指定网上各计算机结点的域名。通常，高层域名是事先已经决定了的，我国的最高层域名是 CN，第二级域名随部门或领域而定，如科学院系统确定为 AC，教育机构确定为 EDU 等。

设定好局域网上所有计算机的域名后，在事先选定的一台主机上用 BIND（Berkeley Internet Name Domain）软件建立域名与 IP 地址对应，即域名信息数据库，再加进与本网络相关的信息，构成本地的域名系统服务器（DNS）。

（3）确定进入 Internet 的入口点。加入 Internet，在线路连接上就是使用专用线路（即租用的数字通信线路），通过路由器（或网关）与 Internet 的任何一个路由器（或网关）连通。

在确定 Internet 入口点时要考虑用户网络的应用类型。属于科学研究机构和教育部门的网络，选择作为 Internet 入口点的路由器或网关，通常在 NSFnet 主干网或其他与 NSFnet 直接连接的相近领域的大型网络上。

（4）安装本地路由器或网关。在本地局域网上设立路由器，并安装软件。使用路由器时要求产品能支持不同通信速率、多种物理连接标准、多种网络协议以及多种安装方式。

（5）运行 TCP/IP 网络软件。如果局域网已经采用 TCP/IP 协议，只需重新定义 TCP/IP 的外部运行环境。如果局域网没有运行 TCP/IP 网络软件，而是采用其他网络协议，那么就需要在本地计算机上配置在这些系统下使用 TCP/IP 协议的软件工具。

（6）建立通信线路。我国目前进入 Internet 要使用的专用通信线路是由电信部门提供的数字数据通信网 DDN（Digital Data Nerwork）。用户需向电信部门租用 DDN 专线，并接通本地系统。

实训 3　Internet 的 TCP/IP 协议与 IP 地址

训练 1　TCP/IP 协议

如前所述，通过网络连接的计算机系统之间在通信中必须遵守一定的约定和规程，以便保证能够相互连接和正确交换信息。这些约定和规程是事先制订的，并以标准的形式固定下来。这就是网络协议。

在计算机网络发展过程中曾提出过各种各样的网络协议。为了把网络协议的制订纳入规范化的轨道，国际标准化组织 ISO（International Standards Organization）提出开放系统互联参考模型 OSI/RM（Open System Interconnection / Reference Model），作为各种计算机网络系统（包括硬件系统和软件系统）所应遵守的基本模型。

OSI 模型把通信功能从高到低划分为 7 个层次，分别称为应用层、表示层、会话层、传输层、网络层、数据链路层和物理链路层。每一层都有每一层的协议，分别作为完成这一层工作应遵循的标准。每一层协议建立在它的下层协议的基础上，每一层又为其上层提供服务，完成上层提交的任务。至于在一层内如何进行服务的细节，对上层则是隐蔽的。

比较一下客观世界中由来已久的信件邮递系统，这种分层协议的结构就不难理解。信的封装及地址书写的标准，为信件分拣打下基础；而信件的分拣打包又为信件的运输提供了服务。

OSI 七层协议的详细内容在许多关于网络原理与技术的书籍中都有介绍。

Internet 是由众多的计算机网络连接而形成的网际网；作为它的成员的各种网络在通信中分别执行自己的协议。所谓 Internet 协议是指在 Internet 的网络之间以及各成员网内部交换信息时要求遵循的通信协议。

TCP/IP 协议（Transmission Control Protocol / Internet Protocol）就是在 Internet 上使用的通用协议。连接在 Internet 上的各类网络，有的在其内部就执行 TCP/IP，有的内部可能执行不同的协议，但这些网络互联时就必须按 TCP/IP 协议进行协议转换。

Internet 的协议并未完全按照 OSI 的七层模型实现，这是由于 TCP/IP 的形成先于 OSI 标准的推出。可以说 Internet 的协议是基于五层模型，如表 6.1 所示，TCP/IP 协议分别相当于传输层和网络层的协议。

表6.1　Internet的网络协议模型

应用层协议	Application（应用）	应用程序
端对端 TCP/用户数据报协议（传输层）	Transmission（传输）	“过程”对“过程”
IP/Internet 控制报文协议（网络层）	Internet（网络）	“主机”对“主机”
数据链路层协议	Data Link（数据链路）	
物理链路层协议	Physics Link（物理链路）	网络访问

Internet 在用户应用程序级别上遵守的所有协议都属应用层协议。前面提到的文件传输协议 FTP（File Transport Protocol）、简单邮件传输协议 SMTP（Simple Mail Transport Protocol）、远

程连接协议 Telnet（Telnet Protocol）以及 www 系统使用的超文本传输协议 HTTP（Hyper Text Transmiting Protocol）等分别是文件传输系统、电子邮件系统、远程登录系统及 www 网浏览系统常用的应用层协议。

训练 2　IP 地址

接入 Internet 的每一台计算机，要想实现在 Internet 上的各种功能，都需要有一个标识。IP 地址是一个接入 Internet 的计算机结点的唯一标识。它用四组十进制数表示一台计算机，每组数中间用圆点分隔，每组的取值范围为 0~255。例如，某单位一台 VAX/8550 计算机的 IP 地址是："202．206．17．3"。进入 Internet 的任何用户，如果要访问这台计算机，就可以通过这个地址访问。

按照计算机所在网络规模的大小，IP 地址分为 A，B，C 三类：

A 类地址分配给规模特别大的网络使用。A 类网络用第一组数字表示网络本身的地址，后面三组数字作为连接于网络上的主机地址。

B 类地址分配给一般的大型网络使用。B 类网络用第一、二组数字表示网络的地址，后面两组数字代表网络上的主机地址。

C 类地址分配给小型网络使用，如大量的局域网和校园网。C 类网络用前三组数字表示网络的地址，最后一组数字作为网络上的主机地址。

IP 地址不便于用户记忆，因此 Internet 建立了所谓的域名管理系统 DNS（Domain Name System）。DNS 用分层命名的方法对网络上的每台计算机赋予一个直观的唯一性标识名，其结构如下：

计算机名．组织机构名．网络名．最高层域名

最高层域名代表建立网络的部门、机构或网络所隶属的国家、地区。例如，常见的最高层域名有 EDU（美国教育机构）、GOV（美国联邦政府部门）、MIL（美国军队）、COM（商业系统）、NET（网络信息中心和网络操作中心）、ORG（非盈利组织）、INT（国际上的组织）、AU（澳大利亚）、CN（中国）、UK（英国）等。我国的域名体系也遵照国际惯例，包括类别域名和行政区域名两套。类别域名依照申请机构的性质分为：

AC 科研机构

COM 工、商、金融等企业

EDU 教育机构

GOV 政府部门

NET 互联网络、接入网络的信息中心（NIC）和运行中心（NOC）

ORG 各种非盈利性的组织

行政区域名是按照中国的各个行政区划分而成的，其划分标准依照国家技术监督局发布的国家标准而定，包括"行政区域名"34 个，适用于我国的各省、自治区、直辖市。

有了域名系统，用户使用 Internet 上的计算机就无需记住 IP 地址了。比如可以用.MAIL .NEUQ .EDU .CN 使用我国科研教育网上某单位的邮件服务器。

域名与 IP 地址一一对应。域名便于用户使用；IP 地址用于网络设备与计算机系统网上操作的具体实现。

用户如果想在 Internet 上任何一台主机的任何一个目录下查找或利用一份资源，只需指定使用该资源的应用层协议（是文件传输 FTP 还是远程登录 Telnet 或是 WWW 上的 Http）、主机域名、该资源所在路径及资源名称，就可以从分布在全世界的任何一台计算机的任何一个位置准确地确定目标资源。把按照以上顺序确定资源位置的各项指定称为统一资源定位（URL），即 URL 可表示为：

协议名：//域名/路径/资源名

比如：http：//www．ford．com 用来表示福特汽车公司的网址；而 http：//www．ford．com/productor/default.htm 则表示在该网络主机的 productor 目录下的 default.htm 这一文件。

任务 3　网上信息浏览

实训 1　使用 IE 浏览信息

在连通 Internet 之后，就可以通过 Windows XP 内置的 Internet Explorer 8 浏览器漫游 Internet 这一无限的信息空间了。无论是搜索新信息还是浏览喜爱的站点，Internet Explorer 8 都将能帮助用户从互联网（World Wide Web，又称 www、3W 或 Web）上轻松获取丰富信息。

连接到 Internet 后，启动 Internet Explorer 8，即可浏览器主页，如图 6.1 所示。

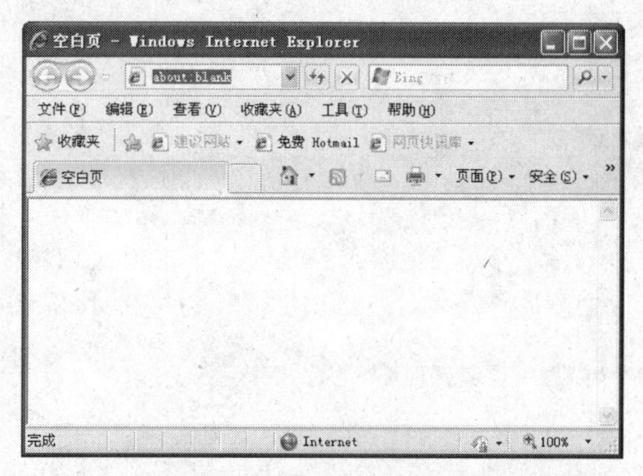

图 6.1　Internet Explorer 8 主页

训练 1　直接访问网址

通过单击主页中的超链接可以连接到其他的网页，但层层单击下去，太浪费时间。如果已经知道一些 Web 站点的网址，那么可以在地址栏中输入其网址，进行有目的的信息浏览。例如，在地址栏中输入“http://www.sohu.com”，然后按 Enter 键，或是单击“转到”按钮，即可打开如图 6.2 所示的“搜狐”首页。在 Internet Explorer 主页中，可以看到有许多彩色文本，还有许多彩色图片和动画，其中有一些是超链接。当鼠标指针指向超链接时，指针会变成一只小手形。单击主页中的任意超链接，即可进入下一个网页，开始浏览网页。Web 就是利用这些超链接将存储在世界各地数百万台服务器中的文件连接在一起的。

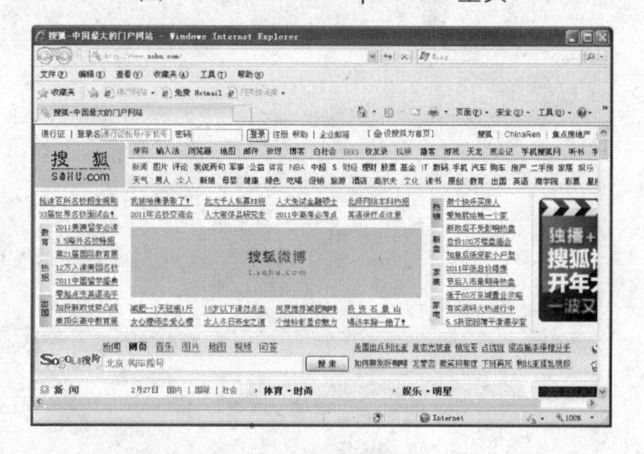

图 6.2　利用地址栏直接转到“搜狐”首页

地址栏还可以用于运行程序或浏览文件夹，只需输入程序名或文件夹名，例如 F:\Setup.exe 或 C:\My Documents，然后按 Enter 键即可。

训练 2　回访网页

浏览了一些网页之后，可以再次访问那些最近浏览过的网页，以查看其中感兴趣的信息。

回访最近几天访问过的网页的操作步骤如下。

Step 01　单击 Internet Explorer 浏览器工具栏中的“历史”按钮，打开“历史记录”窗格，如

注 意

只有在“保存类型”下拉列表框中选择“网页，全部”选项，才可以完整地保存整个网页，包括图片和背景等。

提 示

Internet Explorer 浏览器还允许单独保存网页中的某个图片，具体方法为：用鼠标右击待保存的图片，选择快捷菜单中的“图片另存为”命令，在打开的“保存图片”对话框中指定保存位置、文件名和保存类型，然后单击“保存”按钮。还可以选择快捷菜单中的“设置为背景”命令，将该图片直接设置为桌面背景。

实训 2　IE 浏览器使用技巧

上网时间长了，用户就会积累一些有关 Internet Explorer 的使用技巧。下面将介绍一些有关 Internet Explorer 浏览器使用的高级技巧，以便提高上网效率。

训练 1　更改主页

主页是每次启动 Internet Explorer 后最先显示的网页。建议将主页设置为访问最频繁的网页，这样，每次启动 Internet Explorer 后，该站点就会第一个显示出来，而且在浏览其他 Web 站点时，只要单击工具栏中的“主页”按钮，即可转到该站点。

将某个网页设置为 Internet Explorer 主页的操作步骤如下。

Step 01 打开一个 Web 站点，并进入要将其设为主页的页面。

Step 02 在 Internet Explorer 窗口中，选择“工具”|“Internet 选项”命令，打开如图 6.6 所示的“Internet 选项”对话框的“常规”选项卡。

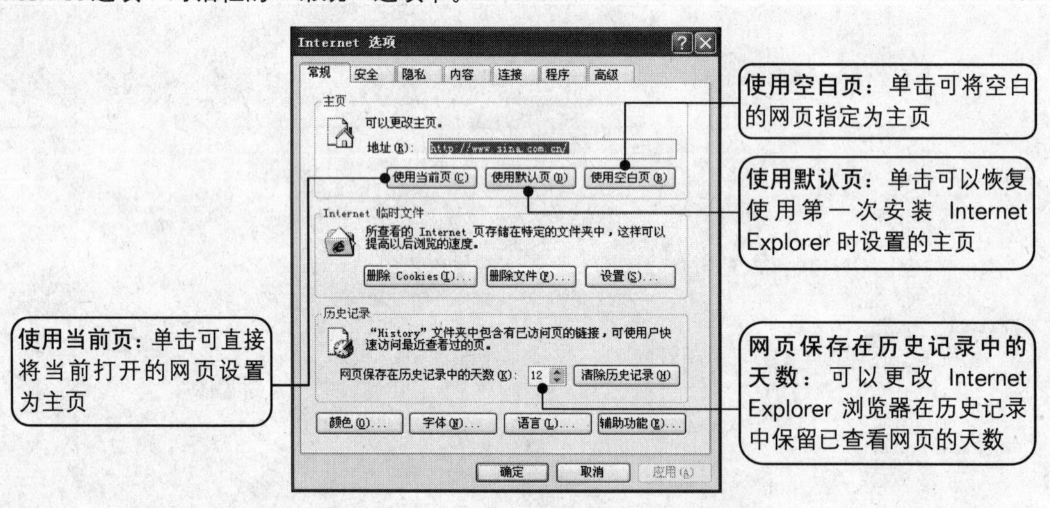

图 6.6　“Internet 选项”对话框的“常规”选项卡

Step 03 地址：在“地址”后的文本框中直接输入要作为新主页的 Web 地址。

注 意

指定的天数越多，保存此类信息所需的磁盘空间就越大。如果用户的剩余磁盘空间并不是很多或者用户使用宽带上网，就可以适当减少这里的天数设置。

Step 04 单击“确定”按钮，即可将“地址”文本框中的网页设置为主页。

训练 2 设置浏览网页使用的语言

Windows XP 是一个多语言的操作系统，这一特征充分表现在 Internet Explorer 中，用户可以通过设置语言来浏览不同语言类型的网页，具体操作步骤如下。

Step 01 选择“工具”|“Internet 选项”命令，打开“Internet 选项”对话框的“常规”选项卡。

Step 02 单击“语言”按钮，打开如图 6.7 所示的“语言首选项”对话框。

Step 03 在该对话框的“语言”列表框中显示 Internet Explorer 可用来显示网页内容的语言。

Step 04 单击“添加”按钮，打开如图 6.8 所示的“添加语言”对话框。

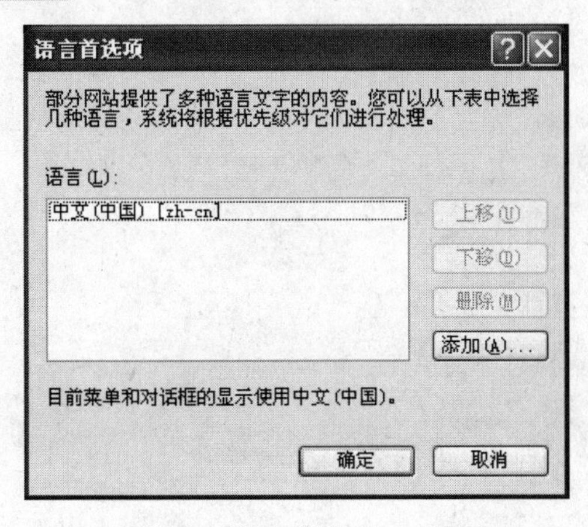

图 6.7 “语言首选项”对话框

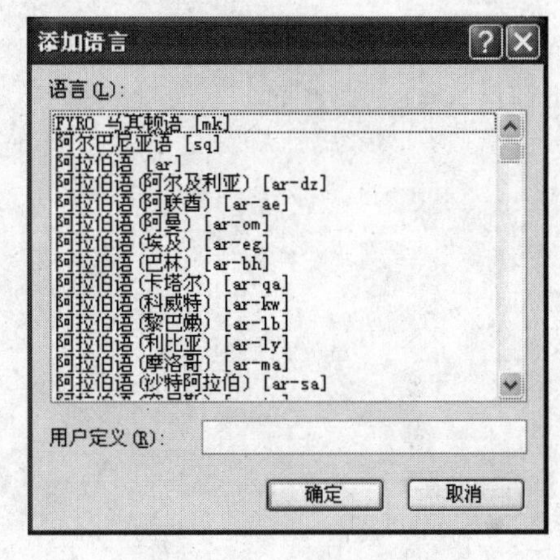

图 6.8 “添加语言”对话框

Step 05 在“语言”列表框中选择要添加的语言。

Step 06 然后单击“确定”按钮，添加所需的语言。

Step 07 重复 Step 03 的操作即可添加多种语言。

注 意

可以通过“语言首选项”对话框中的“上移”和“下移”按钮对这些语言的优先顺序进行调整。如果 Web 站点提供多种语言，则以优先级最高的语言显示站点内容。

实训 3 使用搜索引擎

训练 1 典型的搜索引擎

1. Google

（1）概述

Google（www.Google.com）搜索引擎由斯坦福大学博士生 Larry Page 与 Sergey Brin 于 1998 年 9 月发明，Google Inc. 于 1999 年创立。2000 年 7 月份，Google 替代 Inktomi 成为 Yahoo 公司的搜索引擎，同年 9 月份，Google 成为中国网易公司的搜索引擎。1998 年至今，Google 已经获得 30 多项业界大奖，是易用性最强的搜索网站。但是 Google 最大的问题是死链接率比较高，中文信息的更新慢，不能及时淘汰已经过时的链接。虽然通过“网页快照”功能可以减少目标页面不存在的现象，但 Google 的“网页快照”功能在中国有时无法使用。

步骤07 重复上述步骤的操作即可添加多种语言。

提示

实训 4　下载网络资源

在无限广阔的网络世界里，人们除了可以浏览各式各样的信息之外，还可以下载自己需要的各种网络资源。所谓下载就是将网络上的资料保存到自己的电脑上，通过下载，我们可以得到自己喜欢的音乐、电影、游戏、最新版本的应用软件、最新的驱动程序、需要的书籍等。

本节将详细介绍使用浏览器下载网络资源以及使用迅雷下载软件下载网络资源的方法。

训练 1　使用 IE 浏览器下载资源

如果计算机上没有安装下载软件，我们也可以使用 IE 浏览器直接进行 Web 方式的下载。

首先在 IE 浏览器的地址栏中输入华军软件园的网址（http://www.onlinedown.net/）进入该网站，我们可以通过分类查找或站内搜索等方法找到我们需要下载的软件，然后通过单击下载链接来完成下载，如图 6.11 所示。

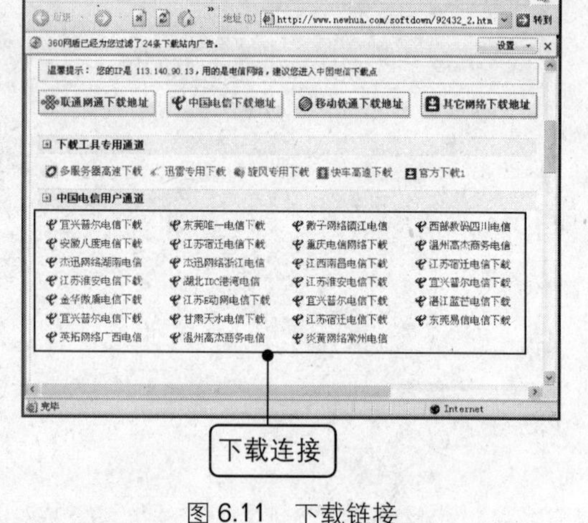

图 6.11　下载链接

单击其中的一个下载链接，系统会自动弹出“文件下载”对话框，如图 6.12 所示。单击“保存”按钮，选择文件下载后的保存位置，此时，系统会自动下载并且显示下载进度窗口，如图 6.13 所示。

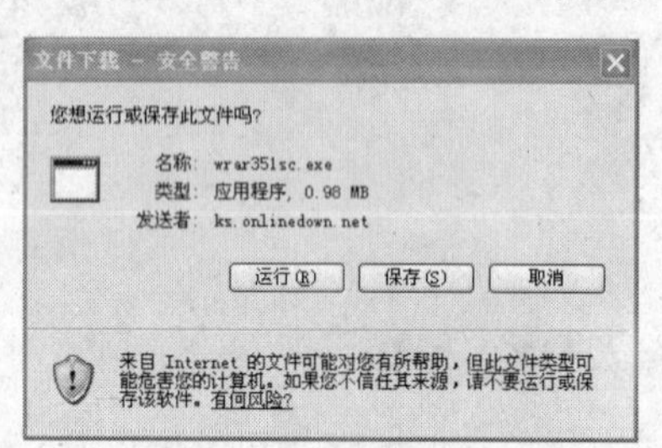

图 6.12　“文件下载 – 安全警告”对话框

图 6.13　下载进度窗口

训练 2　使用迅雷（Thunder）下载软件下载资源

1. 迅雷软件简介

迅雷（Thunder）是一款新型的基于 P2SP 技术的下载软件，能够将网络上存在于服务器的资源和个人计算机上的资源进行有效的整合，构成独特的迅雷网络。通过迅雷网络，各种数据文件能够以最快的速度进行传递。同时，它还具有互联网下载负载均衡功能，在不降低用户体验的前提下，迅雷网络可以对服务器资源进行均衡，有效降低服务器的负担，其具体功能如下：

- 全新的多资源超线程技术，显著提升下载速度；功能强大的任务管理功能，可以选择不同的任务管理模式。
- 智能磁盘缓存技术，有效防止了高速下载时对硬盘的损伤。
- 智能的信息提示系统，根据用户的操作提供相关的提示和操作建议。
- 独有的错误诊断功能，帮助用户解决下载失败的问题。
- 病毒防护功能，可以和杀毒软件配合，保证下载文件的安全性。
- 自动检测新版本，提示用户及时升级更新软件。

- 提供多种皮肤，用户可以根据自己的爱好进行选择。

2. 下载安装迅雷软件

迅雷的安装非常简单，用户可以到其官方网站（http://www.xunlei.com）下载它的最新版本。下载完毕后，执行迅雷安装程序，并按照安装向导的提示一步一步地进行安装，安装完毕后运行，其主界面如图 6.14 所示。

3. 使用迅雷下载资源

在下载网站中，通过浏览或站内搜索等方法找到需要下载资源的下载页面，然后在下载链接地址上单击鼠标右键，弹出快捷菜单，如图 6.15 所示。

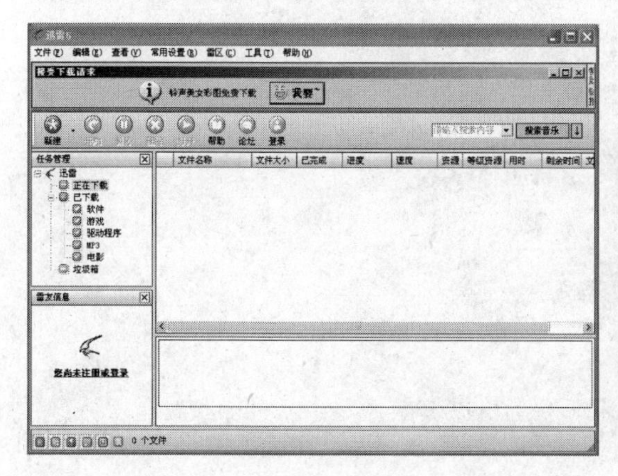

图 6.14　迅雷下载软件主界面

图 6.15　网站中的下载链接

在快捷菜单中选择“使用迅雷下载”菜单命令，迅雷会自动运行(如果还没有运行的话)并且打开“建立新的下载任务”对话框，如图 6.16 所示。

图 6.16　新建下载任务

迅雷在下载过程中，其悬浮窗显示当前正在下载任务的进度，如图 6.17 所示，其主界面也会显示下载任务的各种状态信息，如图 6.18 所示。

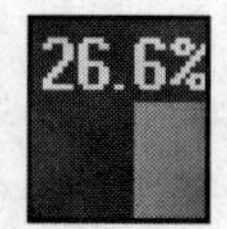

图 6.17　悬浮窗

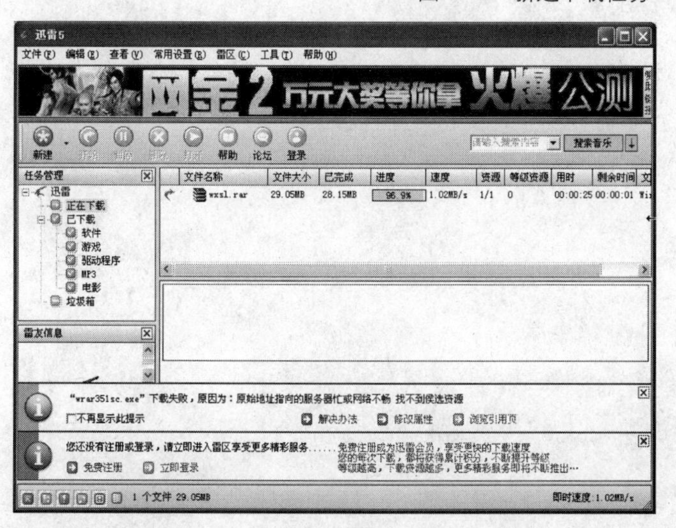

图 6.18　下载任务的各种状态信息

图6.23 选择注册账号　　图6.24 用户注册界面

提示

务必记住自己设置的用户名和密码，以后登录邮箱时要用到。密码最好是数字和字母的组合，尽量不要用自己的生日和电话号码作为密码，以保障信息安全。

05 此时出现"创建成功提示信息"界面，如图6.25所示。

图6.25 创建成功提示信息

06 单击图6.25中的"不激活，直接进入邮箱"链接即可进入所申请的邮箱。

下次登录时，只需进入126站点，输入用户名及密码，单击"登录"按钮即可进入邮箱。收发邮件有两种方式，一种是使用浏览器收发邮件，另一种是使用邮件客户端软件收发邮件。

训练2 使用浏览器收发电子邮件

以上面申请的126免费电子邮箱"wangluofeiyu0105@126.com"为例，介绍如何使用浏览器收发电子邮件。处理邮件之前必须打开邮箱，其操作步骤如下：

01 启动IE浏览器，在地址栏中输入网址www.126.com，进入126站点。

02 在此站点中的用户名框中输入用户名，例如wangluofeiyu0105@126.com，在密码框中输入密码（输入的密码都是保密的，这里只起说明方法，密码一般以*号显示），如图6.26所示。

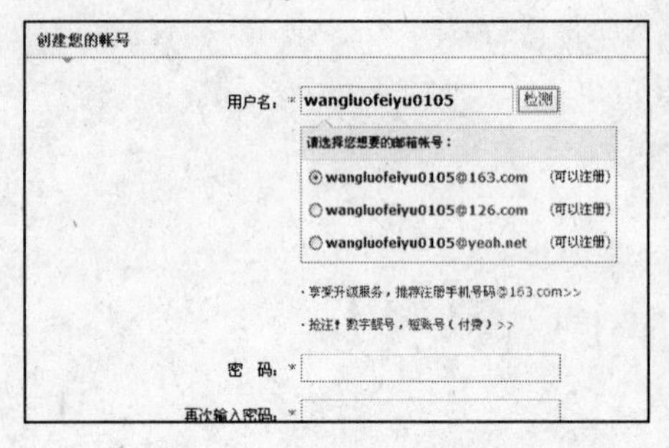

图 6.23 选择注册账号

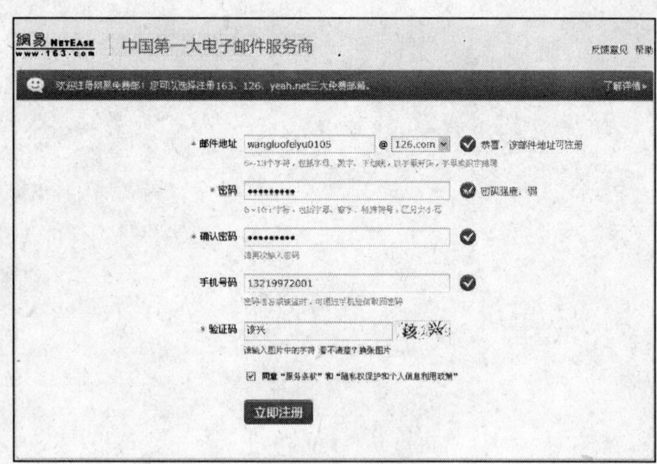

图 6.24 用户注册界面

提 示

必须记住自己设置的用户名和密码，以后登录邮箱时要用到。密码最好是数字和字母的组合，尽量不要用自己的生日和电话等作为密码，以保障信息安全。

Step 05 此时出现“创建成功显示信息”界面，如图 6.25 所示。

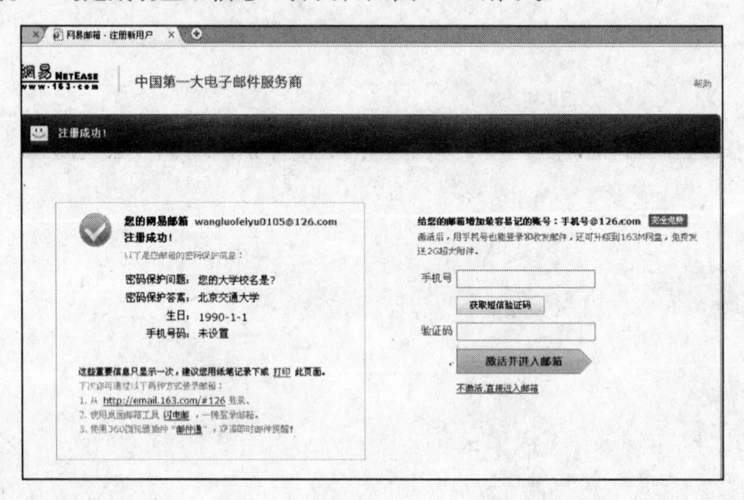

图 6.25 创建成功显示信息

Step 06 单击图 6.25 中的“不激活，直接进入邮箱”链接即可进入所申请的邮箱。

下次登录时，只需进入 126 站点，输入用户名及密码，单击“登录”按钮即可进入邮箱。收发邮件有两种方式，一种是使用浏览器收发邮件；另一种是使用邮件客户端软件收发邮件。

训练 2 使用浏览器收发电子邮件

以上面申请的 126 免费电子邮箱“wangluofeiyu0105@126.com”为例，介绍如何使用浏览器收发电子邮件。处理邮件之前必须打开邮箱，其操作步骤如下。

Step 01 启动 IE 浏览器，在地址栏中输入网址 www.126.com，进入 126 站点。

Step 02 在此站点中的用户名框中输入用户名，例如 wangluofeiyu0105@126.com，在密码框中输入密码（每人的密码都是保密的，这里只是说明方法），密码一般以●号显示，如图 6.26 所示。

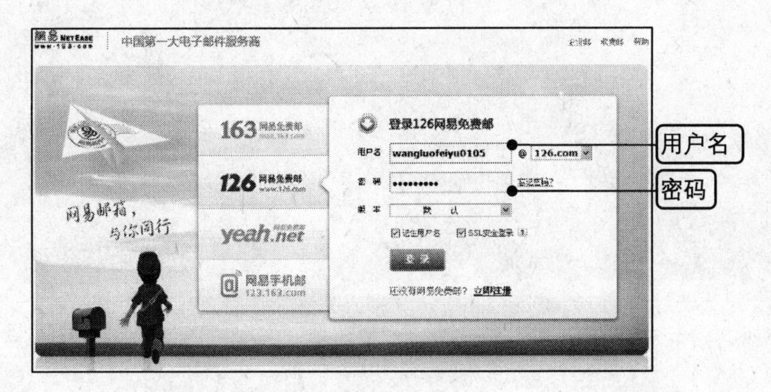

图 6.26　登录窗口

Step 03　单击“登录”按钮进入如图 6.27 所示名为 wangluofeiyu0105 的邮箱界面。

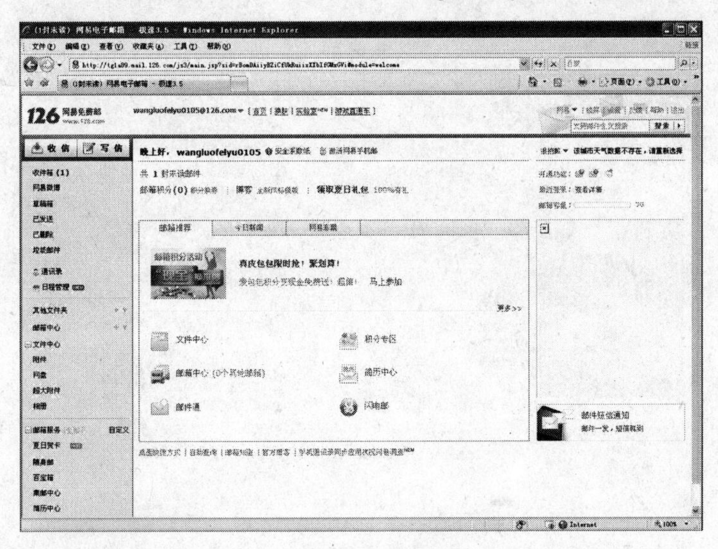

图 6.27　名为 wangluofeiyu0105 的邮箱界面

训练 3　邮件的撰写

当邮箱打开以后，就可以利用 126 电邮网页撰写邮件，现在给自己的邮箱 wangluofeiyu0105@126.com 发送一封信件，具体操作步骤如下。

Step 01　在如图 6.27 所示的界面中单击“写信”按钮，进入如图 6.28 所示的撰写邮件界面。

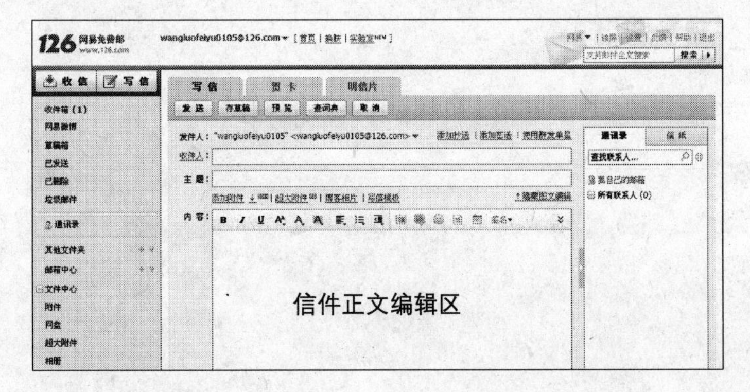

图 6.28　撰写邮件界面

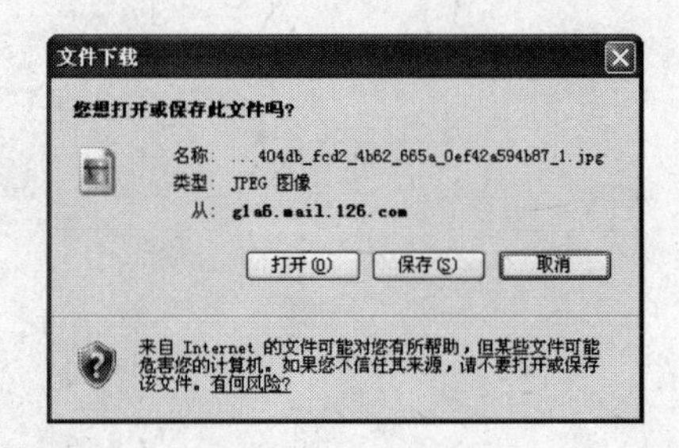

图 6.34 “文件下载”对话框

Step 02 单击“下载”链接，打开如图 6.34 所示的“文件下载”对话框，单击“保存”按钮，弹出“另存为”对话框，设置文件保存的位置和文件名，再单击“保存”按钮，即可将附件下载到硬盘指定的位置上。

Step 03 如果单击图 6.34 中的“打开”按钮，附件文件会在当前的位置上被打开并显示，而不能将附件保存在硬盘上。

训练 7 设置自动回复

Step 01 如图 6.35 所示，登录邮箱界面后，单击上面的“设置”链接，进入“邮件设置”页面。

图 6.35 设置自动回复界面

Step 02 在“邮件收发”类中单击“自动回复”链接，出现如图 6.36 所示的界面，选择“使用自动回复”单选按钮，出现自动如图 6.37 所示的自动回复编辑窗口，输入自动回复内容，单击“确定”按钮即可。

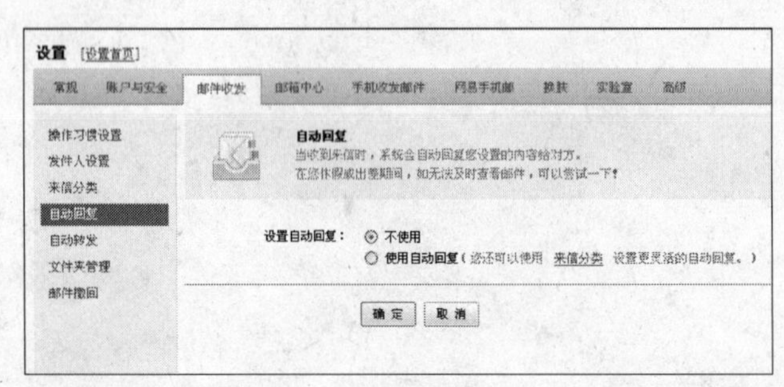

图 6.36 启用自动回复

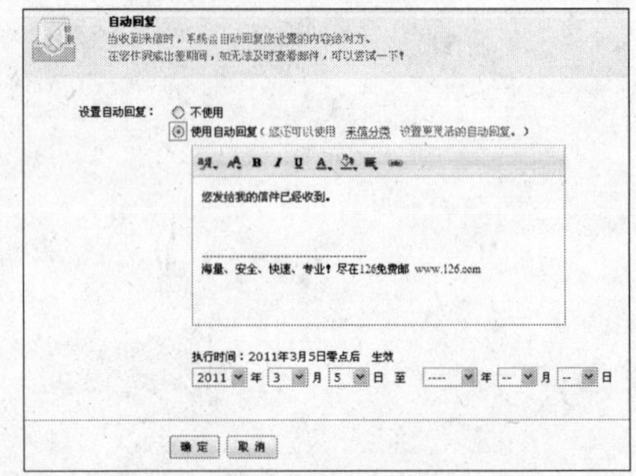

图 6.37 “自动回复编辑”窗口

Step 03 返回“邮件设置”页面，出现自动回复设置成功图示。

训练 8 删除邮件

由于邮箱容量有限，需要经常删除那些无用邮件或者垃圾邮件，具体操作步骤如下。

Step 01 在“收件箱”里选中要删除的邮件，如图 6.38 所示。

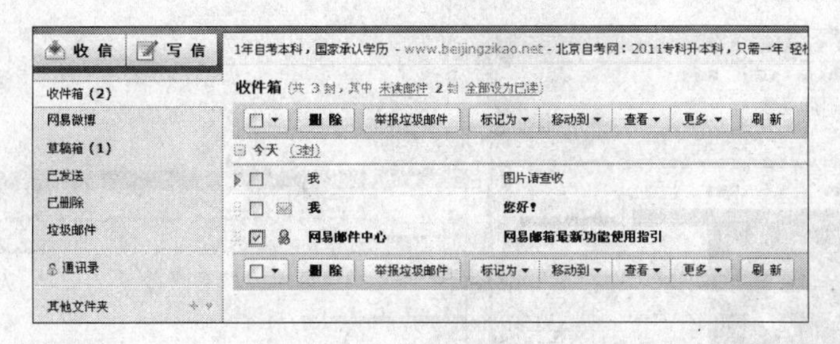

图 6.38　删除邮件

Step 02　单击“删除”按钮，选中的邮件就会被删除，删除后会出现删除成功提示信息。

案例实训　搜索和下载资源

这里以用 IE 浏览器打开搜索引擎下载相关资源为例来介绍网络资源使用的相关操作，具体操作步骤如下。

Step 01　打开 IE 浏览器，在地址栏中输入网址 www.baidu.com，进入百度搜索界面。

Step 02　单击“图片”选项，准备查找图片，如图 6.39 所示。

Step 03　在百度搜索框中输入关键词“北京”，单击“百度一下”按钮，显示搜索到的图片列表。选择其中一张图片，使用 IE 浏览器将其下载。单击鼠标左键进入该图片后，再在图片上单击鼠标右键，选择下拉菜单中“图片另存为”选项，如图 6.40 所示。

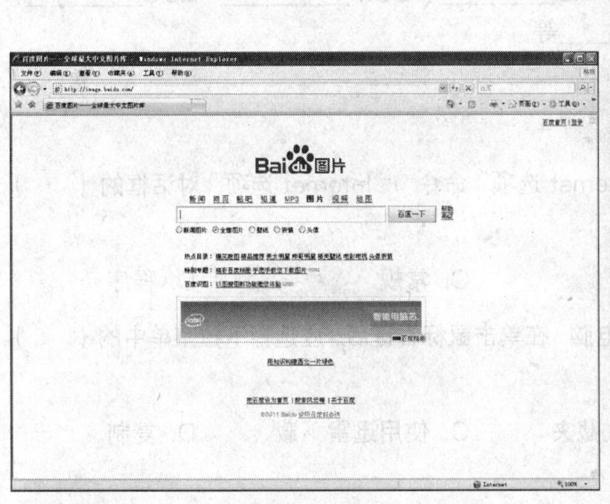

图 6.39　百度图片界面

图 6.40　使用 IE 浏览器下载图片

将其下载到计算机的指定位置，单击“保存”按钮即可。

如果要使用迅雷软件下载该图片，单击鼠标左键进入该图片的预览界面后，在该图片上单击鼠标右键，选择下拉菜单中“使用迅雷下载”选项，如图 6.41 所示。进入迅雷下载界面，将图片保存到计算机的指定位置，单击“立即下载”按钮即可，如图 6.42 所示。

图 6.41　使用迅雷下载图片

图 6.42　保存并下载图片

课后习题

1. 填空题

（1）在网络与网络相连或者在计算机与网络相连时，通常必须使用______、______、______、______、______、______、______和______设备完成连接。

（2）Internet 的接入方式大致有______接入方式与______接入方式两种。

（3）类别域名依照申请机构的性质分为：AC__________；COM__________；EDU__________；GOV__________；NET__________；ORG__________等。

（4）国内常用的搜索引擎主要包括哪些：__________、__________、__________、__________等。

2. 选择题

（1）更改 IE 主页时，选择“工具”|“Internet 选项”命令，“Internet 选项”对话框的（　　）选项卡。

A. 安全　　B. 隐私　　C. 常规　　D. 程序

（2）使用 IE 下载需要的网络资源到本地电脑，在单击鼠标右键后，应选择下拉菜单中的（　　）选项。

A. 目标另存为　　B. 添加到收藏夹　　C. 使用迅雷下载　　D. 复制

3. 上机练习题

（1）连接 Internet，访问 http://www.sohu.com，申请一个免费的电子邮箱。

（2）创建一封新邮件，在“发件人”下拉列表框中选择自己最常用的邮件地址，并把自己写的 E-mail 发给朋友。

项目7

电子商务

项目导读

本章介绍电子商务相关知识以及如何进行网上贸易、网上预订、网上求职与招聘，使读者在了解电子商务理念的基础上能够灵活利用网络完成多种商务活动。

知识要点

- 电子商务的概念
- 电子商务的应用与发展
- 网上贸易
- 网上贸易网站推荐
- 网上预订
- 预订服务类站点推荐
- 网上求职与招聘
- 热门招聘站点推荐
- 国内各大搜索引擎

任务1 电子商务概述

从20世纪90年代中期开始，蓬勃发展的电子商务引起了世界各国的关注。电子商务对国民经济各个部门带来的影响已日益显现出来，从经济发达国家到发展中国家，从国际经济组织到各国政府，从工商企业到消费者，他们都在认真、积极地探索、思考、认识电子商务的本质与特点，大力发展电子商务已成为一个不以人的意志为转移的大趋势。

按照字面含义理解，许多人把电子商务理解成商务的电子化，这种解释是不全面的。事实上，直到今日还没有一个较为全面、深刻地反映电子商务的本质并能为大多数人所接受的电子商务定义。人们都是在依据自己的理解和需要为电子商务下定义。例如美国政府在其“全球电子商务纲要”中，比较笼统地指出，电子商务是通过Internet进行的各项商务活动，包括广告、交易、支付、服务等活动，全球电子商务将涉及世界各国。全球信息基础设施委员会（GIIC）电子商务工作委员会报告草案中对电子商务是这样描述的：电子商务是运用电子通信作为手段的经济活动，通过这种方式，人们可以对带有经济价值的产品和服务进行宣传、购买和结算。这种交易的方式不受地理位置、资金多少或零售渠道的所有权影响，公有或私有企业、政府组织、各种社会团体、一般公民、企业家都能自由地参加广泛的经营活动，其中包括农业、林业、渔业、工业、私营和政府的服务业。电子商务能使新产品在世界范围内交易，并向消费者提供各种各样的选择。IBM公司在其讨论电子商务的有关文件中认为，电子商务即E-business，是把买卖双方、厂商和合作伙伴在Internet网上结合起来的应用，并提出电子商务的公式为 Internet+IT＝电子商务。IBM 公司认为，实现电子商务的关键是解决好3C问题，第一个C是Content（信息管理），就是如何在网络环境下更好地开发与利用信息；第二个 C 指 Collaboration（合作），就是如何使人们更加便捷、有效地在一起共事或合作；第三个C指Commerce（商务交易），即如何在网上从事商务交易，从而获取利润，在网络环境中求得生存与发展。加拿大电子商务协会给电子商务的定义是：电子商务是通过数字通信进行商品和服务的买卖以及资金的转账，它包括公司间和公司内利用 E-mail，EDI（电子数据交换）、文件传输、传真、电视会议、远程计算机网所能实现的全部功能（如市场营销、金融结算、销售以及商务谈判）。

上述关于电子商务的定义，除了对有些定义中的“服务”一词可以作广泛的理解和个别定义提到了“行政作业”之外，其他都过多地强调了与交易有关的商务活动，这是可以理解的，因为任何事务只有借助经济与商务的大潮才能尽快地走向实用与成熟。但是这种强调容易产生理解上的狭隘性，可能使人们对电子商务的研究与开发过多地注意电子交易方式的实现，而忽略发展电子商务的重要基础——社会信息化。因此，可以从不同的角度对电子商务进行定义。从狭义角度讲，电子商务是指个人和企业之间、企业和企业之间、政府与企业之间及企业与金融业之间利用网络和计算机提供的通信手段所进行的商品交易活动，主要是指利用网络与计算机进行的钱和物的交易。从这个角度讲，可以称电子商务为电子交易或电子贸易（E-commerce，简称 EC），电子交易 EC＝网络＋交易，是传统交易活动的电子化和网络化。从广义角度讲，电子商务是指在全球或内部网络环境下利用网络技术和信息技术，在世界范围内进行并完成的各种事务活动。这就不仅包含钱和物的交易，更强调信息的流通和管理，包括企业内部、企业与企业之间、企业与客户之间、企业与政府/银行之间、个人与银行之间等各个方面。在这里，即使是商务活动也不再局限于交易活动，它的范围也扩大了，例如它可以包括市场分析、客户关系管理、物资调配供应链系统、内部管理等诸多方面，从这个角度讲，可以称电子商务为电子事务（E-business，简称 EB）。Business 本身有 Task 的含义。显然，狭义的 EC 未能涵盖通过网络等通信设施进行的全部信息交换活动，也未能强调除交易活动之外的其他信息管理等事务，但其简化了电子商务的要求，有利于促进电子商务的初期发展。广义的 EB 强调了电子商务的本质——社会信息化，这可以促进电子商务的深入发展，可以引起工业化社会的许多深刻变革，从而使电子商务给社会经济带来真正的变革，使社会经济发展与电子商务的发展进入良性循环，互相推动，飞速发展。

任务 2 网上贸易

网上贸易就是利用网络为载体或传播媒介，对客户的产品、服务进行宣传推广，或者查找到用户希望得到的产品或服务信息。网上贸易较传统贸易形势快捷，不受地域限制，容易提高经营效率，但风险也很大，主要是信息真实性的考查需要费一番心思。目前做的最多的网上贸易是网上开店，其他的还有企业网站、供求信息等，形式很多。

网上贸易是电子商务的组成部分，其利用电子方式、电子媒介及电子化的程序，在电脑网络世界进行不同形式的商业活动。网上贸易大致可分为因特网接入、自建网站、加入 B2B 贸易电子交易市场、建立企业内部网、加入买家采购网、实施企业全方位信息化管理等六个阶段。

实训 1 购买商品

网络环境中各种信息和商品的资源十分丰富，能找到合适的商品和有价值的信息至关重要。现以在淘宝网上选取商品为例来说明在网络上查找所需商品的方法与步骤。

1. 登录电子商务网站

首先打开 IE 浏览器，在地址栏中输入 www.taobao.com（淘宝网网址），单击回车键，进入淘宝网主页，如图 7.1 所示。

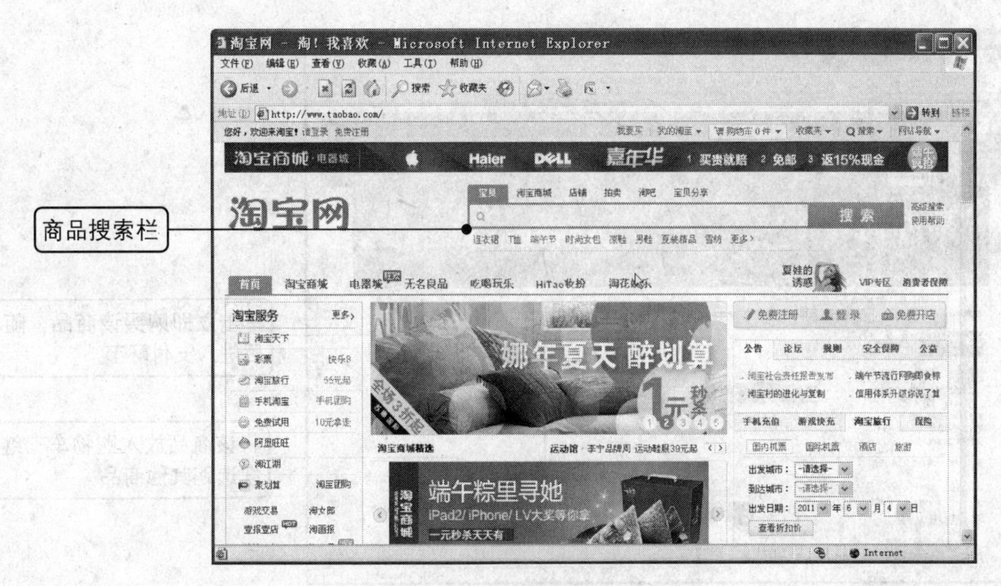

图 7.1　淘宝网主页

在图 7.1 中的商品搜索栏中输入关键字“打印机”，单击“搜索”按钮，即可进入出售打印机的商家列表，如图 7.2 所示。

图 7.2　打印机卖家列表

2. 选择商品

在图 7.2 中的商家列表中选择一个信誉度较高的卖家，单击鼠标左键，进入其店铺网站，如图 7.3 所示。在卖家店铺中可单击“立刻购买”按钮或“加入购物车”按钮，进入支付阶段或继续选购其他商品。

3. 完成支付

单击“立刻购买”按钮后，网页会跳出登录界面，如果没有淘宝网站账号，则单击“注册”按钮，免费注册网站账号。如已经注册过淘宝网站账号，则输入账号密码进行登录。进入订单确认、付款环节，收到卖家发过来的货物，检查没有问题后按照系统提示，完成收货、评价商品的购买流程，如图 7.4 所示。

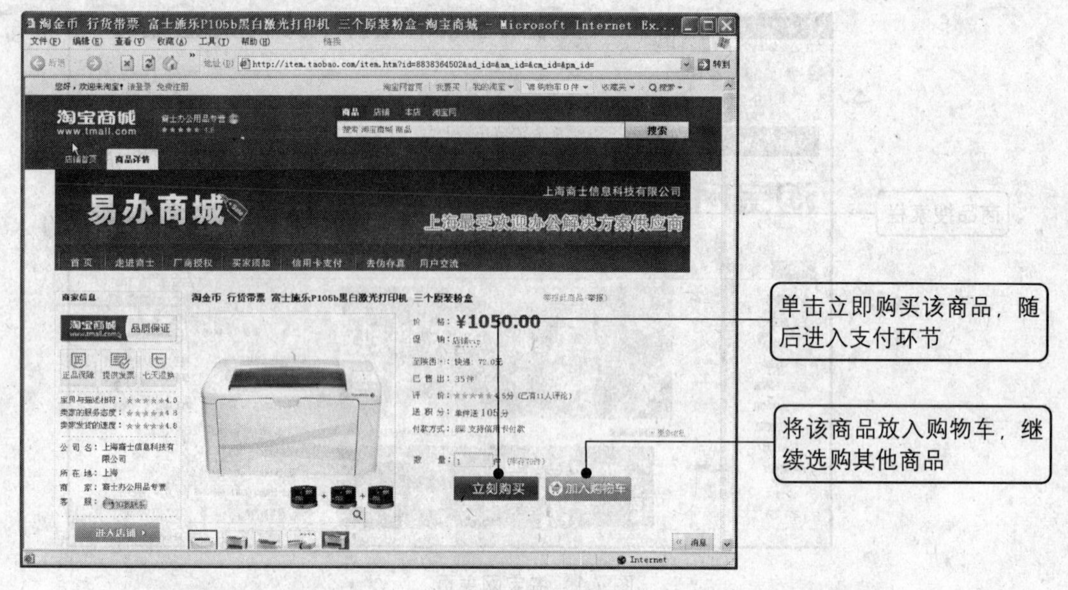

图 7.3 购买界面

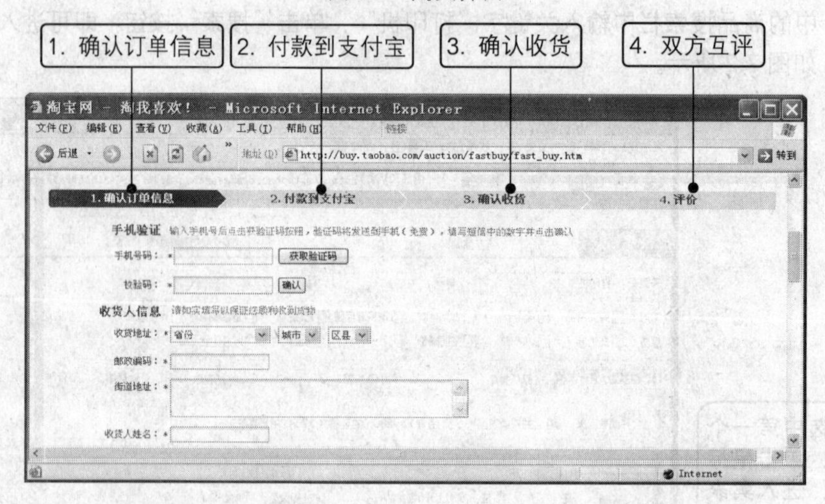

图 7.4 购买流程

实训 2 网上贸易类网站推荐

1. 淘宝网（www.taobao.com）

阿里巴巴旗下淘宝网（Taobao，口号：淘！我喜欢。）的口号是没有淘不到的宝贝，没有卖不出的宝贝。淘宝网是亚洲第一大网络零售商圈，致力于创造全球首选网络零售商圈，由阿里巴巴集团于 2003 年 5 月 10 日投资创办。结合社区、江湖、帮派来增加网购人群的粘性，并且采用最新团网购模式与零售模式，让网购人群乐而忘返。

淘宝网目前业务跨越 C2C（Consumer to Consumer，消费者对消费者）、B2C（Business-to-Consumer 商家对消费者）两大部分。截至 2008 年其注册用户超过 9800 万，注册用户还在不断增长。它拥有中国绝大多数网购用户，覆盖了中国绝大部分网购人群；2008 年交易额为 999.6 亿元，占网购市场 80%市场份额。

2. 阿里巴巴（www.alibaba.com）

阿里巴巴（英语为 Alibaba.com Corporation；港交所：1688），中国最大的网络公司和世界第二大网络公司，是由马云在 1999 年一手创立的企业对企业的网上贸易市场平台。2003 年 5 月，他投资一亿元人民币建立个人网上贸易市场平台——淘宝网，2004 年 10 月，阿里巴巴投资成立支付宝公司，面向中国电子商务市场推出基于中介的安全交易服务。阿里巴巴在中国香港成立公司总部，在中国杭州成立中国总部，并在海外设立美国硅谷、伦敦等分支机构、合资企业 3 家，在中国北京、上海、浙江、山东、江苏、福建、广东等地区设立分公司、办事处十多家。

3. eBay 易趣（www.ebay.cn）

易趣是全球最大的电子商务公司 eBay（Nasdaq：EBAY）和国内领先的门户网站、无线互联网公司 TOM 在线于 2006 年 12 月携手组建一家合资公司。

1999 年 8 月，易趣在上海创立，主营电子商务业务。2000 年 2 月，易趣公司在全国首创 24 小时无间断热线服务，2000 年 3 月至 5 月，与新浪结成战略联盟，并于 2000 年 5 月并购 5291 手机直销网，开展网上手机销售，使该业务成为易趣特色之一。易趣目前有 350 万注册用户。2002 年，易趣与 eBay 结盟，更名为 eBay 易趣，并迅速发展成国内最大的在线交易社区。秉承帮助任何人在任何地方能实现任何交易的宗旨，它不仅为卖家提供了一个网上创业、实现自我价值的舞台，其繁多的品种、价廉物美的商品资源也给广大买家带来了全新的购物体验。

2006 年 12 月，eBay 与 TOM 在线合作，通过整合双方优势，凭借 eBay 在中国的子公司 eBay 易趣在电子商务领域的全球经验以及国内活跃的庞大交易社区与 TOM 在线对本地市场的深刻理解，2007 年两家公司推出为中国市场定制的在线交易平台。新的交易平台将带给国内买家和卖家更多的在线与移动商机，促进 eBay 在中国市场的纵深发展。

4. 卓越亚马逊（www.amazon.cn）

卓越亚马逊是一家中国 B2C 电子商务网站，前身为卓越网，被亚马逊公司收购后成为其子公司。经营图书音像软件、图书 、影视等。卓越网创立于 2000 年，为客户提供各类图书、音像、软件、玩具礼品、百货等商品。卓越亚马逊总部设在北京。并成立了上海和广州分公司，至今已经成为中国网上零售业的领先者。 2004 年 8 月亚马逊全资收购卓越网，将卓越网收归为亚马逊中国全资子公司，使亚马逊全球领先的网上零售专长与卓越网深厚的中国市场经验相结合，进一步提升了客户经验，并促进了中国电子商务的成长。

5. 京东商城（www.360buy.com）

京东商城是中国 B2C 市场最大的 3C 网购专业平台，是中国电子商务领域最受消费者欢迎和最具影响力的电子商务网站之一（注：3C 是计算机 Computer、通信 Communication 和消费电子产品 Consumer Electronic 三类电子产品的简称）。京东商城目前拥有遍及全国各地的 1500 万注册用户，1200 家供应商，在线销售家电、数码通信、电脑、家居百货、服装服饰、母婴、图书、食品等 11 大类数万个品牌 30 余万种优质商品，日订单处理量超过 12 万单，网站日均 PV 超过 3500 万。现在，京东商城已占据中国网络零售市场份额的 35.6%，连续 10 个季度蝉联行业头名。

6. 中国贸易网（www.cntrades.com）

中国贸易网是一个企业对企业（B2B）的国际贸易信息平台，中国贸易网作为大中华地区进出口贸易的主要促进者，为专业买家提供优质供应商产品信息，同时也为供应商提供全面的国际市场推广服务。由于独特的市场定位和深度的服务内容，中国贸易网已成为中国商家沟通、交流、发布及获取信息的重要渠道。

7. 中国商业网（www.chinabtob.net）

中国商业网是全球企业间（B2B）电子商务的著名品牌，汇集海量供求信息，是全球著名的网上电子商务平台、商贸平台、网上贸易平台、贸易平台。成为全球领先的 B2B 电子商务平台之一。

8. 1798 国际贸易网（www.1798.cn）

1798 国际贸易网是一家大型的 B2B 电子商务网站，自从 2003 年开始运行以来，积累了七万多的企业注册用户，并且用户量在迅速增加，日被访页面量约 50 万次，行业排名全国 100 名之内。1798 主要功能有网上交易，电子商铺，人才中心，贸易资讯，商务洽谈。特别推荐的是 1798 搜索功能，该功能是将搜索、网址、贸易、资讯、人才，产品图库捆绑为一体的网络产品，目前国内外仅此一家。

9. 商务路路通（www.3566t.com）

商务路路通为网络营销提供一个 B2B 电子商务平台，是首选的外贸 B2B 电子商务平台网站，涵盖机械设备、电子电工、五金工具、汽摩配件、仪器仪表、服装鞋帽、家用电器、化工原料、冶金矿产、纺织皮革、家装建材、工艺礼品、食品饮料、医药保健、农业生产、能源环保等最新信息。

任务 3 网上预订

实训 1 网上预订酒店

本节以携程旅行网为例详细说明网上预订酒店的步骤及方法。

1. 登录酒店预订网站

首先打开 IE 浏览器，在地址栏中输入 hotels.ctrip.com（携程旅行网），单击回车键，进入携程旅行网主页，如图 7.5 所示。

图 7.5 携程旅行网主页

2. 填写预订信息并付款

在图 7.6 左侧的信息填写栏中填写要预订酒店的信息，如城市、入住时间等，单击“搜索”按钮，进入酒店列表。选择要预订的酒店，单击鼠标左键，进入该酒店的预订主页，如图 7.6 所示。

图 7.6　酒店预订主页

单击“预订”按钮，进入信息填写界面，按要求填写预订信息，进入付款环节。按照系统提示，完成付款，成功预订。

实训 2　预订服务类站点推荐

1. 携程旅行网（hotels.ctrip.com）

携程旅行网创立于 1999 年，总部设在中国上海，目前已在北京、广州、深圳、成都、杭州、厦门、青岛、南京、武汉、沈阳等 10 个城市设立分公司，并在三十多个城市有分支机构，员工超过 5000 人。作为中国领先的在线旅行服务公司，携程旅行网成功整合了高科技产业与传统旅行业，向超过 1400 万会员提供集酒店预订、机票预订、度假预订、商旅管理、特惠商户及旅游资讯在内的全方位旅行服务，被誉为互联网和传统旅游无缝结合的典范。在互联网刚刚发展的阶段，携程网董事长梁建章很有眼光地把电子商务用于旅游行业，创造了一种以旅游为主体的 B2C 商业模式，是主要集宾馆预订、机票预订、度假产品预订、旅游信息查询及打折商户服务为一体的综合性旅行服务公司。互联网行业的人说，这并不是一家纯粹的互联网公司；而旅游行业的人说，这不是一家真正的旅游公司。在 1999 年携程开始做旅游网站时，它就悄悄地改变了人们的生活，改变了旅游业的基本形态，给人们带了便利，所以携程网在创业伊始就被定位为一个良好的大型旅游中介公司，成为客户可以信赖的旅游、出行媒介。

2. 同城网——一起游天下（www.17u.cn）

同城网提供酒店预订、机票预订、景点门票预订、演出门票预订、租车预订、旅游度假预订等多种预订服务，业务种类繁多，丰富多样，如图 7.7 所示。

图 7.7 同城网主页

3. 中国移动通信 12580（12580.10086.cn）

中国移动通信 12580 预订网是中国移动通信有限公司旗下的商务预订网站，提供酒店预订、机票预订、集团差旅等多种预订服务，如图 7.8 所示。

图 7.8 中国移动通信 12580 主页

4. 快乐 e 行（www.etpass.com）

快乐 e 行引集团成立于 2005 年 4 月，由十余家世界 500 强企业巨头联合打造，注册资本 1500 万美元。集团致力于建设融汇高科技与全新生活理念于一体的跨行业综合社会服务平台，业务涵盖互联网及移动通信、电子商务、国际/国内旅游、酒店管理、航空服务、文化传媒等多种领域。目前，集团在国内拥有 20 家分支机构，并在不断发展，业务遍布全国，辐射海外。

任务 4 网上求职与招聘

实训 1 登录求职网站

本节以智联招聘网站为例来详细说网上求职、招聘的步骤及方法。

首先打开 IE 浏览器，在地址栏中输入 www.zhaopin.com（智联招聘网），单击回车键，进入智联招聘网站主页，如图 7.9 所示。

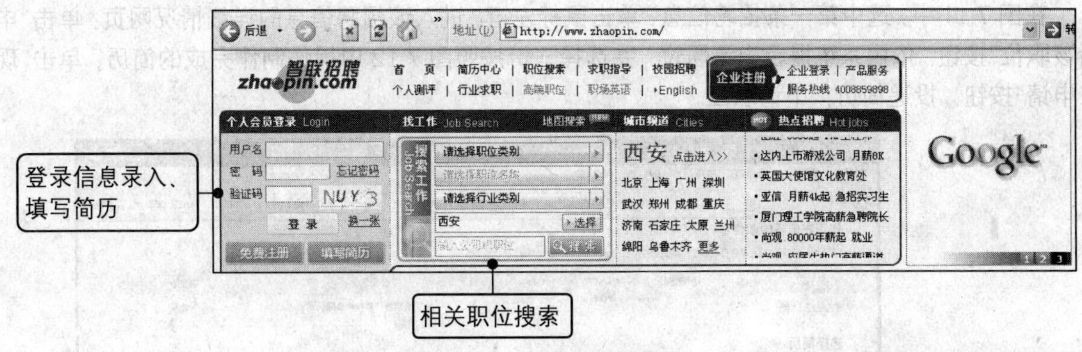

图 7.9 智联招聘主页

在图 7.9 中左侧的登录区域内输入账号、密码信息，如果尚未注册账号，单击“免费注册”按钮进行注册，然后登录。新用户首次登录后，网站会提示填写简历信息，可按照系统提示填写求职者的相关信息，制作自己的简历，如图 7.10 所示。

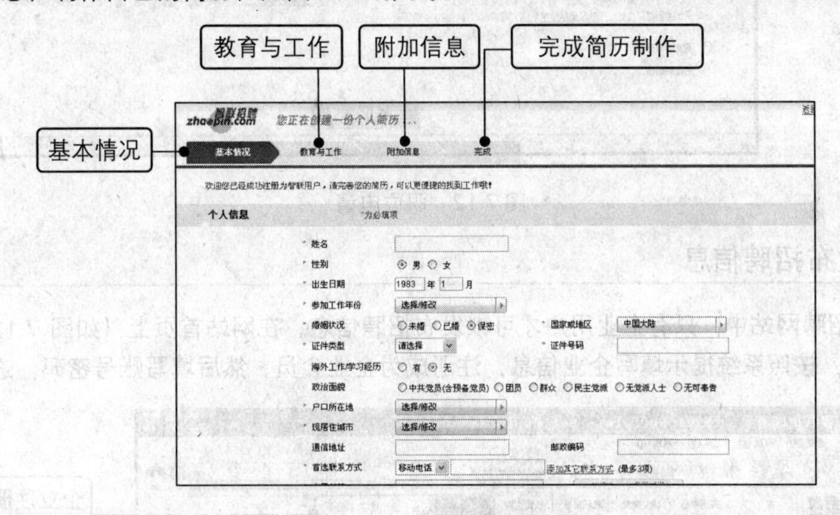

图 7.10 简历信息填写

实训 2 查找招聘信息并应聘

在图 7.9 中部位置，用户可以按照职位类别、职位名称、职位所属的行业类别、地区以及其他信息来搜索自己感兴趣的职位，查看相关招聘信息。填入搜索要求后，单击“搜索”按钮，即可显示职位列表，如图 7.11 所示。

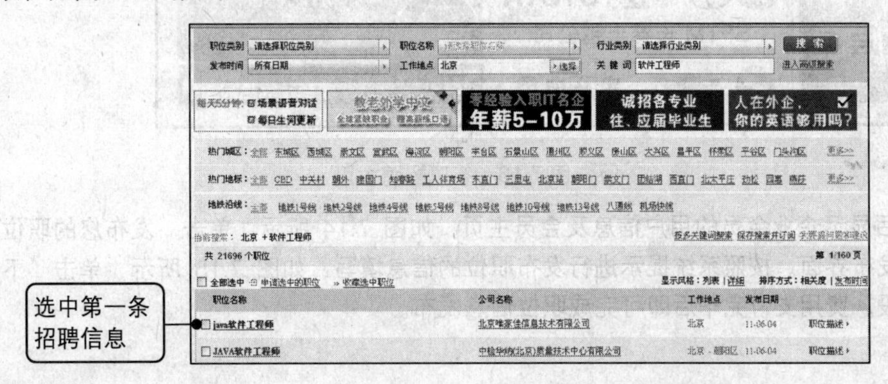

图 7.11 招聘职位列表

在图 7.11 中，选中第一条招聘信息，单击鼠标左键，进入该招聘信息的详细情况网页，单击“申请该职位”按钮，依照系统提示申请职位，并选择一份按照图 7.12 中操作制作完成的简历，单击“现在申请”按钮，投递简历，申请职位。

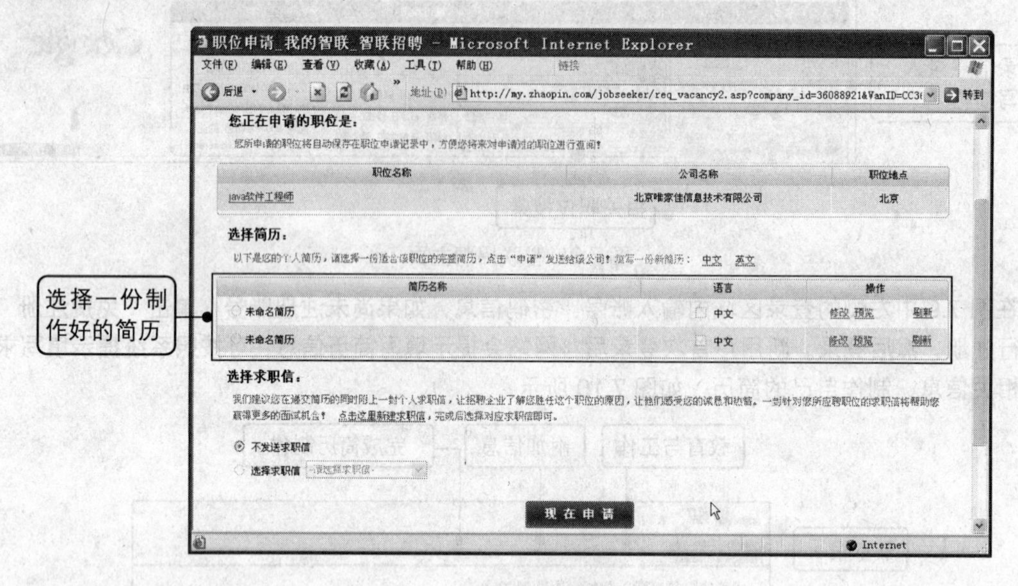

图 7.12　职位申请

实训 3　发布招聘信息

在智联招聘网站中，只有企业用户才可以发布招聘信息。在网站首页上（如图 7.13）单击“企业注册”按钮，按照系统提示填写企业信息，注册成为企业会员。然后填写账号密码，进行登录。

图 7.13　智联招聘主页

登录后显示企业会员的用户信息及会员主页，如图 7.14 所示。单击“发布您的职位”按钮，进入职位发布界面。按照系统提示进行发布职位的信息填写，如图 7.15 所示，单击“下一步”进入缴费阶段。费用支付完毕后即可完成职位信息发布。

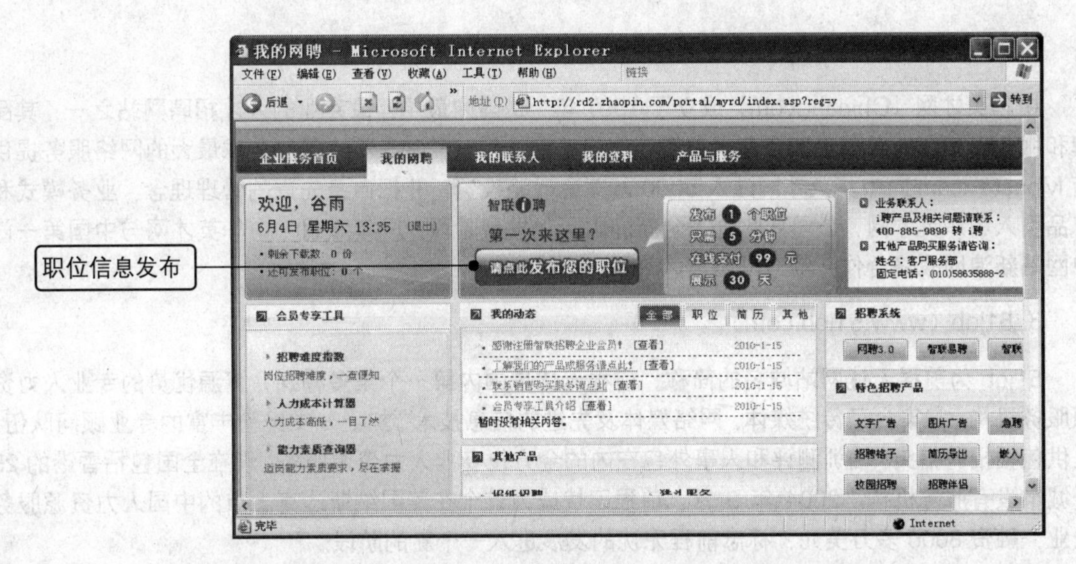

图 7.14 职位信息发布

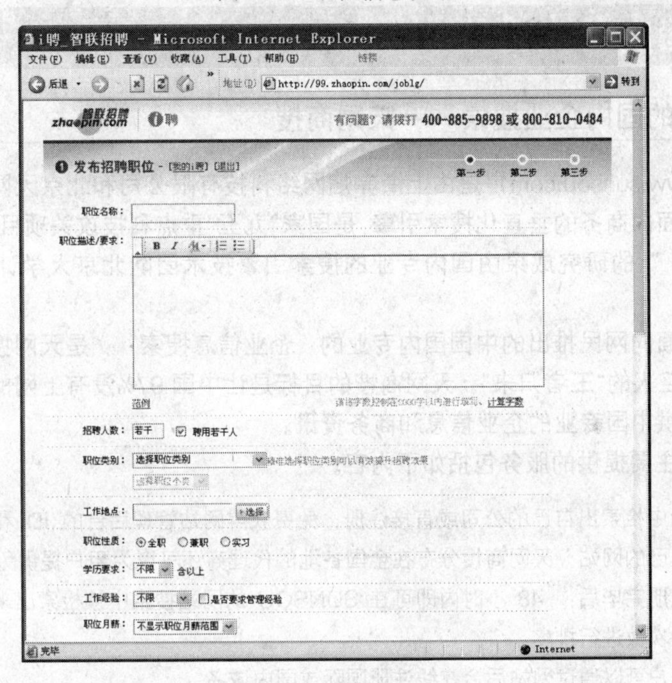

图 7.15 职位信息填写

实训 4 热门招聘站点推荐

1. 智联招聘（www.zhaopin.com）

智联招聘面向大型公司和快速发展的中小企业提供一站式专业人力资源服务，包括网络招聘、报纸招聘、校园招聘、猎头服务、招聘外包、企业培训以及人才测评等，并在中国首创了人力资源高端杂志《首席人才官》，是拥有政府颁发的人才服务许可证和劳务派遣许可证的专业服务机构。截止到 2011 年 1 月，智联招聘网平均日浏览量 6800 万，日均在线职位数 255 万以上，简历库拥有近 3800 余万份简历，每日增长超过 30000 封新简历。个人用户可以随时登录，增加、修改、删除、休眠其个人简历，以保证简历库的时效性。

2. 中华英才网（以北京站为例 beijing.chinahr.com）

中华英才网（Chinahr.com）成立于 1997 年，是国内最早、最专业的人才招聘网站之一，其品牌和服务已被个人求职者和企业人力资源部门普遍认可。 2005 年 4 月，全球最大的网络服务提供商 Monster.com 向中华英才网注入 5000 万美金战略投资，并把自身先进的管理理念、业务模式和产品引入中华英才网，公司从此进入全新的国际化发展阶段。同年 5 月，中华英才网与中国第一门户网站新浪网战略合作，缔造网络招聘帝国。

3. 51job（www.51job.com）

51job 为前程无忧网站域名的简称。前程无忧是国内第一个集多种媒介资源优势的专业人力资源服务机构。它集合了传统媒体、网络媒体及先进的信息技术，加上一支经验丰富的专业顾问队伍，提供包括招聘猎头、培训测评和人事外包在内的全方位专业人力资源服务，现在全国包括香港的 25 个城市设有服务机构。2004 年 9 月，前程无忧成为首个在美国纳斯达克上市的中国人力资源服务企业，融资 8000 多万美元，标志前程无忧的发展进入一个新的阶段。

任务 5 国内各大搜索引擎

实训 1 最齐全的国内企业搜索——天网商搜

天网商搜（www.sunsou.com）是由上海赤焰网络科技有限公司和北京天网时代科技有限公司共同投资和研发的面向商务的垂直化搜索引擎，是国家“九五”重点科技攻关项目“ 中文编码和分布式中英文信息发现 ”的研究成果由国内专业的搜索引擎技术团队北京大学计算机系网络研究室研发。

“天网商搜”面向网民推出的中国国内专业的“企业信息搜索”，是天网搜索走向商业化的里程碑，是搜索技术巨人的“王者归来”。天网商搜的目标是让中国 97%没有上网的企业免费拥有自己的网站，为网民提供中国专业的企业信息和商务资讯。

“天网商搜”主要提供的服务包括如下内容。

- 在网站搜索中检索出自己的公司或直接注册，免费获得网站管理后台的 ID 和密码，登录添加内容即可拥有自己的网站。天网商搜分布在全国各地的代理商还可以为用户提供免费的网站制作支持。
- 免费网站注册完毕后， 48 小时内即可在 SUNSOU 的网站搜索中被检索出来，并根据用户的更新次数和访问次数进行排序。
- 免费网站用户可以通过网站后台在线注册国际或国内域名。
- 免费网站用户通过自己网站发布的产品信息、职位信息、商机等免费、自动地发布到 SUNSOU 的商机搜索和职位搜索中。
- 免费获得 SUNSOU 提供的各种网站升级及增值服务。

实训 2 电子书搜索引擎——超星数字图书馆

超星数字图书馆（book.chaoxing.com）为目前世界最大的中文在线数字图书馆，大量的电子图书资源提供阅读，其中包括文学、经济、计算机等五十余大类数十万册电子图书和 300 万篇论文，全文总量 4 亿余页，数据总量达 30000GB，拥有大量免费电子图书，并且每天仍在不断地增加与更新。

（1）覆盖范围：涉及哲学、宗教、社科总论、经典理论、民族学、经济学、自然科学总论、计算机等各个学科门类，该数字图书馆已订购 67 万余册。

（2）收录年限：1977 年至今。

（3）技术依托：先进、成熟的超星数字图书馆技术平台和“超星阅览器”，为用户提供各种读书所需功能。专为数字图书馆设计的 PDG 电子图书格式具有很好的显示效果、适合在互联网上使用。“超星阅览器”是国内目前技术最为成熟、创新点最多的专业阅览器，具有电子图书阅读、资源整理、网页采集、电子图书制作等一系列功能。

经过 15 年的努力，超星公司构建了全球最大的中文数字图书馆。“珍藏科学著作，传承科学精神”，以实际行动推进中国数字图书馆事业，为科教兴国战略做出自己的贡献。目前，许多作者对这项数字图书馆事业给予了热烈支持，钱学森院士、贾兰坡院士、吴文俊院士、刘东生院士等 200 余位两院院士及社科院数百名专家不但授权，而且还题词勉励“超星”。现在我们需要更多的作者支持超星，共同为中国数字图书馆的发展做出贡献。

实训 3　中国知识资源总库——中国知网

中国知网（www.cnki.net）是国家知识基础设施（National Knowledge Infrastructure，NKI）的概念，由世界银行于 1998 年提出。CNKI 工程是以实现全社会知识资源传播共享与增值利用为目标的信息化建设项目，由清华大学、清华同方发起，始建于 1999 年 6 月。在党和国家领导以及教育部、中宣部、科技部、新闻出版总署、国家版权局、国家计委的大力支持下，在全国学术界、教育界、出版界、图书情报界等社会各界的密切配合和清华大学的直接领导下，CNKI 工程集团经过多年努力，采用自主研发并具有国际领先水平的数字图书馆技术建成了世界上全文信息量规模最大的“CNKI 数字图书馆”，并正式启动建设《中国知识资源总库》及 CNKI 网格资源共享平台，通过产业化运作，为全社会知识资源高效共享提供最丰富的知识信息资源和最有效的知识传播与数字化学习平台。

CNKI 工程的具体目标：一是大规模集成整合知识信息资源，整体提高资源的综合和增值利用价值；二是建设知识资源互联网传播扩散与增值服务平台，为全社会提供资源共享、数字化学习、知识创新信息化条件；三是建设知识资源的深度开发利用平台，为社会各方面提供知识管理与知识服务的信息化手段；四是为知识资源生产出版部门创造互联网出版发行的市场环境与商业机制，大力促进文化出版事业、产业的现代化建设与跨越式发展。

凭借优质的内容资源、领先的技术和专业的服务，中国知网在业界享有极高的声誉，在 2007 年，中国知网旗下的《中国学术期刊网络出版总库》获首届“中国出版政府奖”，《中国博士学位论文全文数据库》、《中国年鉴网络出版总库》获提名奖。这是中国出版领域的最高奖项。国家“十一五”重点网络出版工程——《中国学术文献网络出版总库》也于 2006 年通过新闻出版总署组织的鉴定验收。

通过与期刊界、出版界及各内容提供商达成合作，中国知网已经发展成为集期刊杂志、博士论文、硕士论文、会议论文、报纸、工具书、年鉴、专利、标准、国学、海外文献资源为一体的、具体国际领先水平的网络出版平台，中心网站的日更新文献量达 5 万篇以上。基于海量的内容资源地增值服务，任何人、任何机构都可以在中国知网建立自己个人数字图书馆，定制自己需要的内容，越来越多的读者将中国知网作为日常工作和学习的平台。

案例实训　使用超星数字图书馆

使用超星数字图书馆，其具体操作步骤如下。

Step 01 打开 IE 浏览器，在地址栏中输入 book.chaoxing.com（超星数字图书馆），单击回车键，登录网站主页。

Step 02 在搜索栏中输入关键字“电子商务”，单击“搜索”按钮，进入包含关键字为“电子商务”的图书列表，如图 7.16 所示。

图 7.16　书目列表

Step 03 单击第一条书目的“在线阅读”按钮，显示如图 7.17 所示的界面。

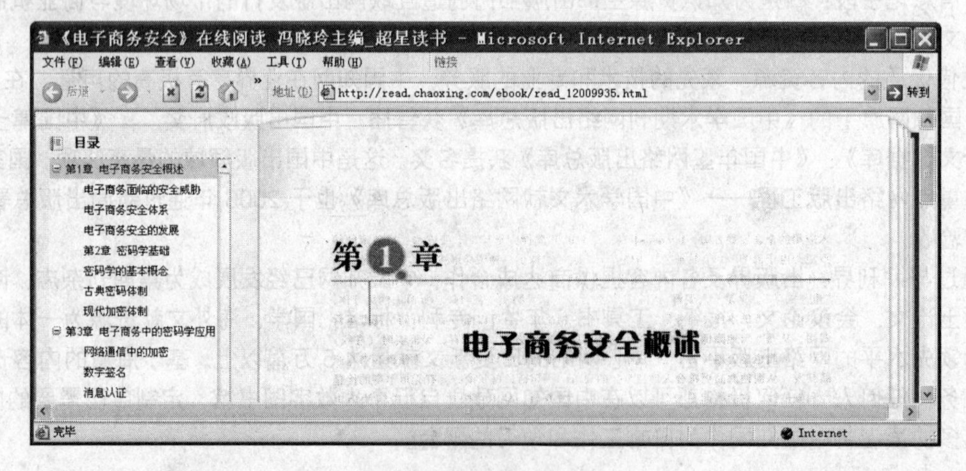

图 7.17　电子书阅读界面

此时，如果计算机中尚未安装阅读器，则单击“下载超星阅读器”字样，下载并安装阅读器。如果用户已经安装了超星阅读器，可根据自身网络服务商（电信、联通）选择单击“阅读器阅读”按钮。打开电子图书进行阅览。如果想将本书下载至本地阅读，可单击“下载本书”按钮，再注册、登录之后进行下载，保存到计算机的指定位置。

课后习题

1. 填空题

（1）电子商务是通过______进行的各项商务活动，包括广告、交易、支付、服务等活动。

（2）网上贸易就是利用______为载体或传播媒介对产品、服务进行宣传推广，或者查找到用户希望得到的产品或服务信息。

（3）常用的招聘网站主要有________、________、________等。

2. 选择题

（1）智联招聘网站中，要发布招聘信息需单击（　　）注册。

A. 个人登录　　B. 企业登录　　C. 团体登录　　D. 政府机关登录

（2）属于电子书搜索的网站是（　　）。

A. 淘宝网　　B. 携程网　　C. 超星网　　D. 智联招聘

3. 上机练习题

1. 登录智联招聘网站，注册自己的账号，并制作简历。
2. 在智联招聘上搜索与“软件工程师”相关的职位，并申请该职位。
3. 登录中国知网，搜索关于“轨道交通工程”的期刊文献，并选择 1 至 2 篇下载到本地磁盘。

项目8

常用办公设备的使用与维护

项目导读

本章介绍常用办公设备的使用方法与维护时的注意事项，使读者可以熟练使用打印机、复印机、扫描仪、传真机和刻录机等常用办公设备。

知识要点

- 打印机的安装与使用
- 复印机的使用与维护
- 扫描仪的安装与使用
- 传真机的选购与使用
- 刻录机的安装与使用

任务1 打印机的安装与使用

实训1 打印机的分类和性能指标

训练1 打印机的分类

打印机在电脑应用中非常重要。很多时候都需要用打印机把资料打印出来，以便使用或保存。

打印机的种类很多，常见的有针式打印机、喷墨打印机和激光打印机，主要用于日常办公以及家用；另外还有一些用于高级印刷、广告招贴等专业领域的特种打印机。

1. 针式打印机

最早出现的打印机是针式打印机，其历史差不多和计算机的历史一样长。在相当长的时间里，针式打印机一直占据主导地位。从9针打印机到24针打印机，再到今天逐步淡出打印机历史舞台，针式打印机的历史不是三言两语能说得清的。纵观这几十年针式打印机的发展史不难看出，低廉的整机价格、极低的打印成本和极好的易用性是针式打印机长盛不衰的奥秘。尽管由于打印质量和工作噪音大等原因，针式打印机已不被人们所欣赏，通用针式打印机已经越来越没有市场，但在一些专业应用领域，如银行、超市等仍可寻觅到它的踪迹，针式打印机的外观如图8.1所示。

2. 喷墨打印机

喷墨打印机是利用喷头将极其微小的墨滴喷在打印介质上而完成打印的，它具有灵活的纸张处理能力。在打印介质的选择上，喷墨打印机既可以打印信封、信纸等普通介质，也可以打印各种胶片、照片纸、卷纸和T恤转印纸等特殊介质。彩色喷墨打印机由于具有良好的打印效果和较低的价位，从而逐步占领了中低端市场。喷墨打印机的缺点也是显而易见的，高昂的打印成本使其只能适用于打印量不大的场合。喷墨打印机的外观如图 8.2 所示。

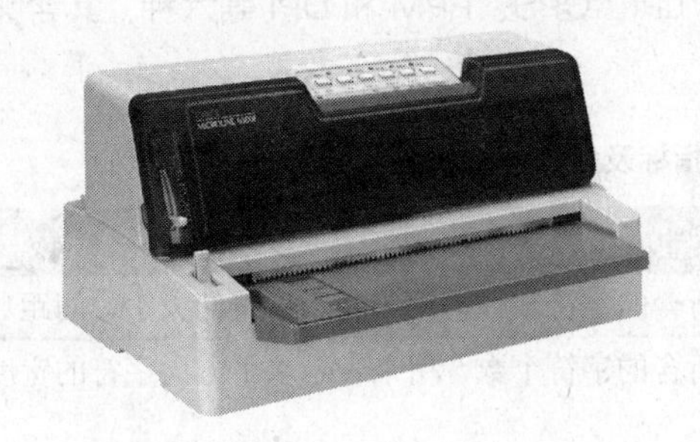

图 8.1　针式打印机

图 8.2　喷墨打印机

3．激光打印机

激光打印机是有望取代喷墨打印机的一种新型打印机。激光打印机分为黑白激光打印机和彩色激光打印机两种，与喷墨打印机相比，它能提供更高质量、更快速、成本更低的打印服务。目前，部分低端黑白激光打印机的价格已降到了近 2000 元，普通用户完全可以接受；彩色激光打印机和宽幅黑白激光打印机价格依然十分昂贵，它们主要用于商用办公领域。激光打印机主要分为普通激光打印机、激光多功能一体机、网络激光打印机和彩色激光打印机四种类型，如图 8.3~图 8.6 所示。

图 8.3　普通激光打印机

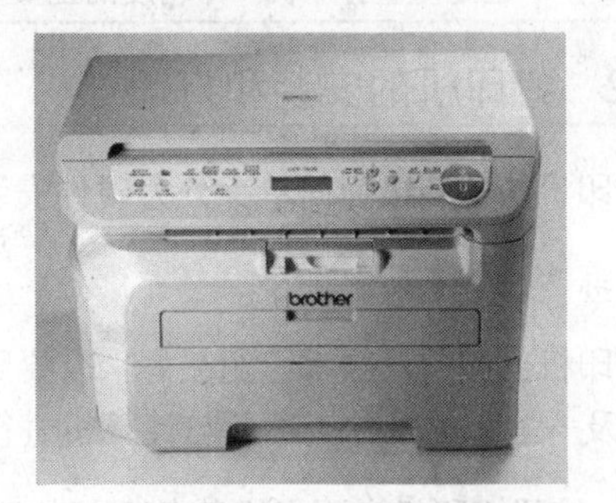

图 8.4　激光多功能一体机

图 8.5　网络激光打印机

图 8.6　彩色激光打印机

市场上还有热转印打印机和大幅面打印机等应用于专业方面的打印机，热转印打印机是利用透明染料进行打印的，它的优势在于高质量的图像打印，可以打印出接近照片质量的连续色调的图片，一般用于印前及专业图形输出。大幅面打印机的打印原理与喷墨打印机基本相同，但打印幅宽一般都在 24 英寸以上，主要用于广告制作、大幅摄影和室内装潢等装饰宣传领域。

综合分析，在针式、喷墨、激光 3 类打印机中，在打印效果方面，激光打印机效果最好，喷墨打印机其次，针式打印机最差。在耗材成本方面，针式打印机最低，激光打印机其次，喷墨打印机最高。激光打印机和喷墨打印机的噪音都很小，而针式打印机的噪音相对较大。

训练 2 打印机的性能指标

概括地讲，打印机的性能指标主要有 CPI、CPL、LPI、CPS、PPM 和 DPI 等六种，其含义如表 8.1 所示。

表8.1 打印机的性能指标及含义

性能指标	含 义
CPI	英文 Characters Per Inch 的缩写。指每英寸内所含的字符数目，用来表示字符的大小、间距
CPL	英文 Characters Per Line 的缩写。指每行中所含的字符个数，用来表示水平方向字符的宽度、间距
LPI	英文 Lines Per Inch 的缩写。指每英寸内所含的行数，用来表示在垂直方向字符的大小、间距
CPS	英文 Characters Per Second 的缩写。指每秒所能打印的字符个数，用来表示打印机的打印速度。它和打印的字符大小有关，一般以 10CPI 的西文字符为基准来计算打印速度
PPM	英文 Papers Per Minute 的缩写。指每分钟打印的页数，这是衡量非击打式打印机打印速度的重要参数，是连续打印时的平均速度
DPI	英文 Dot Per Inch 的缩写。指每英寸所打印的点数或线数，用来表示打印机打印的分辨率。这是衡量打印机打印精度的主要参数之一。一般来说，该值越大，表明打印机的打印精度越高

实训 2 打印机的安装和打印

打印机的安装极为简单，分为硬件安装和软件安装两大部分。

训练 1 硬件安装

打印机出厂前一般都已组装好，需要用户自己安装的主要部件一般是进纸夹、色带（墨盒或硒鼓）以及一些小的配件，然后与计算机进行连接，其具体操作步骤如下。

Step 01 按照打印机说明书组装各个部件及配件。

Step 02 连接数据线。打印机与计算机相连的数据线一般为并口电缆，都有方向指示，很容易连接。

Step 03 连接打印机的电源。

训练 2 软件安装

软件安装主要是安装打印机的驱动程序以及打印机的管理应用程序。打印机的管理应用程序包括对打印纸张、颜色和质量等各方面的设定，用以保证得到满意的打印效果。

打印机一般都带有驱动程序软盘或光盘。将打印机与计算机连接好后，打开计算机，一些操作系统（如 Windows XP 等）会自动检测到新设备，用户只要按照提示一步一步地进行安装和设置即可。

对于喷墨打印机，在安装完毕后，还需要对打印机墨盒进行校准，一般在打印机管理软件中都有此项功能。按照提示进行校准后，打印机才能正常使用。

如果计算机系统没有检测到新设备，就需要执行软盘或光盘上的安装程序。一般文件名为 Setup.exe，按默认设置一步一步地安装即可，也可以按下面的步骤安装打印机。

Step 01 打开“开始”菜单，然后单击“打印机和传真”图标，即可打开“打印机和传真”窗口，如图 8.7 所示。

Step 02 双击“添加打印机”图标，这时会启动一个向导程序，引导用户一步步完成打印机的添加操作。

Step 03 单击“下一步”按钮，在弹出的对话框中单击“本地打印机”单选按钮，选中自动检测并安装即插即用打印机（若为网络打印，则单击“网络打印机”单选按钮）。

Step 04 单击“下一步”按钮，系统开始自动检测连接到本机的即插即用打印机。如果系统反馈没有检测到即插即用的打印机，要求用户手动安装时，单击“下一步”按钮，会出现如图 8.8 所示的对话框。

Step 05 在这里可以选择连接打印机的端口，通常我们选择这个默认的端口。

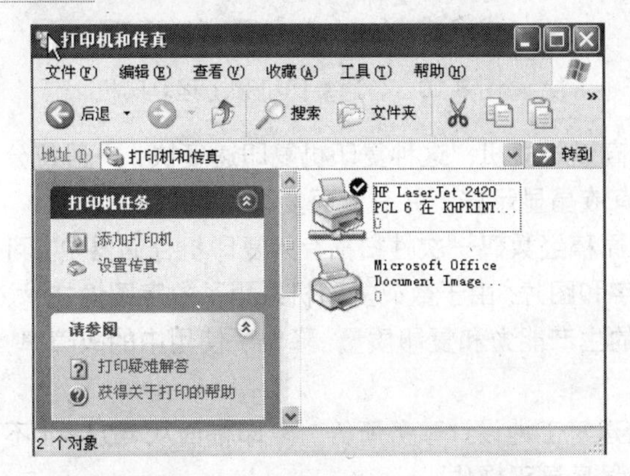

图 8.7 “打印机和传真”窗口

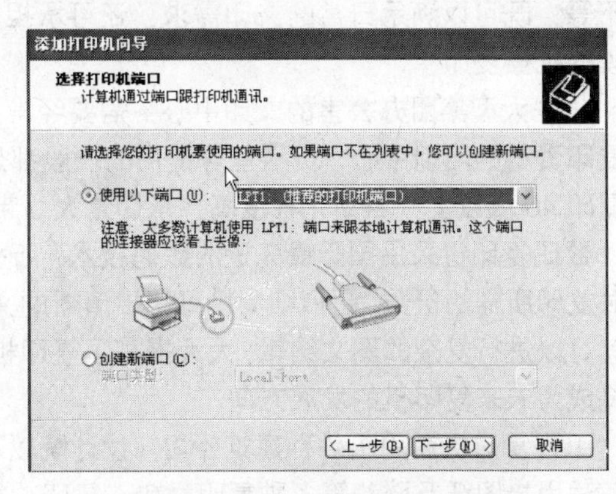

图 8.8 “添加打印向导”对话框

Step 06 单击“下一步”按钮，会出现如图 8.9 所示的对话框，在这里需要用户来选择打印机厂商和型号，以便于系统安装相对应的驱动程序。

Step 07 单击“下一步”按钮，在出现的对话框后的文本框中输入打印机的名称。

Step 08 单击“下一步”按钮，会出现一个对话框，询问是否愿意打印一张测试样张。单击“是”单选按钮会在安装完打印机驱动程序后打印一张测试样张；如果单击“否”单选按钮则不打印测试样张。

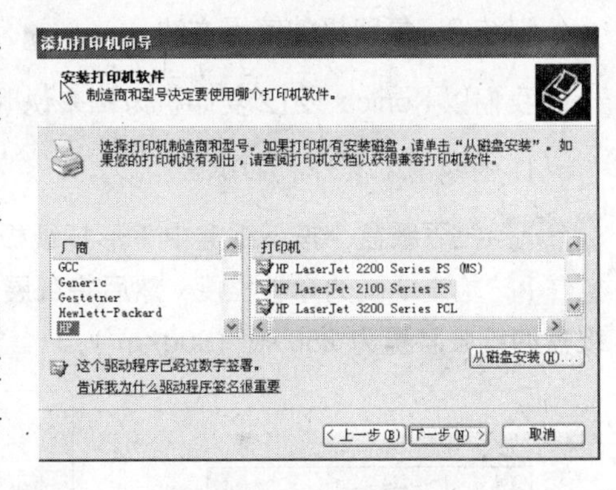

图 8.9 打印机厂商和型号

Step 09 单击“完成”按钮，进行打印机驱动程序的安装。安装过程中有可能需要插入含有打印机驱动程序的光盘（厂商提供）。在打印机安装完毕后，它的图标会出现在“打印机”窗口中。

训练 3 打印

关于页面设置和打印文档部分请参见本书项目 2 中的任务 4。

任务 2 复印机的使用与维护

实训 复印机的分类及使用

训练 1 复印机的分类

复印机是一般公司的常规办公设备，用户可以根据自己的需求选择合适性能和价格的产品。目前市场上流行的既有小幅面的普通办公用机、功能较齐全的中低档办公型复印机、高速柜式机，也有高档的数码复印机和工程复印机等。如图 8.10 所示为普通复印机和工程复印机。

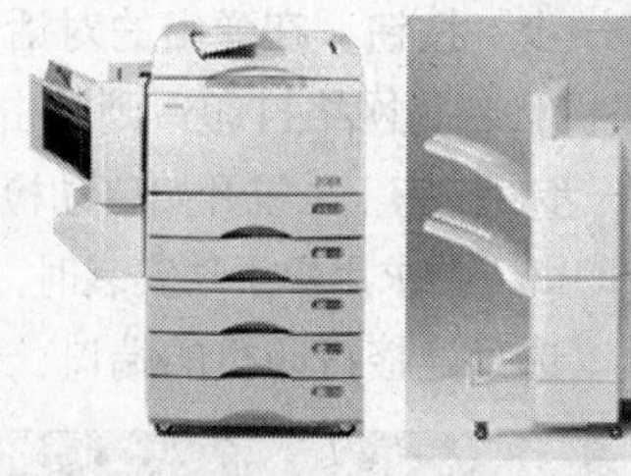

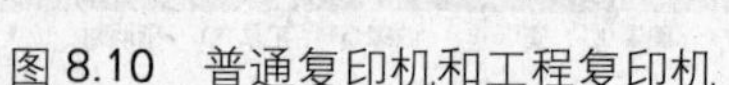

图 8.10　普通复印机和工程复印机

小幅面的普通办公用机一般最大复印幅面为 A4，复印速度较慢，但体积小，可直接放在办公桌或矮柜上，适合个人或小公司使用。

功能较齐全的中低档办公型复印机是目前一般公司的首选机型，它的复印速度为每分钟 20~35 页不等，既可以满足日常的文印需求，还可承担小规模的批量复印。

一些大型集团办公室的文印中心，需要经常大量复印资料的培训中心、资料室等使用的一般都是高速柜式机，这种复印机复印速度快，一般每分钟复印 40 张以上，自动化程度高，承印量大，带有液晶显示屏，并有双面复印功能。

数码复印机采用国际最先进的数码技术，所有原稿经数码一次性扫描存入复印机存储器中，可随时复印所需的份数，超精细炭粉可印出清晰的文字和图片。由于数码复印机采用了数字图像技术，使其可以进行复杂的图文编辑，大大提高了复印机的生产能力和复印质量，降低了使用中的故障率，必将成为未来复印机的发展方向。

工程复印机适用于各种建筑公司、设计院以及建筑工地设计事务所等。复印幅面从 A0~A4 不等，适用描图纸及胶片等多种复印材料，复印功能强且易于操作。

训练 2　复印机的使用方法

我们以 Konica 1212 复印机为例来说明复印机的使用方法。

1. 将纸装入复印机的纸盒

Step 01 拉下纸盒，按下纸盒中 T 形托纸板，如图 8.11 和图 8.12 所示。

Step 02 检查纸张的弯卷程度，然后将纸展开，凹面向上从左侧滑入纸盒中，如图 8.13 所示。本机纸盒的纸张容量为 250 张（80g/m^2）。

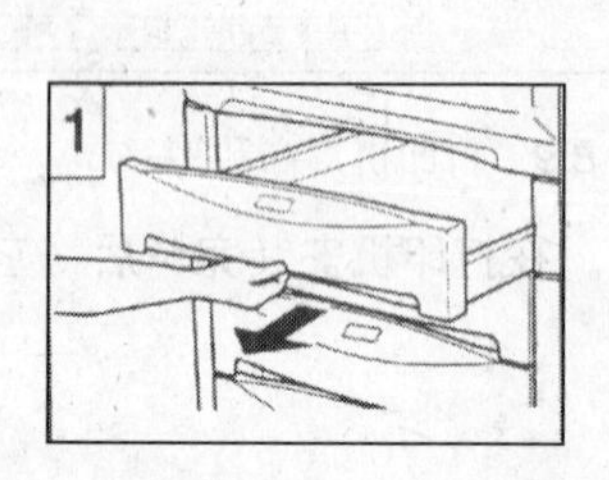

图 8.11　拉下纸盒

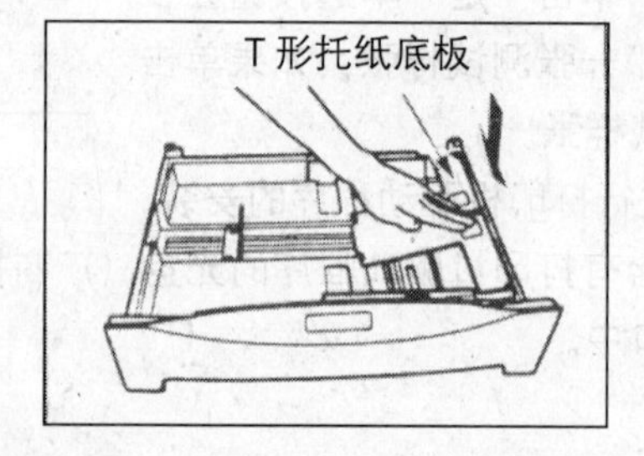

图 8.12　按下 T 形托纸板

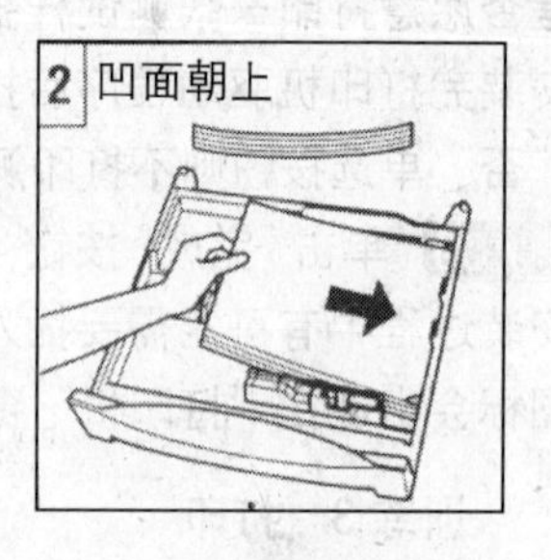

图 8.13　放入纸张

Step 03 按“前定位”键，将纸导向板挡住复印纸，如图 8.14 所示。

Step 04 纸张一定要位于纸盒右侧两个压纸爪的下面，如图 8.15 所示。不要将纸装得高出纸盒。

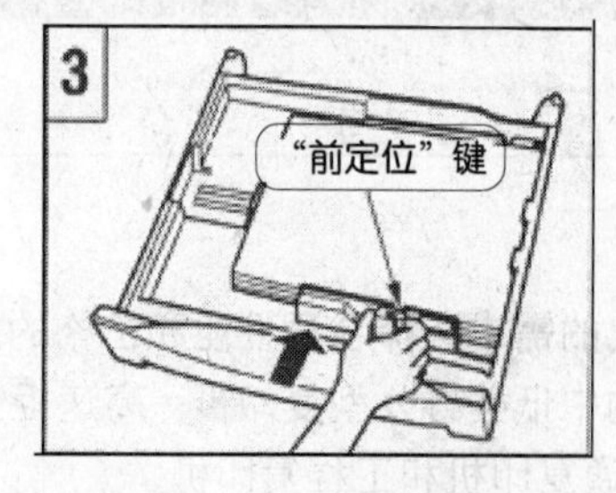

图 8.14　按“前定位”键

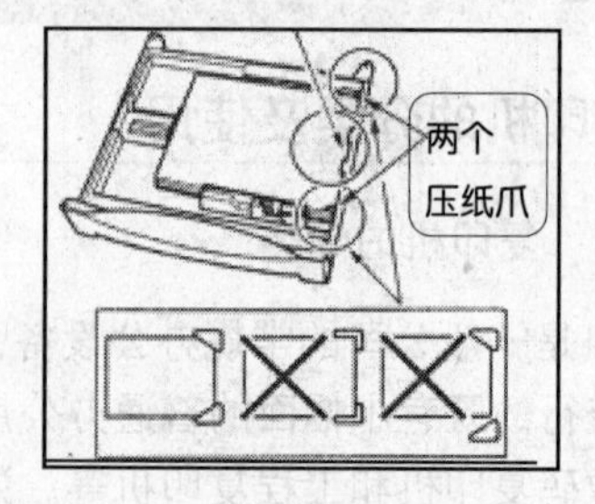

图 8.15　将纸张放于压纸爪下面

Step 05 将纸盒推回到机器中。

2. 基本复印操作

Step 01 接通电源开关，大约 55 秒之后，复印键指示灯开始从橙色转为绿色，表明可以进行复印，如图 8.16 所示。

Step 02 打开复印盖，将原稿面朝下放好，并与左边标尺成一直线，如图 8.17 所示。

Step 03 轻轻合上复印盖，设置复印条件。标准复印条件设置一般为复印数 01，放大倍率 1.00，复印浓度 AE。利用标准设置可进行常规缩放复印，如图 8.18 所示。

Step 04 按数字键设置复印张数，如图 8.19 所示。

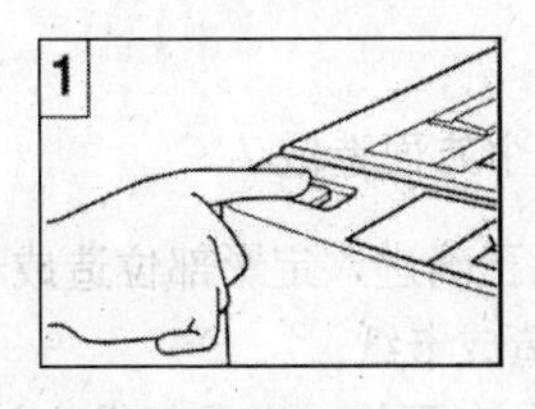

图 8.16 接通电源

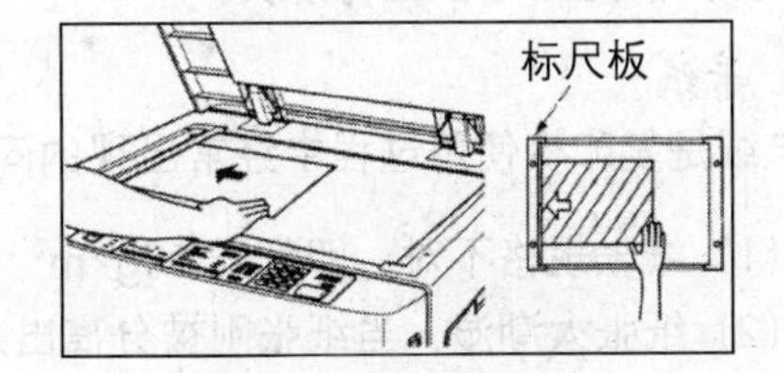

图 8.17 放好原稿

Step 05 按下"开始复印"键，复印数量显示窗将显示复印的张数，如图 8.20 所示。

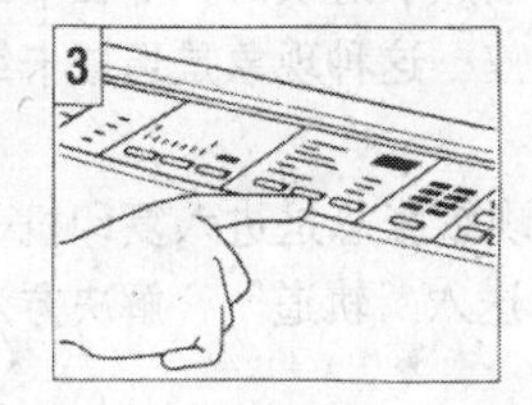

图 8.18 设置复印条件

图 8.19 设置复印张数

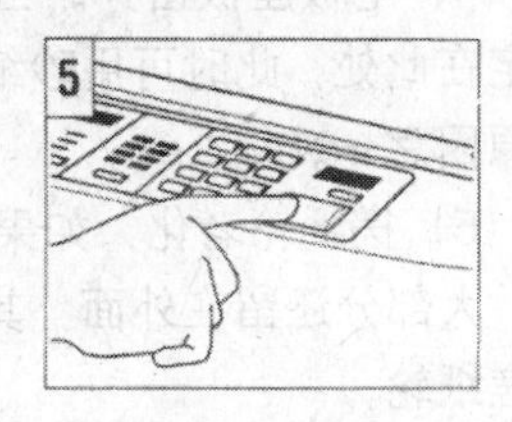

图 8.20 按"开始复印"键

注 意

（1）复印前应检查复印机的左右侧，不可有任何物体妨碍复印时的自由移动。

（2）按下"清除"键可以改变设置好的复印张数或者停止连续复印；按下"回查"键可以确认连续复印开始时设置的复印数量，显示复印数量时复印仍在继续。

3. 设置复印倍率

Konica 1212 复印机的复印倍率有 1:1. RE 和 ZOOM 无级变倍 3 种类型。

- 标准复印状态下，倍率为 1.00（即 1:1，为原样复印）。
- RE 指固定倍率。固定倍率除有原样复印外，设置的复印倍率还包括 6 种常用的倍率（0.71，0.82，0.86，1.15，1.22，1.41）。按下"倍率方式"键，显示 RE，按"缩小/放大"键设置需要的倍率，倍率指示窗上将显示设置的倍率。
- ZOOM 无级变倍在固定倍率之外，ZOOM 倍率从 0.60~1.65，调整步距为 0.01。按下"倍率方式"键显示 ZOOM，然后按"缩小/放大"键显示所需的倍率。

4. 调整复印浓度

标准复印的浓度为 AE（自动曝光），AE 功能可检测原件的浓度并自动设置标准浓度。当所需要的复印浓度比自动曝光选择的浓度深或浅时，可以手调复印浓度。按"复印浓度"键，使复印浓度指示灯显示为所需要的浓度即可。

在复印过程中，浓度设定可在 AE 与手动调整之间变换选择，整个过程如图 8.21 所示。

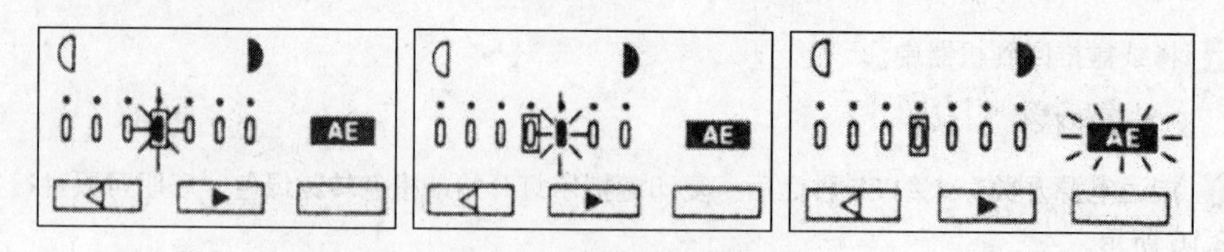

图 8.21　调整复印浓度

训练 3　常见问题及解决方法

在使用过程中，随着复印张数的增加，复印机势必会出现一些这样或那样的问题，对于一些常见问题，用户完全可以自行解决。

1. 卡纸

卡纸是复印机使用过程中经常出现的问题，主要由以下五个方面造成：

（1）纸张规格不对，即低于 50g/m²，此时纸张前端不能正确进入定影部位造成卡纸。

（2）纸张太潮湿，当纸张刚被分离出来时就出现卷曲而造成卡纸。

（3）转印分离电极丝上积碳太多，致使电流在电极线上分布不均，在局部发生放电而无法完全地消除纸张上的电荷，纸张不能正确进入定影部位而造成卡纸。

（4）电极座被击穿。当打开电极座时，如发现上面有闪电状黑带或点状斑块时，那么卡纸原因一定在此处，此时可用砂纸将黑带或点状斑磨掉，必要时更换新电极座，这种现象是造成卡纸的主要原因之一。

（5）搓纸轮老化，如果卡纸部位经常出现在进纸部位，此时会发现纸张总是进入复印机一小部分，大部分还留在外面，其主要原因是搓纸轮老化，不能把纸张正常送入“轨道”，解决方法是更换搓纸轮。

如果复印机出现以下现象（见图 8.22），就说明是卡纸了。这些信号的意义如下。

① 卡纸号码闪烁并显示卡纸位置。
② 卡纸指示灯闪烁。
③ 倍率显示窗上闪烁卡纸代码，如图 8.23 所示。
④ 复印键的颜色变为橙色，不能进行复印。

不同的卡纸代码表示不同的卡纸位置，下面分别进行说明如何解决卡纸问题。

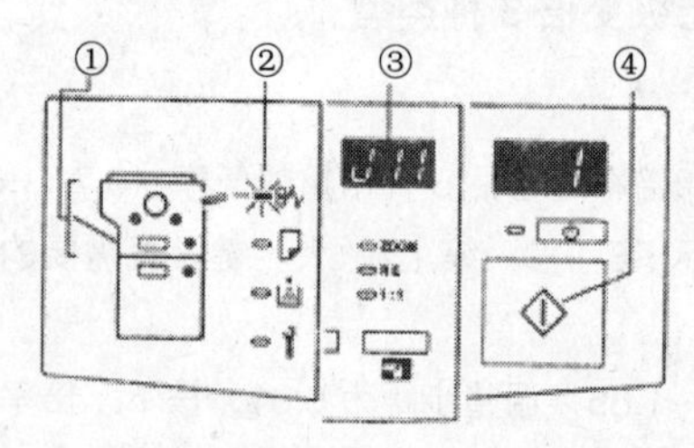

图 8.22　卡纸信号

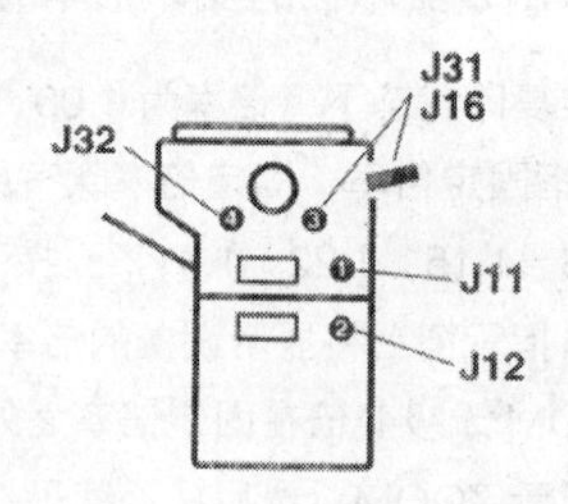

图 8.23　卡纸代码

（1）卡纸代码为 J11 时的解决方法

Step 01　按下前门左右两侧的释放键，打开前门，按住墨粉盒盖提起释放杆，打开主机的上部，如图 8.24 所示。

Step 02　打开导板，取出卡纸，如图 8.25 所示。

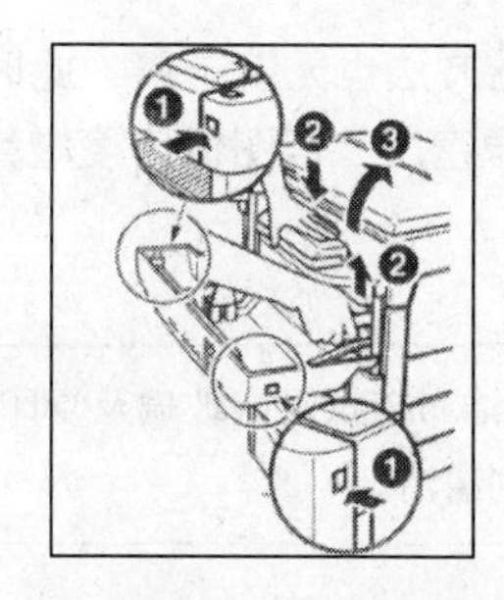

图 8.24　打开主机上部

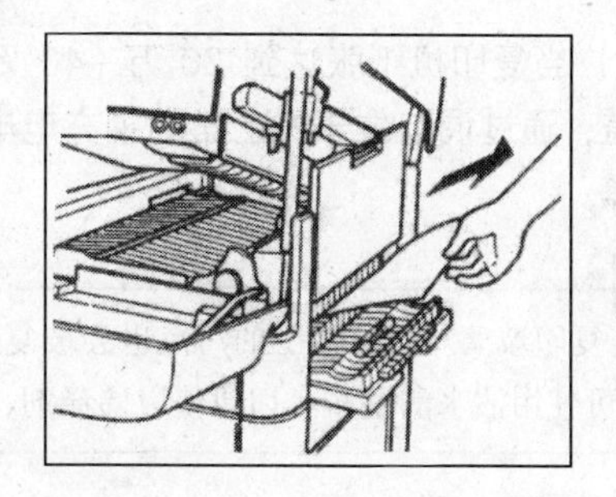

图 8.25　打开导板，取出卡纸

Step 03　如在 Step 02 未能取出卡纸，请将上部纸盒拉出，取出卡纸，如图 8.26 所示。

Step 04　将纸盒放回原位。按住墨粉盒盖关闭主机上部，再关闭前门，如图 8.27 所示。

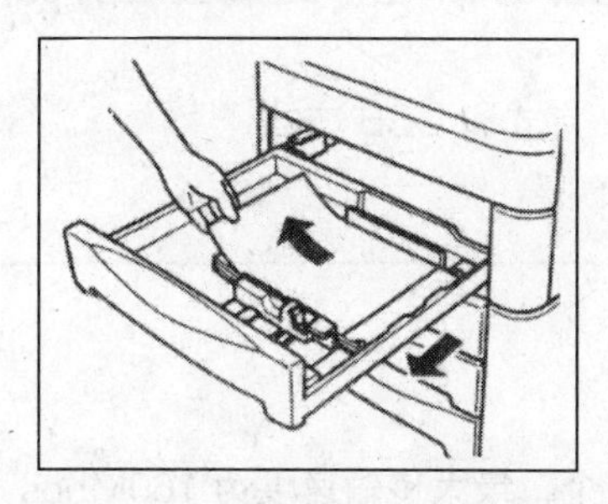

图 8.26　将上部纸盒拉出并取出卡纸

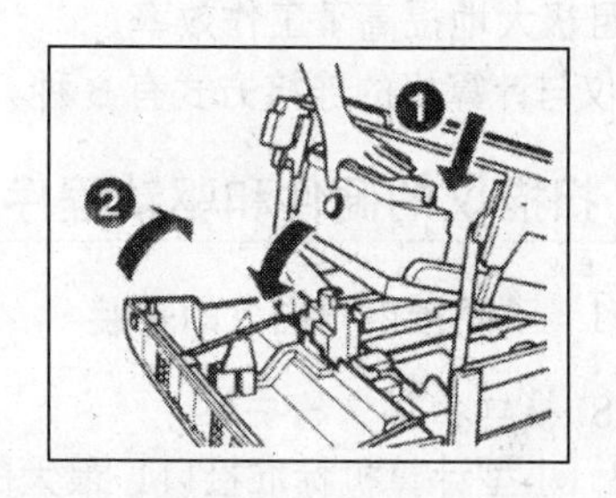

图 8.27　关闭主机上部和前门

（2）卡纸代码为 J12 时的解决方法

Step 01　打开右侧的中部导板，取出卡纸，将导板恢复原位。

Step 02　如果没有卡纸，则拉出中部纸盒，取出纸张。

Step 03　完成以上操作，将中部纸盒恢复原位。

（3）卡纸代码为 J31 和 J16 时的解决方法

Step 01　按下前门左右两侧的释放键并打开前门，按住墨粉盒盖，提起释放杆，打开主机上部。

Step 02　打开主机导板，取出主机内部的卡纸。

Step 03　按住墨粉盒盖，关闭主机上部并关闭前门。

（4）卡纸代码为 J32 时的解决方法

Step 01　按下前门左右两侧的释放键并打开前门，按住墨粉盒盖，提起释放杆打开主机上部。

Step 02　从定影装置右侧取出卡纸。

Step 03　按住墨粉盒盖关闭主机上部并关闭前门。

2. 复印图像太浅

出现这种现象主要有以下 4 方面的原因。

（1）缺粉。有时确实已经缺粉，但复印机并不显示缺粉状态，这时需要换新粉。

（2）载体使用时间长了也会出现此现象。

（3）ID 传感器脏污。由于复印机长期工作，ID 传感器上会落一些废粉，当废粉盖住位于传感器中间部位的“猫眼”时，它将会检测到供粉量总是够的，所以就不再提示加粉或少量加粉，此时，即使硒鼓、载体、碳粉都是新的，图像仍然很浅。解决的方法是将 ID 传感器擦干净，注意要轻轻地擦，以免废粉落入传感器内部。

（4）当复印机纸张达到 30 万~40 万张时，即使使用上述方法也无济于事，此时可以打开复印机后盖，通过调节位于左上角的主充电电压调节器来增加图像密度，但图像密度增大了，背景会随之变黑。

注 意

复印玻璃及复印盖上的污点也会被复印出来，可用柔软的清洁布擦拭复印玻璃及复印盖。如有必要，可使用沾水的湿布，切勿使用稀释剂、苯及易于挥发的清洁剂清洁。

任务 3 扫描仪的安装与使用

利用扫描仪可以将外部图片、大量文字资料快速输入计算机中，这不仅解决了图片资料的输入问题，而且极大地提高了工作效率。

扫描仪与计算机的连接方式有 3 种：SCSI 方式、EPP 方式和 USB 方式。

实训 1 扫描仪的硬件和驱动程序安装

训练 1 不同接口扫描仪的安装

1. SCSI 接口扫描仪的安装

SCSI（小型计算机标准接口）最大的连接设备数为 8 个，最大传输速度为 160Mbps，速度较快，一般用于连接高速的设备。SCSI 设备的安装较复杂，在 PC 上一般要另加 SCSI 卡，容易产生硬件冲突，但是功能强大。

扫描仪接口卡（即 SCSI 卡）是一个标准 ISA 接口的插卡。安装时需要打开计算机的机箱，因此要先关闭计算机及周边设备（打印机、外置 CD-ROM 等）的电源，再按照下列步骤安装。

Step 01 关闭并拔掉计算机的电源线，卸掉计算机的箱盖。

Step 02 在计算机内寻找空的 ISA 插槽（一般为黑色），再插入接口卡（见图 8.28）。插入时先去除固定托架上的螺丝，然后取出托架。插入卡时请确定接口卡是否稳固地插入插槽，特别是后面。

Step 03 旋紧螺丝，装上机盖，插上电源线。

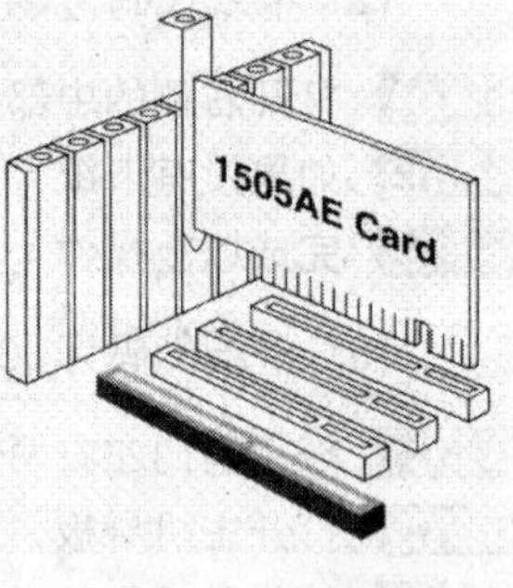

图 8.28 接口卡

2. EPP 接口扫描仪的安装

EPP（增强型并行接口）是一种增强了的双向并行传输接口，最高传输速度为 1.5Mbps。优点是不需在 PC 中用其他的卡，无限制连接数目（只要有足够的端口），设备的安装和使用简单；缺点是速度比 SCSI 慢。这种接口因安装和使用简单方便，因而在中低端对速度要求不高的场合取代了 SCSI 接口。

安装 EPP 接口的扫描仪是指将扫描仪的数据线与计算机连接起来，数据线是一种 25 针数据线，如图 8.29 所示。

安装的具体操作步骤如下。首先断开计算机的电源，以免损坏计算机的主板，然后将数据线上带卡环的一端与打印机连接，并卡上卡环，最后将数据线的另一端与计算机的并行接口连接，ATX 机箱的并口位置如图 8.30 所示。

图 8.29　EPP 接口扫描仪数据线

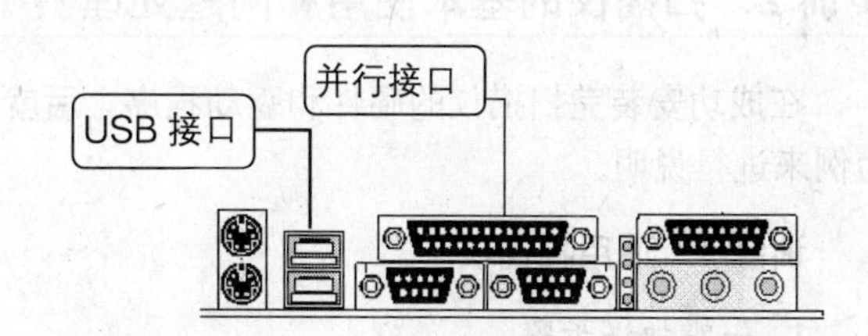

图 8.30　ATX 机箱的打印机并口

3. USB 接口扫描仪的安装

USB（通用串行总线接口）最多可连接 127 台外设，USB 1.1 标准的扫描仪最高传输速度为 12Mbps，并有一个辅通道用来传输低速数据。USB 2.0 标准的扫描仪最高传输速度是 480Mbps。USB 接口的扫描仪具有热插拔功能，即插即用，现在已非常普及。

USB 接口扫描仪的安装非常简单：只要将 USB 数据线头与 ATX 机箱上的 USB 接口（见图 8.31）相连接，另一头与扫描仪的 USB 接口（见图 8.32）连接起来即可。

图 8.31　ATX 机箱上的 USB 接口与接头

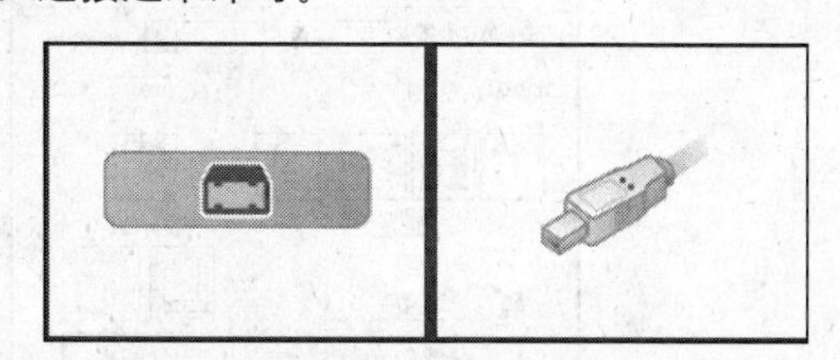

图 8.32　扫描仪上的 USB 接口与接头

训练 2　扫描仪驱动程序的安装

将扫描仪正确地与计算机连接后，还需要安装相应的驱动程序才能使用，下面以 Acer ScanPrica 扫描仪驱动程序的安装为例进行说明。将 Acer 安装光盘放进计算机的光驱中，这时会在屏幕上显示 Acer 扫描仪软件安装的界面（见图 8.33）。

在弹出的 Software Installation 对话框中选择 MiraScan 选项，安装扫描仪驱动程序。

在弹出的如图 8.34 所示的安装向导中，按提示单击 Next 或“下一步”按钮，进行驱动程序的安装。

完成驱动程序的安装后，在 Windows XP“程序”菜单下会出现一个相应的文件夹，如 MiraScan V3.04。

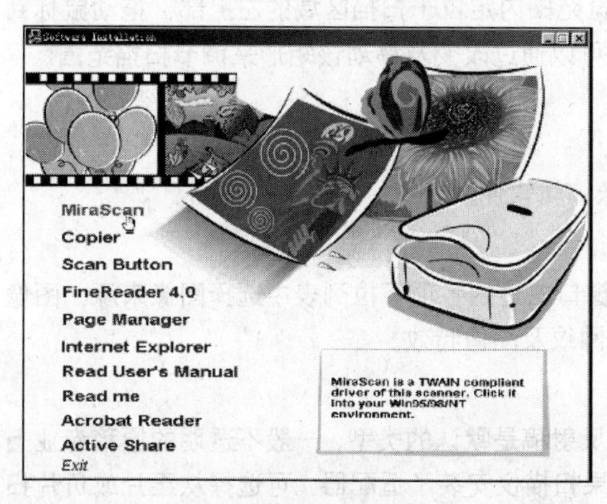

图 8.33　驱动程序安装界面

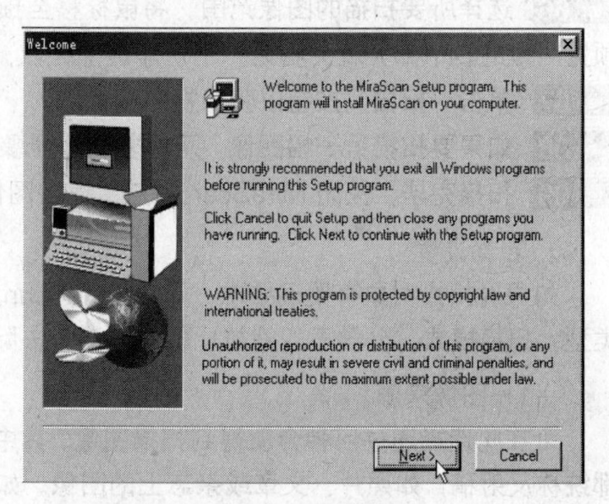

图 8.34　安装向导

实训 2　扫描仪的基本使用和问题处理

在成功安装完扫描仪的硬件和驱动程序之后就可以进行图像扫描了，下面以 MiraScan 的使用为例来进行说明。

训练 1　使用扫描仪

1. 一般扫描步骤

Step 01　打开图像扫描软件，如图 8.35 所示。

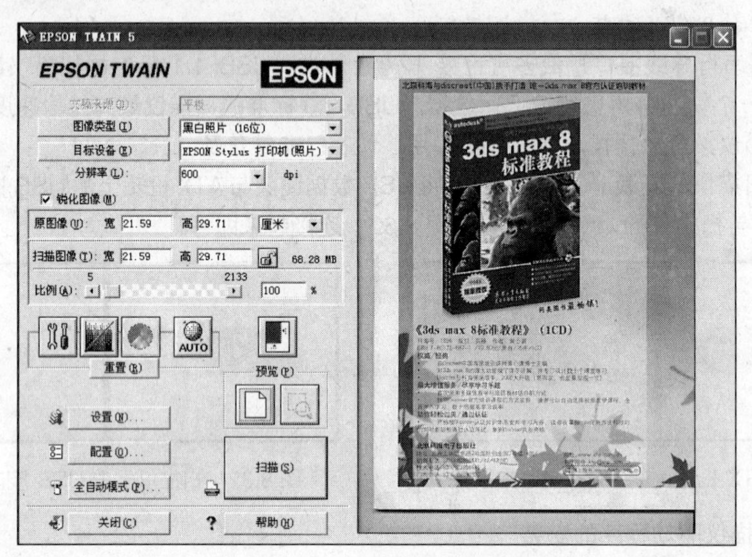

图 8.35　图像扫描软件界面

Step 02　选择“文件”|“获得”|“图像”命令（如果是第一次使用扫描仪，请在“选择源文件”中选择 MiraScan 驱动程序），MiraScan 窗口会自动弹出。

Step 03　将扫描图像朝下放在扫描仪玻璃上，图像的一角对齐基点。

Step 04　在 MiraScan 窗口的左下角单击“预览”按钮。如果在“设置”菜单里选择了“自动预览”，MiraScan 会自动做一次预览。

Step 05　如果有必要，还可通过面板上的菜单和工具改变图像类型及其他属性。

Step 06　选择所要扫描的图像范围。将鼠标移至预览范围内定位于扫描区域的左上部，拖动鼠标到预览区域的右下部，就会看见一个矩形选择区域，可以通过改变及移动该矩形来调节扫描范围。

Step 07　单击“扫描”按钮以获取扫描图像。

Step 08　如果要扫描另一幅图像，可重复上述步骤。

Step 09　扫描完毕，关闭 MiraScan 窗口，返回图像编辑软件。

2. 扫描设置

如果对扫描对象有明确要求，可在 MiraScan 窗口左边的各项下拉列表中选择图像来源、图像类型、扫描模式、分辨率、缩放比例、过滤、去除网纹及图像特效。

（1）图像来源

可在此选择通过何种介质得到扫描图像。其中反射稿是默认的类型，一般不透明的原稿专业上都统称反射稿，如照片、文章或杂志上的图像。如果扫描仪安装了适配器，可选择从正片或负片扫描图像。如幻灯片的类型就是正片，也称透射稿，照相机用的 35mm 底片就是负片。

(2) 图像类型

可在此为扫描选择特定的数据类型。

- **彩色图像**：用于扫描具有连续色调的彩色图像（如照片）。若选择此项，工具栏中的"临界值"功能就会自动关闭。
- **灰度图像**：一般用于扫描灰阶图像（如报纸与杂志上的半色调图片）。若选择此项，工具栏中的"色彩平衡"、"色彩调整"、"临界值"与"旋转"功能会自动关闭。
- **黑白图像**：主要用于扫描黑白文件或由线条构成的图形，若要使用 OCR 软件识别文字，此项是最好的选择。当然选择了该项，色彩的调整和网纹、滤镜功能会自动关闭。

(3) 扫描模式

这里提供了 3 种扫描模式：高速度模式、高质量模式和高质量 48 位色模式。如果只是一般的扫描，选择高速度就可以了，但要想得到很好效果的照片扫描图像，就要选择高质量或高质量 48 位色模式。

(4) 分辨率

分辨率是决定扫描仪捕捉原稿图像信息细致程度的重要因素。扫描时使用的分辨率越高，扫描图像细部的表现效果就会更佳。值得注意的是，不是分辨率越高就越好，当分辨率达到某一程度后，图像质量并不能明显改善，反而还会增大图像文件所占的空间。

一般来说，如果扫描后的图像在电脑屏幕上显示，如网页上的图片，选择 75dpi 的分辨率即可；如果扫描后的图像适用于一般的打印输出，使用 300~600dpi 的分辨率即可；但要想扫描照片后保存或做屏幕保护等用途时，需选用 600~1200dpi 的分辨率才会有好的效果。

可从下拉列表框中选择分辨率，也可选择"自定……"，打开如图 8.36 所示的对话框进行设置。

该对话框有两个滚动条，分别用于调整 X 轴（横轴）和 Y 轴（纵轴）方向上的分辨率。用鼠标拖动滚动条，可调整待扫描图像的分辨率，但这样会导致与原图像不同的宽高比例。为避免这种情况，可选中左下角的"同步"复选框，即可保持源图像的宽高比例。设置好之后，单击"确定"按钮，应用新的设置并退出对话框。

(5) 缩放比例

在此可设置扫描图像的水平和垂直缩放比例。要注意的是，最大及最小的比例值是受分辨率影响的。

缩放的单位是百分比（%），用户既可以从下拉列表框中选择合适的比例，也可以选择"自定……"，打开如图 8.37 所示的对话框。

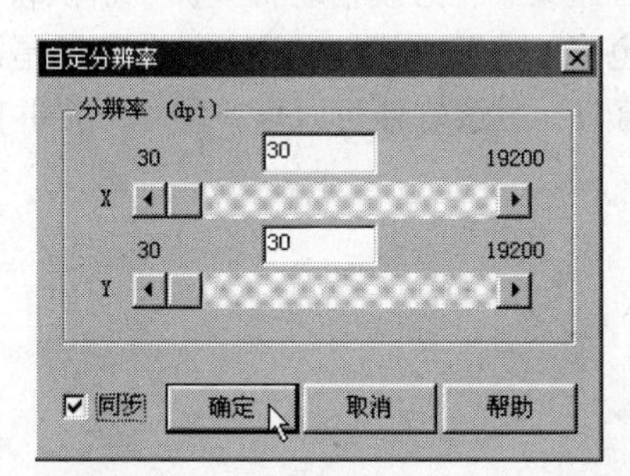

图 8.36 "自定分辨率"对话框

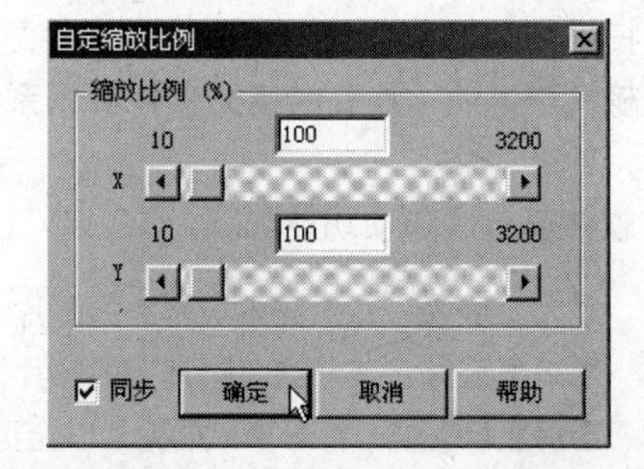

图 8.37 "自定缩放比例"对话框

该对话框有两个滚动条，分别用于调整 X 轴（横轴）和 Y 轴（纵轴）方向上的缩放比例。用鼠标拖动滚动条，可调整待扫描图像的缩放比例，但这种非统一的比例会改变原图像的宽高比例。选中“同步”复选框可保持原图的宽高比例，使图像不失真。设置好之后，单击“确定”按钮，应用新的设置并退出对话框。

（6）过滤

在扫描图片时，想要保持原图样的效果，就不要选择滤镜。要达到某种效果，可以选择模糊或锐利或更锐利、钝化，甚至是钝化屏蔽。如果在下拉列表框中选择“自定……”，则弹出如图 8.38 所示的对话框，可在此对过滤效果做更精细的调整。

用鼠标左右拖动滚动条即可调整图像的锐利度。向右拖动，百分比会增大，图像边缘就变得更加锐利；向左则相反。另外，也可在 Amount 文本框中直接输入所希望的百分比，范围为 1%~100%。

（7）去除网纹

扫描图片时，会发现扫描后的图像里出现细小的网状纹路，这时可以根据所扫描原稿的类型来选择各种去除网纹的效果或者是自定义去除网纹就可以消除这种情况，图像会变得更光滑，效果更令人满意。如果在下拉列表框中选择“自定……”，则弹出如图 8.39 所示的对话框。

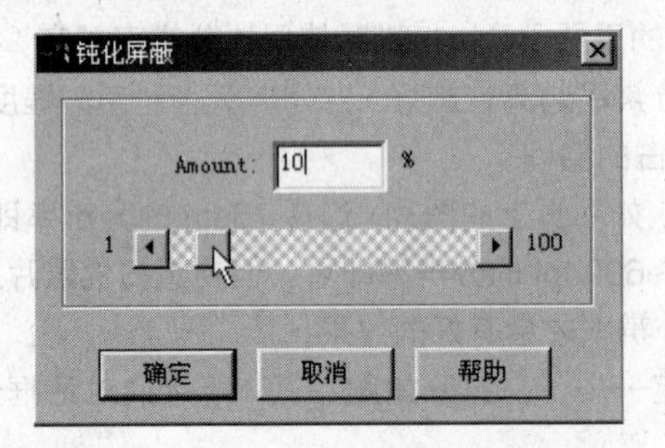

图 8.38 “钝化屏蔽”对话框

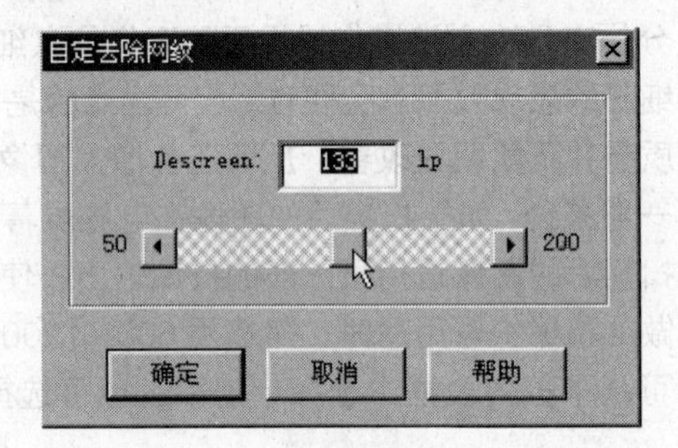

图 8.39 “自定去除网纹”对话框

用鼠标左右拖动滚动条即可调节去除网纹的效果，也可在 Descreen 文本框中直接输入所需要的值，范围为 50~200。

（8）图像特效

在图像特效下拉列表中可方便地设置图像的色彩效果，有风景、肖像、静物等效果可供选择，这是为初级用户设置的自动图像处理方式，这里建议使用专业图像处理软件（如 Photoshop 等）进行图像处理。

3. 文字辨识

用扫描仪扫描的文字对象也是图形，要将它们变成普通文字，必须借助相关文字辨识软件，一般购买扫描仪时都会随机赠送这样的软件，如果没有，也可以自己购买。如图 8.40 所示是购买扫描仪时随机赠送的“丹青中英文文件辨识系统”软件的窗口，用该软件可以很方便地扫描并辨识各种文字。

该软件窗口的各项功能如下。

- **放大显示**：放大显示屏幕上的图片。
- **缩小显示**：缩小显示屏幕上的图片。
- **全页显示**：将屏幕上的图片以全页显示。
- **与窗口同宽显示**：将屏幕上的图片放大或缩小至与窗口同宽。
- **原稿图片模式**：显示输入的原稿图片。
- **全页图文模式**：显示辨识后的图文版面。

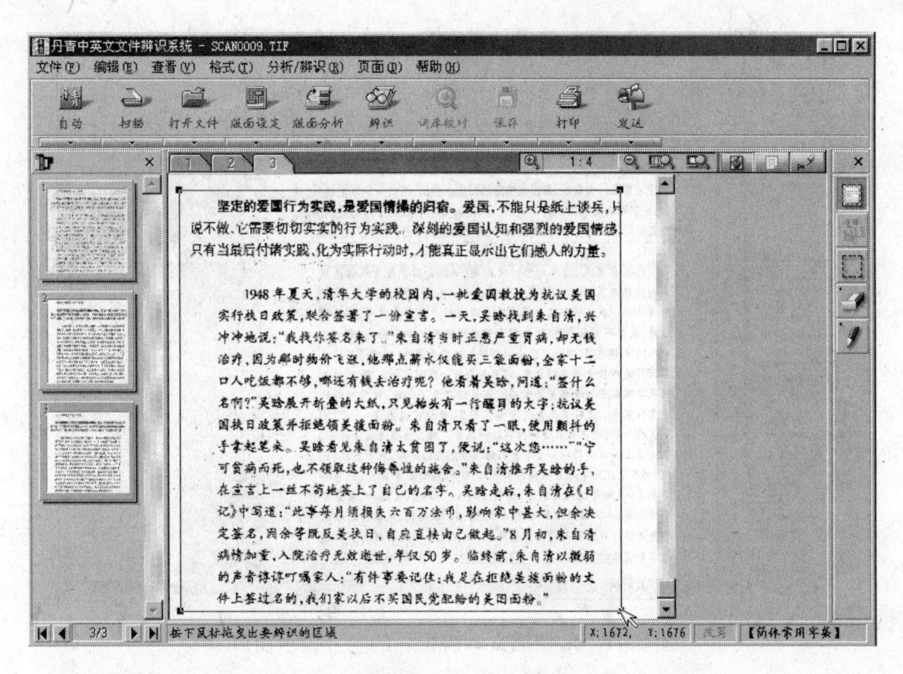

图 8.40 “丹青中英文文件辨识系统”窗口

- **文稿编辑模式**：显示辨识后的文稿编辑窗口。
- **设定辨识区域工具**：拖动鼠标在图片上选取要辨识的区域。
- **变更辨识区域顺序工具**：单击该按钮，每个选取出来的区块就会出现一个辨识序号，同时鼠标变成形状，拖动可以改变区域的先后顺序。
- **选择图片区域工具**：拖动鼠标在图片上选取图片区域，然后再执行“切除”或“设定区块”等命令。
- **橡皮擦工具**：清除文件上的杂点，以提高辨识效率。
- **绘笔工具**：添补图片漏白的部分。
- **区块结合再辨识工具**：合并被错误分割的区块，再次辨识。
- **区块分开再辨识工具**：分割被错误合并的区块，再次辨识。
- **文字校对工具**：显示辨识时的疑问字。
- **合字工具**：将相邻两个或数个辨识错的字元合并并重新辨识。
- **分字工具**：将相邻两个或数个辨识错的字元分开并重新辨识。
- **合行工具**：将被错误分割成两行的文字合并并重新辨识。
- **分行工具**：将因两行相连而辨识错的文字分开并重新辨识。

在完成输入图片、设定辨识字体、设定辨识区域及设定辨识顺序等步骤之后，单击工具栏上的“辨识”图标，系统便可以根据设定开始辨识文件。

当完成辨识工作后，系统会自动进入“全页显示窗口”或“文稿校对窗口”，可校对辨识后的文本文件。图 8.41 就是对图 8.40 中所扫描内容设定分块辨识后的全页显示窗口。

4. 校对文稿

辨识完成后，画面会依系统默认值出现“全页显示窗口”或“文稿编辑窗口”，“全页显示窗口”可供观看辨识后的文稿版面全貌，而“文稿编辑窗口”则能分段显示辨识后的结果。可以在“查看”菜单栏中选择这两种不同的显示模式。

辨识后的文稿难免会有错误，还需要校对。如果要在“全页显示窗口”中校对文稿，其具体操作步骤如下。

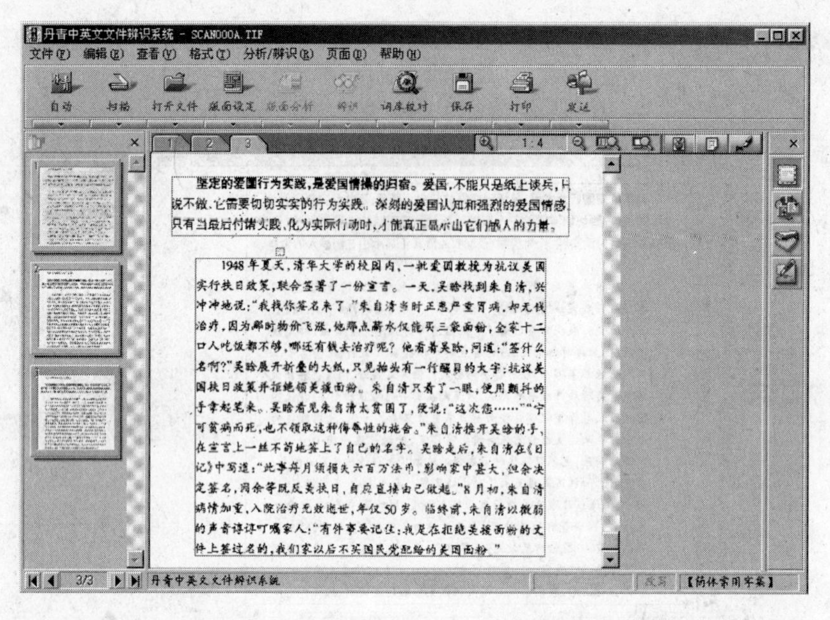

图 8.41　对扫描文本辨识后的全页显示窗口

Step 01　单击编辑工具箱上的“疑问字浏览”工具，文稿中的疑问字会以蓝底黄字显示。

Step 02　使用“疑问字浏览”工具在第一个疑问字上点一下，并在出现的“候选字”窗口中选择正确的字，所选择的字将会替换指定的疑问字。

Step 03　若在“候选字”窗口中找不到所要的替代字，也可以直接用键盘输入。

Step 04　同时按下键盘上的 Shift+F3 组合键，将光标移到下一个疑问字，或使用“疑问字浏览”工具选择任何辨识错误的字，继续进行文字的校对。

训练 2　常见问题及处理

扫描仪在电脑外设中是比较简单和人性化的。由于它操作简单，拥有众多的家庭用户，但偶尔也会出现一些小毛病，下面就来介绍经常出现的问题及解决方法。

1. 系统提示装入 TWAIN.DLL 错误

执行扫描命令时系统提示装入 TWAIN.DLL 错误，如图 8.42 所示。

图 8.42　执行扫描命令时的错误提示

出现这个问题时，首先确认扫描仪的驱动程序是否已经正确安装，并在安装扫描源的列表中确认是否存在正确的驱动程序列表。若不存在，则有可能是 Windows 目录下的 TWAIN.DLL 文件丢失或者已经损坏，下载此文件或者在其他机器上复制后放置在 C:\WINDOWS 目录下即可解决。

2. 安装程序时提示要安装 USBSU

目前支持 USB 总线的 Windows 版本有 Windows 95 OSR2.1 和 Windows 98/2000/XP。如果操作系统是 Windows 95 OSR2，则必须安装一个补丁程序（usbsupp.exe），从而升级到 OSR2.1。当安装程序检测到计算机中正在使用 Windows 95 OSR2 并且没有安装 USB 补丁时，就会提示安装该补丁程序，可以在 Windows 95 光盘上的 Other/Usb 目录下找到它。当准备安装 USB 扫描仪时，可按照以下步骤进行（推荐的步骤是驱动程序安装完成后再将扫描仪连接到计算机上，否则，系统会发现一些未知的设备）。

Step 01 确定计算机主板支持 USB 接口，并且在 BIOS 设置中 USB 总线已经设置为“有效”。

Step 02 确定操作系统是 Windows 95 OSR2 或 Windows 其他更高版本（可右击“我的电脑”，选择“属性”查看 Windows 版本）。

Step 03 确定系统已经安装了 USB 驱动程序并且正常工作（可查看“设备管理”中的“通用串行总线控制器”设备是否正常工作）。

Step 04 安装 MiraScan 驱动程序，选择 USB Model。

Step 05 连接扫描仪，打开电源，Windows 将检测到扫描仪并且安装扫描仪驱动程序。

任务 4 传真机的选购与使用

实训 1 传真机的选购

随着科技的发展，传真机的功能及档次也在不断地变化。最初的传真机多为热敏纸，只能收发无液晶显示，现在逐渐增加了液晶显示（中/英文）、多页自动进纸、自动切纸、录音电话、停电电话、无纸接收、来电显示、呼叫转移、复印、打印、扫描（内/外置计算机接口）和普通纸（喷墨、热转印、激光）等功能，价格也随着功能的不断增加而提高。

那么如何选购一款适合自己的传真机呢？

（1）首先，在购买传真机时，按照操作标准来认真检测机器功能是否如销售商所述，具体操作方法是：在检测时将传真机的“使用菜单”打印出来，如果“使用菜单”是中文的，即表明是生产厂家专门设计在中国使用的，这是目前市面上那些以假乱真的传真机所无法做到的。

（2）如果在工作中经常需要传送一些照片或者是图像之类的信息时，应该选择一款中间色调级别高的传真机。因为中间色调是反映图像亮度层次、黑白对比变化的一个技术指标，传真机具有的中间色调的级数越多，其所记录与传输得到副本的图像层次就越丰富、越逼真。目前市场上采用 CCD 作为扫描器的传真机，其中间色调可达 64 级；而采用 CIS 作为扫描器的传真机，其中间色调最多可达 32 级，一般均在 16 级以下。因此，对于经常需要对图像信息进行传真和复印的用户来说，采用 CCD 扫描方式的传真机当为首选，并且应选择具有 64 级中间色调的传真机。

（3）确认所购买的传真机是否具有存储、发送及接收功能。如果有这方面的功能，那么在发送传真时，若线路出现故障，可从发送中断的页开始重新拨号并发送。在接收传真时，如记录纸用完，发信方还在发信时，传真机会把接收到的信息存储在 RAM 中，当重新装上记录纸后，它会自动把存储的内容打印出来，这样可免去发信方重新发送的麻烦，节省时间和费用。

（4）选定机器型号后还要确认其质量及售后服务。因为传真机属科技含量较高的电子产品，一般的家电维修店无法进行维修，因此售后维修服务对使用者尤为重要。另外，还要考虑到所选机器的消耗材料价格及易购性，以免对今后的使用造成不便。

实训 2 传真机的使用

训练 1 传真机的外观

如图 8.43 所示是一台普通传真机，图中标注部位的名称如下。

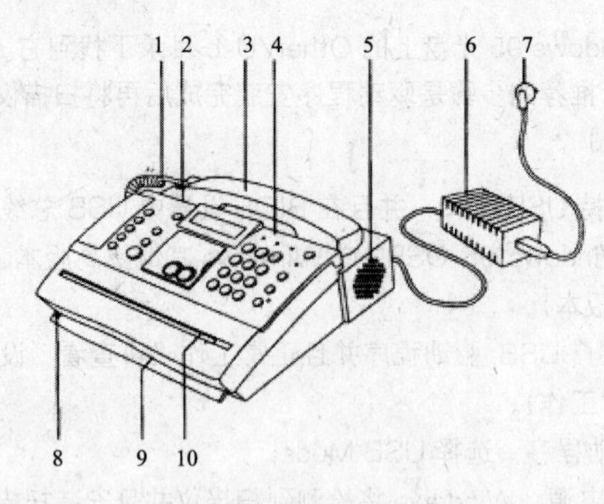

图 8.43　传真机的外观

1. 电话筒螺线
2. 麦克风
3. 电话筒
4. 记录纸盖
5. 扬声器
6. 电源转接器
7. 电源插头
8. 原稿纸导杆
9. 原稿纸送入口
10. 原稿纸出口

如图 8.44 所示的是 HFC-28 传真机面板，图中标注部位的名称及功能如下。

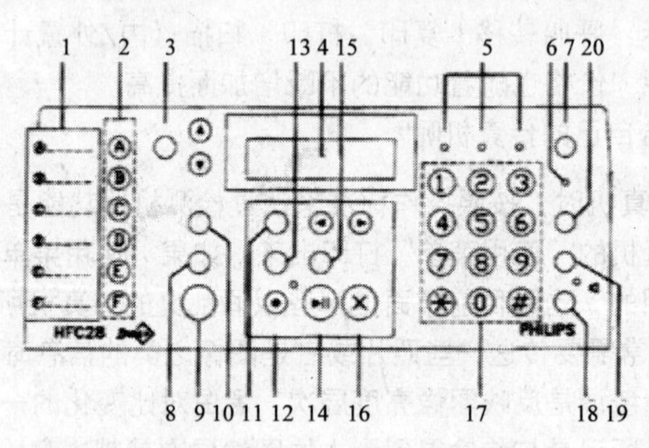

图 8.44　HFC-28 传真机面板

1. **备忘卡**：记录速拨键的号码。
2. **速拨键**：预先储存 6 组传真（电话）后，可按此键快速拨号。
3. **索引键**：预先储存 50 组传真（电话）后，可按此键拨号。
4. **液晶显示屏**：显示时间、功能及操作状态。
5. **警示灯**：提示错误信息。
6. **模式键**：设定接收模式。
7. **停止键**：取消进行中的传送、接收、影印及其他操作。
8. **影印**：启动影印操作。
9. **传真键**：启动传送、接收操作。
10. **储存键**：储存速拨键、索引键及资料。
11. **功能选择键**：选择传真机的使用功能。
12. **录音键**：录制留言及备忘录。
13. **解析度键**：传送、影印时原稿的解析度调整。
14. **播放/暂停键**：播放/暂停留言。
15. **确认键**：确认使用者的功能选择。

16. 删除键：删除留言及已存储的内容。
17. 数字键：输入传真/电话号码及姓名。
18. 免提键及指示灯：免提听筒拨号。
19. 重拨键：自动重拨最后一次的拨号。
20. 转接键：将来电转接至其他分机（总机必须提供此功能方有效）。

因传真机的品牌不同，型号不同，功能肯定有所差别，但基本功能应该是一致的。

训练 2　发送传真

要发送传真，首先应在传真机中放入记录纸。如图 8.45 所示，打开记录纸盖，依正确方向放入纸卷，然后盖上记录纸盖即可。

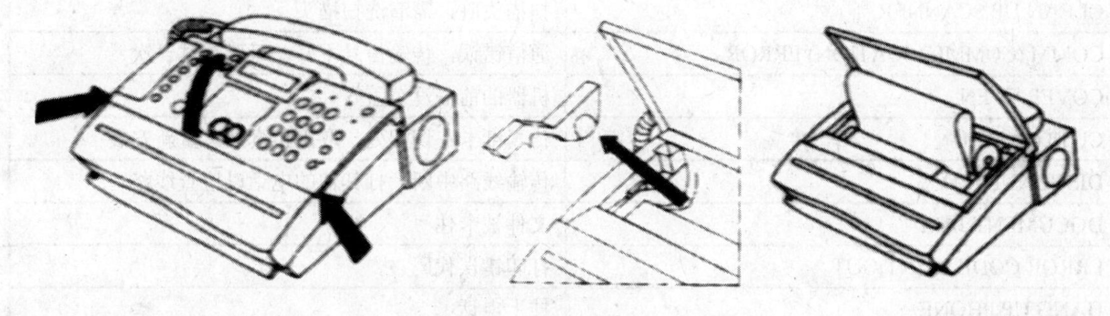

图 8.45　打开记录纸盖放入纸卷

如果要发送传真，其具体操作步骤如下。

Step 01　输入要传真的号码。

Step 02　将原稿字面朝下，一次一张放入。若原稿歪斜或放错页数，可直接将原稿拉出或按停止键，使其自动退出。

Step 03　按“传真”键。传真第 1 页后，机器会发出“嘀嘀”的声音，此时可再放入第 2 页。若不放入，机器自动恢复待机状态。

发送传真时，原稿字体往往会有太黑或太淡的情形，这时可以使用“浓淡度设定”功能来改善传真的品质。例如，原稿字体过黑可选择 DARK ORIGINAL，字体太淡则选择 LIGHT ORIGINAL，NORMAL 为一般的浓淡度设定。

训练 3　接收传真

要接收传真，可先按“接收模式”键，设定接收模式。接收模式有以下几种。

- **手动接收（TEL Mode）**：电话铃响时，拿起话筒，可互相通话，通话后若要传真，可按“传真”键并挂好话筒。
- **自动接收（FAX Mode）**：话机振铃后，传真机即自动进入接收状态，或是在话机振铃时拿起话筒和对方通话，按“传真”键即可进入接收状态。
- **电话/传真自动切换（TEL/FAX Mode）**：振铃响时传真机会判断此为电话或传真，若对方是自动传送，机器则自动接收。若为电话，则机器会提醒你在所设定的电话回铃（10~30 秒）内拿起话筒通话，若不拿起话筒，机器则自动进入接收状态。

实训 3　传真机常见故障及排除

训练 1　传真机常见故障

在实际使用过程中，面对传真机液晶显示屏上的英文提示，许多人往往忽略或一筹莫展，如果把传真机液晶显示屏上的英文提示弄懂，传真机的常见故障就会被迅速排除。现将平时使用传真机时常见故障的英文（对照中文）提示摘录下来，如表 8.2 所示。

表 8.2　传真机常见故障的英/中文对照表

英　文	中文含义
CLEAN UP SCANNER	扫描头脏，需清洗扫描头
COMM (COMMUNICATION) ERROR	通信错误，传输信号不好，可以重试一次
COVER OPEN	机器的前盖没有盖好
CUTTER JAM	传真纸卡在切刀处，取出传真纸，重新安装
DISCONNETED	传输线路中断，打其他的电话以检查线路
DOCUMENT JAM	文件被卡住
ERROR CODE PRINT OUT	打印错误代码
HANG UP PHONE	挂上电话
JUNK MAIL PROHIBITOR	禁止垃圾邮件编程
MEMORY FULL	存储器接收传真已满
NO DOCUMENT	没有稿件
NO RESPONSE/BUSY/NO ANS GREETING	被叫号码不对或占线，检查号码并重试
OVER TEMPERATURE	传真机温度高
PAPER ROLL EMPTY	传真纸用完
PRINTER OVERHEATED	打印机过热
RECORDING PAPER JAM	记录纸堵塞
REMOVE DOCUMENT	清除文件夹纸
SCANNER ERROR	扫描错误，清洗扫描头
TOTAL ERRORS	总错误数（文件太长）
UNIT OVERHEATED	本机过热

训练 2　传真机故障排除

如今的传真机，功能越来越全面，内部构造也越来越复杂。因此传真机在日常使用过程中也难免会出现许多问题，下面列举传真机最常见的一些问题及相应的解决或排除方法。

1. 卡纸

卡纸是传真机很容易出现的故障，特别是使用新的纸张或使用旧的纸张都较容易产生卡纸故障。如果发生卡纸，在取纸时要注意只可扳动传真机说明书上允许动的部件，不要盲目拉扯上盖。而且尽可能一次将整纸取出，注意不要把破碎的纸片留在传真机内。下面是取出 HFC-28 卡纸的操作步骤。

Step 01　拔掉电源插头。

Step 02 打开记录纸上盖，将绿色摇臂拉起，试着拿起纸卷，如图 8.46 所示。

Step 03 若纸卷不易拿出，可用旋转工具依指示按顺时针方向旋转，如图 8.47（1）所示。

Step 04 待纸卷拿出后，放下绿色摇臂及旋转工具，并盖上记录纸上盖。

Step 05 打开机器下盖，拿出废纸，如图 8.47（2）所示。

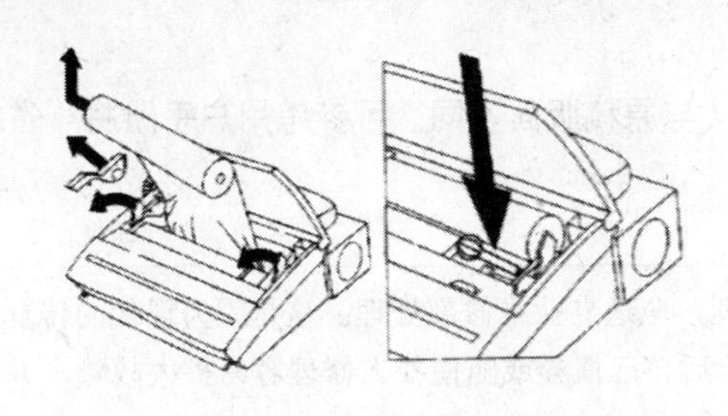

图 8.46 打开记录纸上盖将绿色摇臂拉起

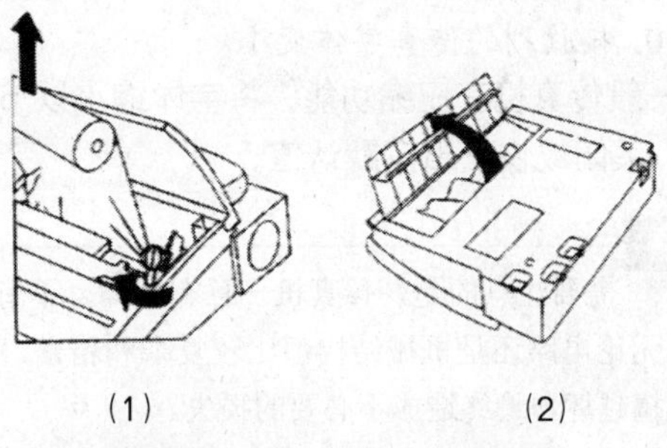

（1） （2）

图 8.47 拿出纸卷，盖好下盖

Step 06 最后盖好下盖，重新装上记录纸卷即可恢复使用。

2. 传真或打印时，纸张为全白

如果传真机为热感式传真机，则有可能是记录纸正反面安装错误。可将记录纸翻面放置再重新试试。热感式传真机所使用的传真纸只有一面涂有化学药剂。因此安装错了在接收传真时不会印出任何文字或图片。

如果传真机为喷墨式传真机，则有可能是喷墨头被堵，此时可清洁喷墨头或更换墨盒。

3. 传真或打印时纸张出现黑线

如果是 CCD 传真机，可能是反射镜头脏了；如果是 CIS 传真机，可能是透光玻璃脏了，可根据传真机使用手册说明，用棉球或软布蘸酒精擦拭即可。如果清洁完毕后仍无法解决问题，就需要将传真机送修检查。

4. 传真或打印时纸张出现白线

通常是由于热敏头（TPH）断丝或沾有污物。如果是断丝，则应更换相同型号的热敏头；如果有污物则用棉球清除即可。

5. 纸张无法正常退出

请检查进纸器部分有无异物阻塞，原稿位置扫描传感器是否失效，进纸滚轴间隙是否过大等。另外应检查发送电机是否转动，如不转动则需检查与电机有关的电路及电机本身是否损坏。

6. 电话正常使用，无法收发传真

如果电话与传真机共享一条电话线，请检查电话线是否连接错误。请将电信局电话线插入传真机标示 LINE 的插孔，将电话分机插入传真机标示为 TEL 的插孔。

7. 传真机功能键无效

如果传真机出现功能键无效的现象，首先应检查按键是否被锁定，然后检查电源，并重新开机，让传真机再一次进行复位检测，以清除某些死循环程序。如果还不能解决问题，则需送修检查。

8. 接通电源后报警声响个不停

出现报警声通常是主电路板检测到整机有异常情况，可按下列步骤处理：检查纸仓里是否有记录纸，且记录纸是否放置到位；纸仓盖、前盖等是否打开或合上时不到位；各个传感器是否完好；主控电路板是否有短路等异常情况。

9. 更换耗材后，传真或打印效果差

如果是更换感光体或铁粉后，传真或打印效果没有原先的好，请检查磁棒两旁的磁棒滑轮是不是在使用张数超过 15 万张还没更换过，使磁刷摩擦感光体，从而影响传真或打印效果并降低感光体寿命。建议每次更换铁粉及感光体时一起更换磁棒滑轮，以确保延长感光体寿命。

10. 接收到的传真字体变小

一般传真机有压缩功能，将字体缩小以节省纸张，与原稿版面不同。可参考用户手册将“省纸功能”关闭或恢复出厂默认值。

注 意

需要注意的是，传真机一旦有故障，不宜自己修理，应送专业维修部处理。这是因为现代的传真机无论电路还是机械结构都比较复杂和精密，出现故障后自己摆弄或随便找人修理容易扩大故障，并越搞越坏，最终造成不必要的损失。

任务 5 刻录机的安装与使用

实训 1 认识刻录机

现在市面上普遍使用的刻录机主要是内置式 IDE 或 SCSI 接口的产品。Acer1610VG.CJ 刻录机采用了 Seamless Link 防止 Buffer Under run 技术。这是由 Acer 和飞利浦共同开发的一项技术，它可以通过自动在错误发生前预警而防止缓存欠载的问题。Acer1610VG.CJ 还采用了一种类似于 Plextor Power REC II 的热平衡刻录（Thermo-Balanced Writing）技术，它会测试每一片放进刻录机的空片，并根据测试结果调整速度与激光头的功率，从而有效地避免了因为与空片的兼容性不符所造成的写入错误问题。

如图 8.48 所示是 Acer 刻录机正面，其各按钮及插孔功能说明如下。

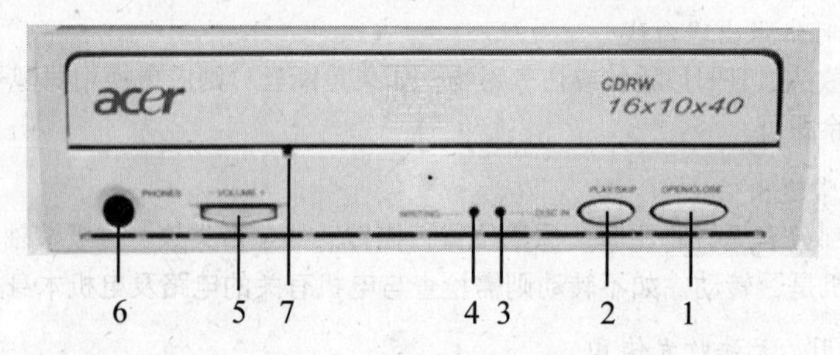

图 8.48 Acer 刻录机正面

1. 托盘开关键：按此键可开启光盘刻录机的托盘，再按一下可关上托盘。
2. 播放/略过键：播放音乐 CD，再按一次便会跳至下一首。
3. DISC IN 指示灯：此灯亮表示正在读取光盘中的资料，灯闪动表示刻录机在执行搜寻。
4. WRITING 指示灯：此灯闪动表示资料正在写入中。
5. 音量控制钮：调整音量大小。
6. 耳机孔：可插入耳机或是喇叭接头。
7. 紧急退片孔：插入扳直的回形针可将托盘退出。

表 8.3 所示的是 DISC IN 指示灯的不同状态。

表 8.3　DISC IN 指示灯的不同状态

WRITING	DISC IN	状态说明
关	关	备妥并且没有光盘在里面
关	绿灯闪动	开关启动且待命中
关	绿灯亮	光盘置入并准备操作
红灯闪动	绿灯闪动	写入前的测试
红灯亮	绿灯闪动	写入中

如图 8.49 所示的是 Acer1610VG.CJ 刻录机的背面插孔，其上各插孔功能如下。

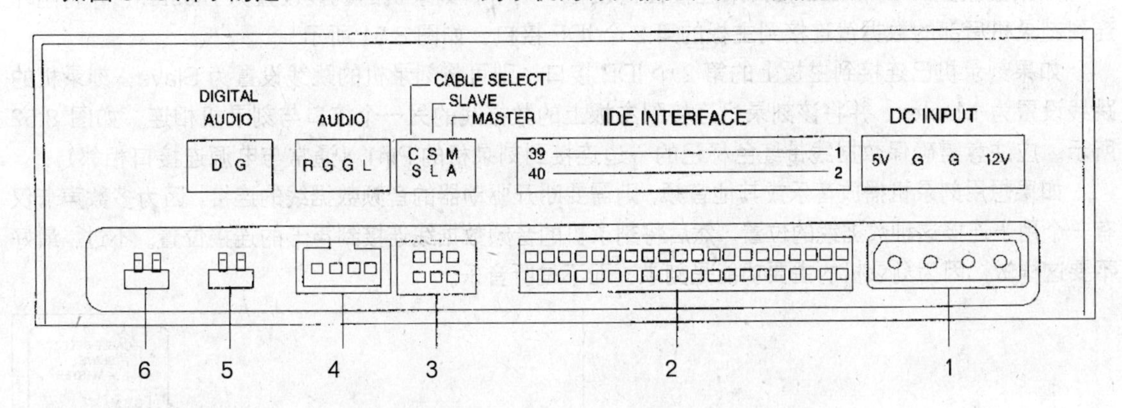

图 8.49　Acer1610VG.CJ 刻录机的背面插孔

1. **电源接头**：连接到电脑的电源线。
2. **IDE 接口**：连接到光盘刻录机的 IDE 排线接头。
3. **装置调整**：jumper 出厂预设值为 SL（Slave）。本光盘刻录机可调整 jumper 设定为 MA（Master），如图 8.50 所示为 jumper 设定。
4. **音效输出接头**：可使用此接头连接到音效卡的 CD 音源输入。
5. **数位音效输出接头**：此接头可提供高品质的数位信号音响。
6. **测试接头**：此接头为出厂前测试之用，请勿任意变更设定。

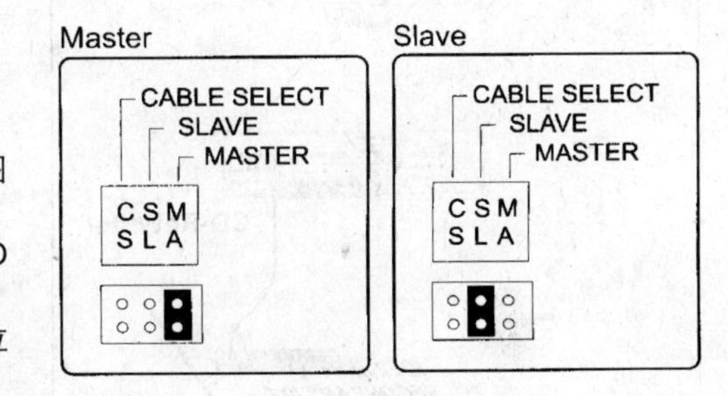

图 8.50　jumper 设定

注意

按照刻录方式的不同，CD 刻录机分为 CD-R 和 CD-RW 两种。其中 CD-R 是“可记录式 CD”，CD-RW 是“可擦写式光盘”。二者的主要区别是：CD-R 盘片上的介质只允许写入一次，写入的数据无法再修改；而 CD-RW 盘片上的介质可允许写入上千次，且数据可被修改。

实训 2　安装刻录机

安装刻录机非常简单，只需要一把十字形螺丝刀。这里必须说明的是，因为机箱内有许多易遭受静电而损坏的集成电路，所以安装前必须切断电源——用手触摸地面或墙壁，释放身上所带的静电。在安装时，轻触一下计算机外壳，就可以避免静电释放时对主机电路的伤害。

在动手安装刻录机之前，还先要对刻录机的跳线设置进行修改，以保证安装的刻录机能被系统正确识别。

训练 1　安装 IDE 接口的刻录机

如果刻录机与其他设备共用一个 IDE 接口，则必须调整驱动器的主/从位置（Master/Slave）（见图 8.50）。这个调整相对较为简单，只要将跳线腿插在相应位置，以保证通过跳线设置使设备为一主一从。如果单独使用一个 IDE 接口，则跳线不用修改。

提 示

为了保证 IDE 接口刻录机的工作稳定，最好让刻录机独占一个 IDE 接口。当然如果实在没有办法，最好将刻录机的跳线设为主设置（Master）。

如果主板上第 2 个 IDE 接口未连接任何设备，则可将刻录机的跳线设置为 Master，并将刚才连到刻录机后部的数据线连接到主板的第 2 个 IDE 接口，如图 8.51 所示。

如果刻录机已连接到主板上的第 2 个 IDE 接口，则可将刻录机的跳线设置为 Slave，刻录机的跳线设置为 Master，并将该刻录机连接到主板上的数据线的另一个接口与刻录机相连，如图 8.52 所示。应注意需确保数据线带红色标记的一边连接到刻录机的 Pin1（通常与电源连接口相邻）。

如果想用刻录机播放音乐或其他音频，则需要断开驱动器的音频数据线的连接，因为多数声卡仅有一个用于连接这种数据线的位置。然后将刻录机的音频数据线连接到声卡的连接位置。不过，最好不要这样做，因为刻录机的主要功能是刻录，而不是听音乐。

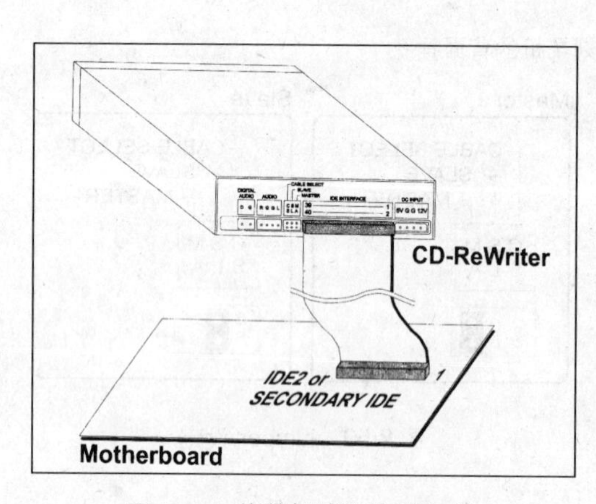

图 8.51　将数据线连接到主板

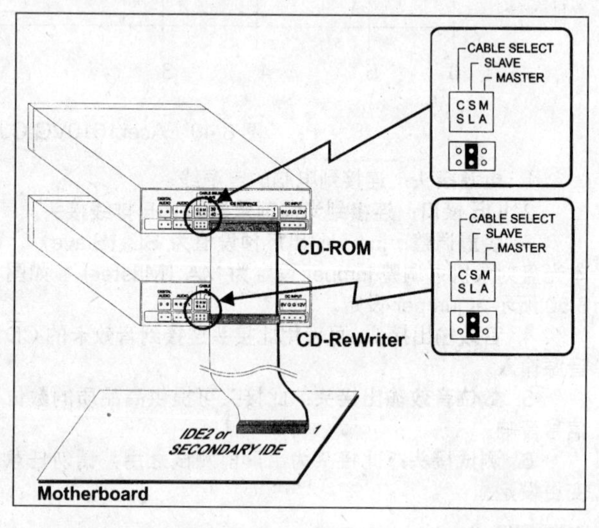

图 8.52　设置光驱和刻录机的跳线并连接数据线

训练 2　安装 SCSI 接口的刻录机

相对于 IDE 接口的刻录机来说，SCSI 接口的设置要复杂一点，因为 SCSI 接口的刻录机需要选择一个 SCSI ID 号，如果设置得不好（重复的话），系统将无法识别这一设置。在通常情况下，ID 号 0 被分配给支持系统启动的 SCSI 硬盘了，而 ID 号 7 为 SCSI 控制卡保留。其实刻录机的 ID 号选择范围为 1~6，只要不与其他设备冲突就行。还有一点要注意，SCSI 接口的刻录机如果连接在 SCSI 卡的末端，就必须通过跳线设定终端电阻，这个跳线标识为 TR 或 Terminator，短接跳线后，终端电阻将起作用。

安装 SCSI 接口刻录机的操作步骤如下。

Step 01 安装 SCSI 卡，用户可以选择普通的 SCSI 或 SCSI-2 接口卡，找到一个空闲的 PCI 插槽，除去机箱后面的挡板，将 SCSI 卡插入 PCI 槽内部固定，再用刻录机的数据线相连。

Step 02 将刻录机置于合适位置后，用螺丝紧固，找到可用的电源连接口并将其插入刻录机的电源连接口。

Step 03 关闭机箱外壳，重新启动计算机，系统就可自动识别所连接刻录机的型号。

刻录机的硬件安装工作到此已经结束。在 Windows 9x 或 Windows 2000/XP 系统下就可以像普通光驱一样进行读盘工作。当然刻录机最重要、最根本的功能并不是读盘，而是刻录功能。为了能让刻录机发挥其特长，我们还必须安装刻录软件。

训练 3　安装 USB 接口的刻录机

USB（通用串行总线接口）最多可连接 127 台外设，USB 1.1 标准最高传输速度为 12Mbps，并有一个辅通道用来传输低速数据。USB 2.0 标准的刻录机最高传输速度为 480Mbps，USB 接口的刻录机具有热插拔功能，即插即用，USB 接口的刻录机随着 USB 标准在 Intel 的力推之下逐渐普及。

实训 3　光盘刻录——Nero

Nero 是一款技术成熟的光盘刻录工具，它功能丰富、操作简单，使用它可以制作普通的光盘和 DVD 光盘，还能够复制光盘和 DVD 盘，并且具有良好的兼容性。

训练 1　Nero 的工作界面

双击桌面上 Nero 软件的快捷方式图标，运行该软件，其工作界面如图 8.53 所示。

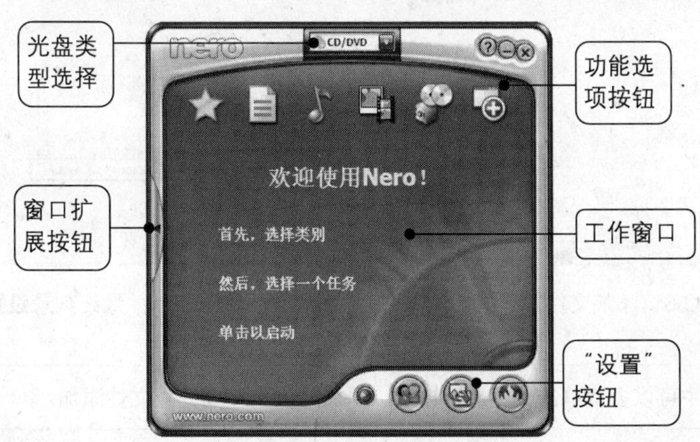

图 8.53　Nero 7.0 的工作界面

训练 2　刻录光盘

1. 刻录数据光盘

Step 01 运行 Nero，在其工作界面中单击"数据"选项按钮，窗口界面如图 8.54 所示。

Step 02 选择"制作数据光盘"选项，弹出 Nero Express 窗口，如图 8.55 所示。

Step 03 单击"添加"按钮，在"添加文件和文件夹"对话框中选择要刻录光盘的文件。

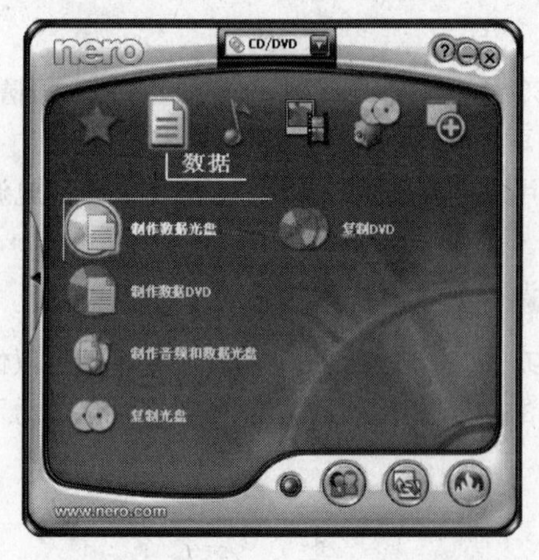

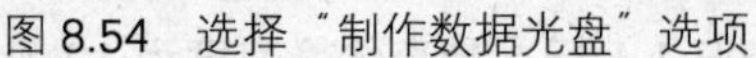
图 8.54 选择“制作数据光盘”选项

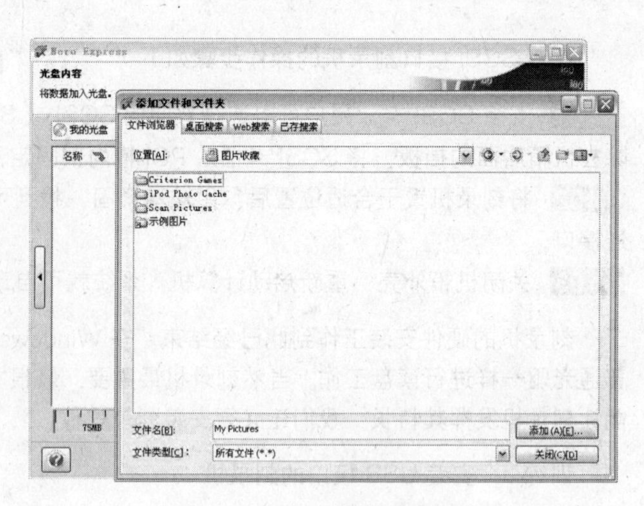

图 8.55 添加要刻录的文件

Step 04 单击“添加”按钮，将文件添加到 Nero Express 窗口。将文件添加完毕后，单击“关闭”按钮，返回到 Nero Express 窗口，如图 8.56 所示。

Step 05 将一张空白光盘插入到光盘驱动器，单击“下一步”按钮，弹出“最终刻录设置”对话框，在“当前刻录机”下拉列表框中选择要使用的刻录机，选中“允许以后添加文件”复选框，如图 8.57 所示。

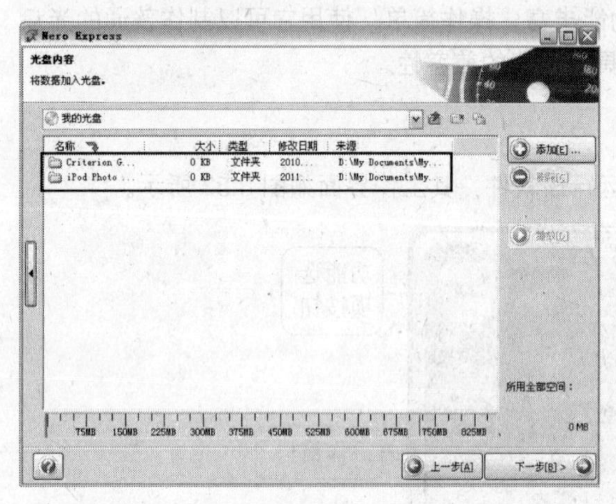

图 8.56 添加文件

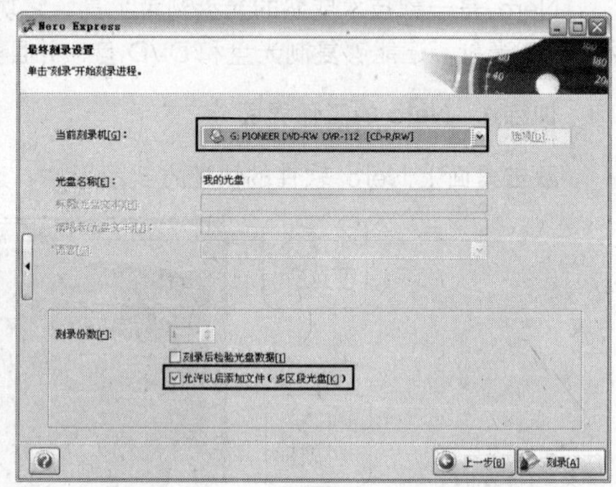

图 8.57 “最终刻录设置”对话框

提 示

在该对话框中可以多次单击“添加”按钮，添加文件，直到完成文件添加。

Step 06 单击“刻录”按钮，系统便开始写入光盘，并显示出刻录进度条，如图 8.58 所示。刻录结束后，弹出如图 8.59 所示提示框。

Step 07 单击“确定”按钮，在弹出的如图 8.60 所示对话框中，单击“打印”或“保存”按钮，可以作相应的处理。

Step 08 单击“下一步”按钮，弹出“新建项目”对话框，如图 8.61 所示，用户可根据需要进行选择，刻录结束后，光驱自动弹出光盘托盘。

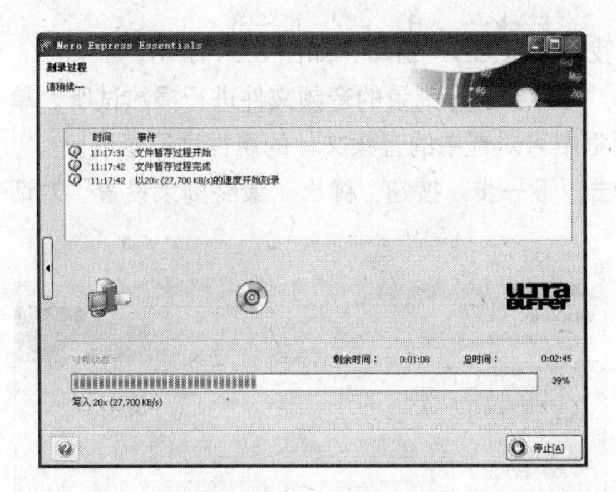

图 8.58　刻录光盘进度

图 8.59　刻录结束提示框

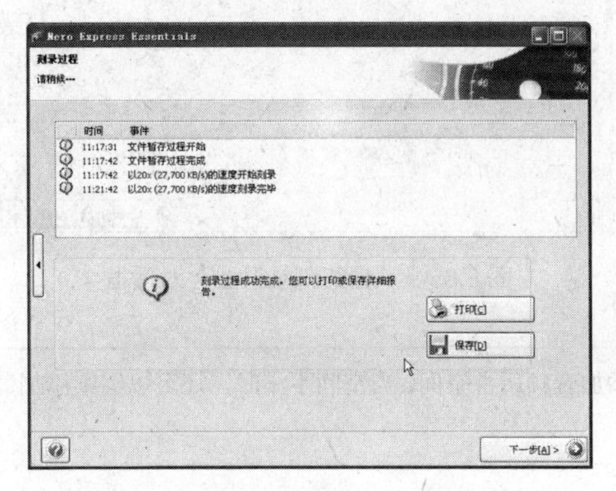

图 8.60　选择“打印”或“保存”选项

图 8.61　“新建项目”对话框

2. 刻录音频光盘

使用 Nero 可以制作音乐光盘、MP3 光盘和 WMA 光盘，具体操作步骤如下。

Step 01　运行 Nero 软件，在其工作界面中单击“音频”选项按钮，工作界面如图 8.62 所示。

Step 02　选择“制作音频光盘”选项，弹出“我的音乐 CD”窗口。

Step 03　单击窗口中的“添加”按钮，在弹出的如图 8.63 所示的“添加文件和文件夹”对话框中选择要刻录光盘的音频文件。

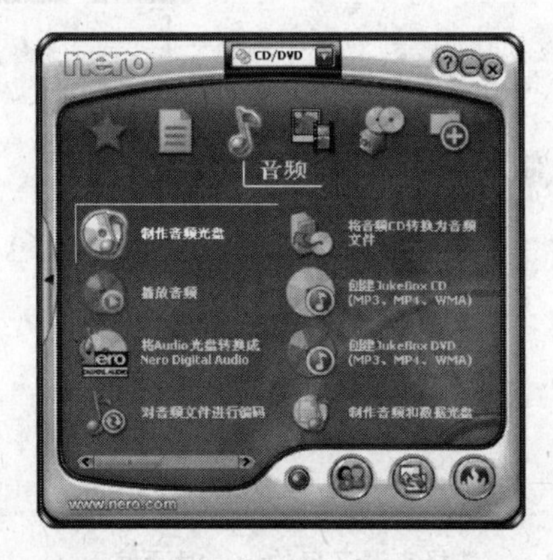

图 8.62　选择“制作音频光盘”选项

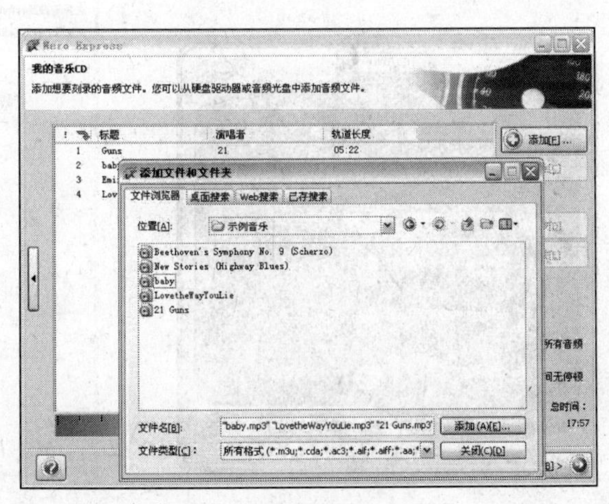

图 8.63　添加音乐文件

Step 04 单击“添加”按钮，将所选文件添加到“我的音乐 CD”窗口，如图 8.64 所示。

Step 05 选中添加的音乐文件，单击“播放”按钮，可对要进行刻录的音频文件进行播放试听。单击“属性”按钮将弹出“属性”对话框，在该对话框中可对选中的音频文件的属性进行修改。

Step 06 将一张空白光盘插入刻录光盘驱动器，单击“下一步”按钮，弹出“最终刻录设置”对话框，如图 8.65 所示，单击“刻录”按钮开始刻录。

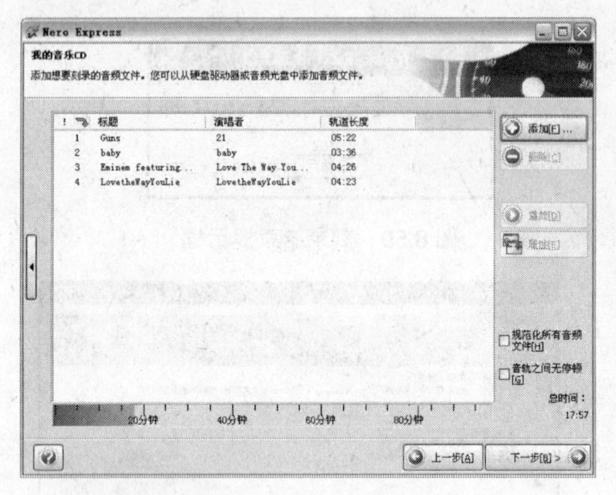

图 8.64 添加文件

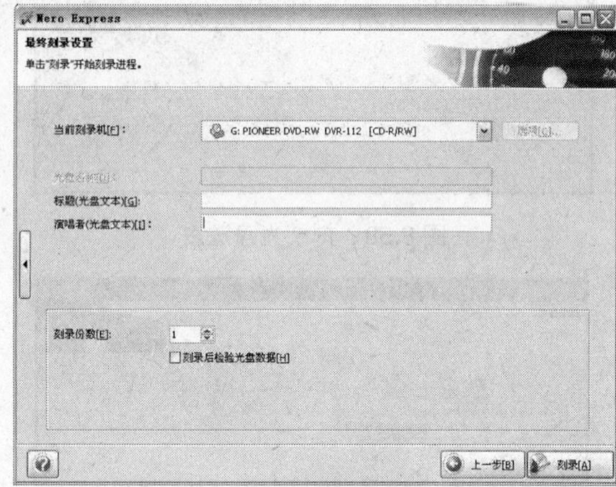

图 8.65 “最终刻录设置”对话框

注 意

在“我的音乐 CD”窗口的下方有绿色条显示添加音频所占空间，当空间不满时，还可以继续添加文件。

3. 创建映像文件

利用 Nero 软件可以制作光盘的映像文件，操作步骤如下。

Step 01 在光盘驱动器中插入要创建映像文件的光盘，运行 Nero，在其工作界面中单击“备份”选项按钮，然后选择“复制光盘”选项，如图 8.66 示。

Step 02 弹出“选择来源及目的地”对话框，在该对话框的“源驱动器”列表中已经选择放入光盘的光驱，在“目标驱动器”下拉列表中选择 Image Recorder[CD-R/RW]，如图 8.67 示。

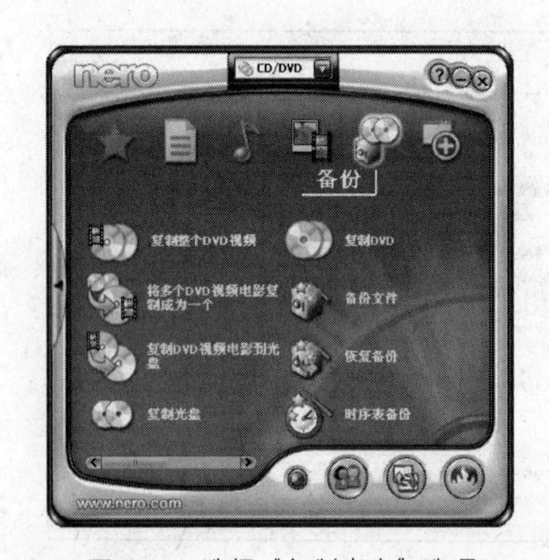

图 8.66 选择“复制光盘”选项

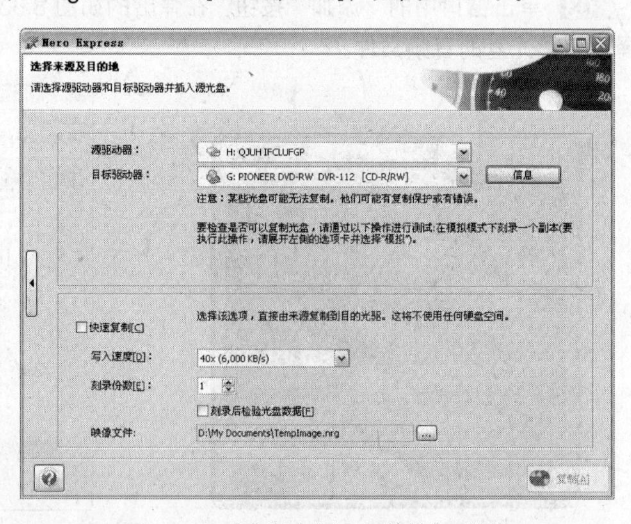

图 8.67 “选择来源及目的地”对话框

Step 03 单击“复制”按钮，弹出“保存映像文件”对话框。选择保存路径后，单击“保存”按钮，系统便开始将光盘文件制作成为映像文件，并提示当前进度，如图 8.68 左图所示。

Step 04 制作结束后，在目的地址中可见扩展名为.nrg 的映像文件，如图 8.68 右图所示。

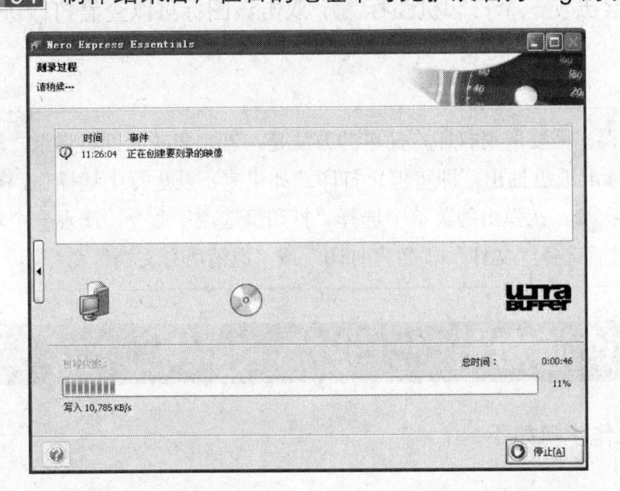

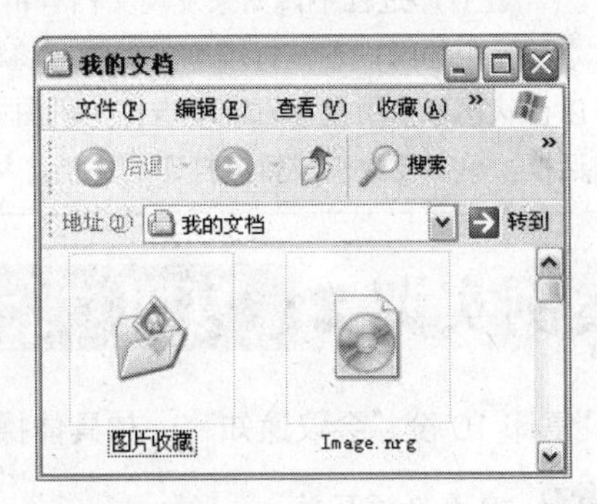

图 8.68 “保存映像文件”对话框及创建的映像文件

提 示

如果要将制作的映像文件刻录成光盘，则“目标驱动器”要选择 D 盘，当映像文件制作完成时，将弹出对话框，提示插入空白光盘。

案例实训 1 使用打印机打印文件

下面以在 Word 中打印两份文件为例，来让读者更加熟悉打印机的使用。当然，先要保证此时已安装好打印机，并使打印机呈工作状态。

Step 01 打开文件“素材\练习\04cr.doc”，单击“常用”工具栏上的“打印预览”按钮，屏幕进入“打印预览”模式。

Step 02 如果对文档的预览效果完全满意，则选择“文件”|“打印”命令，就会出现“打印”对话框，如图 8.69 所示。

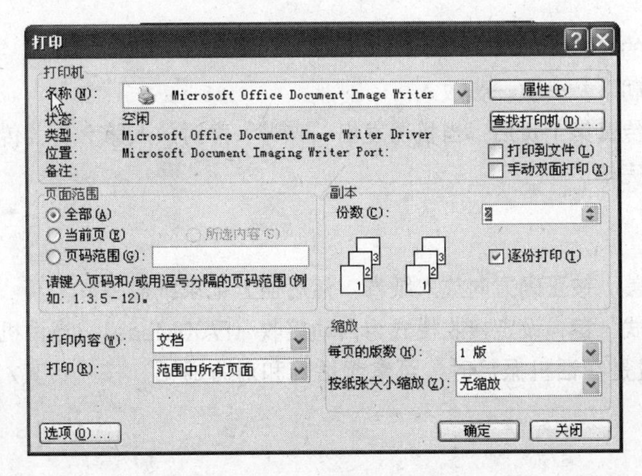

图 8.69 “打印”对话框

Step 03 将打印“份数”设置为 2。

Step 04 单击“确定”按钮，就可以开始打印了。

在打印过程中，Windows 任务栏中会出现一个打印机图标，双击该图标可以查看打印进度。打印完成后，该图标则会消失。

注 意

在打印过程中，如果发现文档有错误，需要取消打印，简单的方法是：若是多功能纸盘送纸，取走纸盘中的纸；若是标准纸盘送纸，将标准纸盘抽出，即可停止打印。如果来不及进行上述操作，可以在状态栏中用鼠标右键单击打印机图标，在弹出的菜单中选择“打印机选项”命令，出现一个对话框，单击要取消或暂停打印的文档，然后选择“文件”|“暂停打印”或“取消所有文档”命令。

案例实训 2 复印“会议通知”

复印 10 份“会议通知”，其具体操作步骤如下。

Step 01 接通电源开关。

Step 02 打开复印盖，将“会议通知”第 1 页面朝下放好，并与左边标尺成一直线。

Step 03 轻轻合上复印盖，设置复印放大倍率为 1.00，复印浓度为 AE。

Step 04 按数字键设置复印张数为 10 张。

Step 05 按下“开始复印”键，复印数量显示窗将显示复印的张数为 10。

Step 06 复印第 1 张后，复印机会自动复印其他 9 张。

Step 07 待 10 份“会议通知”的第 1 页都复印完毕后，打开复印盖，将“会议通知”第 1 页取出，并将第 2 页朝下放好。

Step 08 重复 Step 03 到 Step 07，把“会议通知”的所有页面复印完成。

案例实训 3 收发传真

这里我们以发送和接收一份传真为例，和大家一起练习使用传真机。

1. 发送传真

Step 01 输入要传真的号码。

Step 02 将原稿字面朝下，一次一张放入。

Step 03 按传真键。传真第 1 页后，当机器发出“哔哔”声时放入第 2 页，传真第 2 页后再放入第 3 页，直到全部传真完毕。

2. 接收传真

Step 01 打开记录纸盖，按正确方向放入纸卷，然后盖上记录纸盖。

Step 02 按“接收模式”键，设定接收模式为自动接收（FAX Mode）。当话机振铃后，传真机即自动进入接收状态，或是在话机振铃时，可拿起话筒和对方通话，按“传真/影印”键即进入接收状态。

课后习题

1. 填空题

（1）打印机的种类很多。常见的有________打印机、________打印机和________打印机等。

（2）________打印机和________打印机的噪音都很小，而________打印机的噪音相对较大。

（3）目前市场上流行的复印机既有小幅面的________办公用机，也有高档的________复印机和________复印机等。

（4）扫描仪与电脑的连接方式有 3 种：________方式、________方式和________方式。

2. 选择题

（1）在针式、喷墨、激光 3 类打印机中，在打印效果方面，（　　）效果最好，（　　）其次，（　　）最差。

A. 针式打印机　　B. 喷墨打印机　　C. 激光打印机

（2）在针式、喷墨、激光 3 类打印机中，在耗材成本方面，（　　）最低，（　　）其次，（　　）最高。

A. 针式打印机　　B. 喷墨打印机　　C. 激光打印机

（3）在打印机的性能指标中，（　　）表示打印速度。

A. LPI　　B. PPM　　C. DPI　　D. CPS

（4）选择打印端口，通常应该选择（　　）。

A. COM1　　B. COM2　　C. LPT1 并口

（5）打开复印盖后进行复印时，将原稿面朝（　　）放好。

A. 上　　B. 下　　C. 随便

3. 上机练习题

（1）打印一个文档的奇数页。

（2）练习把一个文档打印两份。

（3）练习扫描一张公司的照片，并插入到项目 9 的演示文稿中。

（4）刻录一张可引导的数据光盘。

项目9

常用办公工具的应用

项目导读

本章介绍了常用办公软件的安装过程与使用方法，使读者可以轻松使用文件压缩工具、资料下载软件、网络聊天工具以及病毒防护软件。

知识要点

- ✪ WinZip 软件的工作界面
- ✪ 使用 WinZip 压缩和解压文件
- ✪ FlashGet 软件的认识与使用
- ✪ 设置和管理下载任务
- ✪ QQ 聊天软件的安装与使用
- ✪ 360 杀毒软件的安装与使用

任务 1 压缩工具——WinZip

在 Internet 中下载或上传文件时，为了加快文件的传输速度，也为了在传输的过程中不丢失数据，通常要将文件压缩。如果是在网络中下载了压缩文件，在本地磁盘中就要将其解压。

WinZip 是一款老牌的压缩工具软件。它是 Windows 9x 操作系统时代最为流行的压缩软件，目前仍然是广泛使用的专业压缩软件之一。

WinZip 的功能强大并且使用方便，它支持 ZIP、CAB、TRA、GZIP、MIME 等格式的压缩文件。WinZip 不但具有操作简便、压缩运行速度快等优点，而且能与网络浏览器 IE 实现无缝式连接，可以方便用户进行网络软件的下载解压。新版的 WinZip 提供了更强大的压缩技术，能够创建更小的 Zip 文件。

实训 1 WinZip 工作界面

训练 1 打开 WinZip 工作界面

双击桌面上 WinZip 的快捷方式图标，运行 WinZip 软件，其工作界面如图 9.1 所示。

训练 2 使用向导

WinZip 为初学者提供了一个简单快捷的使用向导，向导带领用户对压缩文件和解压缩文件进行具体的操作，单击 WinZip 工作界面工具栏中的“向导”按钮，启动向导程序。

图 9.1　WinZip 的工作界面（标准窗口）

注 意

在安装该程序时，如果选择程序以向导方式启动，那么启动程序时将直接打开 WinZip 向导对话框。

实训 2　使用 WinZip 压缩和解压文件

训练 1　使用 WinZip 压缩文件

下面来介绍如何使用 WinZip 创建一个压缩文件，具体操作步骤如下。

Step 01 在本地硬盘中选择要进行压缩的文件或文件夹，右击文件或文件夹，在弹出的快捷菜单中选择 WinZip｜“添加到图片 1.zip”命令，如图 9.2 所示。

Step 02 此时程序开始进行压缩，并弹出压缩进程提示框，如图 9.3 所示。

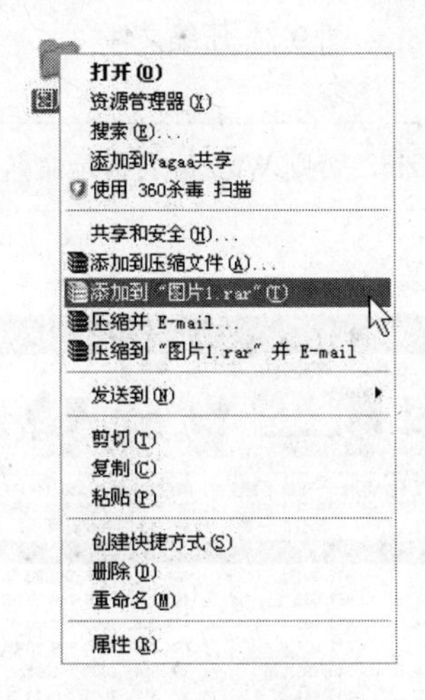

图 9.2　弹出快捷菜单

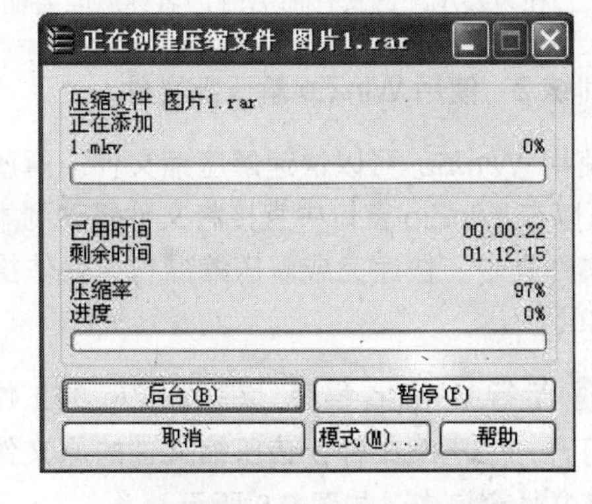

图 9.3　压缩进程提示框

注 意

文件压缩的时间长短视文件的大小而定。

Step 03 压缩结束后，将在文件夹中出现一个名为“图片 1”的压缩文件，如图 9.4 所示。

Step 04 如果要一次压缩多个文件，可先选中多个文件，在其中任何一个文件右击，在弹出的快捷菜单中选择 WinZip|“添加到 Zip 文件”命令，将弹出“添加”对话框，设置压缩文件名和压缩选项，单击“添加”按钮，如图 9.5 所示。

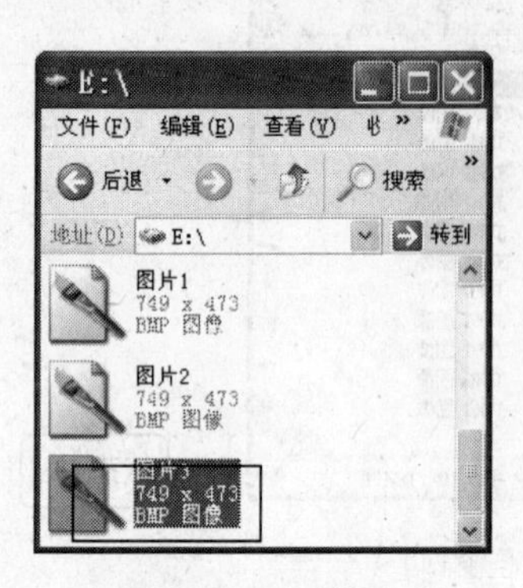

图 9.4 压缩文件

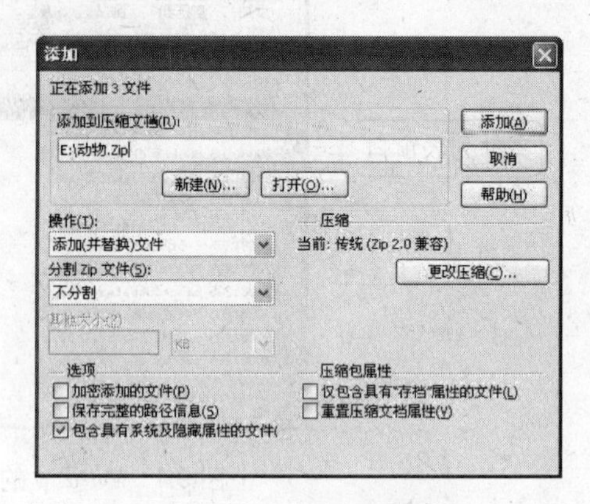

图 9.5 “添加”对话框

Step 05 开始压缩文件，并弹出压缩文件进度提示框，如图 9.6 所示。文件压缩结束后，压缩文件出现在选定的文件夹中，如图 9.7 所示。

图 9.6 压缩文件进度提示框

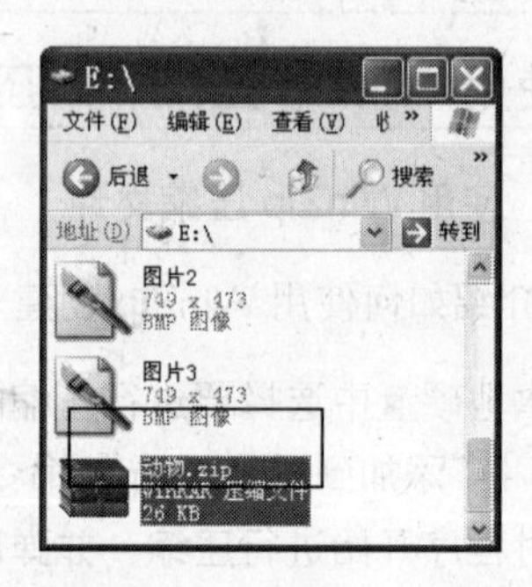

图 9.7 压缩文件

注 意

在为要压缩的文件命名时，名称后面要输入正确的扩展名.zip，否则 WinZip 会提示命名有错误。

训练 2 使用 WinZip 解压缩文件

使用 WinZip 可以快速解压缩文件。解压缩时，可以在 WinZip 窗口中直接将文件移动到本地硬盘文件夹中，快速完成解压缩操作，具体操作步骤如下。

图 9.8 原文件显示在文件窗口中

Step 01 运行 WinZip 程序，在 WinZip 的工作界面中打开一个压缩文件，该压缩文件的原文件将显示在文件窗口中，如图 9.8 所示。

Step 02 在文件显示窗口中选中所有的文件，将其拖到本地磁盘的一个文件夹中，如图 9.9 所示。此时即可完成解压缩文件的操作，解压后的文件如图 9.10 所示。

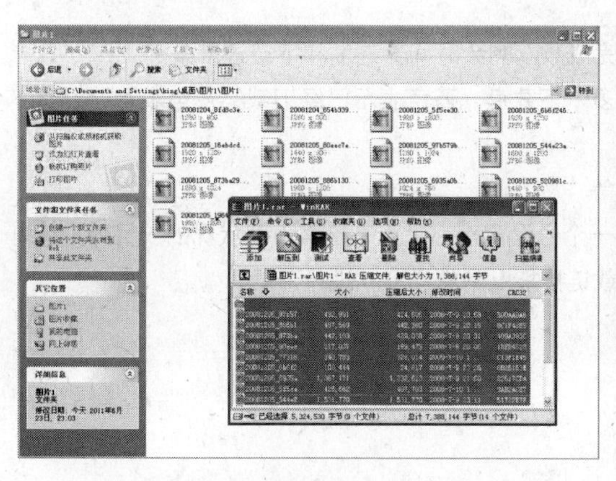

图 9.9 将文件拖到本地磁盘的文件夹中

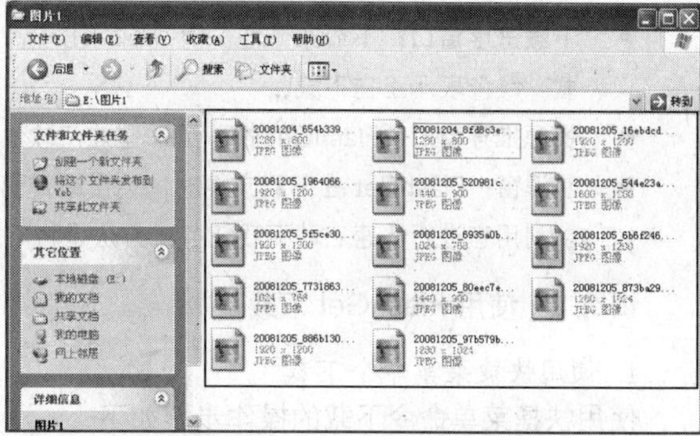

图 9.10 快速解压缩后的文件

任务 2 下载软件——FlashGet（网际快车）

下载软件 FlashGet 又称网际快车，它采用多线程技术，可以将一个文件分割成几个部分同时下载，不但提高了下载速度，而且可以为下载的文件创建不同的类别目录，实现下载文件分类管理。另外，FlashGet 还具有完善的管理功能，支持拖放操作。

实训 1 FlashGet 的认识和使用

训练 1 FlashGet 的工作界面

FlashGet 下载并安装完成后，只要有文件下载，就能快速地让 FlashGet 主动运行进行服务。双击桌面上的 FlashGet 快捷方式图标，运行 FlashGet 软件，同时打开悬浮窗，其工作界面及悬浮窗如图 9.11 所示。

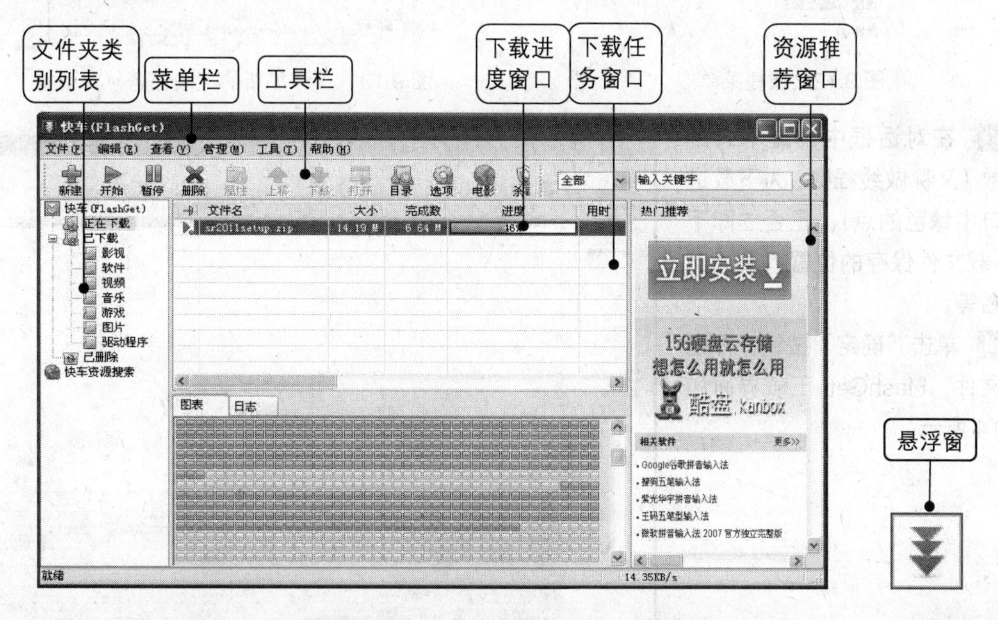

图 9.11 FlashGet 的工作界面及悬浮窗

- **文件夹类别列表：** 正在下载和已下载文件夹类别列表。当正在下载的文件下载任务完成之后，它会自动移至“已下载”文件夹中等待处理。

- **下载任务窗口**：正在下载任务的名称、大小、完成数、剩余时间、速度和下载进度条等。
- **下载进度窗口**：下载某个任务时，窗口出现许多个下载点，蓝色表示已经下载，灰色表示还没有下载，绿色表示正在下载。
- **资源推荐窗口**：FlashGet 推荐的一些热门软件等。
- **悬浮窗**：FlashGet 在下载文件时，会自动弹出一个悬浮窗，它是用来检察下载状况的。另外，还可以利用它进行快速启动下载任务，方法是将下载链接拖曳到悬浮窗，进行下载。

训练 2　使用 FlashGet 下载

1. 使用快捷菜单命令下载

使用快捷菜单命令下载的操作步骤如下。

Step 01 利用浏览器浏览网页时，找到要下载的文件链接，在下载链接中右击，弹出快捷菜单，如图 9.12 所示。

Step 02 选择“使用快车（FlashGet）下载”命令，启动软件，同时弹出“添加新的下载任务”对话框，如图 9.13 所示。

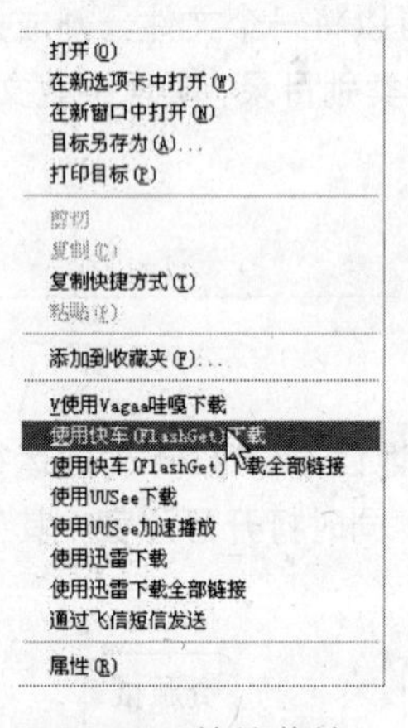

图 9.12　快捷菜单

图 9.13　“添加新的下载任务”对话框

Step 03 在对话框中设置下载的任务数（又称做线程数，为下载进度窗口中绿色的点）、是否立即下载、下载文件保存的位置以及为文件命名等。

Step 04 单击“确定”按钮，开始下载文件，FlashGet 下载界面如图 9.14 所示。

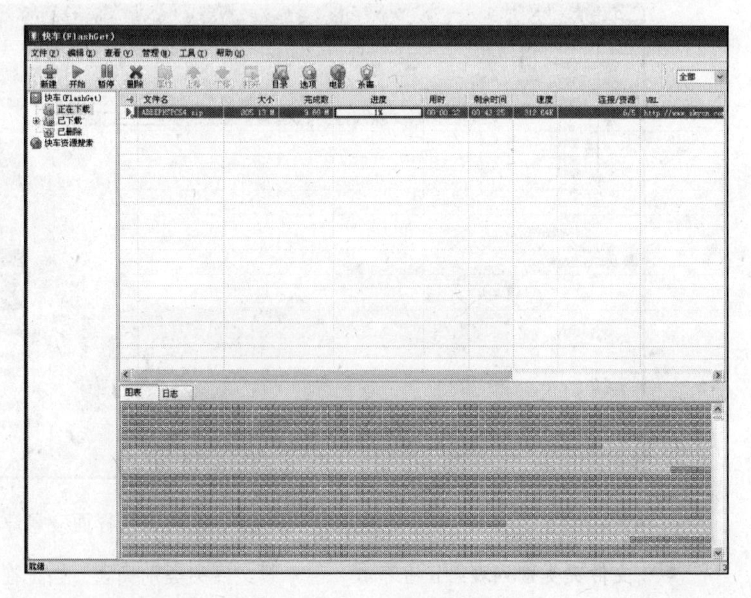

图 9.14　下载文件

Step 05 在下载的同时，悬浮窗中也会出现不断流动的绿色波形，如图 9.15 所示。

Step 06 下载过程中，如果要暂停下载，可以右击下载任务窗口中的下载任务，在弹出的快捷菜单中选择“暂停”命令，如图 9.16 所示。

图 9.15 下载中的悬浮窗

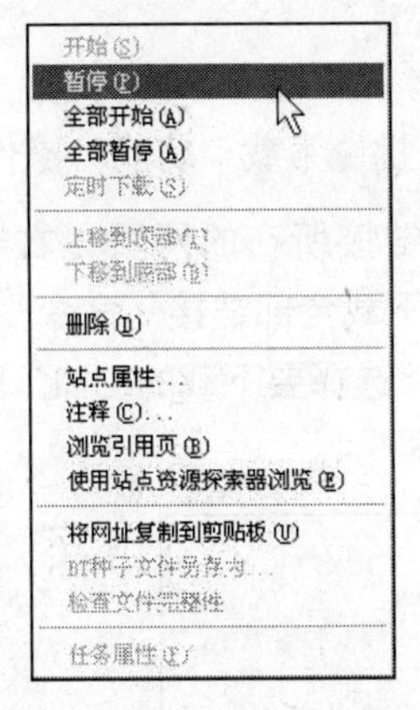

图 9.16 暂停下载

Step 07 FlashGet 具有断点续传功能，如果要恢复下载，在快捷菜单中选择“开始”命令，即可继续进行下载。

Step 08 如果要删除下载任务，在该快捷菜单中选择“删除”命令即可。

提 示

下载的任务数最大是 10，设置的任务数太多，会增加服务器的负担，速度反而会慢下来，一般设置为 4~5 个任务。另外，FlashGet 可以同时进行 8 个下载任务，也可以多于 8 个任务，当其中一个下载任务完成，下一个任务会补上自动下载。

2. 通过悬浮窗添加下载任务

Step 01 启动 FlashGet 后，屏幕中出现 FlashGet 的悬浮窗。

Step 02 使用搜索的方法搜索到要下载的“千千静听”软件并打开其下载链接的页面。

Step 03 在页面中选择下载链接地址，将鼠标指针移动到链接处，然后按住鼠标左键不放，将其拖曳到悬浮窗中，如图 9.17 所示。

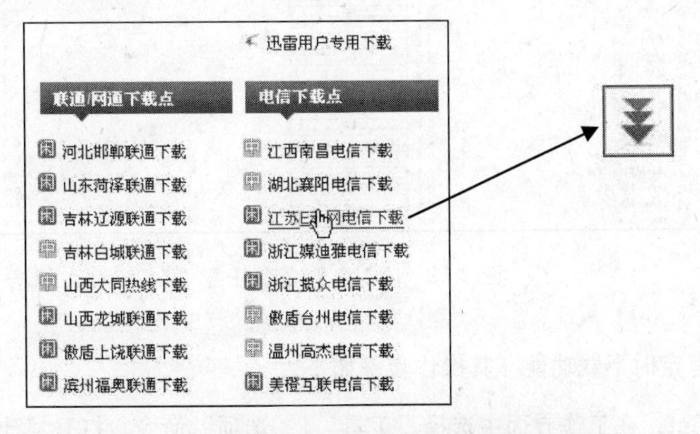

图 9.17 选中下载链接并将其拖曳到悬浮窗中

Step 04 释放鼠标左键，即可打开“添加新的下载任务”对话框。选择保存路径，单击“确定”按钮，开始下载。

注 意

如果悬浮窗没有出现，可以选择“查看”|“悬浮窗”命令，打开悬浮窗。

3. 批量下载

FlashGet 具有批量下载功能。例如，同时要下载同一个网页中的多个链接页面，就可以使用 FlashGet 的“批量下载”功能，操作步骤如下。

Step 01 打开链接所在的网页，右击网页中的任意位置，在弹出的快捷菜单中选择“使用快车（FlashGet）下载全部链接”命令，如图 9.18 左图所示。

Step 02 打开“选择要下载的 URL”对话框，在该对话框中清除不需要下载的网页链接，如图 9.18 右图所示。

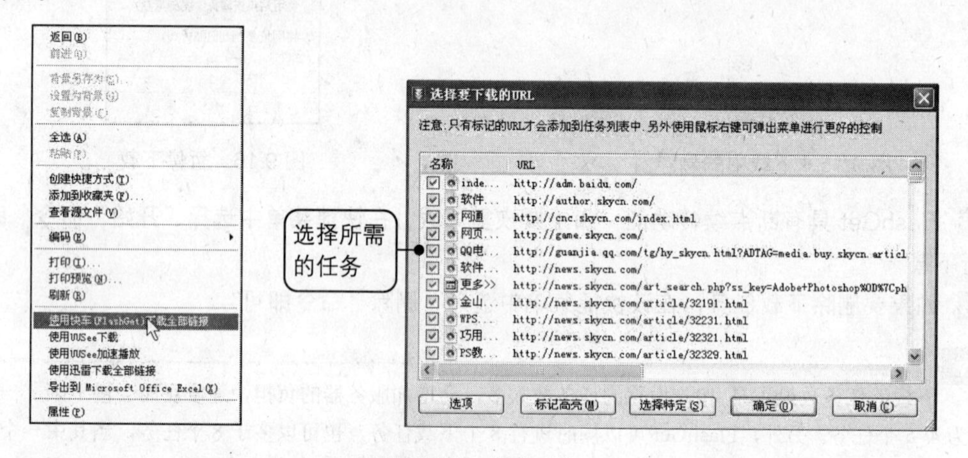

图 9.18　批量下载

Step 03 单击“确定”按钮，打开“添加新的下载任务”对话框，在对话框中选择保存文件的路径，单击“确定”按钮，便开始下载，如图 9.19 所示。

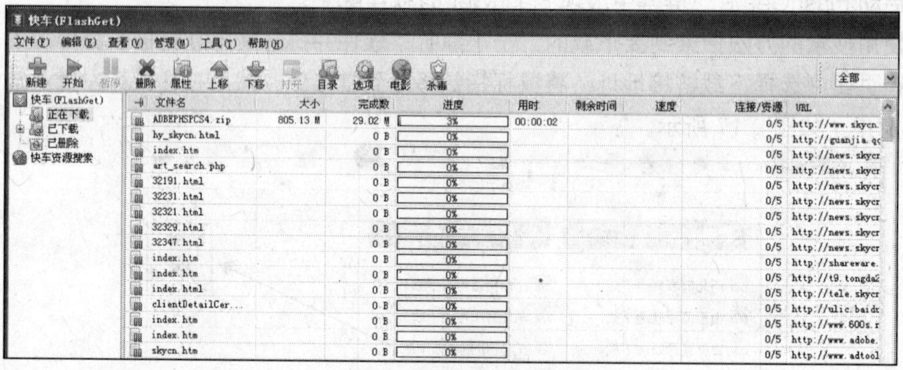

图 9.19　同时下载多个任务

4. 定时下载

FlashGet 还具有定时下载功能，其操作步骤如下。

Step 01 运行 FlashGet，在工作界面中选择“工具”|“选项”命令，打开“计划/事件”对话框，在“开始下载文件于”微调框中指定下载时间，如图 9.20 左图所示。

Step 02 下载文件时，在“属性”对话框中选择“定时开始”选项，如图 9.20 右图所示，单击“确定”按钮。

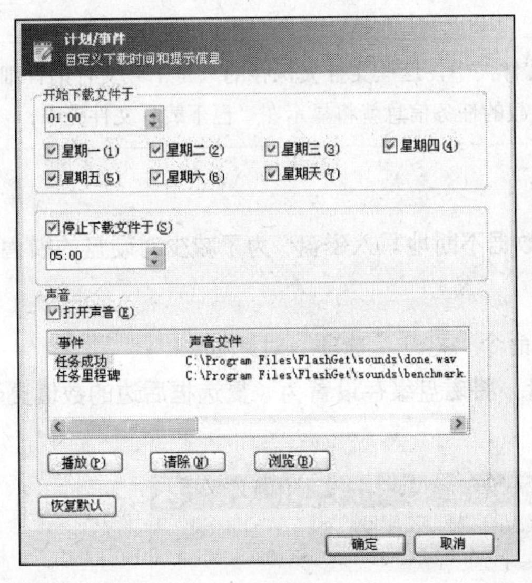

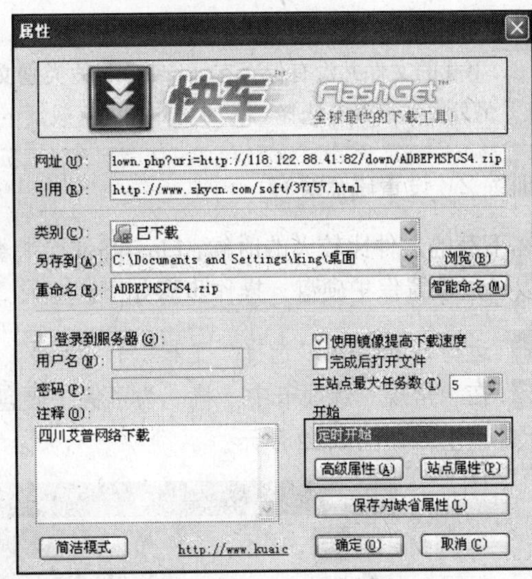

图 9.20 指定时间并选择“定时开始”选项

实训 2 设置和管理下载任务

归类管理下载文件是 FlashGet 最重要和最实用的功能之一。FlashGet 使用了类别来管理已下载的文件。每种类别可指定一个磁盘目录，所有指定了类别的下载文件将被保存到相应的磁盘目录中。

训练 1 下载到已有类别文件夹

FlashGet 为已下载的文件预设了 7 个类型的文件夹，分别是影视、软件、视频、音乐、游戏、图片和驱动程序。下载文件时，用户可以根据文件类型选择保存的位置，操作步骤如下：

Step 01 打开如图 9.21 左图所示的“添加新的下载任务”对话框，再单击“类别”文本框右边的下三角按钮。

Step 02 在打开的下拉列表中选择相应的文件类别，比如选择“软件”，然后按照正常下载操作。

Step 03 下载结束后，单击 FlashGet 工作界面中的“软件”文件夹，其中有下载软件的详细信息，如图 9.21 右图所示。

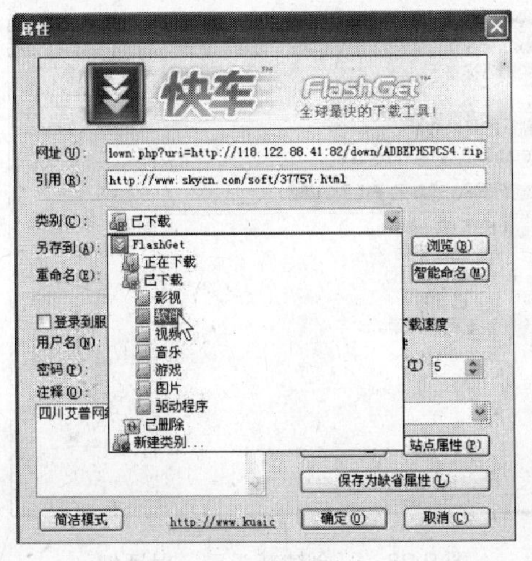

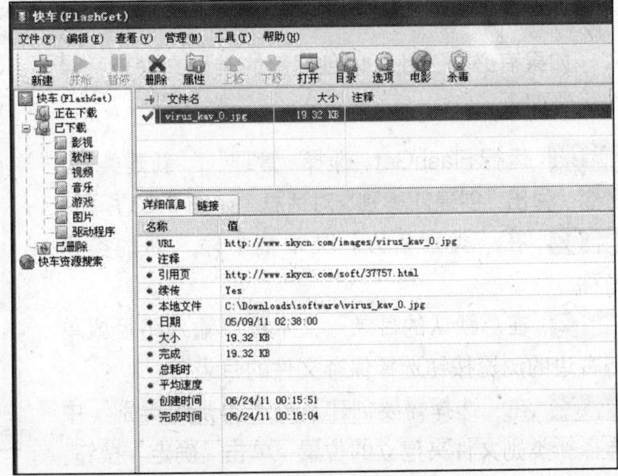

图 9.21 下载到已有的类别文件夹

注 意

下载的文件并没有保存在 FlashGet 的类别文件夹中，这些文件夹保存的只是下载文件的详细信息。另外，如果没有选择已有的文件类别下载，下载的任务信息就将显示在“已下载”文件夹中。

训练 2　设置磁盘缓存

在下载的文件比较大的时候，FlashGet 会将数据不断地写入磁盘，为了减少对硬盘的损害，用户可以通过设置保护硬盘，操作步骤如下。

Step 01　运行 FlashGet，选择“工具”|“选项”命令，打开“选项”对话框。

Step 02　在“常规”选项卡中，将“为了保护硬盘，将磁盘缓存设置为”复选框后边的数值更改为 2000KB 以上，如图 9.22 所示。

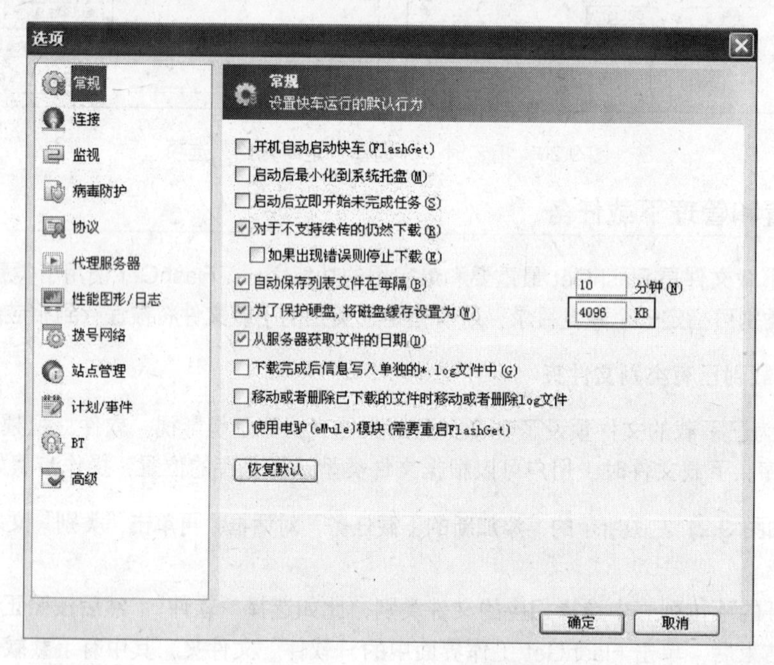

图 9.22　“常规”选项卡

训练 3　创建新类型

如果有必要，还可以创建新的类型文件夹，操作步骤如下。

Step 01　运行 FlashGet，选择“管理”|“新建类别”命令，弹出“创建新类别”对话框，如图 9.23 所示。

Step 02　在“类别名称”文本框中输入新的类别名称。

Step 03　在“默认的目录”文本框中输入路径或单击右边的浏览按钮选择保存文件的目录。

Step 04　在“选择需要创建新的子类别的类别”中选择新类别文件夹建立的位置，单击“确定”按钮。

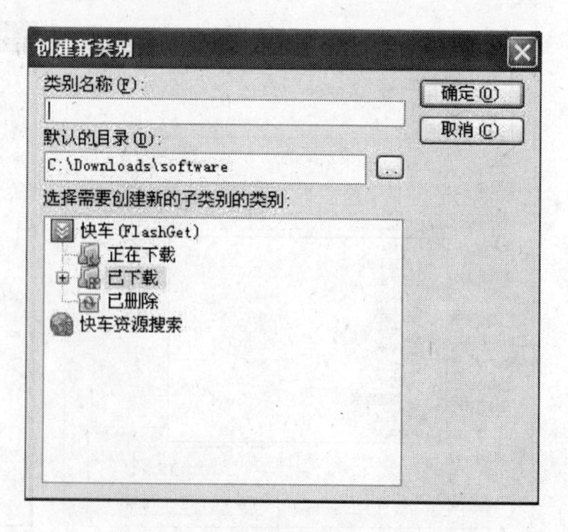

图 9.23　“创建新类别”对话框

提 示

通过拖放功能可以随时改变下载文件的类别，还可以在文件夹中右击，在弹出的快捷菜单中选取对已有的类别文件夹进行移动、删除和重命名的操作命令。

任务 3 聊天软件——QQ

实训 1 QQ 的工作界面

QQ 是基于 Internet 的即时寻呼软件，用户可以使用 QQ 和好友进行交流，发送即时信息。此外，QQ 还具有网上寻呼、聊天室、传输文件、语音邮件、手机短信服务等功能。

以 QQ2010 版本为例，具体步骤如下。

Step 01 双击桌面上的 QQ 图标，打开如图 9.24 所示的界面。

Step 02 在“账号”文体框中输入 QQ 号，若没有 QQ 号，单击“注册新账号”链接，填写注册信息，按提示设置即可。若有 QQ 号，输入 QQ 号和密码后，单击“登录”按钮。

Step 03 完成登录后的界面如图 9.25 所示。

图 9.24 QQ 登录界面

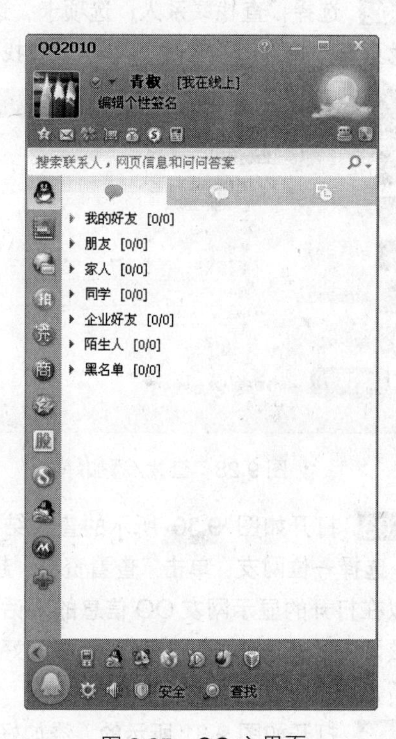

图 9.25 QQ 主界面

实训 2 使用 QQ 进行网络沟通

训练 1 设置 QQ 中的个人资料

Step 01 在 QQ 主界面中单击“主菜单”按钮，出现如图 9.26 所示的界面，选择“系统设置”|“个人资料”命令，弹出如图 9.27 所示的“我的资料”对话框。

Step 02 进行各个参数的设置后，单击“确定”按钮，完成个人资料的设置。

图 9.26　QQ 菜单

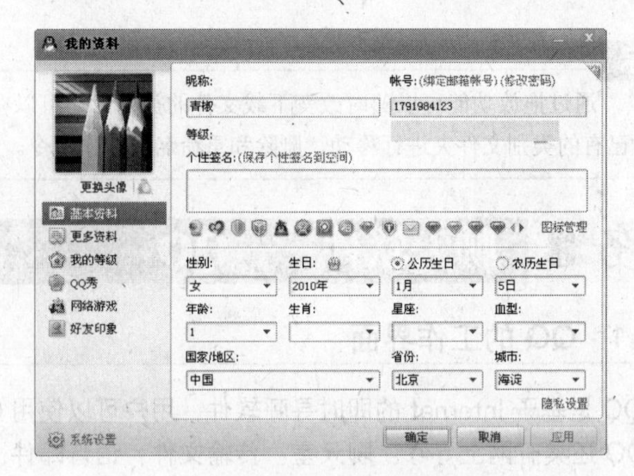

图 9.27　设置个人资料

训练 2　添加在线好友

Step 01 在 QQ 主界面中单击“查找”按钮，将打开如图 9.28 所示的“查找联系人/群/企业”对话框。

Step 02 选择“查找联系人”选项卡，选中“按条件查找”单选按钮，进入如图 9.29 所示的按条件查找页面，输入查找条件，单击“查找”按钮。

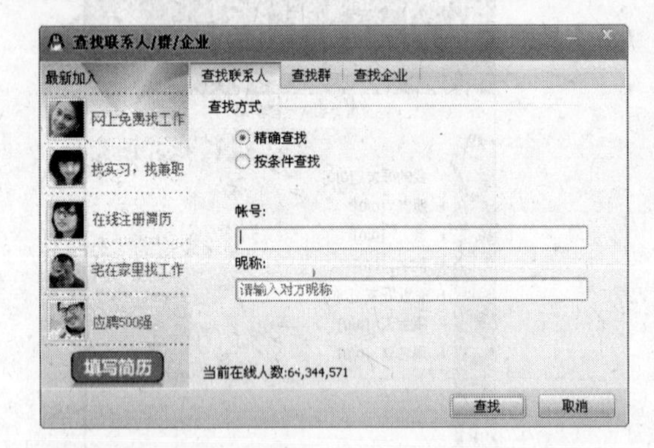

图 9.28　查找/添加好友

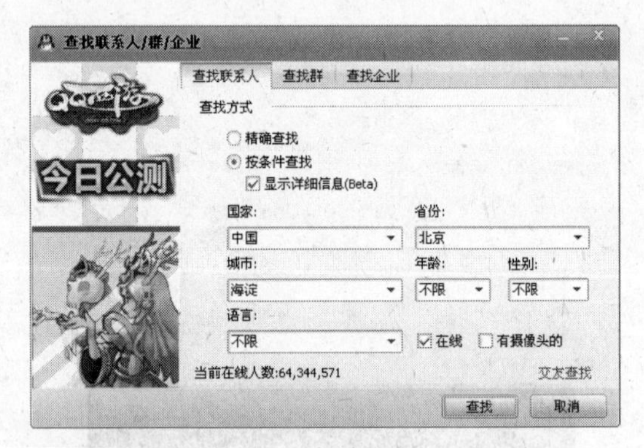

图 9.29　查询结果窗口

Step 03 打开如图 9.30 所示的查找结果对话框，选择一位网友，单击“查看资料”超链接，可以在打开的显示网友QQ信息的对话框中查看该网友的基本情况。若想与之成为好友，单击“加为好友”按钮。

Step 04 打开如图 9.31 所示的“添加好友”对话框，输入验证信息，选择好友分组，单击“确定”按钮，出现如图 9.32 所示“添加好友”提示框，单击“关闭”按钮，等待好友验证。

Step 05 当好友通过验证后，就完成了添加。

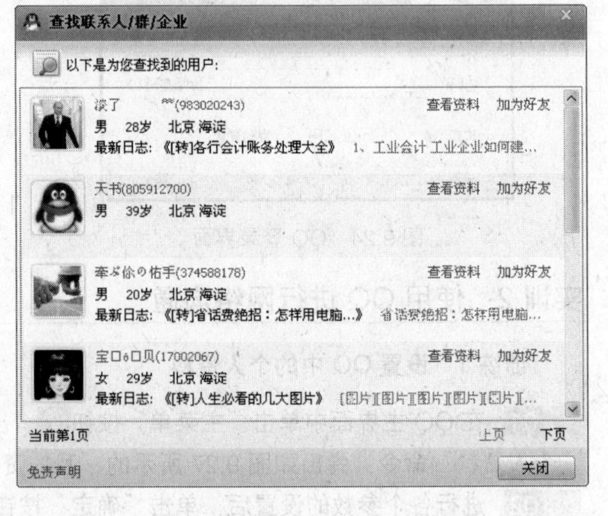

图 9.30　查找结果

图 9.31　添加好友

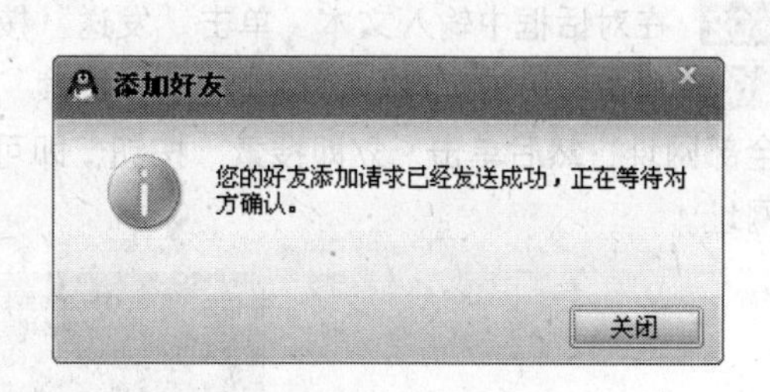

图 9.32　提示框

训练 3　根据已知信息添加好友

Step 01 在 QQ 主界面中，单击“查找”按钮，打开“查找联系人/群/企业”对话框。

Step 02 选择“查找联系人”选项卡，选中“精确查找”单选按钮，在账号栏中输入对方的“QQ 号”或“昵称”，如图 9.33 所示。单击“查找”按钮后出现如图 9.34 所示的查找结果。

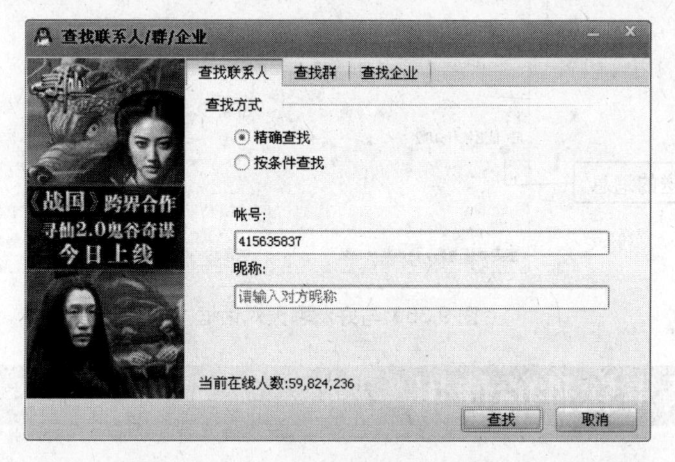

图 9.33　精确查找

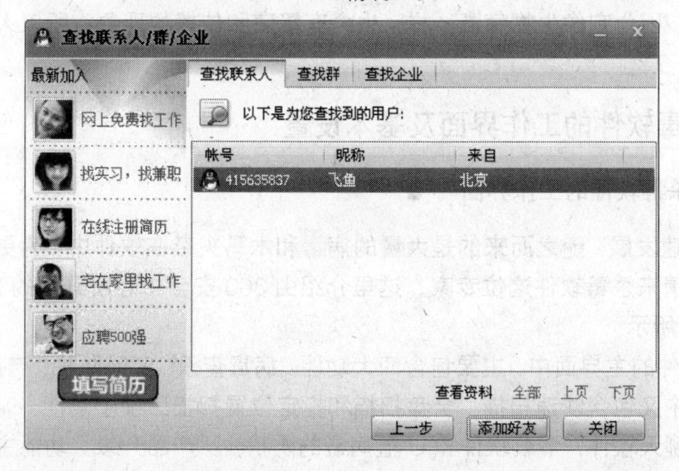

图 9.34　查询结果窗口

Step 03 选中该用户，单击“添加好友”按钮，出现“添加好友”对话框，输入验证消息，单击“确定”按钮，待好友通过后即可添加成功。

训练 4　与好友聊天

Step 01 双击要对话聊天的好友头像，打开 QQ 聊天对话框，如图 9.35 所示。

Step 02 在对话框中输入文本，单击“发送”按钮，即可完成与好友的对话。

Step 03 单击“历史记录”窗格顶端的“搜索”按钮，在“搜索”文本框中输入待搜索网页的部分或全部网址，然后单击“立即搜索”按钮，即可在“历史记录”窗格中搜索并显示曾经浏览过的匹配网址。

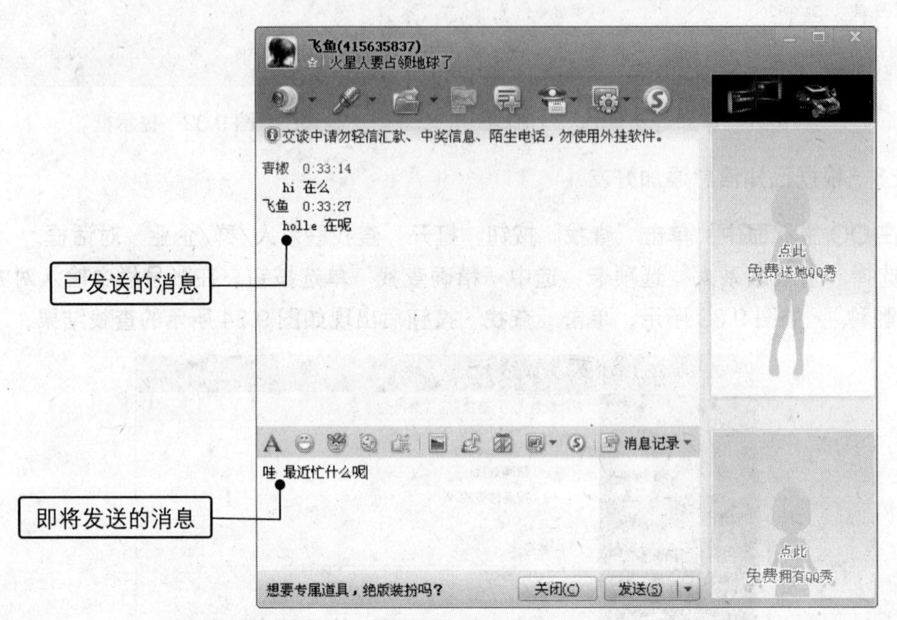

图 9.35　与好友聊天对话框

任务 4　杀毒软件的使用

这里所说的“计算机病毒”并不是通常所说的生物病毒，而是一种人为制造的计算机程序，它可以通过媒体传播，因为它像生物病毒一样，也会有繁殖和传播的现象，所以人们把这种破坏性的程序称为“病毒”。

实训 1　360 杀毒软件的工作界面及基本设置

训练 1　360 杀毒软件的工作界面

网络时代的快速发展，随之而来的是大量的病毒和木马夹杂在软件中，为更好地保护用户电脑免受侵害，就需要请来杀毒软件这位专家。这里介绍由 360 安全中心所开发的 360 免费杀毒软件，其主界面如图 9.36 所示。

在 360 杀毒软件的主界面中，主要包含四大功能：病毒查杀、实时防护、产品升级和工具大全。“病毒查杀”功能中又包含快速扫描、全盘扫描和指定位置扫描三项子功能；“实时防护”功能中包括对文件系统、聊天软件、下载软件和 U 盘病毒的防护；“产品升级”功能主要是对软件病毒库的更新；“工具大全”中包括系统急救箱、文件粉碎机、开机加速以及电脑垃圾清理等多种具有独特功能的系统工具。

图 9.36　360 杀毒软件界面

训练 2　软件基本设置

使用一款软件时，总要先对其进行设置，以方便今后的工作。单击右上角的“设置”按钮，进入设置菜单，这里有杀毒设置、实时防护设置、白名单设置和其他设置。

1. 杀毒设置

① **监控的文件类型：** 让用户决定是否进行更深入的扫描，包括压缩包查毒有扫描程序及文件设置，相对于浅略的扫描而言。

② **发现病毒时的处理方式：** 这对于用户来说应该是相当重要的。

③ **自动清除：** 在计算机扫描出病毒的同时，杀毒软件会自行清除病毒并通知用户。

④ **用户选择处理：** 在计算机扫描出病毒后，让用户选择怎样处理病毒。

⑤ **全盘扫描时的附加扫描选项：** 这项是贴心的设计。

- 扫描系统内存，磁盘引导扇区，ROOTKIT 病毒，启发式扫描智能发现未知病毒系统内存中的病毒，这比在硬盘中的病毒更危险。有些病毒在内存中运作，带来了一定的威胁性，而不选择这一项，只在硬盘中扫描，可能就扫描不到病毒；过后，内存中的病毒又会自行复制到硬盘中，所以选择该选项还是有必要的。
- 磁盘引导扇区中的病毒就是病毒在 DOS 下运行，在开机的时候就感染了病毒，也是相当有必要的。
- Rootkit 是隐藏型病毒，电脑病毒、间谍软件等也常使用 Rootkit 来隐藏踪迹，因此 Rootkit 已被大多数的防毒软件归类为具有危害性的恶意软件。

2. 实时防护设置

① **监控的文件类型：** 让用户决定是监控所有文件，还是程序运行和文档打开时进行监控。如果选择监控所有文件，可能会占用比较大的内存空间；而对监控程序和文档文件，只在程序运行时或者只在文档文件打开时进行监控

② **发现病毒的处理方法：** 无论用户在以上选项中选择哪项，只要杀毒软件发现病毒，就会有处理方式可以选择，发现病毒时自动清除，如果清除失败，就选择删除文件或者禁止访问被感染文件，或者直接选择禁止访问被感染文件。

③ **其他防护选项**：基本同杀毒中的设置差不多，不过监控间谍文件、拦截局域网病毒、扫描QQ/MSN 接收的文件、扫描插入的 U 盘，这些都是平时用户需要的，也是很重要的。

3. 白名单设置

① **设置文件及目录白名单**：也就是说，如果用户很确定文件没毒，那么杀毒软件扫描和监控时就会跳过这个文件，直接扫描下面的文件或者杀毒软件误报病毒等。

② **设置文件扩展名白名单**：有些用户自己开发的软件的文件扩展名被杀毒软件误认为病毒，此时就可用此选项来过滤。

4. 其他设置

① **自动升级设置**：这就是免费杀毒软件的最大好处，可以无限更新病毒库，让用户选择软件自行更新，或者在有新的升级时提醒用户来决定是否升级。

② **定时杀毒**：让用户在特定的时间来进行杀毒。

小结：在设置选项中，让用户选择的方案还是比较周全的，基本覆盖完全，又可以增加细化的分类让用户更直观地进行监控。

实训 2　查杀病毒

由于是杀毒软件，因此大家肯定会想知道其杀毒性能。当然，这也是杀毒软件最大的功能。目前，360 杀毒软件可以查杀 3849283 种病毒，因为 360 使用了“云安全”。“云安全（Cloud Security）”计划是网络时代信息安全的最新体现，它融合了并行处理、网格计算、未知病毒行为判断等新兴技术和概念，通过网状的大量客户端对网络中软件行为的异常监测获取互联网中木马、恶意程序的最新信息，传送到 Server 端进行自动分析和处理，再把病毒和木马的解决方案分发到每一个客户端。拥有了这种技术，病毒库可以不断地更新，也使用户使用杀毒软件更得心应手。单击“快速扫描”按钮后，软件运行，主要查杀 Windows 主要系统文件的病毒，大约 3 分钟就能清扫完毕。

不过，用户计算机上可能保存有各种绿色软件和其他应用程序，360 杀毒将其中个别程序误报为病毒在强力查杀时容易产生“矫枉过正”的问题，好在它还有文件恢复区，误删的文件可以找回来，如图 9.37 和图 9.38 所示。

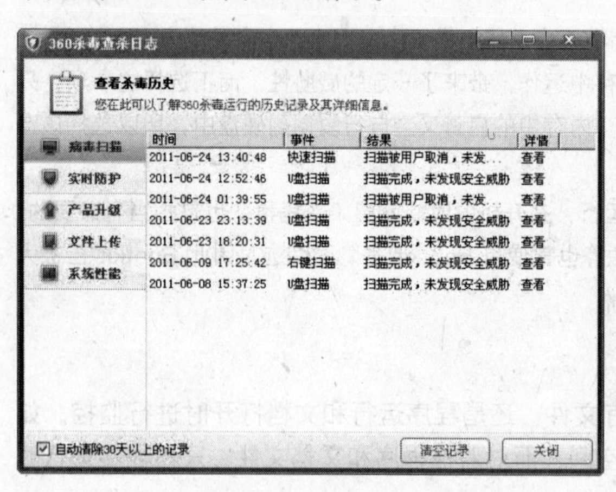

图 9.37　查杀日志

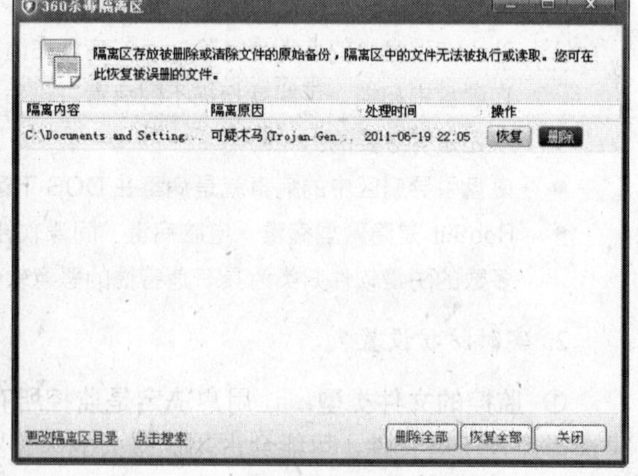

图 9.38　恢复误删的文件

第一次安装软件时，系统会提醒用户没有进行全盘扫毒，大部分杀毒软件都会这样提醒新安装的用户进行全盘杀毒。系统开始全盘杀毒在界面的最下方，有“扫描完成后关闭计算机”选项，当然也有条件，其仅在选择自动清除感染文件时有效，平时用户晚上工作或者娱乐完毕，让计算机做一次全面的杀毒后自动关机，也是一个贴心的设计。右下角会显示已经扫描了多长时间、具体需要查杀多少时间，这需要视用户计算机中的文件数来决定。

“指定位置扫描”是对于用户自行选择的区域进行杀毒。有些用户喜欢把特定的文件（如常用的软件、工作的软件和游戏）放在各个分区之下，因为使用率高，所以这些区域的感染病毒率增大；还有些用户喜欢把下载的软件放在一个分区目录中，对于刚下载完或者下载时忘记杀毒的可以选择指定位置扫描，这带给用户非常大的便利，不必全盘进行查杀，以节省时间。同样地，在扫描完成后会显示本次杀毒结果。

实训 3　实时防护及病毒库更新

在实时防护选项中，软件会提醒用户开启实时防护功能。如果用户装有其他杀毒软件，软件会提醒请卸载其他杀毒软件，并把已经安装到计算机中的杀毒软件以列表的形式呈现出来。开发者注意到了两种软件可能会冲突，而下方的防护级别设置能够根据用户的情况来选择相应的防护级别。

单击“产品升级”选项可对软件的病毒库进行更新。

360 杀毒软件会更新最新的病毒库，并会提醒用户升级。单击“确定”按钮后会出现病毒库的更新，如果是旧病毒库，就会出现需要更新的提示，用户也可以连接到官方网站的数据库来查询自己的病毒库是否是最新的。界面下方显示上次成功升级的时间和病毒库版本，以方便用户核对，如图 9.39 所示。

图 9.39　病毒库更新信息显示

参 考 文 献

[1] 国务院.《关于发布〈国家行政机关公文处理办法〉的通知》.

[2] 国务院办公厅秘书局.《公文写作知识汇编》.

[3] 李荫臣，张云鹏. 掌握技巧——努力提高公文写作能力之七[J]. 上海：秘书，2009.

[4] 才书训主编. 电子商务概论. 修订版. 沈阳：东北大学出版社，2007.